U0076104

張草

雲空行

—肆—

目錄

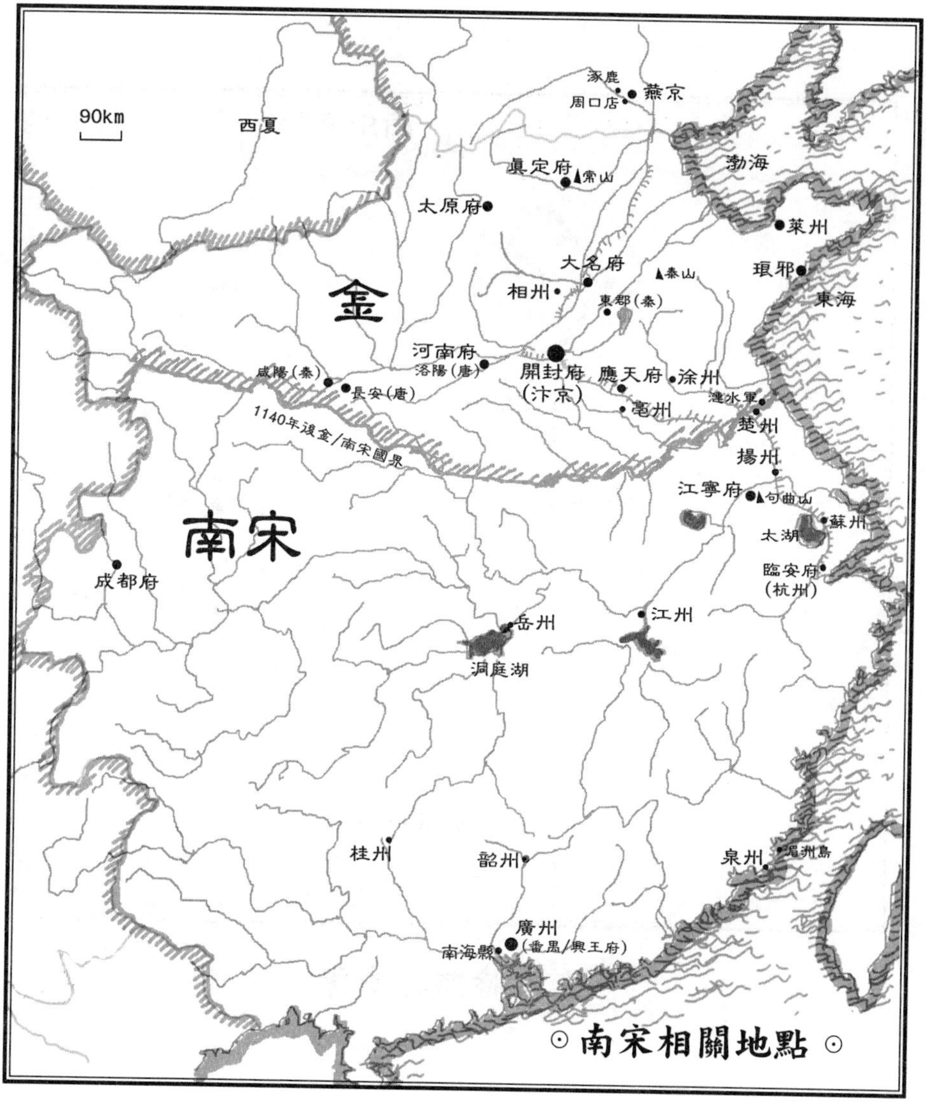
90km
西夏
金
南宋
涿鹿
燕京
周口店
渤海
眞定府
常山
太原府
萊州
大名府
泰山
瑯邪
相州
東郡(秦)
東海
河南府
洛陽(唐)
開封府
(汴京)
應天府
涂州
咸陽(秦)
長安(唐)
漣水軍
亳州
楚州
1140年後金/南宋國界
揚州
江寧府
句曲山
蘇州
太湖
成都府
臨安府
(杭州)
江州
岳州
洞庭湖
桂州
韶州
泉州
湄洲島
廣州
南海縣
(番禺/興王府)

⊙ 南宋相關地點 ⊙

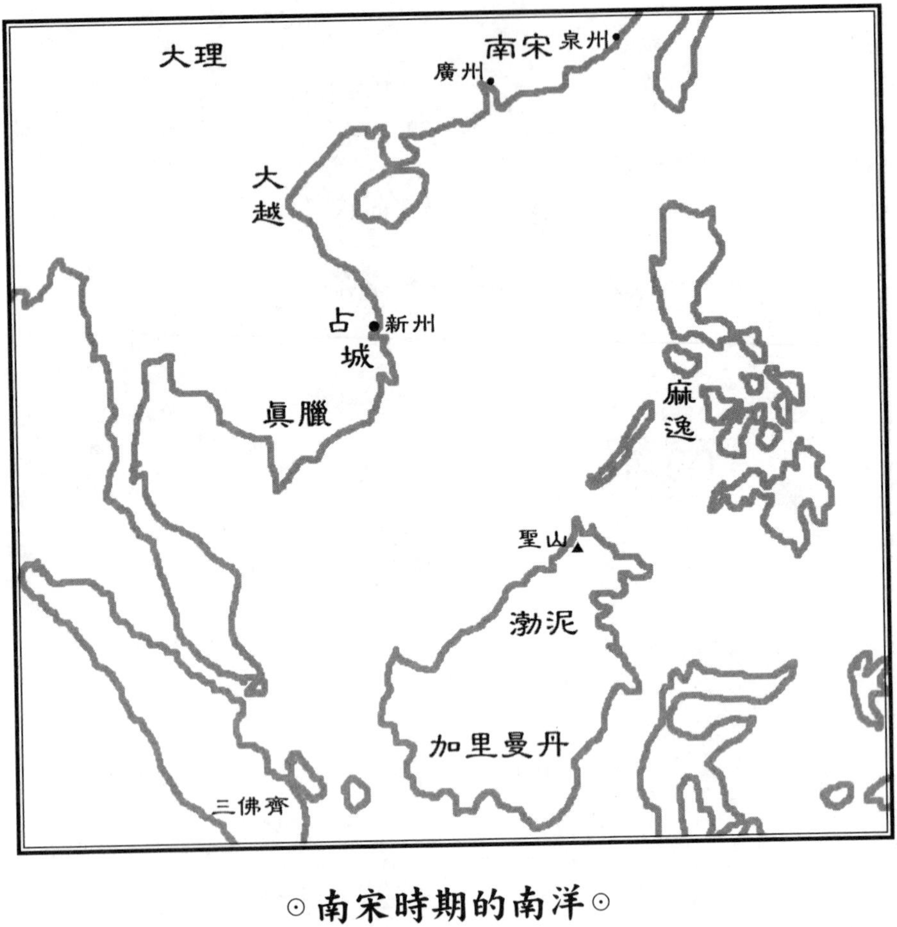

⊙南宋時期的南洋⊙

之卅五

燈籠鬼

紹興九年（一一三九年）

才剛入夜，四周便變得非常寧靜，沒有人聲，只有海浪滾動、反覆輕輕拍打船身的聲音。

梁道卿的商船上點亮了數支火炬。

他們不僅在甲板插上火炬，也在船身上斜插了火炬，照亮海面和碼頭，以免在這異鄉之地有何不測之變。

雲空見他們小心謹慎的，不禁問水手：「此地不平靜嗎？」

「此地港口不比他地繁忙，晚上也沒派人在港口守夜的，還是小心的好。」

說的也是，商船一路上途經數處，皆有來自世界各地的商船聚集，有垂了一臉濃鬚的大食人和波斯人，也有留短鬍子的天竺人，惟有此地靜謐，碼頭也簡陋得很，除了跟蕃人頭目派來的部下見面，還沒見到其他商船。

火炬是蕃人製作的，用數根樹枝綑成一手可握住的粗細，前端包裹數層乾草，再沾上厚厚的樹脂。樹脂可以燃燒較長的時間，而且萬一下雨的話，也不會輕易熄滅。

船主梁道卿招呼船員集合用晚飯，一位水手興奮的問雲空：「記得在占城國吃過的波羅蜜嗎？」該水手是廣州人氏，是船主的老跟班，大家都叫他長順的。

「記得。」噴鼻的濃烈香氣，滿口甜香的汁液，彈牙有勁的口感，如此異果，雲空豈會忘掉？

「今晚會吃一種水果，足以當飯吃，我看到船主跟蕃人買了很多。」長順期待的說，「這水果只有這渤泥才有的，很像波羅蜜又不像波羅蜜，好吃得不得了。」

見長順如斯期待，雲空也不禁隨他起舞。

果然，大家各領了一顆人頭那般大的果子，果身佈滿密密的軟刺，只像梳子般不會刺傷人，而且不像波羅蜜那般要切開，只消兩手稍微用力，就能將果身掰開，露出一顆顆鳥蛋大小的白色果肉。

雲空拉下一顆果肉吃了，果肉柔軟，只消輕咬就吸掉外層果肉，留下棗子大的種子，其滋味濃香，卻迴異於波羅蜜，雲空忍不住便一顆接一顆的吃：「此果好吃極了！叫做什麼名字？」

「叫打臘普（tarap）。」船主梁道卿湊過來，手中也提著一串果子，邊走邊吃，「如何？南洋的水果，跟俺咱老家的不同吧？」

兩人聊談間，長順在一旁，早將打臘普果啖光，滿足的吮吸十指，要將餘味舔光吃盡，才用厚厚的果皮包著一堆種子，要走去船舷扔下海。

「這麼好吃的水果，梁翁沒想帶回去廣州種植嗎？」雲空問道。

廣州氣候常年多熱，有些水果兩地相似，所以雲空有此一問。

梁道卿搖搖頭：「俺咱試過了，硬是種不出，這果子有性，像會認土地似的，我們之前途經的地方如三佛齊等等，也都種不出來。」

「咦——？」長順忽地一聲怪叫，吸引了所有人的注目。

他把身體緊緊貼著船舷，目不轉睛的直視岸上。

岸上一片漆黑，長順卻像發現了什麼，驚訝的半張著嘴，喘息著凝視那片連火炬也照不到的黑暗之處。

「長順，」一名坐在甲板上大啖打臘普的船員呼叫他，「你睇到什麼嗎？」

「噓，不對勁。」一名老水手見情況有異，制止了他，「噤聲。」

長順沒回應他們，只管緊盯著黑暗的林子，有幾個水手也望過去，除了黑壓壓一片便什麼也不見。

另一名資深水手見勢立起：「有古怪……」他輕步挨近長順，見他眼神迷茫，瞳孔張得很大，有火光在擴張的瞳孔中晃動。

忽然，長順把果皮扔在腳邊，飛快攀上船舷，在眾人驚呼中跳了下去，噗通一聲落水。

「搞什麼鬼？」梁道卿大驚，忙跑到船舷去觀看，其他水手立刻有拿登陸板的、拿韁繩的、拿吹鼓氣的牛皮袋子的，只有雲空慢慢走到船舷，凝視著長順剛才凝視的那片暗處。

長順從淺水中掙扎著爬起，踉蹌的踏過淺水，踩過海水下方黏稠的沙子，他的腳才剛接觸到乾燥的沙地，立刻朝向黑暗的林子飛跑。

「長順！你去哪裡？」有個年輕的水手大喊，卻馬上被同伴摀住嘴巴。

資深水手小聲說：「別喊他的名字！」

數名平日跟長順交好的水手趕忙架好登陸板，不問船主許可，便跑上碼頭的板橋，卻見長順的身影已沒入林中，他們一時猶豫，裹足不前，愣在板橋上。

在船上觀看的船員們，眼睜睜看著長順跑進漆黑的樹林，驚訝得一句話也說不出來。

「船主。」站在板橋上的水手要求：「我們去找長順回來。」

梁道卿搖首：「你們回來。」

「等天亮就太遲了。」他們再次懇求。

「俺咱不能損失更多的人。」梁道卿斬釘截鐵的說：「回來。」

水手們悻悻然的走回商船，收起登陸板。

「長順跟了我十多年，我比你們誰都想衝上去！」梁道卿激動的揮動拳頭，「你們明白嗎？」

其實水手們也瞭解，他們只是一時心急，亂了方寸。

冷靜一想，如果他們也追進去，根本不曉得會發生什麼事。

雲空湊近梁道卿：「梁翁，究竟發生了什麼事？」

「俺咱也很想知道，」梁道卿咬牙道，「無論如何，等天亮再說。」他回頭望向林子：「明暗有分，我們鬥不過黑暗。」

是夜，老水手不斷叮嚀其他人，別再望向外面。

※※※

船員們抱著沉重的心情過了一夜，恨不得馬上天亮。

當守夜的船員發出天亮的敲鑼聲時，個個船員迫不及待的登上甲板，聽候船主吩咐。

梁道卿一夜沒睡好，兩眼發紅，他掃視船員，看見多位船員也像他一樣黑眼圈包著紅眼珠。

梁道卿對眾人說：「俺咱想了整個晚上，家有家規，國有國法，我們不能隨便去找人，免得惹怒蕃人頭目，以為我們不懂禮節，」在眾人起鬨之前，梁道卿急忙繼道：「俺咱有位堂弟，乃本地住蕃，今天會把貨物運來，他跟蕃人頭目熟悉，等他來了，再請他幫忙吧。」

「船主太小心了。」有船員私下議論。

「小心駛得萬年船，」梁道卿聽到了，「俺咱是來做生意，不是來挑起爭端的。」長順也是他的老跟班，他不會棄之不顧，但他提醒自己不可感情用事。

船員們無奈，只好四散工作。

果然，太陽剛把地面曬熱時，一位黑壯漢子領著幾個蕃人，挑著一擔擔的貨物出現了。他穿著跟蕃人一般，額頭繫著擋汗水的頭巾，腰纏圍巾，腰邊還掛了一把有手臂那麼長的腰刀，要不是披了件唐人短衣，還真以為他也是蕃人。

他住在渤泥，花一整年時間為梁道卿收集貨物，待商船來了，便可以快速上船運走。有的貨物不易收集，如森林才有的龍腦香，還必須先加工處理，或要深入內陸尋找的蜂蜜、燕窩、香沉木等物。

他吩咐蕃人卸下貨物了，便熱情的上前擁抱梁道卿，用力拍打他的肩膀：「老哥，有帶酒來嗎？」

「有有有，」梁道卿看見堂弟，高興得滿臉通紅，「咱老家的十八仙、韶州的換骨玉泉，還有好不容易從臨安府弄來的雪醅。」

堂弟登時舔嘴道：「嘴饞呀，此地的椰子酒和小米酒，老是喝不順口，酒色哪比得上咱老家的？」

梁道卿眼神閃爍，不想繼續這個話題，便轉頭叫道：「張伯，麻煩你點貨了。」

張伯是隨梁道卿父親行船的老家人，專門負責上下點貨的，已經五十出頭，很得梁家信賴。他應了一聲，便下船去，先給每個蕃人幾枚銅錢，蕃人得到唐國銅錢，無不高興得合不攏嘴，期待著回去炫耀一番。

梁道卿把堂弟帶到一個角落，也招來雲空，介紹道：「這位是雲空道長。」

他堂弟訝道：「道士？怎麼會有道士跟著來？」

「道長，這位是我堂弟，同樣姓梁，名道斌。」原來北宋開始流行按輩字取名，可輕易分辨同輩，兩人皆屬「道」字輩的。

介紹完畢，梁道卿正色道：「實不相瞞，昨天晚上出事了。」船主於是將來龍去脈說了一遍給堂弟聽，「長順你也認得的，你說如何是好？」

堂弟梁道斌聽了，頓時面色沉重，一反剛才嬉戲的神情：「我等下立刻去找頭目，託他找人。」

「如果要找巫師也行的，」梁道卿急道，「速戰速決，只怕誤了船期。」

梁道斌搖頭：「不能越界，先找頭目。」說著便要轉身離去。

船主拉住了他：「且慢，請帶上這位道長。」

「道長也要去嗎？」梁道斌訝問。

梁道卿說：「道長很想認識認識。」每到一處新地方，雲空便要求下船探索，是以梁道卿早有準備。為了做好下船的準備，雲空在前一晚也養足精神，不令長順失蹤的事影響心情。他明白，梁道卿也希望借助他的本事尋找長順。

梁道斌端詳了雲空一下，見他面色和善，才擺手道：「道長請跟來。」雲空隨他下船，不忘帶上隨身的黃布袋。

梁道斌下船吩咐道：「張伯，我家還有貨，需要再運四五趟，今天恐怕只運得到一半，」他指了指一位較年長的蕃人，「請叫這位古冬帶路，他知道我家。」

古冬問梁道斌怎麼不一起跟上？他回說要去找頭目，便領了雲空走過碼頭木橋，踏上沙灘。

一踩上渤泥的土地，雲空頓時有一股異樣的感覺。

「紅葉會在這裡嗎？」他尋思著。

「你記得昨晚長順是從哪裡跑進樹林的嗎？」梁道斌大刺刺地踏步，跟他溫文儒雅的堂哥全然不同。

雲空回首先確認商船的位置，然後指向某處，兩人便往林子走去。

沙灘的沙子極細，雲空的鞋子陷入沙中，細沙流進鞋中縫隙，摩擦他粗糙的腳底。

梁道斌指向沙地：「有腳印。」果真還殘留有昨晚的腳印！或許是海風不強，沙子尚未被完全吹平，淺淺的腳印從商船的方向一路延伸，進入刺腳的灌木叢，有一處灌木被折斷了，看來長順是不顧一切的衝過去，兩腿一定被劃破刺傷了。

他們越過沙灘，穿過灌木叢，進入一片安靜的樹林。

一進入林子，所有的聲音彷彿剎那被吸收乾淨了。

梁道斌心底一寒，驀地止步，聆聽四周的聲音。

沒有聲音。

他直視林中，只見樹木之間有許多空間，陽光斜照入林，看似一片祥和，卻教他莫名的毛骨悚然。

這不尋常。

他旅居此地多年，為了尋找貨源，去過不少山林，卻從未遇過安靜得如此令人畏懼的林子。

梁道斌倒退兩步，正想回身出去時，雲空卻走過他身旁，「道長……」梁道斌驚訝的望著雲空毫無懼意的步入林子。

雲空很熟悉這種感覺，他小時候住的仙人村便有個林子，感覺十分相似，只不過他家的林子比這裡更暗了點。

林地長滿各種雜草，還有厚厚的落葉，踩上去十分柔軟，完全掩蓋了長順可能走過的痕跡。

「究竟長順看見了什麼呢？」雲空抬頭望望，又低下身子去觀察草葉。

梁道斌倒抽著寒氣，身體微顫：「道長，咱們出去吧。」

「梁兄有何良策嗎？」

「我要去找布摩。」

「布摩？是……什麼？」

「就是巫師。」

原來如此，廣西那一帶也稱巫師為布摩呢。

雲空忖著：為何廣西和渤泥對巫師有相同的稱謂呢？

步出林子時，雲空不禁又回頭瞄了一眼。

梁道斌說的沒錯，找布摩是應該的。

因為雲空清楚的感覺到，這靜得不尋常的林中，有很多眼睛正在盯著他。

※※※

梁道斌帶雲空繞道，穿過比人還要高的草叢，那兒有人走出來的小徑，梁道斌時而抽出腰刀揮砍長草，不跟雲空說話。

雲空試圖打破僵局：「這把刀像是禁軍常用的朴刀呢。」

梁道斌頭也不回的應道：「沒錯，我當過兵的。」

「梁兄來此很久了嗎？」

梁道斌沉默了一下，才道：「老實說，我打過金兵，後來不想當兵了，才隨堂哥來南洋的。」

「原來是位英雄，失敬。」

「道長，我是逃兵，犯了事的，軍籍仍在，」梁道斌苦澀的笑道，「一回去就要殺頭的。」

雲空嘆道：「宋室南逃時，貧道也是困在北方，花了好幾年才逃到南方，也是九死一生呢。」

梁道斌聽了，人好像自在了些，步伐也比較放鬆了。

「話說回來，梁兄好像猜到長順發生什麼事了。」雲空引回主題。

「八成是坦都魔羅（Tantumolong）幹的好事，」梁道斌很肯定的說，「蕃人都知道的，如果看見他，就會被引誘入森林，長順是很典型的例子。」

「這種事常發生嗎？」

「當然不常，不過我也見過，」梁道斌說，「前幾年，有個女人正煮著飯，忽然間拔足狂奔，衝向森林，她老公要擋也擋不住，只好拿起飯鍋敲打，想阻嚇坦都魔羅，他老婆還是跑進了森林，老公不敢追進去，後來聚集了很多村人，才敢進去尋找。」

「結果呢？找到沒？」

「找到，幾天後才被一個捕魚的人發現她傻傻的坐在河邊，她忘記怎麼走到河邊的，只記得有個頭大身小的矮人牽住她的手，帶她到河邊。」

「頭大身小的矮人嗎……？」

「聽說在森林裡面迷路，都可能是中了坦都魔羅的計。」

雲空沉吟了一陣，才問：「我們去找布摩，他能幫上忙嗎？」

梁道斌回頭打量雲空片刻，問道：「道長是否懂得驅鬼捉妖？」

「貧道不在行。」

「那位布摩德高望重，是附近好幾個布摩的師父。」梁道斌的語氣充滿敬意，「在此地，若有冒犯山神、邪魔造成生病，都找老布摩解決的。」

說著，他們穿出草叢，進入一個村莊，村莊盡是高腳屋，有幾個全身赤裸的孩子在玩耍，看見雲空這位陌生人，便好奇的遠遠觀望。他們反倒是對梁道斌頗為熟悉，遠遠的便揮手，連在高腳屋下工作的老婦人都向他打招呼。

穿過村莊，他們進入個被竹柵圍起的小院子，門前還流著一道小溪。

「待會見到老布摩要禮貌。」梁道斌再三叮嚀。

進入老布摩家的範圍，雲空留意四周，見入口的欄柵綁了幾紮乾草，又見地面插了竹片，雲空不禁猜測這些裝置的功能。

小院裡有間用碩莪樹桐、竹子和碩莪樹葉蓋成的高腳屋，梁道斌登上木梯，在門口跟裡面的人講了一番話之後，才被獲許進入。

雲空進去前，在門外逗留了幾秒鐘，因為他感到有一股特殊的氣息，正從裡面徐徐湧出。他感受到裡面的人的不安。

或許還有些許敵意。

一名枯瘦的老人打赤膊坐在地面，整個人像個皮袋般瑟縮著身子，原來是駝背得很厲害，但一對明亮的眼睛卻如火炬般炯炯有神，警戒的盯住雲空。他身邊有名兩眼無神的女子，不發一言，恭敬的跪坐著。

「梁，有什麼事？」老布摩說的是蕃話，雲空聽不懂。

「昨晚有個唐人船員失蹤了，船主請我找你幫忙。」梁道斌也滿口蕃話。

「為什麼不叫他幫忙？」老布摩朝雲空甩了甩頭。

「他？」梁道斌訝異的說，「他只是船主的客人。」

「他很強啊，為什麼不找他幫忙？」老布摩語氣酸酸的。

「這人完全不懂這裡的事情的，」梁道斌左右為難，不明白自己怎麼惹老布摩生氣了，「我想問先生，唐人船員是否被坦都魔羅給誘騙去森林了？」

「他不知道坦都魔羅？」

梁道斌搖搖頭：「他昨天才剛到。」

老布摩點點頭，招手叫梁道斌靠近：「我要跟這位唐人布摩說話，你幫我翻譯。」

「他不是布摩……」梁道斌話才出口，又不禁困惑的想了想：道士算不算是布摩呢？其實應該也算吧？想到此，他只好對雲空說：「老布摩要跟你說話。」
雲空假裝沒看見老布摩充滿挑釁的眼神：「請說吧。」
老布摩問：「你看見我的背後嗎？」
雲空望去老布摩的後面，牆上掛了草帽和一些竹器。
「我是問我背後的神靈。」老布摩不高興了。
「抱歉，」雲空說，「我看不到。」
老布摩這下子困惑了。
他在雲空身上看到一股強大的力量，擁有這股力量者，必然是強大的巫師，背後都有神靈在撐腰。但是，他看不出雲空的力量是何來頭？
老布摩本來想向雲空示威，讓他瞧瞧背後的力量有多強大，卻見雲空神態自若，毫不在意，更覺高深莫測，他哪裡料到，雲空是真的沒感覺到什麼。
老布摩收斂起平日的傲氣，請梁道斌繼續翻譯：「請問你來渤泥是為了什麼？」
「我不是特地來渤泥的。」雲空坦然回答：「我跟隨商船四處走，是為了找人。」
「你找到了嗎？」
「還沒有。」
「那人在這裡嗎？」
「不知道。」雲空嘆道，「我也很想知道。」
老布摩無法理解雲空身上的力量，在他眼中是如此的耀目。
他猜測，或許雲空背後的是外國的神，所以他無法辨識。
但外國的神會願意離開地盤，飄洋過海嗎？

據他所知，神靈的地域性都非常強，大家都各守地盤，不會輕易越界的。

「好吧。」老布摩問梁道斌，「要找唐人船員是嗎？他什麼名字？在何地失蹤的？」

「他叫長順……」梁道斌趕忙告訴他失蹤地點。

身邊的女子取來切碎的香木，在泥盤中點燃之後，冒出陣陣白煙，老布摩把頭伸進白煙之中，手中搖動著一大串用植物根部製成的串珠，發出細碎的碌碌聲。

雲空冷靜觀看，覺得老布摩搖動手中串珠，十分類似道士的銅鈴，或許功能相同，是召喚神靈的法器。

果然，不久老布摩開始眼神恍惚，不時抖動頭顱，神經質似的搖頭，發出囈語般的呢喃聲。

老布摩喃喃道：「我看到唐人了……」

梁道斌恭敬的問：「他還活著嗎？」

「活著。」

「那麼人在何處？」

老布摩忽然沉默了。

他兩眼翻白，時而搖頭，時而又點頭，手中持續搖動串珠，像在猶豫不決。

最後，老布摩從半無意識中睜開眼，嘆了口氣：「這件事，我沒辦法處理。」

梁道斌驚道：「不行呀，長順是唐人，不能在這裡失蹤的呀。」

「我不妨跟你說，」老布摩半閉著眼，表示心意堅決，「有人要他。」

「有人要他？誰？你不能跟他談判嗎？」

「我們不冒犯對方的，」老布摩輕輕推走燃燒的香木，女子便端去一旁收拾了，「你請離開吧，這次我幫不了。」

「我以為你是很多布摩的老師，就……」

「梁，我只是個海邊的布摩，還有山裡面的布摩、大森林的布摩、大河的布摩，你不瞭解我們的世界。」

「那我該如何向船主交代呢？」梁道斌焦急得很。

老布摩瞟了一眼雲空，向梁道斌招手：「梁，你過來。」梁道斌聽話的靠過去後，老布摩在耳邊輕聲細語：「這件事，我真的不方便，你的唐人布摩是外來客，比較方便幫你。」

「可是……」

「我不妨告訴你，」老布摩說得更小聲了，「他要的可不只一個人。」

梁道斌打了個寒噤，不禁回頭斜看雲空。

雲空被他這麼一瞄，也打了個冷顫：「麻煩來了。」

※※※

回到村莊，梁道斌向村民要了兩顆椰子，用腰刀削頭剖開，遞了一顆給雲空，在他們喝椰水的同時，將老布摩說的話一五一十的告訴他。

「那就奇了，」雲空說，「我今日才剛踏上這片土地，人生地不熟，如何解決這個難題？」

「老布摩的意思我懂，他們向來井水不犯河水，」梁道斌說，「你別看他好像又老又瘦，猜猜他多少歲？」

「少說七、八十。」

梁道斌哧笑道：「看吧，果然猜錯，才五十歲出頭而已。」

雲空暗地吃驚，因為他也才五十一歲，兩人差不多同齡。

「他過去跟多位布摩鬥法，所向無敵，結果弄垮了身體，才變得這副樣子，現在收斂許多了。」

「他說『有人要長順』，會是什麼意思呢？」

梁道斌斟酌了一下，才說：「可以是很多意思。」

「比如說？」

梁道斌將椰子高舉，猛喝椰水，想利用清涼的椰水澆熄心中的焦躁。

好不容易，梁道斌才冷靜下來，說：「道長，你打算上船回大宋嗎？或是有留下來的打算？」

「如果有適合的地方，貧道是不想回大宋了。」

「那請聽我說，國有國法，家有家規，此地國法和家規都和大宋迥異，我一時三刻無法詳述。」梁道斌緊張的說，「總之，若你幫了這個忙，可能會得罪某些不該得罪的……人，然後就不適合留下來了。」

雲空直視梁道斌慌張的眼神，回道：「救人就是救人，還有這許多考慮？」

「咦？」

「我只會問一個問題。」

梁道斌等他說。

「該怎麼救。」

※※※

夜色降臨的海邊，雲空獨自趺坐在沙灘上，面朝樹林，後面插著兩根火炬。

商船上也點著火炬，但船主梁道卿下令所有人不得登上甲板，今晚全體在商船艙內活動。

更重要的是，絕對不准望去岸上。

雲空背後的兩根火炬，光線投照樹林，令翠綠的葉子顯現一片土黃色，愈見陰森。

雲空半合雙目，徐緩呼吸，心念凝定，不令意識隨境晃動。

萬一所謂的坦都魔羅出現，惑人心神，令人發狂跑進樹林，雲空相信他的心念足夠堅毅，不被他們迷惑。

老布摩既然說了：「他要的不只一個」，那麼最好的法子，應該就是把自己當誘餌了。

不管坦都魔羅是什麼，應該不會輕易放過雲空這個偌大的目標吧？

沙灘上靜無聲息，商船上也噤若寒蟬，雲空不知不覺便坐了大半夜，星空悄悄旋轉了六十度角，火炬的火焰也漸漸變弱了，他依然坐在沙灘上，無法計算時間過了多久。

忽然，一道詭異的旋風低迴著捲來，刷起沙子，繞上一根火炬，將最後的一點火焰吞噬，雲空的背後馬上暗了一半。

他警覺的張開眼睛，旋風正好將另一根火炬的光線也吞沒，雲空陷入一片漆黑，眼前的黑暗林子立時與夜空連成一片。

他的瞳孔驟然放大，這才看見林中有一個淡淡的橙黃色光芒。

那團光芒可能待在那兒很久了，只是剛才微弱得被火炬的光線遮蔽了。

橙光凝固在空氣中，仔細瞧看，才發現它其實在微微顫動，像有人正在提著個燈籠。

雲空瞪大眼注視它，不動聲色，卻覺得對方也在觀察他。

忽然，橙黃色的燈火開始悄悄移動，慢慢步出林子，偷偷摸摸，搖搖晃晃的接近雲空。

雲空的眼睛漸漸適應了黑暗，他從半合的眼睛望出去，看見有個人影正鬼鬼祟祟的向他靠近。

人影僅有十歲小孩身高，頭顱卻大得和身體不成比例，他走得很慢，彷彿擔心過重的頭會令他重心不穩而跌倒。

待他快要接近雲空時，忽然停下腳步，猶豫的左看右看。雲空猜想他有戒心，於是將心神一收，封鎖自己的心念，如果對方是能識人心的精怪，便會誤以為他是槁木死灰。

那東西果然愣了一下，繼續移步接近雲空。

雲空看清楚他的臉了。

他果然是提著燈籠，正確的說，是一盞渾圓的燈光，在淡淡的橙色燈火下，他的臉奇醜無比，大鼻子佔滿了臉中央，眼珠子像蝦眼般凸出，還有一張橫咧的大嘴，長長的亂髮披肩，渾身粗長的體毛，發出野獸的酸臭體味。

他迫近雲空，一雙黑澄澄的蝦眼貼近雲空，觀察他半合的眼睛，想確認他是不是活人。

他的鼻息噴到雲空臉上，濃濃的獸味鑽進雲空鼻腔，惡臭無比，雲空終於按捺不住，皺眉張眼。

那妖物怪叫一聲：「胡！」連忙朝後方跳開，拔腿跑了一小段路，又轉回身來面對雲空。

雲空覺得對方在等待，於是，他伸展盤坐過久的兩腿，先按摩小腿，才緩緩的站起來。

那妖物小心翼翼的退回林子，逗留在樹林邊緣，身影沒入了樹影，只能看見他燈籠的昏暗圓光，像在等待雲空走向他。

雲空拎起黃布袋，將桃木劍插在左腰，銅鏡繫在右腰，啟步走向林子。

那大頭怪見他來了，便縮進林子中。

樹林裡頭比外頭的黑夜更為漆黑，那團橙黃的暗光等雲空走近了，便又再深入一些，然後繼續等雲空靠近，像在為雲空引路。

大頭怪的燈籠搖搖晃晃，引導他在樹林裡穿梭，但燈光過於晦暗，有時又被樹木遮蔽，雲空怕跟丟了，只好緊跟著他。

雲空心中暗奇：「他就是坦都魔羅嗎？」記得當時，長順是不顧一切的奔向林子，但是，此刻的他並沒感覺到被妖物吸引的興奮和激動。

「是弄錯了什麼嗎？」他不禁質疑。

這像小孩般的大頭怪舉止小心，十分害羞，根本不像要積極誘騙他的樣子。

雲空亦步亦趨的跟隨大頭怪深入林子，感覺不到他有惡意。

這林子在白天就靜得怕人，此刻比白天更加安靜，連腳下踩碎的樹葉都很安靜，空氣像凝固了一般，像是被結界圍封的異域，沒有一絲風，厚重的水氣凝成霧水，沾濕了雲空一身。

此時雲空才體會到，當商船在海上航行時，夜晚的海洋是暖和的，但在陸地是另一回事，白天炎熱的陸地，晚上卻冷如初秋，在這潮濕的林子中更有如秋末，寒透入骨。

他有點後悔換上這身短衣了。

不知走了多久、走了多遠，大頭怪的燈籠忽然不再前進了。

雲空愕然發現，在昏沉的弱光下，有個人靠坐在樹下，低垂著頭，不知是失去意識，還是死了？

雲空心中一陣緊繃：「是長順嗎？」他趨近一步，那妖物便後退一步，燈光就變得更暗了。

雲空焦急的忖道：「不管了，先上前瞧瞧再說。」趕忙跑上前查看，嚇得那大頭怪跳開，手中燈籠慌張的脫手。

燈籠掉到地面破開，原來是四片又大又薄的葉片拼成的圓球，從球中躍出個發光的東西，發出的光線比被葉子包裹時更為光亮。雲空驚奇的看見，那是隻發光的昆蟲，四翼如蜻蜓般高速拍動，不是螢火蟲，螢火蟲只有尾部會發光，而牠全身都在發光。

在記憶中，他不曾知道有全身會發光的昆蟲。

除非牠不是昆蟲。

雲空猛然想起他應該確認樹下那人是否長順，在光線飛走之前，他迅速回頭，先看見該人的衣服，是長順的沒錯，再抬頭要去看那人的臉……

此刻，雲空忽地毛骨悚然，背脊發涼。

一股凜冽的殺意忽然迫近，雲空還來不及反應，殺意就從身邊冒了出來，他眼睜睜看著一把利刃沒入長順的脖子，血花立刻噴紅了橙光，耳中只聞見大頭怪驚呼：「胡！」光線驟然消失，黑暗瞬間吞沒了一切。

「發生了什麼事？」一切發生得過於迅速。

雲空感到熱黏黏的液體濺到身上，冒出濃濃的血腥味，耳朵聽到血柱從脖子噴出的絲絲聲，灑下充滿鐵鏽味的雨滴，終於，他意識到長順的頭被斬下了。

雲空急忙抽出腰間的桃木劍和銅鏡，用右肘和桃木劍護著脖子前方，反手用銅鏡護著後面。

他在黑暗中極力睜大眼，企圖看到哪怕一點兒的蛛絲馬跡。

黑暗中有人正在觀察他、凝視他，即使對方應該跟他一樣什麼也看不見，但對方強烈的殺意令空氣都產生重量，雲空無法不感覺到。

「他要的不只一個。」老布摩的話在他腦中迴響。

他凝定心神，提高他感官的敏感度，去感覺對方的蹤跡。

是誰殺了長順？為何要殺？

難道對方也要殺了他嗎？

即使要死，也不能死得不明不白。

不！——雲空猛然醒覺——過去九死一生，何曾惋惜過性命？何曾計較過得失？此時此刻，即使要死，豈能以凡夫的姿態，毫不抵抗的死去？

心念一轉，雲空頓時克服心中的懼意，穩住心神，將氣慢慢注入手中的桃木劍，將銅鏡悄悄移向那股殺意的方向。

若對方為妖為精，他們會懼怕鏡子，因為鏡子將照出他的原形。

但對方沒有反應。

雲空將桃木劍朝下指去，足踏罡步，用桃木劍在身體四周畫了好幾道防護符。

然後，雲空趺坐在地面，將桃木劍和銅鏡置於腿上，兩手掐訣，等待著。

不管對方想怎麼樣，他都準備好了。

殺意如烈焰般迫近，卻在碰到雲空設下的防護符後蕩然無存。

不久，又一道殺意從背後襲來，同樣的消融於無形。

接連嘗試了四、五次之後，對方停止攻擊，但沒有離開。

雲空仍然可以感覺到他灼熱的眼神，還有那把殺過無數人的獵刀，所發出的陰寒之氣。

他以逸待勞，想等雲空疲累，等雲空鬆懈，等雲空合上惺忪的眼睛。

雲空強力支撐著精神，他已經整日沒休息，身心皆消耗過度，此刻又是人體自然應該睡覺的時分，疲倦加上睡意，一波波的侵襲腦袋。

他想辦法驅逐睡意，於是將地面的落葉撥開，把手掌按壓在地面，借用大地之氣，將一股暖意從地底引入丹田，回轉九圈後，再自丹田灌入小周天，運行全身，點燃每根經絡，把渾身細胞自昏沉中喚醒。

他有如在即將燃盡的燈芯澆上燈油，盡力支撐著最後的清醒意識。

等待是件折磨人的事。

尤其當身旁有人磨刀霍霍，隨時準備要割下你的人頭，更是折磨人。

好不容易，遠遠的聽見雞啼了。

地平線漸漸亮了，將樹林裡頭披上一片粉紅的灰色調。

雲空轉頭望去，竟可望見樹林之外的粉紅天色，還有黑色的海洋，他才驚覺原來此處離外頭其實很近！

原來昨晚那大頭鬼都在引他兜圈子！其實他們並沒深入林子！

晨光照進來了，雖然微弱，但仍可看見四周沒有人影、沒有妖物，只有長順的無頭屍靠坐在樹下，攻擊他的人不知何時已悄然離去。

雲空將按在地面的手放開，疲憊的呼了一口氣，掙扎著站起來，兩手依舊緊握桃木劍和銅鏡，蹣跚的步向林外。

走了約莫百步，林外的海灘映入眼際，依稀看見商船的影子。

他再走多幾步，一踏出安靜的林子，海浪聲、晨風聲、樹葉窸窣聲便立刻灌入耳中。

原來長順竟距離這裡沒多遠！雲空不禁大為後悔，昨天他跟梁道斌進來林子時，要是能執意走深一些就好了！

商船上，負責守望的船員一見天亮，便趕忙爬上桅頂遙望海邊，遠遠望見雲空滿身血跡的步出樹林，嚇得他連忙發出長嘯，呼喚其他剛爬上甲板的船員。

雲空聽見有人發現他了，心中一鬆，便仆倒在沙地上。

沙子很溫暖，好舒服。

他忍不住沉沉入睡了。

※※※

數日後，一艘從泉州來的商船也靠岸了。該船的船主跟梁道卿打招呼，兩人交換訊息，聊起路上的遭遇，討論各國的政情，惟獨對商品的機密三緘其口，心照不宣。

當泉州來的船主看見雲空時，不禁大為驚奇。

雲空雖然身著短衣，不像在大宋時的道士裝束，但他黃布袋上的先天八卦完全說明了他的身分。

「這位先生，是位道長嗎？」泉州船主問梁道卿。

證實了猜測之後，泉州船主不禁喜道：「梁翁可記得，前些年咱幾位船主就在商議的事嗎？」

「事多又繁，你說的哪一件？」

「咱建個媽祖廟，從泉州請媽祖過來。」

媽祖是宋朝興起的神明，乃海上保護之神，在泉州、廣州一帶尤其興旺，可能因為該地區皆以海上貿易為主要經濟活動之故。

「那得有人主持呀。」梁道卿說著，偷偷打量雲空的表情。

雲空加入兩位船主的談話：「你們想在這兒建廟嗎？」

「這件事商量過幾次了，一者沒人負責建廟，二者日後乏人打理。」泉州來的船主滿臉堆笑：「道長願意離鄉背井乘船來此，在下真是喜出望外，只不知，道長是會隨船回大宋呢，抑或想留下長住呢？」

梁道卿擺擺手打岔道：「道長自有決定，我們甭強人所難了。」他思量雲空遇上這等可怕的事，理應是不會想留下來的了。

有船員走過來報告：「船主，準備好了。」

「好，」梁道卿向泉州船主拱手，「恕俺咱先告退，待會再從長計議。」

「你要忙什麼？為何搭架子？」泉州船主老早見到海灘上搭了個木架，一直忍住好奇沒問。

梁道卿嘆了口氣：「出了意外，俺咱的老水手死了，大家送他一程，火化了帶回去給家人。」泉州船主這才知道，木架是火葬臺。

那天雲空滿臉和著一身血污躺在沙灘上，眾人還以為他受重傷了，被人抬回甲板後，才發現不是他的血。

他一直昏睡到中午，才告訴船主，長順的屍身在林中。

雲空和船主的堂弟梁道斌領著船員進林子，找到長順的無頭屍。

奇怪的是，雲空昨夜看見大頭鬼用來做燈籠的大片葉子，竟被蓋在脖子的斷處，被乾涸的血黏住了。

他小心移開葉子，見脖子斷處的皮肉有不整齊的撕裂，明顯不是一刀斬下，而是割下的。

想起長順跟他一塊兒吃水果的神貌，憶起這半年來在海上受他照顧良多，雲空霎然悲從中來，胸中陣陣酸楚。

長順的人頭遍尋不獲，商船又將開船，欲將屍體運回家鄉，只好依俗火化。

雲空為長順舉行了超度儀式，為他唸了祭文：「……作客異鄉，莫忘家鄉，長順請登船，隨船歸鄉……」

舉起火把點火時，雲空發現自己很生氣。

點火時，他輕聲道：「長順保佑我，幫我找回你的頭吧。」火焰熊的一聲爆燃，掩蓋了他的聲音。

很久很久以前，他的頭也曾被敵人取走。

他還記得脖子被切斷時的痛楚。

而且，那晚的事有太多未解的謎團，如果就此拋下離去，他心有不甘。

當他對大家敘述那晚的事，提到提燈籠的大頭鬼時，梁道斌立即截住說：「啊，那是布布哈嘛！」

「什麼是布布哈？」

要梁道斌說詳細的，他又說不上來了，只說是聽蕃人提及，是他妻子的家人講的。

「所以大頭鬼不是坦都魔羅？」

梁道斌搖搖頭：「坦都魔羅更矮小。」

當火焰燒熔長順的肌肉時，雲空步離火葬臺，找個角落，從布袋裡摸出三枚古錢，占了個卦。

他還需要最後一個留下來的條件。

銅錢在他環抱的手心搖動時，他心中浮現的是一張小女孩的臉：「紅葉，我們今生還能見面嗎？」

銅錢落地、翻動、互擊。

如此六擲之後，最後得卦「謙九三」。

雲空撿起銅錢，緊緊握住。

之卌六

山岳王

紹興十年（一一四〇年）

今天，小伙子頓達[1]去河邊捕魚了。

他聽朋友說，山溝裡有個河灣很容易捕到魚，一大早去，還來得及吃魚當午餐。

頓達於是帶了捕魚的籠子，去了平常從未去過的山溝。

捕魚籠是他親自用竹和藤製作的，呈三角錐形，開口有向內的尖刺，只消將開口朝向水流過來的方向，魚兒被急流送了進去，就無法游回出來了。

頓達將捕魚籠卡在河灣有大石頭的地方，魚兒在那兒不易逃逸，增加捕獲的可能性。

頓達很懂得捕魚，是天生注定的，事實上，他的名字就來自捕魚用的曳網。

乘著捕魚籠在捕魚的當兒，頓達四下察看，瞧瞧有何種花草、山菜、藥草、鳥蟲等等，看看此地值不值得再度回來捕獵。

水邊的澤地上長了菖蒲，他折了一根下來，在水中洗滌了一下，移到鼻子去嗅嗅菖蒲根部應有的香氣，嗯，這根不香，他於是隨手扔去旁邊。

他找到一棵野莓果樹，漿果正熟，酸酸甜甜的，吃得他牙齒被染黑了。他到河邊去漱口，然後回到樹下撒了一泡尿，看見有幾株治便秘的藥草，知道母親需要，便順手採下，放進背上的竹籃。

兩個小時後，果然捕魚籠裡有好幾尾肥美的魚，頓達很高興，決定打道回府，順便可以經過金蒂的家，送兩尾魚討她歡心，說不定會換來一個吻。

結果他迷路了。

他憑著記憶走了一段路，卻越走越不對勁。

他走來走去，卻發覺老是繞回同一個地方。

這段路他不常走沒錯，但迷路就沒什麼道理，他對方向感頗自豪的。

正當他困惑時，空氣突然變得沉重，穿過林葉的陽光被打散了，變柔和了，原來是起霧了。

明明還沒過中午，山林間竟起了霧，迷濛了林徑。

他冷靜下來，再試著循來路走去，卻發覺面前橫陳了一條大樹桐，是他來時未見過的。

樹桐高至膝蓋，他想也不想，便跨過樹桐。

跨過一條，面前又有一條更粗的。

跨過這條，接著仍有一條。

小伙子頓達好生狐疑，不明白何以這些樹桐倒得如此整齊？如此湊巧？

樹桐和樹桐之間的霧氣特別濃厚，肺裡吸了許多水氣，呼吸變得沉重，腦袋開始暈眩，漸漸像有人在頭顱內打鼓。頓達感到快要溺死，他用手掩住鼻子，但完全擋不住水氣。

好不容易跨過四條樹桐，面前又出現最厚最粗的一條，平常可以輕而易舉跨過，如今卻必須費力的爬過去。

終於跨過第五條樹桐，走了幾步路之後，頓達愈發覺得不對，他回頭一瞧，嚇得愣住了——橫列在林徑上的樹桐通通不見了。

他大為吃驚，跑回去看，果然五條樹桐都消失了，不過草地還留下被壓壞的痕跡。

「怎麼回事？」頓達終於感到害怕了。

霧氣漸漸散去，但依然保留薄紗似的水幕。

在迷濛的重重樹影中，慢慢露出了一根奇特的樹，它沒有樹枝，更沒有樹葉，反而四周垂下了一根根的毛髮。

頓達立時毛骨悚然：「是龍貢！」

1. Tunda，曳網。

沒有錯，霧氣帶有酸味，那是龍貢呼出的氣息。

濃霧之所以散開，是因為龍貢站起來了。

龍貢太巨大了，大得只看得到腿，身體都在樹頂之上。

他聽過奶奶說的，他一定是得罪龍貢了，說不定剛才那棵樹是不得小便的。

「龍貢，龍貢……」他祈求原諒，「如果我有對您做了什麼不敬的事的話，請原諒我，我只是個無知小孩……」

巨大的腿開始移動，朝著頓達過來，巨大的腳板踏上地面，連地面都會震動。

頓達不敢多想，拔腿就跑。

他沒命的疾跑，抽出腰間的獵刀，斬掉擋路的樹枝。

獵刀是他爸好不容易買給他的，做為成年禮的禮物，有彎彎扁寬的刀身，還有用鹿角製成的把柄，是他十分珍惜的工具，是代表他成為男人的象徵。

他用力揮砍擋路的雜草，聽見後方傳來樹枝互擊的聲音，樹葉如雪花飛散，還有陣陣沉重的轟隆聲，似有巨大的東西倒地。

他回頭望去，只見一棵接一棵的樹木，沿著他逃跑的路線倒下。

龍貢在追逐他！

龍貢果然是針對他而來的！

他扯脫背上的竹籃，扔掉滿籠的鮮魚，僅握著一把獵刀，為了保住性命而拚命狂奔。

※※※

雲空從來沒養過動物。

居無定所的他，一個人尚且吃不飽，沒有養動物的需要。

但梁道卿在商船上養了兩隻貓，專門在貨艙捕老鼠的，這半年在海上也跟雲空混熟了，更在船上生了一窩小貓。梁道卿開船離去前，送了一公一母兩隻小貓給雲空。

「此貓乃占城種，大宋所無，」梁道卿告訴他，「正確的說，應該叫『貍』，聽說家貓才是貓，野貓叫貍。」

兩隻小貓被放在竹籃中，發出幼細的叫聲，很是惹人憐愛。

兩貓毛色淡黃微現虎斑，惟有雄貓有一前足焦黑如遭火烤，十分奇特，梁道卿說：「此貓人稱『焦腳虎』，據說不會捕鼠。」

一旁的堂弟梁道斌失笑道：「不會捕鼠有屁用？」

「雖然不會捕鼠，但只要其所在之處，老鼠都不敢來。」

「這麼神奇？」梁道斌忍不住引頸望了望小貓。

雲空笑而不言，只是輕柔的撫摸牠們。

「那麼，」梁道卿重重的嘆了口氣，「合資建廟的事，就有勞道長了。」

「梁翁放心。」

梁道卿覷了一眼雲空手中那袋書，依依不捨的說：「道長，南洋氣候潮濕，小心照顧，俺咱明後年再來時……」

「梁翁放心就是，貧道也是嗜書如命之人，必定完好奉還。」那幾卷書是雲空向梁道卿借的，乃船主珍藏於船上，航海途中讀的書。如今被雲空借走，心中可比好友離別還難捨。

梁道卿是明白人，雲空兩次捨命相助，命尚可捨，書卻不捨，那就說不過去了。

雲空和梁道斌在碼頭目送商船離去，直到遠得像隻小蟲了，才打道回梁道斌的家。

目送商船慢慢駛離，雲空才真正感覺到他真正離鄉了，心中不禁茫然。雖然他習慣雲遊天下，但畢竟步履不曾踏出中土；即使在商船上，周遭多有唐人，也不覺遠離故鄉；而今終於落腳於異地渤泥，才驚覺故土已在萬里之遙。

碼頭還停泊有三艘商船，那位泉州來的商人也來向雲空道別，答應將在下趟船期帶來媽祖廟該有的禮器，如神像、銅香爐、香、幢幡、法器等物，這段草創期間，由雲空負責把廟蓋好。說是廟，但身處南洋，也只能依蕃人方法蓋個本地的房子，方便商人和住蕃們膜拜就好。在廟建好之前，雲空就暫住在梁道斌的家。

梁道斌已娶了渤泥女子為妻，育有一對子女，正好拜託雲空教他讀漢書、寫漢字。

「蕃人沒有文字，」兩人邊走，梁道斌邊說，「他們的知識都靠口耳相傳……我不想我的孩子斷了祖宗的根，日後我百年了，也希望有子孫祭拜。」為此，這趟他堂哥還特地為他帶來了《百家姓》、《千字文》、《孝經》、《論語》等書，估計可以從淺至深，足以讓子女讀個三、四年。

「我也要向你學習呢，」雲空說，「勞煩你教我蕃話，還有此地宜忌，免得貧道得罪人仍不自知。」

「好哇。」梁道斌很高興自己也有教人的本錢。

他心情愉快，提著裝小貓的竹籃，邊走邊晃動，晃得小貓在籃裡不安的喵喵叫，雲空越瞧越心疼，便與梁道斌交換了手中之物，由梁道斌拿書。

雲空將竹籃抱高，讓小貓看得見他，輕聲細語的安撫牠們，小貓才安靜下來。

那隻「焦腳虎」雄貓伸長脖子，引頸出籃外，警覺的探看四周。

「這隻貓很好奇呵。」梁道斌說。

焦腳虎的視線忽然定住了。

雲空順著小路行進，但焦腳虎的視線卻固定在某個方位，無論雲空如何拐彎，牠都緊盯著彼方。

雲空背脊滑過一片涼意，他也感覺有異了。

他望向焦腳虎凝視的方向，只見稀鬆的雜木林彼處，炎熱的大白天卻彌漫著一片薄霧。

焦腳虎眼神犀利得似乎要看穿薄霧，雲空停下腳步，他總覺得大霧後方藏了什麼，正偷偷的觀察他們。

「怎麼不走了？」梁道斌在前方呼喚道。

「梁兄，」雲空追上他，依然凝視著霧幕，「此地白日也會起霧嗎？」

「這麼熱的天氣？不會啦。」這裡早晚溫差極大，只有寒涼的清晨才起霧的。

「你看那兒。」雲空甩甩頭，示意他望過去。

「那兒怎麼了？」梁道斌止步望去，沒看見異狀。

「有霧。」

梁道斌很認真的看了許久：「沒有哇，陽光普照呢。」

雲空明白了，只有他和焦腳虎看得到。

他不再多言，撇開話題：「你家有老鼠嗎？」

※※※

頓達從小就很擅跑，他娘拿著勺子追著他喊打，從來沒打著過。

他太頑皮了，他娘說的話從沒在聽。

叫他別去拿鄰家樹下掉落的椰子，人家很在意，可他偏要拿。叫他別在老布摩行祭典時搗蛋，他偏去貼近老布摩，惹來一陣臭罵。事後他娘帶他去跟老布摩道歉，老布摩冷著一張臉說：「你不敬重人，也不敬重神靈，遲早是要闖禍的。」

小時候，他還臭屁的回老布摩：「出事就來找你呀，老布摩不是專門做這種事的人嗎？」老布摩冷笑著轉頭對頓達他娘問說：「你還有比較可靠為你養老的兒子嗎？」

如今，生命受到威脅的頓達，總算瞭解老布摩當時的意思了。

他鑽進樹木較密的林子，意圖用樹木阻礙龍貢巨大的身軀，而他嬌小的身體方便在林間穿梭，加上一路用獵刀開路，希望很快可以將龍貢甩得遠遠的。

小時候，他聽祖父說過龍貢的故事：如果冒犯了龍貢，千萬不要跑回家，回到家就死定了。

「為什麼？」他想不出邏輯，於是追問祖父。

「為……為什麼？」祖父從來沒想過為什麼，他也是聽他祖父說的，「我也不知道為什麼呀。」

「如果不跑回家，還有哪裡可以逃呢？」在他心目中，家是最安全的，如果連家都不能保護他了，還有什麼地方是安全的呢？

祖父終究沒給他答案。

跑了一段路，他聽到後頭變安靜了，沒有樹木倒下的聲音，沒有東西推開草木的聲音，頓達不禁好奇的停下腳步，回身觀望。

密林只有鳥兒啾啾叫聲，還有蟲兒求偶的鳴叫，他可以分辨出是哪一種鳥在叫，他爸從小就教他辨認的，甚至連穿過葉隙投照到地面的那片白耀陽光也正在發出細微的滋滋聲。

忽然，他覺得有眼睛正盯住他。

他嚇得轉回身，持刀指向前方。

一個身高跟他差不多的大毛球站在十步之遙，毛髮又濃又長，棕黑色的像是從來沒洗過，連眼睛都被粗糙得捲曲的毛髮遮住了，垂下的兩臂長至膝蓋，很像巨大的猿猴，或是大人說過的「叢林人」（orang utan，今稱紅毛猩猩），但不對，對方的腳是直立的，而且兩腿跟頭身一樣長，不像猿猴的腿是彎曲的。

他不發出聲音，只在靜靜的觀察頓達。

頓達困惑的是：這大毛球是什麼時候出現的？怎麼能夠出現得無聲無息？

更令頓達驚駭的是，他的背後有一根高聳入樹葉間的巨大長腿，一陣陣薄霧從上方飄下來，令巨腿看起來模糊不清。

那是追逐他的龍貢嗎？龍貢什麼時候跑到他面前去了？

現在他眼前有兩個龍貢了，一個是小龍貢，一個是超級大龍貢。

頓達腦袋一片混亂，他沒辦法思考，他向來只憑直覺行事，因此他再度拔腿奔跑，但這次他知道該去何處了。

他要去找老布摩。

布摩是專門跟眾神和精靈溝通的人，他一定會有辦法的。

※※※

「這是甘布絲[2]，我老婆。」

2. Gampus，下不停的雨。

梁道斌的妻子是個身材嬌小的美人，年紀比梁道斌小很多，當梁道斌向她解釋雲空將暫住一陣子時，她一雙水靈的大眼怯怯的打量雲空這位陌生人，倒是她四歲大的兒子馬上跑過來繞著雲空打轉。

他們尤其感興趣的，是雲空竹籃中的小貓。

「爸，這是什麼？」梁道斌的兒子用生澀的唐語問道。

「這是貓，」他告訴了兒子，又轉頭向妻子重述一次：「貓。」

甘布絲懷裡抱著個女嬰，也愣愣地瞪著雲空，雲空便朝她打眼色，逗著她玩，小女孩不安的將小拳頭含在口中，將滿一歲的她已經急著想下地，時而蹬腳頂媽媽的肚子。

梁道斌向妻子交代完之後，便領雲空登上木梯，打算進入他家。那木梯僅是在一節木頭上劈出數個缺口，供人的腳踩上便了事，踏上時往往不容易站穩腳。

梁道斌的兒子興奮的蹦跳：「貓會住在我們家嗎？貓會住在我們家嗎？」

雲空才剛踏上木梯，就被甘布絲喝止，跟梁道斌說了一番話，隨即將女兒交給兒子抱著，匆匆的三兩步跑進房子去了。

「怎麼回事？」雲空驚問。

梁道斌無奈的笑道：「她要準備『波波逐』[3]，就是……一種水，在你進屋子之前，把你身上不好的東西洗掉。」

「就像……符水嗎？」

「差不多。」

不久甘布絲又出現在門口，手中抱著個盛了水的椰子殼，在從木梯下來前，還伸手拔下屋頂邊緣垂下的茅草，將茅草泡入水中，椰殼裡還浸泡了檳榔葉和切開的紅色小辣椒，她用手將所有材料搗一搗，便將椰殼碗伸向雲空，示意梁道斌教他怎麼做。

「呃……道長請用手沾點水，抹去胸口。」

雲空如言照辦之後，梁道斌也同樣沾水抹抹自己的胸口。

甘布絲瞪著雲空手中的小貓，兩隻小貓也警戒的緊盯她，焦腳虎還把頭探出竹籃外，想把甘布絲看清楚。甘布絲把手沾了些淨化水，飛快的在兩隻小貓背丘抹了一下，焦腳虎不悅的低吼了幾聲。

甘布絲總算滿意了，才放他們上屋。

雲空覺得很新鮮有趣，想起師父破履曾說，廣西、巴蜀一帶的土人也有諸多禁忌，被土人在日常生活中仔細的執行，看來此地也很相似。

雲空不知道的是，甘布絲在嫁人之前曾去女布摩的家中上課，學習禁忌和日常使用的厭勝咒術，為家人驅除不淨、為家屋維持純淨，事實上，所有年輕女孩都必須上過這些課才允許嫁人。

進入梁道斌用碩莪樹桐和樹葉建成的高腳屋，雲空頓感清涼，屋內飄著草木的香氣，十分舒適。他將竹籃擺到地面，兩隻虎斑貓小心翼翼的爬出竹籃，探察陌生的環境。

雲空環顧屋裡，只見天花板很高，屋裡有個高高的小室，小室的平頂是囤積貨物的地方，如果沒有梯子是爬不上的。

雲空對一切都感到新鮮好奇。

「好吧，」梁道斌放下書卷，便馬上談正事了，商人是不浪費時間的，「我們明日去拜訪村長，央求他在海邊撥一塊地建廟，他會要徵求布摩去詢問神靈，所以我必須先上下打點。」他

3. popojuk，淨化之水。

拿梯子爬上屋內小室的頂部，拿下一個布包袱，裡頭發出銅器互擊的鏗鏘聲，「這些是他們喜歡的東西。」

他們會喜歡什麼呢？雲空好奇的看梁道斌在地面打開包袱，只見是銅錢、銅鈴、錫片、銅環、鐵圈之類的尋常之物，但在此地就是稀有的舶來品了。梁道斌邊選邊說：「尤其是布摩特別喜歡，我每次找他，都會給他帶上幾個，然後就見他串成一串，在行大祭的時間搖來搖去召神。」梁道斌舉起手，模仿老布摩搖晃的手勢，雲空可以想像到銅器發出的聲音。

他的隨身布袋中也有兩枚銅鈴，是他以前掛在招子上的，跟隨他行走江湖逾三十年，雖然現在已經不需要招子了，他依然非常珍惜，因為那兩枚銅鈴代表了那無法取代的三十年。

「哦，村長也喜歡大宋的陶器和瓷器。」說著，梁道斌跑到屋角的廚房去翻找，那兒堆疊了很多碗碟。

兩隻小貓在屋內巡視了一遍，靜悄悄的走到雲空身邊，用臉頰磨蹭雲空的大腿。

※　※　※

頓達跑到老布摩家附近時，很驚訝的望見老布摩竟高高站在門口，駝著背、反剪著手，彷彿在等待他的到來。

「是你？」老布摩滿臉不悅，回身便走回屋裡。

「老布摩！老布摩！」頓達慌張的邊跑邊叫嚷，「你一定要救我！」

老布摩的女人在門口現身，作勢要合上門。

頓達急了，飛快的衝上木梯，撞開半閉的門，正在關門的女人悶聲倒地，老布摩又驚又怒：「你這瘋……」頓達立刻衝過去按住老布摩的嘴：「老布摩，你說出來的話是有力量的，請不要說出口，求求你。」

老布摩一聽他這話，心裡不禁納悶，於是點點頭答應，輕輕拉開頓達的手：「你為什麼要我救你？」

「龍貢追我，有兩個龍貢，一個跟我一樣高，一個比樹還高！他們一直追我，要殺我！」

「你怎麼知道是龍貢？」

「我聽祖母講過，高得只看得到腳的，就是龍貢！」

「如果是龍貢，那你一定冒犯了他，否則不會追你。」老布摩說，「你做了什麼不敬的事？」

「沒有，我沒有，」頓達先是立即否認，然後才低聲下氣：「如果有，也不是故意的，我不記得。」

「反正你是很容易得罪別人的人。」老布摩嗤鼻道：「你走吧，我不想救你，你也該得到教訓了。」

頓達趕忙放開老布摩，跪在他前面：「只要你肯救我一命，我每天抓魚給你！」

「幫我抓魚的人已經很多了。」

「我幫你修房子，不如修屋頂！不，蓋新房子也可以！」

老布摩看他急躁的樣子，陰沉的笑道：「如果你真的要我救你……」

「要！」

「那麼你先答應我，幫我做一件事，不管什麼事都願意。」

「願意！即使去獵人頭也願意！」

老布摩端詳頓達的臉，看他一臉熱切的樣子，真的是連殺人都肯做：「我不需要人頭，你答應就行了。」他轉向剛才被頓達撞倒的女人：「納瑪泰[4]！準備一下，我要跟龍貢溝通。」

頓達這才留意到，那名叫納瑪泰的女人被他撞倒後就沒起來過，在老布摩的一聲令下，她才一骨碌爬起，走去屋角拿器具。

老布摩在地面坐定了，便搖動手中串珠，漸漸兩眼失焦，進入恍惚狀態，口中開始吟唱，說一些普通人聽不懂的話，很類似他們族人的語言，但有些發音不盡相同，有些像是聽懂了，卻完全不明瞭意思，有可能是更為古老的語言。

那是「靈語」。

是巫師跟另一個世界溝通的專門用語。

但是，頓達完全明白老布摩在唱什麼。

頓達很困惑，為什麼老布摩會吟唱這些歌詞。

「我唾棄光明，我讚揚黑暗，

眾人畏懼禰禁忌之名，

而我擁抱之、熱吻之。

黑暗之友，黑霧、暴雨、毒棘，舉起你們的小耳朵，

傾聽風聲，傾聽水聲，傾聽掉落在葉面的秘密，

然後來我耳邊，告訴我……」

還有很長的歌詞，老布摩吟唱重複了好幾次之後，頓達漸感背脊滑過濕漉漉的寒意，他不禁縮起雙肩，害怕的環顧周圍。

他看見跪在地上的納瑪泰，她低垂著頭，兩手有禮的擺在膝蓋上，頓達不知是否錯覺或屋裡太暗，他看不見納瑪泰的眼睛。

老布摩停止吟唱，睜開垂著厚重眼袋的雙眼，「我聽到了。」他用頓達聽得懂的話說，

「龍貢告訴我，你在河邊抓魚，那是他們的河，是他們的魚。」

頓達忙辯解道：「我不知道啊，沒人告訴我不能去那兒。」

「更不可原諒的是，你採了堪布隆戈[5]，又把它丟掉。」

「堪布隆戈？那是什麼？」

「那是神靈的水草，你污辱了堪布隆戈！」老布摩怒道，「難怪龍貢要教訓你！」

堪布隆戈（Komburongoh）就是唐人的「菖蒲」，是一種有香氣的水草，根莖葉皆可製藥，不過只在溫帶生長。奇怪的是，處於熱帶的渤泥，某些地方的河傍竟長了菖蒲，不知從何處傳來，巫師們視為瑰寶，要恭敬的用儀式採摘、切粒、乾燥，再做成儀式中的串珠，是他們最重要的法器。

老布摩手中搖動的那一大串珠子，就是用菖蒲根製成的。

頓達完全不瞭解菖蒲對老布摩有多神聖和重要，他為自己的性命辯解：「老布摩，我還年輕，不應該為了我不知道的禁忌而死！」頓達磕頭道：「請原諒我，我願意做任何事來補償！」

「是嗎？」老布摩曉得時機來了，「那你必須給我一樣東西，龍貢們才願意原諒你。」

「請告訴我！」

「海邊有間新蓋的茅屋，住了個唐人，他是新來的，年紀跟我差不多，下巴留了長鬚。」

「嗯！」

「他身邊有個黃色的布袋，裡面放了一把木製的刀，一把頭尖尖、身體直直的刀。」

「嗯？」

4. Namatai，邪靈。

5. Komburongoh，菖蒲，有香氣的水草。

「把他的木刀拿給我。」老布摩斬釘截鐵的說，「如果你想活命的話。」

※※※

晨間的涼風徐徐吹過壁隙，雲空在舒適的竹香中甦醒。

由竹子和碩莪樹葉編成的牆壁被風拂過，送入陣陣竹香，很像小時候住在隱山寺的氣味，令他在朦朧中還以為回到了隱山寺，直到他睜開眼，才驚覺已身在萬里之外。

他爬起來打開大門，觀看外面的綠野，耳中聞到陣陣海浪聲，感到精神飽滿。

在問准了村長和老布摩之後，梁道斌僱人在海邊搭了這間小房子，讓雲空居住，然後才在旁邊搭建媽祖廟。

當時，梁道斌帶雲空去見村長，村長要問清楚雲空的來歷，梁道斌不想添麻煩，只說是個親戚。於是村長要他們去見老布摩，詢問神靈，允不允許這位唐人住下？

老布摩就沒那麼好應付了，他老早看穿雲空是位「唐人布摩」，感到芒刺在背，生怕會威脅他的地位。

唐人商人總會帶來新奇又精緻的東西，從那兒來的布摩，想必也有兩下子，那天他就領教過了。

老布摩雖然對梁道斌送來的禮物感到歡心，依然不放心的追問梁道斌：「他來這裡要做什麼事呢？」

梁道斌只好說：「我們出海都要有唐人布摩祈禱的，他是我們請來，專門為我們祈求海上平安的。」算是道出了部分實話。

老布摩年輕時好勇鬥狠，時常跟其他布摩或明或暗的切磋，他很想瞭解這位唐人布摩有何等本事，或者，有何種更厲害的法器——他不禁覬覦雲空的黃布袋。

於是，他同意雲空住在村中。

梁道斌辦事很有效率，不到一個月便給雲空起了間高腳屋，乃蕃人的高腳屋樣式，可以防止野獸入侵，又能防雨季潮濕。

梁道斌每天送食物過來，雲空則觀察地形和風向，設計適合此地的媽祖廟式樣。梁道斌告訴他，此地天候分旱、雨兩季，風向也分兩季，蕃人的房子總結了無數代以來的經驗，因此把媽祖廟建成蕃人的高腳屋最為合適，但雲空認為商人可能會較喜歡唐式的。

「談何容易，連屋瓦都是問題，」梁道斌說，「如果要蓋大宋形制的廟，不但要運一船瓦片來，還必須有懂得鋪瓦的工人過來，哪有工人肯冒出海的危險過來？除非重賞求勇夫，然而，誰肯負擔這筆費用呢？」

「一定要運過來嗎？」

梁道斌搖搖頭：「此地沒人懂得燒製屋瓦，且大宋官窯燒出來的陶瓷，即使最下級的產品，也比此地燒製的強，到哪兒去賣都是搶手貨。」

「原來如此。」

「無神不成廟，最主要的還是媽祖的分靈，只要下趟船期帶來了媽祖像，其他的可以慢慢再說。」

雲空只好先不多談了。

今天他如平日一般起床，觀看了外頭一陣子，便席地趺坐，靜修守一。

進入冥想之後，他的心念澄清，卻比往常更為敏感，漸漸覺得四周不太對勁。

有東西正在盯著他。

沒有惡意，但令人不舒服。

當他睜開眼睛的時候，屋內多了兩位不速之客。

他看到一名年輕人倒臥在地面，背上蹲坐了一個全身毛茸的生物，只有七歲孩童身高，瞪著一對圓盤似的大眼，卻僅有一臂、一腿。

雲空腦中立即掠過一個畫面：「山魈！」他年輕時曾跟山魈談過話，後來也在群妖聚首時見過，沒想到遠在南洋的渤泥也有山魈！

山魈的腳踩在年輕人脖子上，獨臂抓住年輕人的一隻手，山魈把年輕人的手舉起來，讓雲空看見他手中握著的東西。

「桃木劍！」雲空大吃一驚，那是他放在布袋中的桃木劍，難道這年輕人是乘他靜坐的時候來偷竊的嗎？

雲空趕忙跑過去，向山魈點頭示意，然後輕輕取走年輕人手中的桃木劍。

無疑的，該年輕人就是頓達。

「你是……山魈嗎？」雲空向山魈問道。

山魈嘀咕了幾個字，雲空不明白字面的意思，卻能理解他的想法，因為心念就是最直接的語言。

山魈告訴雲空，他在這裡的名字是龍貢。

臥地的頓達脖子被踩得喘不過氣，發出窒息似的呻吟聲。

「他為何要偷我的木劍？」雲空問山魈。

「有壞人教他，」山魈的意思大致如此，「他也會變壞，我要帶走他。」

雲空困惑的看著散亂在地面的黃布袋、銅鏡、朱砂筆等物，思索著眼前的景象代表了什麼意義。

「你要帶走他，為什麼？」

「他聽得懂龍貢，」山魈把腳掌從頓達的脖子移開，「他要變好，變好很好。」

這表示頓達跟雲空一樣，天生就聽得懂他們的話。

屋裡忽然變得陰暗，原本透光的屋壁，有東西在屋外遮蔽了光線。

雲空這才注意到，現在並不是清晨，他靜坐了很長時間，太陽已經移到屋子的另一邊了。

那個在屋外的東西十分龐大，雲空正想去瞧看，門口外便鑽進來一個大毛球。

不，不是球，而是另一個龍貢。

他同樣有著濃密的長毛，一踏入房子，立時帶入一股濃濃的酸臭味，像混了青草的腐土。

雲空聽見腳下傳來一陣低吼聲，才發覺焦腳虎已來到腳邊，另一隻母貓則警覺的蜷縮在後面。焦腳虎已經長大不少，牠完全不畏懼高大的龍貢，朝著從門外進來的龍貢發出警告聲。

「噓，焦腳虎，」雲空安慰牠，「他們不壞。」

像人那麼大的龍貢凝視著焦腳虎，他的眼睛被長髮遮蓋了，看不分明，但他一見到焦腳虎，馬上變得十分安詳，連臭味都和藹了許多。

龍貢向焦腳虎伸出一隻大手，焦腳虎竟也步上前去，放心的把頭置於龍貢的掌中摩擦，主動的被他撫摸。

雲空頗為驚訝，他們都挺喜歡對方的呢！

龍貢輕拍焦腳虎的頭，然後走到頓達面前，用一隻手指抬起頓達的下巴，直視被嚇得渾身打冷顫的頓達。

龍貢小聲唸了幾句話，再朝頓達的臉輕吹一口氣，頓達的眼神馬上變得迷茫，身體也停止發抖。他愣愣的站起來，跟隨龍貢的腳步走向門口，體型較小的山魈尾隨其後。

他們步出門口，走下木梯後，外面的巨大影子也徐徐移走，光線才靜悄悄的鋪進屋裡。當影子移動時，整間房子也彷彿會震動，雲空趕忙追出去，快步走下木梯到達地面時，正好看見一隻巨足步入海傍的林子，大腿以上都被樹葉遮掉了。頓達被兩個龍貢前後夾著，也慢慢走進林中。

雲空呆愣在屋外，微微喘息，心中的激動一時無法平伏。

那些是山神，龍貢就是山神！

他從來沒見過如此巨大的山神，即使在大宋五十年來走過許多山林，都沒見過！只能讚嘆人外有人，天外有天。

他們要將那年輕人帶去何處呢？

焦腳虎走來摩擦雲空腳跟，撒嬌的低聲叫著，打斷了他的思緒。

雲空感到胃囊一陣抽搐，才想起今日從早上起床就還沒吃過東西。

想起昨天甘布絲給了他一包食物，是用腌製的魚肉、野薑、蔥、竹筍混起來的，他還央求甘布絲不要放胡椒。他從屋樑垂吊下來的竹籃，取出用香蕉葉包裹的食物，坐在門邊，把魚肉挑出來給兩隻貓兒吃。

【典錄】菖蒲

沙巴西海岸的巫師們，最重要的法器是一種稱為komburongoh的串珠，其實是水生植物的名稱，也就是中文的「菖蒲」。他們將菖蒲的根曬乾後切粒，然後串成串珠，祈請神靈時，會不斷搖動它以發出沙沙聲來召喚神靈。

不過菖蒲並非本地植物，而是在中國和印度一帶的溫帶植物，而且也並非在沙巴全境都有生長，有的地區不長菖蒲的，該地區巫師也就不注重菖蒲，改用植物種子製作串珠法器。相信由於菖蒲是少見的外來植物，所以特別珍惜吧？

菖蒲根部泡在泥水中，帶有香氣，巫師採集菖蒲時十分慎重，須有一連串的儀式和唱頌，由婦女邊唱邊收割。他們相信菖蒲中有能提供助力的善靈，但也可能躲了惡靈或沒用途的靈，所以要用儀式來挑選。菖蒲的香氣是重要的巫術成分，有的儀式還要巫師特別穿衣遮去菖蒲香氣，讓某些惡神找不到巫師。

其實，婆羅洲原住民乃源自台灣的南島民族，更早的來源是雲貴高原一帶，咸信約三千年前抵達婆羅洲，因此有許多風俗十分相似。在中國，菖蒲和艾草這類香草，是端午節的重要辟邪植物，所以沙巴巫師之重視菖蒲，可能來源甚古。

端午節時，家家戶戶在門前掛菖蒲和艾草，將兩種香草綁成一紮，懸於門柱，可趕蚊蠅、驅蟲蛇。古人相信香氣能辟穢，又艾葉如羽狀、菖蒲葉長三尺似劍形，故民間有「艾旗迎百福，蒲劍斬千邪」的楹聯。

端午節在東漢已是全國性節日，但源頭應在炎熱多蟲的南方。南梁宗懍寫的《荊楚歲時記》，記載長江中游荊楚（湖北）風俗，就幾乎有一半篇幅都在寫辟邪和辟病風俗。

但是，另一種辟邪用的桃木就只限於中國了，東漢應劭《風俗通義》已記載桃符驅鬼，乃在桃木片上或寫或畫「荼、鬱」二神之名，後來道士的桃木劍相信也從桃符的驅鬼功能延伸而來。但桃樹只能種在溫帶，直到近百年才由美國改良出亞熱帶可種植的桃樹，因此故事中的老布摩對雲空的桃木劍甚有興趣，因為以桃木製作的法器比菖蒲更罕見呀。

龍腦香凝

之卌七

紹興十年（一一四〇年）

「龍又在噴火了。」

小孩說的沒錯，在黑夜中，山峰的火光清楚可見，彷若巨大的燈塔，連在汪洋大海中的商船都能遙遙望見。

雲空初抵此地時，也曾在夜晚的海面上眺望山峰上的火光，船主告訴他：「那是聖山，蕃人說是天下第一山。」

到了白天，從海上眺望聖山，又有另一番意境，聖山橫列在層層雲霧之上，彷如紫色巨船在雲海中行舟，神聖莊嚴。

當時雲空忽然有一股很強烈的感覺：這裡就是他要找的地方了。

「此地就是昆侖嗎？」

「這裡叫渤泥，好像也有座昆侖山，不過，名叫昆侖的地方不只一個呢，有的昆侖奴就是從這裡過去的。」船主梁道卿解釋說，渤泥村落繁多，各屬不同族的蕃人，他也分不很清楚，有的海邊蕃人會到內陸捕捉他族蕃人，然後賣給外國商人當奴隸。

「他們沒有國王嗎？」

「我所知道的是沒有。」

雲空無法想像一個沒有國家觀念的地方會是如何？

但是，他強烈的感覺到紅葉的存在，甚至可以感覺到岸上有她的氣味。

他想下船，甚至定居，船主說他有個堂弟落戶於此，更堅定了雲空的念頭。

萬一紅葉真的不在，還能等待下一年有大宋商船靠岸時再上船，前往另一個地方。

「龍又在噴火了。」為了確定雲空有聽到，小孩重複說道。

小孩就是船主的堂弟梁道斌的兒子，說著廣州方言。

有的商人來渤泥收集貨品，錯過季風，就多住一年，甚至定居於此，成為「住蕃」（反之，外國人定居中國的叫「住唐」），並娶妻生子，生下混血的小孩。

可是梁道斌的情況比較特別，他是逃兵。

小孩指著聖山山頂的火光：「我娘說，這聖山上的龍，從她祖先的祖先那代，就常在夜間噴火。」

「有人見過那條龍嗎？」雲空問小孩。他不禁猜想，此地也有龍的傳說，不知跟中國的相像嗎？

小孩搖手：「龍在山頂，可是不能隨便上山的，祖先的靈都住山上，打擾祂們會惹來麻煩的。」

「要經過族長開會同意呀，不然會被放逐或處死的。」梁道斌拿著晚飯走過來，「何況那兒是其他族的地盤呢。」他遞給雲空剛剛蒸好的雜糧飯，用蕉葉包裹著米、黍去蒸，摻了許多切碎的野菜和魚肉。

雲空一手托著蕉葉，一手拿筷子撥飯。

兩隻貓兒聞到食物香氣，便過來朝雲空喵喵叫，梁道斌拿一尾蒸好的魚給牠們：「沒忘了你們的分。」

兩隻貓兒已經長得很大了，雄貓焦腳虎讓雌貓先吃魚，自己在旁靜候。

他們席坐在半完成的媽祖廟外面，在星空下點燃篝火，用燃燒草葉的濃煙驅蚊。

媽祖廟是從泉州、廣州來的商人合資興建的，祂是泉、廣一帶於宋初興起的神祇，也是大宋政府少數不禁止膜拜的民間神祇，聽說原是漁夫之女，後來成為女巫，死後成為海神。商人們見商船捎來了個道士，欣喜萬分，便要雲空主持廟宇，監督建廟工程。

雖然沒有瓦磚，只有碩莪樹和竹為材料，雲空還是想盡辦法弄出個像樣的廟宇，供住蕃和商人出海前祈禱及平日聯繫之用。

「那才不是什麼龍，」梁道斌對孩子說的話嗤之以鼻，「那叫火山，以前行船經過麻逸（菲律賓）時，也見過冒煙的火山，聽說還會噴火爆發，造成大災害呢。」

「所以沒人見過山上的龍嗎？」

「倒是聽說有在大河見過龍，」梁道斌搖搖手，「不過一定是蕃人眼花了，騙人的。」

雲空默不作聲。

他年幼的時候，師父破履的確曾親身接觸過龍。

雲空還真的很想登上山去瞧看，有龍也罷、火山也罷，他想去弄個清楚。

山峰的火光變暗了，時隱時現，映照出山峰頂部的輪廓。

悄悄的，一張臉浮現在暗紅色的火光前方。

紅葉的臉，就如平常一般，隨時隨地在眼前浮現，聖山的火光剛好透過她的眼睛。

「紅葉……」雲空輕呼她的名字，就如每一個想念她的日子那樣。

「吃完了，回家找娘吧。」梁道斌推推兒子，遞支火把給他，「爸陪道長過夜。」

小孩畏懼的望了眼黑暗的草叢，雲空見狀，便說：「你們都回去吧，貧道也想獨自靜坐。」

「道長可以嗎？」梁道斌再三確認。

雲空摸摸男孩的頭：「明早帶筆來練字，好嗎？」

男孩能有爸爸一塊兒回家，怎麼都好。

兩人都離開後，雲空充分的享受這片恬靜。

今晚他就不回家睡了，反正廟宇也建在家的旁邊不遠。

廟宇坐落在海邊，在靜夜裡，除了四周充滿蟲叫聲之外，百步之外也傳來滔滔的海浪聲。

此時正值退潮時分，海水較遠，從溫暖的海面上吹來悶熱的海風。要過了夜半子時，溫度才會驟降。

自從來到渤泥，雲空就不再穿中土的道袍了，商人幫他做了幾件輕薄的衣袍，否則他早就汗流浹背了。

梁道斌留了數顆嫩椰子給他，椰子頂端已用長刀削薄，只消用小刀就能破開洞口飲用，喝完了還能刮裡頭軟滑的肉來吃。

不知不覺，他悠閒的在此地度過了將近一年，過著無需銅錢的生活，每日有梁道斌提供食物。他也在高腳屋四周整理了一個菜圃，種植了香蕉、桑樹、芋頭、豆類、瓜類等物，只要出門轉轉，就能飽足一日了。

遠方的大宋彷彿是前世的記憶，過去發生許多紛紛擾擾的事，都已經跟他完全沒有關係了。可他心裡仍是緊緊繫著紅葉，雖然沒有無時無刻在想念，她的形象卻如影隨行，無論做什麼事，都會想像：若有她在身邊，會是什麼樣子。

他不時回味著紅葉隨他一起雲遊那三年的情景，她從來沒提過師父無生及其他師兄姐們，只是靜靜待在他身邊，他甚至曾經產生一種錯覺，彷彿紅葉已經跟他生活了一輩子。沒想到，紅葉忽然不告而別，只留下「昆侖」兩個字，那一刻他才驚覺，紅葉已經在他的生活佔據了多麼重要的地位。

夜已漸冷，雲空落寞的望著篝火，伸出右手，依然感覺到紅葉曾經留在他手心的溫度。

他嘆了一口氣，決定把篝火移到廟裡去。

媽祖廟建在地面，不是高腳的，雲空怕有野獸或大蜥蜴或蛇跑進來，遂將燃燒的木柴幾根幾根的拿進廟裡，重新在地面堆成篝火，合上廟門。他在空蕩蕩的廟中靜坐，神壇上的媽祖像，還得等商船從泉州運來。

靜坐到深夜，雲空突然從冥想中驚醒。

篝火不知何時熄滅了，在漆黑之中，他清楚的感覺到有眼睛在盯著他。

他也聽到焦腳虎正對陌生來客發出忿怒的低吼聲。

「什麼人？」他大聲問。

黑暗中的生物以沉默回應，雲空不禁感到毛骨悚然。

「什麼人？」雲空改用剛學會的蕃語質問。

黑暗中的生物沉默良久，才發出聲音，他說的也是蕃話，但雲空還沒有學會足夠多的蕃話，不過也大致瞭解他在說什麼：「新的神要來……」他的聲音粗曠，像野獸的低吟，充滿挑釁的意味。

他感覺到那個生物在黑暗中慢慢迫近，甚至近得可以聞到對方的鼻息，充滿野獸的酸臭味。

雲空不敢說話，他只恨桃木劍沒放在身邊。

奇怪的是，當那生物迫近他時，焦腳虎反而不再低吼，還發出撒嬌似的輕哼聲，令雲空大惑不解！

躊躇之際，雲空忽然聽見空氣劃過幾道尖聲，有空氣被細細割裂，那生物隨即發出怪叫聲，不悅的嘟囔了幾聲，便一躍撞開廟門，拖著轟隆轟隆的腳步聲離開。

夜風穿門而入，將一股體香吹拂到雲空鼻中。

那香味他再熟悉不過，禁不住心中一陣狂喜：「紅葉？」

那是他曾經聞了三年的香味。

黑暗中有個女孩的聲音：「我告訴過我自己，還不能來找你。」但聲音像漏了風一般怪怪的，聽見聲音，雲空更確定了：「紅葉，妳真的在這裡，」他站起來，踉蹌地在黑暗中摸索，走向聲音的方向：「我沒有感覺錯，妳真的在這裡……」

「我會來找你，是因為你懂得醫治奇難雜症。」女孩的掌中點亮一團比日光還要明亮的白光，照亮了整個廟裡。

忽來的強光令雲空眼球激烈疼痛，過了一陣，他才漸漸看清眼前的女孩。

依舊是她愛穿的紅衣，依舊是嬌小的七歲身軀，但是，紅葉的頭被挖掉了一塊，右半邊的天靈蓋和眼珠子都不見了，變成一個血窪。

雲空驚愕的衝上前，手掌舉在她頭顱的缺口上方，不敢碰觸。他把紅葉手上發光的神物拉近缺口，仍可看見創口的血水在隨著心跳冒泡：「誰傷了妳？」

紅葉的精神驀地放鬆，忽然雙腿發軟，雲空趕忙彎身把她扶住，抱在懷中，紅葉把頭枕在雲空肩膀，潺潺流下和著淚水的血水。

※※※

一整晚，雲空坐在地面，把紅葉摟在懷裡，手心置於她後頸，不斷的灌注真氣給她。

天快亮時，紅葉的頭已經生回了一部分，但十分緩慢，新生的眼珠子還沒有視力，但已能在眼眶骨中打滾。

「妳什麼時候知道我來了？」雲空輕聲問她。

「你才剛踏上這片土地，我就知道了。」紅葉的聲音十分疲倦。

「誰傷了妳？」這句話一出口，雲空由不得緊握拳頭。

「昨晚找你的山神，我太過疏忽了……」

「山神？」雲空憶起那粗嗓子和野獸的腥臭。是他幾個月前遇上的山魈或龍貢嗎？

外頭傳來人聲，廟宇後頭有幾位蕃人在高聲談天，是梁道斌僱用的蕃人來開工了，說好他們今天要來把擺放媽祖像的神壇整理好的。他們乘著天涼趕早開工，午後炎熱就歇息了。

雲空用兩手抱起紅葉嬌小的身體，感到她的重量比昨晚增加了些，才稍微放下心來。

他敞開保留了樹皮的木板門，在蕃人走過來以前，把紅葉抱到旁邊的灌木叢中，放在柔軟的沙地上，撿來幾片寬大的椰葉蓋在紅葉身上，不讓蕃人看見她。

雲空跟蕃人費了些時間說明神壇的要求之後，手腳靈巧的他們便即刻動工了。

蕃人們就地取材，用四周隨處野生的碩莪樹蓋房子。

碩莪樹長得像椰子樹，樹幹可蓋房子、做木筏、搭橋，碩莪樹葉可編成一片片的來鋪屋頂，果子可製粉食用，可說是他們的萬用樹。他們砍下碩莪樹之後，泥土下的樹根又會長出新樹，七、八年後又能用來蓋房子了。

雲空看他們熟練的工作，根本無需擔心，他知道梁道斌午後會帶米酒過來，那些蕃人會很開心的。

當雲空回到紅葉身邊時，紅葉已經離開灌樹叢，在陽光底下打坐，她兩手置於膝蓋，手心朝上，讓陽光曬在手心上。此時，雲空竟看見她的頭顱正以肉眼可見的速度在生長，頭的形狀已經完整，正長出胎毛似的頭髮。

雲空用小刀破開椰子，將椰子湊到紅葉嘴邊，讓她呷著營養豐富的椰水。雲空看她新生的頭髮顏色棕黃，忍不住問她：「究竟發生了什麼事？」

紅葉放下椰子：「我跟白蒲哥哥……」說到這名字時，紅葉不禁偷瞄雲空的反應，「要上聖山，可是山神阻止我們。」紅葉曾告訴他四位師兄姐的名字，其他就沒再多說了。

「白蒲？妳的師兄姐們都在嗎？」

「只有白蒲，其他的，都生死未卜。」

「你們為什麼要上聖山？」

「雲空，我想求你救白哥哥，」紅葉怯生生的說，「也只有你，曾經當過百妖王，足以跟他們談判了。」

「白蒲在哪裡？」

「你能幫我嗎？」

雲空幽幽的凝望紅葉：「如果白蒲沒出事，妳就不會來找我了是嗎？」

紅葉用力搖頭：「不，不是這樣的，我一定會找你的，我要求白蒲哥哥上聖山，就是為了要回到你身邊！」

雲空驚訝的望著她。

「因為我是不死身，而你終究會死，我們上聖山，就是為了尋求死的方法。」

熱淚瞬間蓋住了雲空的視線：「別這麼說，妳已經為我死過好幾次了。」

紅葉一愣：「你想起來了？」

雲空點點頭。

「你想起來多少？」

「全部。」雲空一邊說，一邊淚流滿腮，「從妳我都是九黎大巫開始，你被熊人擄去，然後……屍體受盡凌虐，而我完全不曉得在妳身上發生了什麼事？我們一世又一世的在一起，但總是沒有好結局……直到唐朝那次，妳忽然消失得無影無蹤，我直到死都不知道妳發生了什麼事。」雲空頓首道，「現在我知道了，妳是被無生擄去了，然後改名叫紅葉。」

紅葉毀壞的眼珠子長回來了，但只有完好的那個流下了淚水：「我沒你想起來那麼多。」

「想起來是很痛苦的，所以我曾經極力想要忘掉，」雲空抹去淚水，卻怎麼也抹不盡，「上次妳失蹤之後，我不停找妳，找了兩百年也找不到，我承受不了失去妳的痛苦，所以我很努力想要忘記你。」

「因為無生抓住我了，把我禁錮在這個身體裡頭，所以我們不能再一起輪迴……」紅葉激動得兩腮泛紅，抓住雲空的肩膀，「所以我必須找到死亡的方法呀！」

「無生去了哪兒呢？」

「我不知道，他奪取黃連的身體、吸盡了青萍的精氣之後就失蹤了，白蒲叫我逃跑，後來我就跟住你，直到白蒲再次找到我。」

黃連和青萍也是不死之身吧？雲空感到困惑：「然後妳跟隨他來到南洋。」

「因為他說這裡有解藥，」紅葉說，「也因為我救了兩名昆侖奴，我要送他們回家鄉。」

「昆侖奴？」原來還曾經發生過這種事？「這裡就是他們的家鄉？」

紅葉用力點頭：「這裡，渤泥，聖山之地，昆侖之鄉。」

雲空忽然嗤鼻失笑，然後高興的大笑起來，紅葉不懂的望著他。他伸手將紅葉輕輕摟入懷中：「我還以為妳作意要離開我，不是就太好了。」

「我離開你，是為了回到你身邊。」紅葉輕撫雲空的背部，「但我原本還沒那麼快要找你，這是迫不得已，要利用你過去百妖王的身分去救白蒲。」

「白蒲發生什麼事了？」

紅葉遲疑了一下：「他變老了。」

這不正好符合紅葉的原意——尋找死亡的方法——嗎？

「可是，他只是變老，卻依然不死。」紅葉憂心的說：「永遠永遠的老。」

※※※

渤泥位於熱帶，沒有四季，只有旱季和雨季。

如今正是旱季即將結束，越接近中午越是酷熱，下午會有陣雨，所以他們必須乘太陽照熱地面之前動身。

紅葉帶雲空爬上一棵枝葉濃密的大樹，她的仙槎就躲在兩根粗幹交叉處。

這艘仙槎從無生仙島駕駛出來，在紅葉陪同雲空的三年中，其實一直如影隨形的在空中跟著她，當她和白蒲登上商船前來渤泥時，仙槎也跟隨她過來了。

雲空來不及知會梁道斌，便迫不及待的將仙槎升空，朝東北方的聖山飛去。

清晨的聖山沒有雲朵遮擋，三個山峰非常清晰。

離開海岸不遠之後，他們便進入了熱帶雨林上空。雨林中盡是參天大樹，樹頂和樹冠鋪成一片綿延無盡的翠綠，散發著清涼的靈氣，彷彿有無數生命之流在裡頭竄動。

紅葉告訴雲空說，她帶昆侖奴夫妻兩人回來渤泥時，先從小鎮到泉州港口，等候前往渤泥的商船，出海後又走走停停，停泊過四個港口交易貨物，費了半年才到達渤泥。

在這一年之中，紅葉學會了他們的語言。

他們告訴紅葉他們被拐賣去唐國的經過，誘騙他們的就是專程來收集龍腦香的商人。

「龍腦香？」雲空曉得，龍腦香自唐代以來就是名貴藥物。

紅葉指向他們腳下的森林：「這裡有很多龍腦香樹，蕃人叫卡卜爾樹，都是很巨大的樹木，會流出很香的樹汁。」雲空知道，梁道斌也有向蕃人收集龍腦香，再交給堂哥運回去。

龍腦香從幼苗到成樹需時五六十年，蕃人將樹木劈開，就能在樹中取得成塊凝香，叫「梅花腦」，是最上等的龍腦香；還有用木材碎屑蒸出來的汁液凝成結晶的「熟腦」，又有速腦、米腦、蒼腦、油腦等不同等級，一般稱之為「冰片」，運回大宋的價錢十分的好。

「當時，那些拐騙他們的人問說，有沒有聽說過『龍腦香王』。」紅葉說，「據說是千年老樹，位於深山之中。」

「千年老樹，恐怕成精成仙了。」雲空不禁俯視仙槎下方一望無涯的熱帶雨林。小時候曾追殺他的就是樹精，他們會藉由根部在地底形成整個大陸的聯絡網，不知在這南洋之地的樹精是否也會如此？

「他們答應給豐厚的聘金，帶他們去森林尋找，找了多時沒有下落，便把他和妻子灌醉，帶上船去大宋。」紅葉說，「白蒲哥哥聽了之後告訴我，師父……無生也曾提過龍腦香王。」

「無生說過什麼？」

「他說，龍腦香能把某些東西清除掉，某些……他放進我們身體的東西。」

「他放了什麼進你們身體？」

「他說了，但我們聽不懂。」

紅葉和白蒲乘著仙槎深入雨林，在住滿巨樹的潮濕森林中穿梭整個月，終於在聖山腳下找到一棵三人圍抱的千年龍腦香王。

「終於找到了。」他們把仙槎停在樹下，白蒲立即伸出五爪，用他深厚的內功，要把樹幹挖出一個洞來。

他把樹身挖開一小塊，立時滿手異香，濃烈的香氣撲鼻而來，但當他要繼續動手時，竟發覺使不出內力，似乎有某些東西自體內流失了。

「是真的！」白蒲不知該高興還是害怕才好。

「白哥哥，你別再碰了。」紅葉擔心白蒲的力量會消失，畢竟要尋死的是她，而非白蒲。

白蒲從仙槎取出斧頭：「我先試試，如果有用，才換妳！」

兩人各拿斧頭和刀子，費了半個時辰，好不容易剜開個可塞進一人的創口，此刻他們已被龍腦異香沾滿衣襟，紅葉嗅著也感到暈眩，似乎連血液的流動也變慢了。

白蒲要將自己塞進樹洞，紅葉忙拉住他：「不可以，白哥哥。」

白蒲甩開她的手，快速把自己擠進樹洞：「紅葉，如果沒效的話，如果妳仍舊是不死身的話，」紅葉直愣愣的望著他，「妳就忘了雲空，永遠跟我在一起，好嗎？」

紅葉心裡萬分掙扎，她不喜歡這種為難的感覺，她要把白蒲硬拉出來。

白蒲出不來了。

受傷的龍腦香樹似有靈性，忽然大量分泌黏稠的樹汁，流上白蒲的脖子、肩膀、手臂，將他一點一點包裹起來。

白蒲大吃一驚，想從樹洞掙脫，卻發覺被香氣圍繞的他越來越衰弱，沒力氣掙扎。他向來所向無敵，從未如此無助，只能惶恐的望著紅葉，口中竟說不出一個字。

紅葉用盡力氣想把白蒲拉出來，卻也手腳酥軟，根本使不上力氣。

不特如此，白蒲的容貌忽然衰老了許多，像是要將偷走的歲月一古腦還盡似的，皺紋在他臉上以肉眼可見的速度蔓延，皺紋還爬上紅葉抓住白蒲的手臂，將她稚嫩的皮膚變得粗糙鬆弛。

紅葉不理會，繼續用力想拉白蒲出來。

白蒲忽然直直盯住紅葉的後方，紅葉慌忙中轉頭一瞧，才發覺他們被包圍了。

後頭有個圓滾滾的大毛球，渾身棕黑色的長毛，沾滿了樹枝和落葉，在長毛間露出兩隻紅色的眼睛，遠遠也嗅得到他身上的酸臭味，連龍腦香也無法完全掩蓋掉的臭味。

像他這般的大毛球，四周就站了六、七個。

大毛球不知嘟囔了些什麼，山中竟傳來巨響，像巨大的腳步聲，連地面也會震動。

一道黑影蓋過了陽光，紅葉驚奇的看見三個巨大的人影，果真是巨人！這些都是在中土不曾見過的異物！不知是妖物還是神靈？

三個渾身長毛的巨人慢慢迫近他們，大毛球也滾動身體，漸漸縮小包圍圈。

紅葉欲以飛針攻擊，手指竟軟弱得連針都抓不穩。

巨人用巨大的手掌一撥，當下擊裂紅葉的一片頭顱，頓時血花飛濺，頭骨和連著眼球的腦子在空中劃了道長長的拋物線，飛落在地面的落葉堆中。

白蒲見狀，直想發狂大喊，但龍腦香的樹汁已包住他全身，湧上他的鼻子，他趕忙閉氣、閉眼、閉口，只有耳朵，他閉不掉。

紅葉掙扎著爬起來，用剩下的那隻眼睛尋找仙槎，血水不停蓋上眼球，她不斷用手擦拭遮蔽視線的血水，好不容易才走到仙槎，趕在仙槎被山神破壞之前，狼狽的鑽進仙槎，啟動反重力引擎，全速逃離。

此刻她心中只想到雲空。

※※※

雲空望著紅葉的衣服，肩膀上尚有乾涸的血塊和軟組織碎塊。

他們乘著仙槎，在聖山四周搜索，先到昨天受攻擊的地點查看，只見千年龍腦香王已被截斷，樹根斷口發出的香氣，在方圓一里之內都非常濃烈。

地面佈滿落葉，所以沒留下腳印，四周的樹木也沒有遭到破壞，可見他們運走樹幹時，是十分謹慎保護周圍環境的。

紅葉極力搜索白蒲的心靈，好不容易才感受到他微弱的訊息，就在前往聖山頂峰的方向。

「我們先到山峰去瞧瞧。」她加速仙槎朝山峰飛去，隨著越飛越高，溫度逐漸降低，尤其高空中十分寒冷，一如中土深秋的溫度。加上高空的空氣稀薄，令身體逐漸老化的雲空感到不適，他於是拉低仙槎飛行的高度，令它貼近樹頂飛行。

即使緊貼樹頂，濃密的樹葉也令他們很難看到下方的地面。

雲空沉思著：這裡是妖物和神靈的世界，或許不是人類應該闖進來的。

難怪蕃人的長老不許族人擅自闖入，想必是為了避免破壞兩個世界的和諧。

只要不降落，就不算闖進他們的地界吧？

但他擔心著，要有多貼近，才是冒犯了他們的世界？

還是，即使在空中也會冒犯他們？

隨著越飛越高，漸漸樹木越來越矮，從高大的巨木變成森林，森林逐漸稀疏，再變成矮樹叢，最後只剩下灰色的堅硬岩石，偶有苔蘚在石縫中生長。

紅葉依然可以感覺到白蒲微弱但尖銳的心靈，雖然時斷時續，但方向沒有改變。

已經過了一天，不知他們將白蒲怎樣了？

「紅葉！」雲空指向下方，他看見了，荒涼的岩坡上有東西移動，從高空望下去，三位巨人正合力搬著一根長長的巨大樹幹，身邊有幾個棕黑色毛球在擺動身體，一起朝山頂進發。

「他們想幹什麼？」雲空不禁奇問。

紅葉擔心的望著樹幹：「白哥哥還在裡面嗎？」有了先前被打破頭的經驗，她不敢貿然衝下去救白蒲。

雖然找到了，雲空依然束手無策，他應該如何跟他們溝通，才能救出白蒲呢？他有辦法再令蚩尤的元神現身，跟他們談判嗎？

「紅葉，此處寸草不生，可見他們的目的只有一個。」雲空指向山峰。聚在山峰四周的雲層緩緩移動，像河流般護繞著它。

紅葉看見繞山流動的雲層，當下一臉陰鬱，忖著：「很像仙島……」很像她居住了逾兩百年的無生仙島。

「你聽說過嗎？傳說這聖山上有龍。」

紅葉搖搖頭。

「說不定那些雲是龍吐的氣呢，傳說有龍之處必然生雲。」

紅葉更擔心了：「龍聽起來很可怕，我們對付得了嗎？」

「有龍未必可怕，」雲空豁達的說，「我們趕在他們前頭，到山峰去瞧瞧，便知端的。」

不知為何，有紅葉在身邊，雲空心裡找不到恐懼。

他們將下方的巨人和山神一行遠遠拋在後頭，直往山峰飛去。

山峰就在前方，卻像是無盡連綿的荒涼，儘管一直飛，山峰依舊在前方，彷彿怎麼都抵達不了。

許久，他們才終於飛進包圍山峰的雲層，眼前馬上一片迷茫，空氣頓時變得又濕又沉重，呼吸愈加困難，這樣下去連肺臟都會積水的，雲空趕忙從布袋取出一方手帕包住鼻子，也遞了一塊布給紅葉，但她搖頭表示不需要。

忽然，陣陣嗆鼻的濃烈酸味衝進了鼻腔，嗆得雲空五內翻騰，他和紅葉對望一眼，紅葉困惑的說：「是硫磺！」

雲空也嗅過，無論煉丹或驅蛇，都用得上硫磺的。他恍然大悟，梁道斌果然沒說錯：「原來聖山真的是座火山。」

無法理解的是，山神們搬一根千年龍腦香王上火山口，究竟所為何事？

前方的濃霧中出現橙黃色亮光，雲空相信火山口要到了，便將仙槎斜斜飛出雲層，先擺脫水氣和硫磺毒氣再說。

一飛出雲層，火山口驀地就在眼前了！

它沒有冒出濃煙，但噴出的熱空氣將火山口四周的景象都扭曲了，火山口內部不停閃現紅光，發出隆隆的雷鳴聲，似乎有團團火球在裡頭滾沸著。

紅葉被懾住了，她感受到一股源自地底的暴烈之氣正在增長，蠢蠢欲從這地表的洞口衝出來。

雲空也擔憂的俯視火山口，原本應呈圓形的邊緣崩了一塊，朝下拖出一片扇形的斜坡，或許它曾經在久遠的時代爆發，熔岩如河流般披蓋下來，而那片平滑的扇形山坡難道就是岩漿流經的痕跡？

雲空凝視著火山口，他從來不曾見過比這更熱的高熱，地獄之火恐怕也無法媲比，火山內熔化的岩石可將任何碰觸之物頃刻化灰，所有生體都被化成單純的碳分子和礦物質，他無法想像它真正的恐怖。

「紅葉，妳能跟白蒲說話嗎？」

紅葉搖頭：「他的念頭斷斷續續，他好像想說話，但我聽不清楚。」

「好，妳請他幫忙問，山神們為何要抬龍腦香王上山？」

紅葉怔了一下：「怎麼問？」
「我們只好希望山神也跟你們一樣，能夠用心念來對話。」
紅葉聽懂了，她隨即合上眼睛，專心的傳話給白蒲。
「不停的問他，以免他也聽不清楚。」
他們朝山下眺望，遠遠的岩坡有幾個黑影，正是搬運樹幹的山神和巨人，他們忽然停下腳步，似乎在聆聽，不一會兒，又再啟步上山。
紅葉轉頭向雲空說：「火山神。」
雲空急問：「他們要祭拜火山神嗎？」
紅葉吃了一驚：「你猜到了？」
「他們還說了什麼？」
紅葉懊惱的搖頭：「白蒲只一直重複火山神、火山神。」
雲空咬了咬牙：「我們下去。」
「不行，很危險，」紅葉慌忙道：「巨人只消一掌就打破了我的頭，你是凡人之軀，必定活不了的！」
「你不是叫我以中土百妖王的身分來幫忙嗎？」雲空堅定的望著紅葉的眼睛，「只要有妳在我旁邊，我有一死的勇氣，」他笑道，「橫豎要死，了不起下一世再見妳。」
紅葉的眼睛登時泛紅，淚水盈滿眼眶。她上前輕輕擁抱雲空：「對不起，我的身體無法長大，只能以這麼小的模樣跟你在一起。」
「沒關係，」雲空輕撫她的頭，看看她新長出來的頭髮逐漸增厚，「我們之中，只要有一個人沒有忘記對方，就一定會再見面的。」

「嗯。」紅葉滿眼淚水微笑。

「現在，我們下去吧。」

紅葉將仙槎降落在山神前方，讓雲空下去後，又將仙槎升空，在安全的高度觀看。

雲空在斜斜的岩坡上站立，等待山神一行上來。

他看見山神很像加大版的山魈，同樣毛髮濃厚，不過厚得像一團大毛球，連四肢（如果有的話）和眼睛都看不見了。

另外三位巨人太高了，雲空連抬頭都看不清臉孔，只知道他們的一個腳印，比他躺直還長一些。

六位山神走在抬大樹的巨人兩側，另有一位山神在前方領頭，越來越迫近雲空。

雲空心情平靜，不問榮辱、不畏生死，溫和的直視著他們，山神們似乎感受到他的善意，在他身邊徐徐經過，其中一位還拋下了一句：「帶新神來的人。」表示他們認得他。

「請問，」雲空用蕃語大聲問，「我的朋友在這棵樹裡面，可以讓他出來嗎？」

山神嘟囔了一陣，用近乎咆哮的聲音說：「趕快趕快，火山神要醒來了。」

另一位山神也發出咆哮聲：「他自己進去，我們找到的樹，很難找卡卜爾王。」

巨人們忽然低吼了幾聲，山神們馬上止步，恭恭敬敬的朝巨人鞠躬。

雲空愣了一會，才恍然大悟：那些巨人也是山神，是更巨大、地位更高的山神！那麼先前在他家制伏小偷的山魈，應該只是山神中的小嘍囉了。

雲空充滿敬意的仰望三位巨山神，抬著巨大樹幹經過他面前。

斜斜的岩坡很費力氣，巨人們不休不眠的搬著大樹走了一整天，正大口喘著氣，喘出來的酸臭氣息在嚴寒下凝成黃色霧氣，豆大的汗水高高滴下，顯然他們的體力已經快到極限了。

「火山神喜歡卡卜爾王嗎？」雲空跑向巨山神，抬頭向他們大叫。

巨山神專心的抬樹幹，沒回答雲空，由領頭的山神代為回答：「要很多，要很多，很難找，送給火山神，火山神睡覺！」

另一位山神惶恐的說：「以前以前，火山神醒來，死了很多很多，樹燒光了，死很多人，河有毒，魚死了。」

雲空大喊：「我有飛船！」他指向空中，「可以幫助你們！」

「帶新神來的人說可以幫！」走在後面的山神咆哮，「怎麼幫？」

「飛船，高高看下去，容易找卡卜爾王！」雲空比手畫腳，「飛船可以把大樹送上去！」

「不行！」紅葉在空中嚷道，「我們沒有繩子！抬不到大樹！」

「女孩說什麼？」山神仰首望紅葉，沒停下腳步。

「沒繩子，把樹綁在飛船，要有繩子。」

山神們互相咕噥著談論了一陣，領頭的山神開始扯下自己的毛髮，用靈巧的雙手，邊走邊編成繩子。其餘六位山神也紛紛倣效，再走了兩刻鐘，他們已經用又粗又韌的毛髮編出了一條長繩。

「來來。」山神向空中的紅葉揮手作喊，紅葉便將仙槎緩緩降下，山神們合力將繩子綁上樹幹，雲空和紅葉也想辦法將繩子固定在仙槎上。

他們試了一陣，樹幹太長了，懸在半空容易晃動，樹幹也太重了，只怕仙槎會很難飛行。

山神見時間拖延，很是焦急，不安的搖動和噴氣。

「我們換個方法，」雲空提議，「樹幹的一端綁在飛船，另一端仍由你們抬著，」他轉向巨山神，「如此更輕吧？」三位巨山神晃著腦袋瓜想了想，同意試試看。

在天色轉暗之前，他們終於成功將龍腦香王運到山峰，擱在火山口邊緣。

七位山神圍繞著火山口，開始扭動身體，吟唱著低沉又押韻的歌謠，像哄孩子入睡般，撫慰聖山的情緒。

他們拿出菖蒲串珠，搖動串珠，發出有節奏的沙沙聲，然後吟唱著：

「偉大的緊若羅欣岸[6]，創造天空的緊若羅欣岸，
龍貢的創造者，精靈的創造者，人類的創造者，
您為令我們有食物而犧牲了女兒汑歌莉詠[7]，
生出百穀、果樹和蔬菜，
如今懇求您再大發慈悲，
您寵愛的帕卡[8]要甦醒了，
請您教他平和，請您教他安睡……」

雲空在一旁耐心等待，不想有任何誤失惹惱山神，等待他們進行完儀式。

紅葉緊握雲空的手，焦慮的望著龍腦香王，樹幹上有一大片半凝固的樹液，就是白蒲被封進去的凹糟。

待山神們吟唱完了，歇息已久的巨山神站起來，準備將龍腦香王推進火山口。

雲空正想出聲，巨山神已用大手挖進樹洞，將白蒲從黏液中拖出來。

紅葉和雲空趕忙衝上前，為他清理樹汁，但紅葉一碰上樹汁就會失去力氣，所以雲空叫她避開，由他來清理就好。

6. Kinorohingan，創造神。
7. Togoriong，創造神之女，傳說中在飢荒時被父神所殺，以創造五穀百果。
8. Paka，神山上的神龍，曾為Kinorohingan的寵物。

紅葉無奈，只好走過去看山神。

三位巨山神奮力將龍腦香王推下火山口，熱氣令龍腦香的香氣一時噴發，整根樹幹冒著透明的煙霧，拖著一道流水似的透明帶子掉入紅焰之中。

山神們等待了一下，看著紅焰果然有稍微轉弱，他們發出滿意的聲音，接著便交頭接耳起來。

他們走向雲空，向他咕噥著：「我們很多年才找到一棵卡卜爾王，幾年才運一根上來，太慢，火山快燒了。」

雲空抬起頭道：「我答應過的，明天早上，我們開始找卡卜爾王。」

※※※

傍晚時分，梁道斌在未建好的廟中來回踱步。

他已經在這裡徘徊一整天了，焦腳虎和雌貓見他煩躁，走過來對他喵喵叫，像要安撫他。

當雲空推開門時，他大吃一驚，忙上前問：「你去哪兒了？」

一見雲空扶了個臉色蒼白的老人進來，身後還跟了個小女孩時，他更為吃驚了。

「先別多說，幫我一個忙。」雲空將老人放置在地面，「有沒有布？」

梁道斌瞟了眼老人，見他身上沾滿黏液，全身散發出清涼的香甜氣味，不禁蹙眉道：「龍腦香？」

「我必須幫他全部洗掉。」

「那，何不帶他去海裡？」一言驚醒夢中人，雲空忙又將白蒲扶起，梁道斌也搶上前來：「我也幫忙。」

他們合力把白蒲搬到海邊，脫下外衣，讓他坐在溫暖的海水中，雲空解開他的髮髻，用海水慢慢洗滌他身上半凝固的樹汁。

梁道斌拿著白蒲的衣服時，心裡竟開始盤算，能從衣服上萃取多少龍腦香來製作冰片。

在星空下，白蒲感覺到肌膚漸漸恢復了知覺，自亙古以來孕育生命的海水充滿了能量，白蒲饑渴的吸收能量，臉上的皺紋才慢慢消失、漸漸平伏。

奄奄一息的他，覷看正幫他刮掉樹汁的雲空，淚水不自覺的湧出。

他本來想對雲空說話，但想了一想，決定還是不說話的好。

「梁兄，」雲空對梁道斌說，「我會離開一段日子，媽祖廟的事不得不耽擱一些時日，還請梁兄原諒。」

「你要去何處？」梁道斌從滿腦子的盤算回過神來。

「一言難盡，」雲空苦笑道，「梁兄只管在夜晚觀看聖山，」梁道斌不自覺的朝聖山望去，「聖山夜間不再有火光，就是我歸來之時。」

梁道斌聽了，更如陷五里霧中。

「還有，麻煩梁兄照顧他。」雲空指指白蒲，梁道斌才驚覺，白蒲不再是剛才進來的老人，在昏黃的夕陽下，白蒲的臉和身體變得更年輕了。「讓他暫住在廟裡就得了。」雲空說。

※※※

休息一夜，天亮時，雲空和紅葉又從媽祖廟消失了蹤影。

他們依約去雨林上空搜尋龍腦香王，從高空尋找會比地面容易，因為年紀最大的樹木會鶴立雞群，其樹冠會突出於一片樹海之中。

每找到一棵龍腦香王，雲空便會砍破樹身，讓它濃烈的香氣發散出來，讓山神和巨人們循著氣味找來。

接下來的一個月，聖山周圍十里的空氣全飄著奇特的香氣。

人們也留意到，夜晚時分，聖山頂上的紅光越來越弱了。

直到某夜，紅光完全消失。

夜晚噴火的龍，從此成了傳說，並在後世出現了幾個版本。

一個版本說一對兄妹為治母病而偷走龍珠。

一個版本說有個聰明的年輕人盜取了龍珠，還賣給商人。

一個版本還跟中國皇帝有關。

山神用龍腦香王祭祀火山之神，用龍腦的清涼抑制火山，他們把好幾株千年龍腦香拋入後，換取了火山的平靜。

從此之後，火山沉默了許久許久。

在陰雨連綿的午後，聖山周圍的雲層會慢慢的堆疊起來，看起來像山峰戴著一頂大帽子。

聖山安靜了數百年之後，周圍的龍腦香森林逐漸被人類入侵，大樹消失，森林縮小，連山神也無力阻隢這些變化。

他們憂心忡忡，火山神遲早會甦醒的。

至少近年來我聽說，千年後的今日，火山之神有徐徐翻了翻身。

【典錄】渤泥

渤泥，應為今日之婆羅洲（Borneo）無疑，源自阿拉伯語Burni，也是今日汶萊（Brunei）國名的來源。當時的汶萊國土並不如今日之小。

渤泥最早紀錄可能在晉朝，當時中國僧人法顯往印度求法，四一二年回國時途經南洋，其著作《佛國記》提及的耶婆提（Yavadvipa）極可能就是。

和中國最早的交通紀錄在《梁書》，有使者於梁武帝普通元年（五二〇）拜訪，此後隋、唐、宋皆有遣使送禮。渤泥在當時中國古籍中又被稱為渤泥、婆利、婆羅，或婆羅乃。

北宋太宗時代，樂史所撰《太平寰宇記》又有記載。

南宋時，泉州市舶司提舉趙汝適（宋朝宗室）所著《諸蕃志》說：「渤泥在泉（州）之東南，番商興販，用貨金、貨銀、假錦、建陽錦、五色絹、五色茸、琉璃珠、琉璃瓶子、白錫、烏鉛、網墜、牙臂環、臙脂、漆碗楪、青瓷器等博易。」可見當時有番商（波斯及阿拉伯等地之外國商人）在渤泥進行轉口貿易。

《宋史》中說：「勃泥國在西南大海中，……其國以版為城，城中居者萬餘人，所統十四州。其王所居屋覆以貝多葉，民舍覆以草。在王左右者為大人，王坐繩床，若出，即大布單坐其上，眾舁之，名曰阮囊。戰鬥者則持刀被甲，甲以銅鑄，狀若大筒，穿之於身，護其腹背。」並詳述物產、農作、氣候、風俗。

雖然有「國」的紀錄，但婆羅洲海岸線長，文中之渤泥不知是今日之沙巴或砂拉越（屬馬來西亞），或是汶萊，或是加里曼丹（屬印尼）？而且那個時代的交通不發達，如果「國」的面積太大，管理上有困難，因此所謂「國」的範圍也不是現代的概念，有的只是沿著海岸線的狹長國土，而內陸森林山地等交通困難之地，依然是以土酋為主的地方治權。

《宋史》提到，太平興國二年（九七七），勃泥國王向打遣使臣向大宋進貢大量龍腦香，元豐五年（一〇八二）國王錫理麻喏又再進貢一次。

龍腦香是渤泥特產，早在唐代《酉陽雜俎》已經記載：「龍腦香樹，出婆利國，婆利呼為箇不婆律。亦出波斯國。樹高八九丈，大可六七圍。……香在木心，中斷其樹，劈取之，膏於樹端流出，……」後世考據，文中「箇不婆律」應為馬來語Kapur Barus，其中Kapur乃龍腦香樹名，Barus是蘇門答臘交易龍腦香的港口。

渤泥國王在十五世紀才改信伊斯蘭教，在此之前，應為信仰印度教或佛教。

一葉知秋

之卌八

唐・天復四年（九〇四年）～
宋・紹興十年（一一四〇年）

若為一國寫下醫案，那麼黃巢之亂十年，等於把風燭殘年的大唐毒打一頓，加上朝官（外官）和宦官（內官）互鬥，所謂內外交迫：外則外邪入侵，內則氣血紊亂，已病入膏肓，亡國只是時間問題。

黃巢手下大將朱溫投降唐軍，被朝廷重用，賜名全忠。

唐朝重用降將，是開國以來的習慣，因為根據過去的經驗，降將往往立下很大的功績，時機下對藥方，是一劑良藥。然而，世事無恆常，病會轉性，藥無定方，今時不同往日，朱溫開始勢力坐大，反而成為把大唐推向滅亡的最後一帖猛藥。

朱全忠為了控制皇帝，不斷奏請從長安遷都至東邊的洛陽。

在風雲變色之前，早有些敏感的人察覺到氣氛不對，國都長安已非安全之地，便想辦法要離開。

基本上人民設下戶籍之後，就不准隨意遷徙，但此時制度已經敗壞，費錢上下打點之後，李又八拿到了一紙出城通行證，當城門問他何故一家子出城時，他回說：「洛陽有大慶，叫我們去表演，車上都是表演的樂器和道具。」

城門查看屬實，於是放行，李又八便牽著牛車，載著一家人朝東行去。

他們的戶籍是樂戶，也就是表演工作者，地位特別低賤，不像民戶可改軍戶、軍戶可改民戶，樂戶是世代相承的賤民，生生世世不准改戶。

以前平順的大路，如今也因戰事頻繁而失修，一路上牛車顛簸，走了一段路，李又八就不得不讓妻女休息，遂將牛車轉進路旁林子，隱於林中歇息，好避開路上車馬的注意。

路上人來人往，他們休息了一陣之後，居然也有人從大路轉進林子來，李又八看了就精神緊張，繃緊神經看來人是誰。

那是一對騎馬的父子，男人身上有弓箭也有刀，他十三歲的兒子騎了小馬，也佩了一把匕首，顯然是當兵的人家。

那對父子望了李又八的牛車一眼，便覓了另一棵樹，將馬轡牽在樹幹，坐下來飲水吃乾糧，看樣子是要往長安去的。

李又八看見男孩，心裡不禁感傷，他也有個年齡相仿的女兒，訓練了琴技和舞技，兩年前才滿十二歲就賣給權貴人家當樂伎了，他還有一名七歲大的女兒，仍在訓練中，再過幾年也要父女緣盡的。

忽然，李又八心裡一悚，看見男孩從對面直瞪瞪的望過來，李又八的妻子、兩名兒子和小女兒俱坐在牛車外吃東西，不知他在打量誰？

接著那男孩起身，邊盯著他們邊走過來，李又八更為緊張，不禁僵直了身子。他們身分地位懸殊，他壓根兒沒有反抗的想法，只能在口中密唸佛號。

他不知道命運會帶來何種驚奇，在這不安定的世局中，生存的確不易，說不定來個突發事件，他們一家便會被時間的洪流淹沒，屍骨無存。

沒想到，男孩面帶微笑，走向他的小女兒，眼神中洋溢著親切感，彷彿久別重逢的神情。更令李又八驚訝的是，女兒也喜悅的望著男孩，兩人四目相視，不願將對方的視線放開。

人生際遇有時就是如此，要不是男孩剛才心念一動，央求父親到林子裡休息，一念差之毫釐，結果千里難逢，有時錯過了，就此生再也沒見到面了。

男孩開口：「找到妳了。」女孩以燦爛的笑容回應他。

男孩走向李又八：「你們家是樂戶嗎？」

李又八緊張得連咬字都會顫抖：「是，小官人，我們是樂戶。」

男孩很有禮貌，完全沒蔑視他們的意思：「如果令嬡來我家，她會吃好住好的，你可以放心。」

男孩的父親也走過來了，他身材高大，眼神冷峻，看來是上慣戰場的。

「小官，」李又八支支吾吾，「小女年紀還小，還在受訓。」

「我家可以請最好的老師，她要學什麼都行。」男孩說，「不論胡笛、琴、舞，甚至刀劍、弓箭、騎馬也是行的。」

女孩聽了，竟熱切的轉頭望著李又八，彷彿想要馬上奔到男孩身邊。

李又八心裡清楚，樂戶世代不得翻身，子女生下來，注定將來要賣給人家為奴的。這女兒最小，他最心疼，雖然當了父女七年有餘，但是反正遲早要分離，不如早些斷了緣分，強過日後更加傷心。

男孩的父親拍拍兒子的肩膀：「你喜歡這女孩？」便向李又八揚了揚下巴：「喏，你出價多少？」

李又八咬了咬牙。

男孩的父親說：「我兒子看上你女兒，是她的福氣，不瞞你說，我是朱全忠大將軍的家人，我兒子就叫朱彥，大將軍是朝中紅人，我就是被他派去見皇上的，如此你還擔心什麼？」

李又八忙低頭說：「不敢，大人要的，小的豈敢不給？」

「你這樣說，就像我們在仗勢欺人了，」男孩朱彥說，「不如這樣，你們隨我們進長安，我們去取了錢，親手交給你，好不好？」

李又八好不容易才離開長安，如今又得回去，命運戲弄如此，他也只能嘆息。

朱彥讓女孩騎上他的小馬，兩人親昵的態度，根本不像是剛剛認識。李又八跟妻子都十分驚訝，小女兒沒有表現出絲毫捨不得的樣子，見她絕情如此，不禁非常傷感。

牛車跟兩匹馬在往長安的路上並行，走沒多遠，只見大路中央直挺挺站了個年輕人，背剪著手，面對著他們，顯然來者不善。

那位朱大人見情況不對，便在馬上抽出大刀，指向那人：「請讓路，被馬或被車撞傷了都不好。」

那年輕人白白淨淨，笑容很和善：「無需麻煩，我只要完成了我要完成的事情，就會乖乖離開。」

朱彥也感受到一股緊張的氣氛，不禁往後握緊女孩的手。

「你是何人？報上名來！膽敢阻撓朱大將軍的使者。」朱大人下了馬，在年輕人面前擺弄著明晃晃的大刀。

「我說過無需麻煩了。」年輕人微微一笑，原本仍在十五步開外的他，不知怎地，瞬間就來到了朱大人面前，還未看清楚他使了什麼手法，朱大人的大刀便鏗鏘落地，立時昏倒在地上。

事發突然，男孩朱彥也不暇多想，便抽出腰間匕首，翻身下馬。

他正想上前爭一口氣，只覺身邊拂過一道清風，轉頭望去，馬背上的女孩已經不見蹤影。

再轉回頭時，連大路上擋道的年輕人也消失了。

朱彥發瘋也似的尋找女孩，李又八和家人也驚慌的四處尋找，但女孩像是從未出現過一般，消失得無影無蹤。

※※※

女孩醒過來時，看見兩個男子的背影，一個是剛才的年輕白淨男子，一個是氣質高雅的男人。

他們兩人見她醒了，便將她輕輕扶起，讓她舉目四顧，才發覺他們正在很高的空中飛翔，三個人擠在一個奇怪的東西裡頭。

從高空望下去，大地上秋意漸濃，許多樹木都迸放了一樹火紅的葉子，有的是鮮豔的橘色，或是耀目的鵝黃色，整片大地處處都像燃著火焰。

「你是誰？」女孩嘴唇乾燥紙白，害怕的問。

「我叫無生。」男人溫柔的說著。

「我的爹娘呢？」女孩哭泣著，「送我回去。」

「不，妳不能回去，妳將有新的生活。」無生牽著女孩的手：「妳可能不知道，我早就認識妳了，我對妳的瞭解，比妳自己還更清楚。」

年輕男子憂傷的望了女孩一眼，便繼續操縱仙槎。他知道女孩將會跟他一樣，忘記過去的家人，然後被訓練成非常厲害的人。

無生輕觸女孩額頭，又讓她睡著了。

他讓女孩一直睡到抵達仙島，將她放進機器，更新全身的細胞，啟動某些關閉了的基因，在細胞中加入無生研發的特殊成分。

當她醒來時，除了記得她是個女孩之外，其餘的記憶都被封存在心底的深淵。

當女孩醒來時，他告訴她：「妳的名字叫紅葉。」

因為秋天紅葉正熾。

也因為她性子剛烈。

※※※

朱彥尋找女孩，找了很多年。

幾年後，朱全忠終於篡奪皇帝位，成立新的國家「大梁」。

新政權於風雨中建立，極不穩定，朱全忠於是大肆屠殺不願意服從他的人，遠在四川成都擁兵自重的藩將不願順從，就地成立自己的大蜀國。

朱全忠在病情不穩定中亂開藥方，結果是延續五十餘年的大混亂時代，中國自此進入後世稱為五代十國的亂世，國起國亡如朝花夕拾。

那年朱彥十八歲，他向父親表明自己的志向：「奔馳沙場追求豐功偉業非吾志也，孩兒欲求人生的昇華，因此希望父親准許，讓我到蜀國求道。」他沒說的是，他真正的目的是要尋找心愛的人。

「為父向來都尊重你的志向，可蜀國是敵人的地盤！豈非送死？」

「四川乃天師道祖庭，我相信那裡可以找到我所要的。」朱彥的臉神十分堅持，「我隱姓埋名，絕對不透露我姓朱。」

朱彥的爸爸也知道，在這個亂世拖孩子從軍，無疑是叫他送死。

朱彥到四川去拜師學道，只不過五年，便聽說朱全忠被殺了，不久大梁也滅亡了，接著父親派人送錢來的密使也不再出現了。

他猜想父親也不在人世了，在亂世地獄中化為灰燼了。

他終於真正孑然一身了。

他四處雲遊尋訪名師，居無定所，天下消息不時溜進耳中：誰當新皇帝了，哪個新國又成立了，相對而言，他所在的蜀國動盪較少。

其實，他學道的目的只有一個：他希望學會道術之後，可以得到超乎常人的能力，找回那位失蹤的女孩。

他不知道他為何如此執著，彷彿跟那女孩在一起，才是他的畢生志向。

他沒找到女孩，女孩卻找到他了。

學道二十餘年，天資聰穎的他，已經掌握了幾位明師的精髓。

四十三歲那年，他在登上青城山尋求天師仙跡時，女孩毫無預警的現身了。

女孩和那位奪走她的白淨男子站在山道上凝視他，兩人身形樣貌一如二十五年前，她剛剛失蹤的前一刻。

往事剎那回到眼前，朱彥又驚又疑。

朱彥已鬢角微斑，然而女孩完全沒有長大，那男子也沒有變老，雖只朝過一面，他那虛假的笑容卻是如烙印般記憶鮮明。

一時之間，他還以為是幻象，是心魔投現的空花，直到女孩忽然出手攻擊他。

女孩朝他揮手，驚愕的他一時還未察覺發生了什麼事，直到他兩臂發麻，才發覺手背上插了幾根細小的梅花針。

在那麼一瞬間，他的心情沉痛到了谷底。

一個他思念了半生的女孩，竟然一見面就傷害他！

白淨男子向女孩耳語幾句之後，女孩又繼續向他揮手，數根細針刺到他臉上，他的臉部肌肉當即麻木，連開口說話也不行了，心中數不盡的疑問，一個也問不出來。

他們兩人走到朱彥面前，白淨男子說：「好了，現在了結他，帶回給師父就行了。」

女孩望向朱彥的臉，完全像個陌生人，完全沒當年深情款款的倩目。

當她看見朱彥眼神哀傷的望著她，並流下兩道清淚時，她轉頭問男子：「白蒲哥哥，他是不是怕死？」

「凡人皆怕死，所以師父才讓妳不會死呀。」

朱彥搖搖頭。

女孩見了問：「他為何搖頭？」

白蒲開始面色緊張：「紅葉！別再問了，別忘了這是師父給妳的考試，快殺了他，用什麼方法都行。」

原來她叫紅葉嗎？尋覓了這麼多年，至少得到一個名字了。朱彥的心中由衷的感動！

紅葉凝視朱彥的淚眼，忽然像根細小的尖刺，刺痛了她心底深處的角落，觸動了很久不曾激動的心情，一股酸楚輕輕自胸中湧起。

為免夜長夢多，白蒲將手掌放在朱彥的胸口：「很快結束的，不痛的。」

說時遲，那時快，一道疾風從山上沿著山壁急衝下來，衝入朱彥和白蒲之間的空隙，一古腦撞上朱彥，把他整個人捲下山。

白蒲大驚，忙施展輕功追過去，卻見朱彥被風捲過草叢、翻過山岩，忽高忽低，不似尋常山風。

「有古怪！」白蒲腳下一點，便像飛箭般射向那團怪風。

他擅長近身攻擊，因此要先迫近對手。

沒想到，另一道腥臭的狂風從旁邊衝過來，將他撞開，無法近身。

他還未摸清狀況，又一道熾熱的焚風從另一個方向撲來，將他撞得遠遠的。

白蒲好不容易穩住腳步，朱彥卻已經消失了蹤影。

白蒲四處尋找了一陣，發覺紅葉沒跟上來，循路回去瞧看，果然她仍呆立在山路上，低垂著頭，凝望著地面。

「紅葉！」白蒲呼喚她，「妳怎麼了？」

「我不知道，」紅葉微喘著氣，止不住的哀傷一波又一波襲上心頭，「我到底怎麼了？」

她這麼一問，淚水頓時盈滿眼眶。

「我到底怎麼了？」她哭得全身發抖。

白蒲作勢要上前安慰，被她一把推開。

白蒲只好退後幾步，閉緊嘴唇，謹守欲衝口而出的話語，安靜的等她哭完。

※※※

狂風止歇後，朱彥發覺自己在一間廢棄的道觀中。

道觀坐落在山崖邊，地形艱險，不知何代人以堅強的意志建成，但此地飲食水源皆補給困難，在創建者過世後就沒落為野狐窩了。

果然，朱彥看見四周皆是奇形怪狀的妖物，具人形卻沒人樣。

他們擠滿了道觀，令山中清爽的空氣也變得悶熱而腥臊。

朱彥還在驚奇時，一個渾身黏黏濕濕的人走上前來，看他寬大的嘴巴，就知道是隻蟾蜍。

他對朱彥表明身分：「我在青城山住了百年，從小就在這所道觀修行的。」

「你們是妖精？」朱彥身上插著的細針已經被他們清除乾淨，能夠開口說話了。

蟾蜍精沒脖子點頭，只好晃晃身體：「你們是這麼叫的。」

這些年來，朱彥隻身遊歷江湖，膽子磨得很大：「你們包圍著我，必有所求，你們救我一命，必有原因，如果你們願意說的話，我洗耳恭聽。」

「也沒什麼好隱瞞的，我們眾妖開會，希望由您來領導大家，當咱們的百妖之王。」

「百妖之王？」朱彥聽了不禁失笑，「我是個修道未成的凡人，有何本事領導你們？是不是認錯人了？」

「大王有所不知，您可曾聽聞蚩尤？」

「蚩尤？就是黃帝老是打不贏的對手嗎？」

「不瞞您說，兩千年前，您就是蚩尤。」

朱彥愣住半晌，不知該如何反應才好：「所以……呢？」他摸摸自己的身體，「兩千年渺無可據，現下的我，連個小女孩都能殺我。」

「您有所不知，蚩尤仍是您的元神，只要您願意，就能把他呼喚出來。」

朱彥修道多年，守靜內觀，但見真氣運行，也沒見過什麼元神。

他半信半疑，於是環顧了一下眾妖：「你們似乎很清楚我的來歷，那請告訴我，方才那男子為何要殺我？」

「不是他要殺的，是他師父下令的，」蟾蜍精說，「我們也不明白為什麼，據說你好幾世都在四十三歲去世，要是沒去世，他就會讓你沒命。」

朱彥大感好奇，好幾世是什麼意思？

他心知當年動念從大路轉入林子，一眼見到初次見面的紅葉，卻如久別重逢，絕非偶然，顯然紅葉當年亦作如是想。若非前生因緣，恐怕無法解釋當年激動的心情。

若蟾蜍精所言屬實，那麼他跟紅葉的因緣，恐怕不是那麼簡單。

「他師父是何等人？」

「我們也摸不清他的底細，他非人非仙，亦非我輩，是個厲害角色，我們今日救你，也是冒死而去的。」

「謝謝你們，你們救命之恩，貧道竟忘了感謝，十分抱歉。」

蟾蜍精搖搖頭，說：「話說他們的師父，已經活了很久很久，我們之中有千年樹精，年輕時就見過他了。」

「可是……這兩位要殺我的人，我曾在二十餘年前見過他們，他們根本沒長大！」

蟾蜍精回頭望了一下眾妖，才說：「我們也覺得困惑，他們似乎不是神仙，卻能不老不死，所以剛才咱們才避開正面衝突。」

朱彥腦中浮現出紅葉的臉孔，淚水又不自覺的湧到眼眶。

「好，」他拍擊膝蓋，慘然道：「雖然不知道當妖王有什麼好處，人間帝王之位要靠殺戮取得，送上門的妖王，試試又何妨？」

眾妖聽他答應，紛紛興奮的談論起來，安靜的道觀頓時變得吵雜。

但是他最大的目的，還是找到那名女孩，告訴她，這些年有多想念她；問她，為何要傷害他？為何不會長大？

朱彥意識到，他會對那女孩莫名思念得如此堅持，宿世以來的因緣必定深厚無比。

至於是何因緣，那些妖物既然知曉他兩千年前的前世是蚩尤，說不定也能告訴他女孩的來歷。

朱彥不明白百妖王該是如何當的。

他依舊四處雲遊，路上都有妖物們的守護。

如果前路有戰事，妖物們會提醒他避開，如果妖物之間有爭執，也會請他仲裁。

但是，紅葉和白蒲一直都沒再現身。

即使對生命有威脅，他也寧可用有限的生命，換取再見紅葉一眼的機會。

※※※

數年後，新皇帝石敬瑭為了奪得政權，將北方燕州一大片土地割讓給契丹人，以換取契丹人的援助來鞏固勢力，在契丹的武力支持下即位，建立「晉」。

這件人間政事引來一件妖物間的戰役，也引來兩百年後的另一宗公案，跨越朱彥的兩個生命，為免打亂故事，留待下章再述。

總之，史鑑明明，石敬瑭又是一位為世局開錯藥方的政客。

這片被割給契丹的土地，史稱「燕雲十六州」，把它奪回來則成了後來宋朝最大的心願，為了實現心願，還造成北宋的滅亡，讓宋朝失去北方更大片的國土。

燕雲十六州的燕州後來在元朝被蒙古人建設，成為「大都」，經過明、清兩代，成為今日的北京，此是後話。

追求權力者總是活得戰戰兢兢，朱彥以親身經歷的歷史為鑑，雖身為百妖王，總不執著於那個「王」，行道家無為而治，似有似無，反而贏得眾妖的敬重。

建立晉國才幾年，石敬瑭便病死了，契丹人馬上毫不遲疑的攻打晉國，這個國家僅十一年就滅亡了。

朱彥早得到眾妖示警，在契丹人攻來之前，動身南行，在路上卻得到期待已久的消息。

朱彥在南遁避開戰亂的路途上，一個蟾蜍精來到他面前拜見：「大王，聽說大王要尋找兩個人的下落，我們老大收集了一些消息，要我來告訴您。」

朱彥聽了，不禁全身緺緊：「請說吧。」他曾在蟾蜍精邀請他當百妖王時，問及白蒲和紅葉的身分，但已是十五年前之事，沒想到蟾蜍精仍惦記在心。

「老大向眾兄弟四處收集消息，發覺兩人行蹤遍佈大江南北，神出鬼沒，北至東海之隅，兩人出海後就追蹤不到了，南方遠至南蠻番禺，深入密林，已經不是我們的地界了。」

北方不足為奇，但為何會在偏遠的南方？朱彥於是追問：「番禺是個什麼地方？」

「是陸地最南端的河口，再過去就是南海了。」那是個朱彥從未接觸過的新天地，在晉的國境之外，是個稱為「漢」的新國家。

朱彥決定去番禺一探究竟。

他想知道紅葉為什麼會去那兒，他想知道紅葉的一切。

五十八歲的朱彥，動身前往傳說中的蠻荒瘴癘之地，一路上有妖物為他指路、提供食物、穿越國境、經過山林。總算在一年後抵達番禺，他詢問鄉人，才知道那兒早在多年前改名「興王府」，是漢國的國都。

根據蟾蜍精的消息，紅葉曾出沒在興王府附近，一個名叫仙人村的山邊小村。

接近小村的時候，陪同他的妖物不敢再前進了。

「大王，我覺得你還是不要過去的好。」妖物擔心的說，「我覺得那邊住了……無法瞭解的東西。」

「那會是什麼東西？」

「與其說是什麼東西，不如說不是什麼。」妖物說，「非人非鬼，非神非妖，亦非仙。」

朱彥實在想不通會是什麼，也沒感覺到不對勁。

「沒關係，你們就陪我到這裡好了。」

朱彥走進村子的時候，妖物們一直在後面呼喚：「大王，您一定要回來當我們的大王哦。」

「放心，會的，會的。」

朱彥漸行漸遠，過了不久，他回頭一瞧，妖物們已經不在了。

村子很小，住戶分散，雖是日中時分，外頭也不見許多村民活動，想來人口也不多。離奇的是，這偏鄉僻壤，竟有一間「孔廟」，朱彥感到十分不協調。

孔廟建在林子旁邊，形式簡陋，有堅硬的磚牆，卻四面無窗，在炎熱潮濕的南方是很不符合邏輯的，要不是上面掛了個牌子，還真不知道是間孔廟。

朱彥自幼讀書，對孔聖人自然尊重，於是上前敲門，敲了許久，卻沒人回應。

他將耳朵貼到門上，沒聽見裡頭有人聲，卻聽到低迴的嗡嗡聲，像有什麼東西在頻密震動。

他再敲了一會兒，還推了推門，門是緊閉的，表示並不是一間廢棄的屋子。

他感覺心跳重重撞擊著胸口，因為直覺告訴他，這裡絕對跟紅葉的失蹤有關係。單純想到紅葉曾經來過此地，他就覺得怦然心動。

他四處溜達，找看有沒有村人可以告訴他，這孔廟平日有無人跡？

好不容易見到一位老嫗，在家門口的庭院曬乾貨，卻是個耳背的。

朱彥費盡心機跟她溝通，花了半天才弄清楚，村人們都不願意接近那個地方，偶爾會看到奇怪的人出入，他們也都遠遠的避開。

朱彥心有不甘，於是在一旁的林中歇息，觀察等待，看看有沒有什麼動靜。

令他感到奇怪的是，明明是大白天，林子裡卻非常陰暗，陽光似乎照不進來，四周寂靜無聲，彷彿連鳥蟲都沒有棲息，更別說平常在他周圍出現的妖物，此刻也躲得遠遠的。

天色暗下來之後，林子漆黑得像洞穴，孔廟依然沒有一點光線透出。

朱彥靜靜的等待著，瞪大眼睛，豎起耳朵，不放過周圍的一丁點兒動靜。

突然，林子上方冷不防地罩下一道強光，像月光一般皎潔，卻像陽光一般燦爛。

他愕然抬頭，只見頭上有條耀目的光帶子，由十六個發光的圓點串成，像隻華麗的大蜈蚣在空中飛舞。

朱彥看得發呆，正尋思那是什麼的時候，眼前忽然有人嘆了口氣：「我們沒找到你，你倒自己送上門來了。」

下一瞬間，他的意識受到重擊，腦袋裡頭像一池濁水在波浪翻騰。

在他完全失去意識之前，最後聽見的是紅葉的聲音：「白哥哥！不要！」

※※※

死亡是一件大事。

死前最後的意識，會牽動著神識的去向。

例如死時心存怨恨，會投生成毒蛇，諸般貪、嗔、癡的念頭往往熾烈如火，就會被引導向畜生、餓鬼、地獄等惡道。

心中存有何種慾念，就會被牽引往什麼方向。

而朱彥最後的念頭是紅葉。

他再度睜開眼睛的時候，已經沒有朱彥的記憶，但有兩個奇異的念頭不斷在他心裡頭隱隱的打滾，那是他過去最後的執著。

他生長在南方的一個讀書人家，從小父親就教他儒家經典。

十歲那年，父親有一位學道的朋友拜訪他家時，見他在旁邊玩耍，觀察良久之後，對他父親說：「你的孩子有慧根。」

聽父親說，當年他出生時，道人也拜訪過，他的名字「清虛」就是這位道人取的。

道人四海為家，十年後再度經過，探望當年由他取名的小孩，覺得他很有學道的天賦。

「可否借其八字一算？」道人向他父親討來八字，借來紙筆，便排了個命盤。

清虛之父見道人排的命盤，不禁奇道：「咦，這不是八字的排法。」

「是新的推命法，叫紫微斗數。」道人忙著將星名依出生干支一一排入命盤，「你瞧，清虛的命宮空盪，這叫『命無主星』，命中注定好談玄，將來非僧則道。」

兩人談了一陣，清虛之父覺得家裡孩子眾多，有個學道的也不錯，所以父親就招手過來要他拜師：「從今天開始，你要喚他師父，拜見西華子吧。」清虛才曉得這道士叫西華子。

西華子果然了得，除了教他抱元守一，也教了他很多神奇的法術，並且告訴他：「這是因為你有天分，否則也學不來。」

他一邊在家跟隨父親讀儒書，一邊跟高道老師學習道術，漸漸也成為小有名氣的道士。

立冠之後，他跟隨師父出外雲遊，此時大宋已立國三十年，結束了五代十國的亂世，南北一統，也剛跟北方契丹人的遼國訂下「澶淵之盟」，四海平靖，雲遊江湖也比較安全。

大約二十五歲時，西華子覺得他可以出師了，便說：「為師今讓你四處尋訪名師、增進道業，但你絕對要答應我一件事。」

「弟子謹聽！」清虛恭敬的等候師父吩咐。

「四十二歲那年，你一定要人在廣州。」

「廣州？」清虛暗暗吃驚，廣州是重要海外貿易港口，但那麼偏遠的地方，為何師父要他去那兒呢？

「你一定很奇怪，為師為何要你去廣州，而且是十七年後。」

「還請師父解惑。」清虛困惑的說。

「為師算過你的命盤，四十三歲那年有一場大劫，須到極南之地，方能解除。」

西華子的祿命之術十分了得，又說得在情在理，清虛沒有懷疑的道理。

跟師父分手後，他心裡一直覺得怪怪的。

師父這一去，師徒恐怕難有再見之日，此後要獨自面對修行的疑問，清虛心裡很是不安。

時序已經入秋，樹木的葉子開始變色，當他茫然的四處閒逛，思考下一站該前往何處尋訪明師時，一片紅葉飄過他眼前。

「紅葉！」當下在記憶的極深之處，有些被忘記了很久的事情，呼之欲出。

他呆立原地，半晌才毅然決定，不待十七年，馬上動身前往廣州！

他的直覺告訴他，那邊有東西在等著他！

大宋水路交通發達，尤其廣州是最重要的對外港口，清虛才兩個月就到達廣州了。

一下了船，他馬上覺得這裡非常熟悉！甚至還記得往哪個方向可以走到哪裡去！「莫非是前生的記憶嗎？」他是相信的，因為他跟師父遊歷多年，遇過不少擁有前生記憶的人。

他感到心情莫名的沉重，淚水不自覺的淹了眼角膜，此地必然跟他有很強烈的因緣，否則怎麼會淚水盈眶呢？

他也不需問人，便一路朝郊外走去，口中不自覺的呢喃著：「紅葉，紅葉。」他不知道為何會說出這些字，或許是因為四周充滿秋意，遍佈了滿山的紅葉和黃葉，不，他知道不是。

步行了兩天，記憶將他帶到一個人煙稀少的小村，一間陳舊的「孔廟」面前。

他一面毛骨悚然，一面走近孔廟。

他在此地嗅到了死亡的氣息，很濃很濃。

他感覺到此地有曾經沒做完的事。

孔廟的大門是敞開的。

清虛嚥了嚥口水，走近孔廟大門，裡頭飄出充滿金屬粉味的沉悶空氣，陰暗的大殿有許多懸浮的粉塵飄動，低迴著令人不安的高頻率振動聲，一踏入廟內，腳底下的整片地面似乎都在微微震動。

從大門投進的光線，他看見一個神龕，安放了很多聖人的牌位，中間最高大的孔子牌位前方，放置了一塊沉重的金屬，正發出幽幽青光。

清虛大膽的走上前去，撫摸金屬塊的表面，溫溫的。

「這是什麼？」他兩手握著金屬塊，將它拿起來試試重量。

沒想到，金屬塊一離開檯面，廟裡忽然變得寂靜無聲，剛才的震動聲也驀地停止了！

清虛還在不知如何是好的時候，門口有人大聲問：「你是什麼人？」聲音是個小女孩的。

清虛猛然轉頭望向她，過去的記憶一古腦的湧現了。

「紅葉?!」

女孩反而被他嚇著了，她驚疑不定，不明白眼前這名陌生男子，為何直呼她的名字？

紅葉下意識的投出飛針，清虛似早有預料，將金屬塊拿起來一擋，所有的飛針竟被吸到了上面！

他的第八識知道紅葉的厲害，他的潛意識告訴他必須逃跑，否則便會面臨死亡！他立刻拔腿狂衝向門口，紅葉被他的氣勢震懾，吃驚的退後閃開，被他成功的闖了出去。

他衝入旁邊的林子，驚奇的發現大白天的林子居然那麼陰暗，而且在林子的上空，竟然出現一隻發光的大蜈蚣在空中扭動！

「這是個什麼地方呀？」他終於瞭解到，他闖進了一個不屬於人類的世界！

當下，他在腦中搜索師父教過他的各種道術。

靈光一現，他猛然想起師父給過他應急的東西！

他立刻從隨身的布袋中取出兩個黃紙摺成的馬，朝甲馬吹口氣，便塞進紮腿布中，手執印訣，口中密唸咒語，腳下便陡地奔跑起來，拉著他的身體衝出林子。

他馬不停蹄的奔逃，跑到渡口，換了幾次船，輾轉越過長江，回到他熟悉的北方。

此後餘生，他再沒回過廣州。

他也再沒見過師父西華子。

師父的預言失準了，四十三歲的他在北方，無災無難。

他知道他拿走了他們重要的東西，而他們在南方等著他。

為了不讓他們找到他，他必須不斷的旅行。

為了弄明白究竟發生了什麼事，他努力的修行，尋找前生的軌跡。

在旅行中，他收了兩個資質聰穎的弟子。

經過多年的指導和觀察之後，他發覺大徒弟雖然能言善道，實乃巧言令色之輩，不是個能信任的人，於是就把希望交給了第二個徒弟。

八十歲那年，清虛召來信任的徒弟，交託他兩件事。

他將從小村孔廟得來的金屬塊交給徒弟，告訴他一個動人的夜遊神傳說，然後說：「破履，你一定得找到夜遊神，幫我還回去。」

這徒弟年近三十，是個老實人，他的眼神清淨，孟子教說要觀人眸子，不會錯的，清虛知道他一定會竭力完成他交代的事情。

「還有一件事，」清虛告訴破履，「你如果找到夜遊神，你也許會找到一位徒兒。」

破履驚道：「師父能預知未來嗎？」
清虛朝他笑笑，不置可否。
他心裡想的是：「我並非預知未來，而是要控制未來！」
數十年的修行，他有了片面的宿命通，掌握了部分過去的軌跡。
他要讓這一切停止，他不要讓無生繼續操弄他的命運。
他猜想，無生一定是看穿了他最在意的就是紅葉，所以故意將紅葉擄走，讓紅葉成為不死之身，本來生生世世跟他一起輪迴的紅葉，就無法再輪迴了。
清虛向徒弟破履交代完畢之後，便悄悄的離開了。
他知道破履還無法面對他將要面對的事情，他並不想讓破履看到他是怎麼離開的。
清虛朝東海旅行，年邁的他雖然行動緩慢，但他這次不再避開，直朝他們的老窩走去。
臨近東海的時候，他們又出現了。
令他失望的是，這次出現的是他兩個沒見過的人，一名身形魁梧的黃衣男子，以及一名紫衣的陰沉男子。
「終於找到你了。」他們嘆了一口氣。
「你沒找到，是我自己送上門來的。」清虛輕蔑的對他們微笑，「如此比較方便你們把我帶過去，不是嗎？」
當他們奪取他的生命時，清虛已經完全準備好了。
「在你們殺我以前，能讓我好好的坐下來嗎？」
對付一個虛弱的老人，他們沒有不答應的道理。
這就是清虛的策略。

他趺坐在地上，讓心神寧靜，將意念集中。

他要在完全清醒的狀況下離開，完全控制他要去的地方。

他要潛伏在他們的另一個老窩。

仙人村。

當他在仙人村出世時，百妖王的強大氣勢令眾妖驚駭，在他們還沒弄清楚怎麼一回事之前，紛紛遁出林子。

於是，宋元豐八年，雲空出生。

※※※

雲空一點一滴的，花了好幾個晚上娓娓道來：「這就是你所不知道的故事了。」雨後的空氣很是涼快，雲空在高腳茅屋中，跟紅葉一起喝著香茅茶。

「對不起……」紅葉拭著淚水，「我傷了你，當時我不知道，我忘記了……」

「我們都知道是誰的錯，」雲空輕輕幫她抹掉淚水，「而他已經得到了他該得到的教訓。」

紅葉依偎著他：「怎麼辦？我的身體還是沒辦法死去。」

「不要緊，現在已經很好了，比以往都還要好。」雲空將紅葉輕摟在懷中，「對不起，還要麻煩妳陪著我到老。」

這一刻得來不易，他花了好幾次輪迴才爭取來的。

雲空累了，輕輕合上眼睛。

紅葉緊握他的手，悄悄說：「請你盡情的活著。」

雲空入睡之後，紅葉為他拉上蚊帳，揮了幾枚飛針，釘住溜進蚊帳的蚊子。

她留下一盞燈火，獨自走到茅屋外，步下木梯，走到他們的菜圃旁邊，在那裡，白蒲正等候她。

「白哥哥，」她嚴肅的問白蒲，「你聽到雲空說的故事了嗎？」

白蒲的眼神望著紅葉，卻沒有焦點，只落寞的點了點頭。

「為什麼無生要這樣對我？你是知情的嗎？」紅葉迫問白蒲。

「你和雲空……」白蒲嘆了口氣：「兩千年前，當他還是蚩尤的時候，你們就已經是夫妻了，而且兩人都是族裡重要的巫師。」

紅葉愣愣的遐思：「我跟他是夫妻……」她本來不是很確定。

「而且生生世世是夫妻，」白蒲疲倦的說，「蚩尤在四十三歲那年被殺害，而妳，更早就被熊人虐刑而死，蚩尤受不了妳的死，他很愛妳，他太愛妳了，他要復仇，於是悲憤的大肆屠殺。」白蒲將隱藏心中兩百年的秘密傾盆托出，他過去對紅葉的愧疚和不忍，終於能夠一掃而空了，「很奇特的是，接下來蚩尤的每一世都在四十三歲去世。」

「那不是師父故意要我們在四十三歲殺死他嗎？」

「因為後來他漸漸不在四十三歲去世了，師父很想明白為什麼？為什麼是？又為什麼不是？」白蒲握緊拳頭，「說穿了，師父是一個可惡的仙人，我很慶幸終於擺脫他了。」

「那師父把我抓來，成為他的弟子，也是他的遊戲的一部分嗎？」

白蒲點點頭：「他想看看如果蚩尤的輪迴少了妳，會變得怎麼樣？」

「我曾經那麼依賴他，完全信任他，」紅葉擦掉眼角冒出的淚水：「可惡。」

「我何嘗不是？」白蒲苦笑道，「他引火自焚了。」

兩人靜默良久，紅葉才說：「你要離開了嗎？白哥哥。」

「我把仙槎開走，妳可以吧？」

「你曾告訴我，你知道如何讓我們死亡。」紅葉拉扯著他，

「你能在走之前告訴我嗎？」

白蒲低垂著頭，沉默不語。

「我不想再離開他，我要跟他一起去輪迴。」

「我會回來的，我會帶一些東西給妳。」白蒲落寞的說著。

他轉頭看高腳屋裡透出的油燈火光，喃喃說：「雲空的壽命還很長，妳會有足夠的時間準備的。」

之卅九

夜叉記

後唐・清泰三年／
後晉・天福元年（九三六年）

聽說人的命運由衰轉盛，或由盛轉衰時，他本人雖未知覺，周遭卻早已現出種種跡象。

這說法，胡藏幾今晚特別有體會。

回想起當年還是隻單純的小狐狸時，跟父母家人窩在巢中互相依偎，過著寫意的日子。不想某日有許多獵戶入山，專門殺害狐類，他的家人幾乎被殺盡。

逃過一劫的他，無依無靠，在山中覓食，卻丁點兒食物也闕如。

正在絕望之時，他垂頭來到一棵樹下，奄奄一息的倒臥在地。

沒想到，冷不防有隻溫暖的大手按在他頭上，然後輕輕撫摸他，撫平他背上因飢餓而枯萎的細毛。

他陡地一驚！是人類！是人類的氣味！

他十分熟悉這氣味，那天人類排山倒海的上山時，山中就遍佈了這股氣味，他自責如此不小心，餓得頭昏眼花，竟連這麼接近的人類都沒嗅到！

原來那人正盤腿坐在樹下，小狐正好倒在他腳邊，那人輕撫著小狐，說：「可憐畜生，人家拜壽要送一件狐裘，就傷害了多少生靈。」

小狐恐懼得心臟猛顫，但已無力抵抗命運。

只聽那人又說：「誰可憐？是被殺的可憐？還是造業的可憐？為了送禮而種下地獄種子，以小換大，有多值得？」

他將手心輕壓在小狐頭頂，小狐竟覺得有股暖流注入頭顱，流經背脊，全身頓時又有了精神，對這位人類的話語也依稀明白了少許。

他虛弱的抬頭，在初升的皎月照明下，只見那人陰暗的臉龐上，竟有雙清澈慈祥的炯目。

「來。」那人小心的將他抱起，他感到奇異的安心，按理說，他對人類不應該安心才是的。

那人身上飄著清新的感覺，他把小狐抱到月光投照的空地上，問他：「想要活下去嗎？」然後那人屈膝跪地：「那就學我做吧。」

那人朝著圓月跪拜，月光在林地上，有如灑了一片銀屑，那人跪在草地上，渾身也像披了銀袍。當他高舉雙臂，空中的月光竟開始湧入那人的雙手，當他朝著月亮張口之時，一股股柔和的白光也流進他口中。

小狐抬頭看望，但是，當時的他還不明白發生了什麼事。

當他漸漸成長，學習了太陰吞月之術，那人給予他一個名號：胡藏幾。

不僅如此，那人還在關鍵時刻幫他將背脊拉直，告訴他：「此變幻人身之樞紐，吐納周天之關鍵。」由四足變成二足行走，果然令吐納吸氣更為易行，加速了他的道行高深。

三百年來，胡藏幾已經吞食了數千次月精之氣，每當月圓，他便會尋一塊空地，拜月吸取純陰之氣。

道行日深後，他也有了趨吉避凶的預感，常能避開獵人的殺氣，也幫助其他妖精避險，是以成為其他妖精們十分敬仰的仙族。

他移居恆山，已至少兩百餘年，其間娶妻生子，也建立了自己的胡氏一族，成為恆山眾仙中之佼佼者，與鼠精一族、蟾蜍精一族並稱「恆山三大家」。

他們一家子在山中悠閒的生活，無憂無慮。

但是，師父曾告誡過他：「運勢有盛衰，世間萬物皆有運勢，你瞧，雖帝王之鼎，也有遭熔成銅錢之期，九五之尊，也有橫死鄉野之日，是以衰時不忘尋找轉盛之機，盛時宜防衰變之兆。」

師父的告誡，他時時謹記在心，好久沒見過師父了，不知正在何山修行呢？

師父教他「見微知幾」，此是易傳《繫辭》上的話語，表示見著微小的跡象，便預知有徵兆，也是賜他道名「藏幾」的意思。

那麼，今晚的拜月，是否隱藏了不祥之兆呢？

過去從未不順利的拜月，今天卻處處有障礙。

首先是陰雲蔽月，師父教過他能令雲破天開的咒術，好幫助吸取太陰菁華，今晚卻不奏效。

再來，好不容易圓月現身了，卻覺氣血滯悶，吸取不了月精，比三百年前初學時還不如，不禁令他覺得十分怪異。

「此乃前所未有之事。」胡藏幾困惑的自問，心想不知其餘家人拜月是否也遇上了障礙。

他忽然想起「天人五衰」，是大唐國盛行佛教時，他去寺中聽經聽來的，說是天人身上自發香氣，但在冗長的壽命將盡時，便會出現髮髻枯萎、天衣污垢、天身穢臭、腋下生汗、身光變暗等種種衰相。

此是不祥之兆。

但未知是何等不祥？

正在納悶之時，他察覺到四周的林子有動靜。

頃刻之間，殺意洶湧的從四方湧現，胡藏幾大吃一驚，他察覺到四周充滿了殺戮的念頭，顯然對方潛伏已久，而且把自己隱藏得極好。

他不免有點慌了，是人類嗎？是其他結怨的妖物嗎？可是他從不結怨的呀。

不，他低估了對方的殺意。

他們是有備而來，以他為目標，要將他的三百年修行一次竊取！

見微知幾，但已經遲了。

烏雲滑到月光前方時，他們衝出林子，露出了身形，藉由影子的掩護從四方包圍胡藏幾，完全是要置他於死地的意思。

胡藏幾臨危不亂，他凝聚心神，將三百年修習而來、由月光菁華煉成的道術一古腦使出。

他四腿著地，露出碩大的狐尾，低身繞四周掃過，四面立時築起寒冰之牆，暫時阻擋敵人攻勢，接著用狐尾一掃，數顆冰雹立刻朝四面八方飛射，他的大耳朵聽見有血肉割裂之聲，表示他成功擊中他們了。

可是，他的大耳朵也聽見一把很熟悉的聲音。

是他孫子幼嫩的慘叫聲……從遠遠傳來。

在他指導下，他們家人分別在不同的地方拜月，而他的耳朵分辨出，慘叫聲從家人拜月之處連連傳來。

當下，對親人的關愛令胡藏幾心神大亂，再也守不住意念。

此時此刻，他後悔當初動了凡心，去尋找伴侶、建立家庭。

他只不過想找回小時候的溫暖，享受幼獸依偎的甜蜜。

但這也是他三百年修行毀於一夕的契機。

如果孤家寡人，今日或能度過劫數，繼續再修三百年。

胡藏幾最後在慌亂中有一瞥看見對方，其時烏雲正好破出個缺口，讓月光鋪上死神迫近他眼前的面孔。

死神的眼睛像燃火的銅鈴，一頭蓬髮在月色下像冰凝的火焰，咧開鱷魚般的大口，亮出釘鈀似的利齒。

胡藏幾的心寒到了谷底。

他不禁懷疑，這三百年沒有大風大浪，乃命運正走旺勢使然。命運在幼時家破人亡後，由極凶轉吉，大破之後方有大立，然而行了如此久的吉運，總有物極必反的時候。

此刻大凶，會是命運的終點嗎？

他仍抱有一絲僥倖，但對方回答了他。

一陣貫徹心肺的激痛，胡藏幾的頭被從身體上拔開，但長久的修行令他的意識持久，還沒這麼快湮滅，他眼睜睜看著自己的四肢被撕裂，身體被好幾隻怪物搶著吞食。

最後的最後，他感到自己的頭被放置在一方青石上，怪物的唾液貪婪的滴在他鼻端上。

剎那間，他明白對方要的是什麼了。

他的腦門被利齒咬碎時，意識依然清醒，直到怪物將利爪伸入腦門挖掘他的腦子，他依然能感覺到神識的深處在疼痛。

怪物從他的腦子裡頭挖出了一顆紅色的珠子。

那是他花費三百年煉成的內丹。

怪物在月光下瞧看紅丹，端詳了一陣之後，放入口中，一口吞掉。

※※※

恆山自古名列五嶽之一，充滿仙跡。

自從在青城山成為百妖王，朱彥為了避開白蒲的追殺，四處雲遊，尤其尋訪名山，一探古籍中提過的仙跡，好體會成道者的境地。

身為道士，他的行動比一般平民來得方便。

他一路東行，途經峨眉山、西城山、太白山、華山、王屋山等名山仙境，終於抵達五嶽中的北嶽恆山。

天氣轉冷了，天色也漸暗了，他打算先在山下找個擋風蔽雨的所在，清晨再登山。

他在山腳岩壁下找到一片松林，便撿些枯木堆了篝火，吃了點乾糧，便盤腿靜坐。

才剛靜坐，意識進入異常敏銳的狀態時，他便感覺到有幾雙眼睛在盯住他了。

他只好離開靜坐的狀態，嘆了口氣，道：「誰在那邊？有事找貧道嗎？」

這下才有三個妖物戰戰兢兢的現身，走來站在他跟前：「拜見大王，不敢打擾大王修行，但不得不打擾。」

朱彥抬頭望他們，見他們一高二矮雖具人形，卻仍有獸態。

朱彥答應擔當百妖王，常為眾妖調解紛爭，這三個妖物如此慎重，必有非常之事，才會如此著急的。

「有何要事，但請直說。」朱彥感受到他們的迫切。

他們先一一自報身分，原來領頭的是鼠精，尾隨著鹿精和蝙蝠精。

鼠精開口了：「大王當然知曉，恆山乃自古修仙處，不只人能成仙，皆因仙氣輔助，我輩也能成精，」想必鼠精早已費神擬好這篇說辭，「然而，近日有外來妖物闖入恆山，不思修行，侵擾山林，還殘殺我輩，破壞山中平靜。」

「殘殺？是怎麼回事？」朱彥想先搞清楚。

在調解妖物的紛爭時，也遇過誣賴或構陷的事情，他不得不防。但是此次是三種互不相干的妖物結夥來報，必然非同小可。

「回大王，恆山仙類有內外兼修、以德服人者，其中以胡藏幾大仙為首，我鼠族和蟾蜍一族，以『恆山三大家』並稱。」

「胡藏幾是人是狐？」

「是狐，可是，他們的大家長胡藏幾大仙被殺了，」鼠精恨恨的說，「不，不僅如此，是把他吃了！」

鹿精截道：「何止如此？還弄傷了胡家幾個家人，吃了三個，連小孩也沒放過！」

朱彥瞭解了，這些外來妖物做得太過分了，這已經不是地盤之爭那麼單純了。

「他們有何深仇大恨嗎？」

「胡大仙從不與人結怨，恆山上下沒有不敬重的，何況，那些妖物根本連打招呼都沒有。」

「是何妖何精？如此猖狂？」

「事實上，他們非妖非精，他們叫夜叉，」鼠精說出夜叉二字時，也不免感到戰慄。「聽說他們也是家園被佔領，才流竄來中土的。」

「夜叉？」朱彥在四川學道時聽人說過。

基本上，「夜叉」就是個來自天竺國的名稱，佛經上常常提及的，本來就不是源自中國的怪物。

鹿精搶著說：「有四、五隻夜叉闖進來山林，殺了胡大仙後，這些日子又殺了不少我輩，如今山上終日惶恐，大家都怕朝不保夕，而且，」說著，他們都忿恨得牙癢癢的，「他們還十分惡劣，專挑修行成精的來吃掉！再這樣下去，仙類盡矣！」

妖精們要修成人形，已是難中之難，還被夜叉當成糧食，千百年修行如空花水月，絕對死不瞑目。

朱彥眉頭深鎖：「這夜叉乃天竺怪物，自唐以來皆有記述，只是為何會來此肆虐？必有緣故。」

鼠精道：「其實，闖入山林的不僅夜叉，還有其他妖精，但他們都很守本分，我們招此大劫，便質問新來的妖精，才明白原委。」

「快說。」

「說到底，還是人間造成的禍害！」

他們告訴朱彥，天下混亂已久，近來石敬瑭攻打梁國，建立晉國，新皇帝為了穩住天下，遂將北方幽州、雲州等大片土地割讓給契丹人，以換取契丹人的援助，來鞏固勢力。

問題是，中原被納入契丹人的勢力範圍後，契丹人大肆伐樹取木，原地的妖物也不得安寧，紛紛流竄到南方。

朱彥嘆了口氣，他可以瞭解他們的怨恨：「那你們想我怎麼做呢？」

鼠精拱手道：「擒賊先擒王，只要殺了他們為首的，讓他們曉得咱們也有能人！」

若無萬全準備，朱彥可不隨便答應幫忙。

「夜叉力大無比，又有尖牙利爪，」朱彥記得古書提過，有的夜叉還兇猛得能將人直接撕裂，「要是正面衝突，沒有勝算，如果死傷眾多，即使勝了，雖勝猶敗。」

朱彥苦思良久，覺得還是要以智取勝，才能避免我方死傷。

他問明了山中形勢、夜叉棲息的位置、行為習慣等等，又問明了各妖精們能操弄的法術：「曾在青城山救我性命，把我用風捲下山的，會是何妖？」他說的是跟紅葉相隔二十五年再次相遇那次。

鼠、鹿、蝙蝠三精們面面相覷了一陣，道：「會使風捲人的，想來是蛤蟆或黃鼠狼了。」

「那你們各位有何本領？」

鼠精聳肩道：「我和鹿兄只懂變化，要說本領，還是老本行，我會打牆、鹿兄有一對大角，倒是蝙蝠兄的本領比較特別，能夠遠遠就知曉有什麼東西接近了。」

蝙蝠精道：「見笑了，那只是我覓食的功夫罷了。」

單憑妖精們淺薄的法術，朱彥更覺得沒有什麼勝算，除非有比夜叉的利爪更厲害的武器：「我們沒有武器，除非能向人類借來武器……」朱彥靈光一閃，「或許，能到戰場上收集。」

鼠精搖搖頭說：「戰事頻繁，人類很珍惜武器，打完仗之後，都會派人收拾兵器。」

鹿精也搖頭：「戰場離此地頗遠，即使收集到了，也很難運回來呀。」

正蹉跎之際，蝙蝠精忽然尖叫：「我想起來了，有武器！」他指向某個方向，「昨天有兩輛牛車，輪子沉重，車上的貨物有刀兵聲，我們好奇在樹梢觀看，才知道是運武器的。」

朱彥眼中一亮：「再說詳細一些。」

原來，有一批兵器作坊的人利用牛車掩飾，要將新造兵器運到戰場後方。

「車上是些什麼兵器？」

「回大王，他們在路上都很小心，沒見過他們翻開油布、打開箱子，看不到是何種兵器。」

「車子沉重且有刀兵聲，也未必是運兵器的。」

蝙蝠精得意的說：「大王，這就是我們的本事了，我和幾個同伴，乘他們歇息時倒吊在樹上，聽他們說話，可是聽了不少，他們是兵器作坊的人，不會錯的。」

朱彥左思右想，也再想不出良策：「那麼，現在他們在何處？」

蝙蝠精忙道：「我吩咐族人去探看！」說著，他馬上化身回復蝙蝠原形，倏地飛走了。

鼠精和鹿精也說：「大王可能餓了，我們準備了水果。」

朱彥路途上難尋食物，好久沒見到紅嫩嫩的鮮果了，見了便刺激肚腸蠕動，倍覺肚餓。但他修習辟穀之術，平日本來就無需多吃，想起當初師父要他「過午不食」，他還擔心晚上肚子餓，而在午餐多吃些，結果師父叫他無需擔心：「只需心靜，你的身體其實並不需要許多食物。」

師父果然說的沒錯，學會守靜之後，每日食量少了，身體反而感到更為清新。

由此可知，有多少食物是浪費在躁動的心緒上。

他還是拿了一顆水果，看來今晚長夜漫漫，他是沒機會好好休息了，所以他需要多一些食物來滋養高速運轉的腦袋。況且夜叉還在林中流竄，連休息都不是件安全的事。

不久，蝙蝠精回來報告了：「運兵器的人在十里之外休息，聽他們說怕耽誤了時間，所以說不定會趕夜路。」

「有夜叉也不安全。」朱彥嘟囔著，便一骨碌站起來：「為免夜長夢多，貧道直接去拜見他們，求他們借用兵器。」

蝙蝠精說：「大王，我已叫族人去聯絡其他人，還有，為了大王走路方便，我們請了山君來助力。」說著，遠遠望見有一隻體魄壯碩的東西在走來，行走時兩肩如波浪般高低起伏，甚是威武，定睛一瞧，所謂山君，果然是隻老虎。

看見老虎，朱彥不禁毛骨悚然，人道「風從虎」，然而此虎行走靜悄悄，波瀾不驚，連腳下的雜草落葉也不發出聲音，如果牠欲攻擊，還真防不勝防。

那隻年輕的老虎走到朱彥跟前，竟恭順的伏下身子，讓朱彥爬上牠的背。

雖然知道老虎不會傷他，登上虎背時，朱彥依然緊張得全身酥麻。

老虎見他坐定了，當即展開四肢飛跑，在山林間東跳西竄，躍過山澗，越過樹叢，竟能不擾草木，安靜得幾乎沒有聲息，朱彥忖著：若此虎有心吃他，他壓根兒逃不掉。

老虎停在一處山坡，居高臨下的俯望著林子，朱彥伏在牠背上，可以感覺到牠微微的呼吸起伏。林中傳來牛車轆轆之聲，定睛一看，朱彥才知道老虎止步之處正好俯視著一條山路，而運兵器的兩輛牛車正在下方經過。

蝙蝠精和鹿精也趕來了，待在朱彥身邊：「大王您看怎樣？」

朱彥撫摸虎頸，順著毛撫摩，老虎覺得受用，舒服的瞇起眼睛。人道老虎和貓是親戚，朱彥一試果然，他靠近虎耳，輕聲道：「麻煩你了，我們一起下去好嗎？」

老虎瞇了瞇眼，便靈巧的跑下山坡，跳到路中央，拉車的牛隻嗅到老虎的肅殺氣味，嚇得躍起，慌亂的要回頭，又被沉重的牛車拉著逃不掉，只好無助又恐慌的哞哞亂叫。

運武器的人們怪叫一聲：「有大蟲！」趕緊拉緊牛隻，一面撫慰一面亮出大刀。

「諸位莫驚！」朱彥騎在虎背舉手大喊道。

天黑路暗，看見虎影又聽見人聲，他們一時分不清虛實。

此時竟出現一把女子的聲音：「前頭是人是鬼？」

運兵器的隊伍中有女子，朱彥也頗感訝異：「貧道朱彥，這位山君是貧道的坐騎，諸位無需驚慌。」其實朱彥就是故意要用老虎驚嚇他們，否則一位道士貿然現身要借兵器，誰人肯聽？

「你擋在路上，是有意無意？」

朱彥暗想：這女子怎麼都在問選擇題？他打算不讓女子完全操縱話語權：「貧道想求借一些兵器，用過就還給你們。」

有人點燃了火把，高舉一瞧，見他一身道士裝束，沒帶武器，又騎在猛虎背上，來歷不明，不免依然持刀，嚴陣以待。

有了火光，朱彥也看清那領頭的女子了，她看來三十來許，眉宇之間有一抹英氣，眼神之中又帶有一絲傷感，似乎死亡對她而言，還不是最可怕的事情。

一名漢子貼近那女人，說：「高大娘，恆山多仙，莫非此人是仙人？」朱彥正是希望他們如是想，說不定比較好說話。

女子神色自若，高聲道：「你要的東西，我們沒有。」她從容的態度，讓朱彥幾乎馬上就要相信了她。

「忽然攔道借物，貧道曉得過於貿然，然而我們有不得不的苦衷，」朱彥道明來意，「這山中近日有夜叉，乃來自域外的怪物，殺傷許多性命，我們想捕殺之，卻苦於沒有武器，所以想求借兵器。」

護送武器的漢子們有的驚訝，有的不信，還訕笑道：「什麼夜叉，道士說鬼話。」

還有同伴悄聲耳語：「我們這兒就有個母夜叉。」

老虎見他們嘻笑，張嘴吼了一聲，立時震動山林，也震動那些漢子的心，個個人都登時背部一片冷汗，不敢發言。

也有人疑心的說：「會衝著我們運兵器而來，說不定是個細作。」他們經過喬裝以避人耳目，道士卻一開口就道破他們是運兵器的，眼下又是把兵器運往戰場，實在太過可疑了。

只有領頭的高大娘一言不發的聽他說完，才說：「軍情緊急，我們正在趕路去前線支援，你知道的，軍令不是鬧著玩的，遲了就要殺頭的。」她不說相信或不相信，也不說答應或不答應，只眨著眼觀察朱彥。

「這夜叉十分兇猛，若要穿過這林子，說不定你們也會碰上。」朱彥說，「山林艱險，如果你們肯借兵器，我們定會報答……」

一名漢子跑出來嗆道：「你口口聲聲說我們我們，這裡只看到你獨自一人，你的我們是誰？」

朱彥嘆了一聲，說：「請大家現身吧。」

兩旁山林慢慢走出許多蟲獸，地面爬出蜥蜴、蛙、蟾蜍之類，空中也飛來很多蝙蝠，將他們包圍起來，還有幾個修成人形的妖物混雜其間，看起來長得半人半獸，樣貌奇特。

護送武器的漢子們看得目瞪口呆，高大娘卻絲毫沒有懼意，冷冷的環顧周圍的妖物，然後問朱彥：「那你呢？你是人是妖？」

「貧道是人，」朱彥拱手道，「是眾妖們信任貧道，求助於我。」

「你需要多少時間？」

「我想先瞧瞧你有何種武器，看看可以擬定哪些計畫？」朱彥生於兵家，自幼學武，還聽父親講解兵法，又隨父操練士兵，對戰爭不是外行。

女人走到牛車旁邊，伸手要掀開桐油布，旁邊的漢子忙阻止道：「高大娘……」

高大娘說話堅定有力：「我家是弓箭作坊，別的沒有，箭簇很多。」她掀開桐油布，露出一綑綑箭枝，然後很快又將桐油布蓋起來：「說個條件，我們幫了你，有什麼好處？」

「事成之後，我請他們一路護送你們，」朱彥向四周的妖物擺手，「不但平安抵達目的地，還讓你們克日完成任務，不錯過軍令約定的時間。」

「好。」高大娘吩咐手下把兩輛牛車的桐油布全部掀開，讓朱彥察看。

朱彥走下虎背，借了火把察看，問高大娘：「你們有何種特殊的箭嗎？比如說有倒勾的箭、能射穿甲冑的箭？」

高大娘撫了撫牛車上層的箭：「這些是木羽箭，不似鳥羽易變形，飛行方向穩定，準頭更佳。」再撫另一批箭，「這是沒羽箭，等閒作坊做不出來，速度不比一般有羽箭慢，反而在強風中特別穩定。」語氣中頗為自豪。

旁邊有漢子插嘴道：「這些都是高大娘的發明。」

朱彥見高大娘的眼神落寞，輕輕閃過一絲憂傷。高大娘慘然微笑：「我們是殺生行業，造的是殺人工具，若能不用鳥羽製箭，至少能死少幾隻禽鳥。」

朱彥嘆道：「高大娘，咱生於亂世，殺戮是常態，有時還必須以殺止殺。」

高大娘冷眼望向他：「這是你相信的嗎？」

朱彥愣了愣。

不，他不相信，這是父親教他的，是朱全忠告訴他父親的，他曾經深信不移，但他已經長大很久了，深知這只是貪戀權力的藉口。

但是，眼前的情況是例外，真的應該以殺止殺！

朱彥搖搖頭：「但是，若殺一人能安天下，何不為之？」

高大娘默不回答。

「我只想速戰速決。」

高大娘彎身下去，從牛車下層取出一紮箭：「此乃穿甲箭，簇頭以精鋼製成三角錐形，箭羽修成柳葉狀，箭身塗五層桐油以堅固之，所以箭速比平常快兩倍，穿透力也加強兩倍。」

又從另一輛牛車取來一紮箭：「此乃鷹爪箭，箭簇有機關，射入身體後會彈開成鷹爪，牢牢勾住，若要拔出，定連肌肉或內臟都一起抽出。」

高大娘冷漠的語氣，令朱彥聽得臉色發白。

「這些都是作坊主發明的，」高大娘把箭交到朱彥手上，「也就是我夫君。」

旁邊的漢子們聽高大娘這麼說，有的面露不悅，似乎對她不滿，也有人面露不捨，似乎為她抱屈。

高大娘又在牛車底下抽出一把大弓：「這麼大的弓，你拉得動嗎？」

※※※

朱彥正在指導群妖佈陣的時候，蝙蝠精來報告了：「夜叉來了。」

「有多遠？」

「遠近不一，有五隻，各各從不同方向來的。」說完又飛空而去，跟其他同族繼續去打探。

朱彥請作坊的人預備，不論是人是妖，每人皆備好弓箭或大刀，圍著牛車朝外，作坊的人不禁半信半疑的緊盯外頭。朱彥又把幾支火炬插在四周的林子，好讓夜叉進入範圍時被火光照耀，敵明我暗，而他們自己則躲在影子裡頭。

「好氣味呀。」鼠精在朱彥耳邊呢喃道。

朱彥困惑的問：「什麼意思？」

「我輩能成妖成精的，都是本族內修行有成，出類拔萃的，」鼠精說，「此刻我輩修行有成者，有這麼多同時聚在一處，夜叉聞到氣味，還不垂涎三尺？」

朱彥心裡一震：「那他們很快會到了？」

蝙蝠精又來報了：「東北方！夜叉正在飛跑而來！」

弓箭作坊的漢子們也全聽到蝙蝠精說的了，紛紛將箭指向東北方。

只聽黑暗的林子沙沙作響，聽得出是真有東西正發狂似的奔來，連牛隻也感到生死交關，不安的躁動著。

高大娘也終於感到緊張了，她屏著息，緊握一把直刀，睜大的眼睛一刻也不願閉上。

嘩的一聲，夜叉衝出林子，全身投入火光之中，照亮了他猙獰的惡臉、瘦長的身體，以及鋒利的長爪，把作坊的漢子們嚇得目瞪口呆，竟一時忘了手上的弓箭。

「放箭啊！」高大娘一作喊，他們才猛然醒覺，慌張的拉弓射箭，由於太過倉促，弓未拉滿，射出的箭竟似秋風落葉。

夜叉見前方滿是人獸，也愣了一下，不過轉眼便衝向牛車，利爪一揮，先掃斷一名漢子的長弓，另一爪再揮，竟掃掉漢子的一顆眼珠，他慘叫著滾地，夜叉立刻撲向他！漢子們恐懼得逃跑，場面陷入困亂。

朱彥忙不迭的拉開大弓，將鷹爪箭瞄準夜叉，多年未用箭，他先是靜心凝神，不令情緒慌了自心，才放指射箭，當下便射穿夜叉頭顱！

「大王威武！」正當眾妖興奮的怪叫，那夜叉卻高高站起，一雙火紅的銅鈴大眼怒視朱彥，有點不敢置信的摸了摸插在頭上的箭。

「再射呀！」高大娘喊道。

一名作坊小子雄起膽子，拉開另一支鷹爪箭，在夜叉後腦再補上一箭，但力道不強，箭簇只透入頭中，不過這才正好，箭簇的鷹爪在夜叉腦中彈開，夜叉登時腦袋瓜一晃，仆倒在地。

高大娘見狀，趕忙跑上前為夜叉補上幾刀，確定他斷氣後，才查看被掃掉眼珠的同伴，卻見他死狀悽慘，脖子也被咬掉了一大塊，那塊肉還被夜叉緊緊咬在口中。

「東邊來了，有兩隻！」蝙蝠精又飛過來嚷道。

這是性命交關的時刻，大夥兒再不敢放鬆，紛紛拉緊大弓，嚴陣以待，沒想到，一隻夜叉不知何時已高高躍起，從空而降，眾人發現時，他已經砰的一聲，高高站在牛車頂上。

他們聽見聲音轉頭時，夜叉已掄起利爪，抓住個年輕漢子的天靈蓋，將人一把提起，年輕漢子情急之下抽出腰際直刀，伸手朝後亂刺，夜叉被刺到一刀，發怒的用另一手抓去漢子肩膀，兩臂一扭，漢子的頭顱當下活生生被折斷。

慌亂之下，另一隻夜叉已從林子衝入妖群，直接挑體型較大的鹿精下手，鹿雖草食，也有鬥性，鹿精把頭一低，頭頂鹿角立時暴長三倍，夜叉抓住鹿角的當兒，數隻鼠精手握無羽箭，近身插入夜叉背部。

夜叉覺得背後不只疼痛，還有火熱的麻辣感，他不知道，該無羽箭的箭頭餵過蟾蜍毒，乃數隻蟾蜍精剛才從背上的毒瘤費力分泌出來的。

朱彥遠遠拉起大弓，欲射出鷹爪箭時，頭頂傳來蝙蝠精的聲音：「不好！夜叉……」話猶未盡，一個背有翅膀的夜叉從樹頂凌空飛起，一爪打下蝙蝠精，其他各地探察的蝙蝠剛剛飛來，見族長被傷，嚇得四散飛離。

年輕老虎受命保護百妖王，一直待在朱彥身邊，牠見飛天夜叉要從高空攻擊朱彥，朝空中的夜叉怒吼，夜叉先被震懾，隨即朝朱彥直衝而下！朱彥將箭對準上空，口中密唸「六甲秘祝」：「臨兵鬥者皆陣列前行！」鷹爪箭在他指節微抖了一下，閃電般的射穿夜叉右肩。

夜叉大怒，用左手奮力拔箭，不想鷹爪箭的前端有四爪反勾，在他拔箭的同時，將肩膀肌肉撕成碎條，整條右臂斷裂，從空中掉落。

飛天夜叉怒吼著衝下來，老虎後腿挺起，兩爪揮空，不讓朱彥受到傷害，朱彥乘機搭箭，夜叉見他拉弓，有所忌諱，剛在空中遲疑兩秒，忽覺兩腿一寒，如被寒冰包圍。

飛天夜叉驚奇的俯望，只見朱彥前方站了個女人，兩臂朝他伸出。

「是狐！」常常跟妖物廝混的朱彥一眼就認出來。

那女人是跟隨胡藏幾修煉百年的伴侶，她赫然出現，令飛天夜叉亂了手腳，朱彥馬上密唸「六甲秘祝」，瞄準在黑夜中亮著紅光的眼珠子，鷹爪箭射入飛天夜叉眼窩，他往後一仰，直直落入林子。

在牛車那邊，夜叉扭斷了年輕漢子的人頭，一名中年漢子號啕大叫起來：「兒呀！」他悲痛得不要命了，拔出大刀便撲上前去，他也是個練家子，學過刀法，見夜叉高高在上，便揮砍其腳踝。

只見夜叉的雙足如雞爪般細長，活脫脫像地府來的惡鬼，中年漢子一刀劈去，背上立刻被夜叉抓傷了幾道深溝，其他人見他拚命，也紛紛一擁而上，刀箭齊下。

眾妖們也陷入苦戰，鹿精的大角被硬生生折斷一段，四周散佈著許多死傷的鼠精，而夜叉的身上插了許多餵了蟾蜍毒的無羽箭，兩隻紅眼已顯得精神恍惚，但仍兇猛的廝殺著。

朱彥把飛天夜叉射下後，推了推年輕老虎：「去吧，幫助他們！」

老虎似是聽懂人話，牠馬上跑向眾妖，飛撲夜叉，對準夜叉的脖子咧開虎口，欲用全身的重量制伏夜叉，那是牠獵食的習慣，但不適合用在夜叉。老虎還沒咬上夜叉，夜叉便以逸待勞的把爪子插進老虎的頸，奮力一拉，老虎的脖子登時被剖開，夜叉再兩手一扯，將碩大的老虎上半身拉得裂開。

老虎沒料到自己會死，還以為能很輕易咬死高瘦的夜叉，牠無力的倒地，最後的意念是想看朱彥一眼，確認他的安全，但牠的脖子已經無法轉動。

朱彥也沒料到老虎死得如此快速，他還怔在當場之時，感覺到身後有一股暴烈的殺意。

「第五隻夜叉……」他心想。

是的，蝙蝠精說過有五隻。

一隻比他高上一倍的夜叉已站在他後方，只有一隻手臂的距離，幾可說是貼近了，但朱彥方才根本沒感覺到他的存在。

夜叉火紅的眼睛直視著他，口中嘟囔著不知什麼話，似乎想跟他說些什麼，但朱彥聽不懂。

「什麼？」他說。

夜叉的巨爪揮下，朱彥在劇痛之中看到兩眼之間裂開一道白光，強烈的白光迅速遮蔽了視線。然後他便失去知覺了。

※※※

朱彥再次開眼時，依然看見強烈的白光，不過那是太陽的光線。

他全身瘓軟，渾渾然的爬起身，發呆的環顧四周，在陽光斜照的林間路上，四五具人屍被並列擺著，許多獸屍四處散落，他還看見兩輛牛車，兩頭拉車的牛兀自走到路邊啃草。

朱彥心中困惑，不明白發生什麼事。

有人在走動，他的視線逐漸清晰後，終於看清楚是高大娘和兩名護送兵器的漢子，正在從屍體身上拔箭，然後從水袋倒水清洗箭簇上的血跡。

那是夜叉的屍體。

朱彥忽然清醒過來，定睛去數夜叉的數目，一、二、三、四……四隻，最大的那隻倒在林邊，應該還有一隻會飛的掉落林中了吧？

結束了嗎？怎麼結束的？

妖物們緩步走向最大的那隻夜叉，或垂頭望他，或湊上前去嗅嗅。

朱彥沒理會眾妖，他拖著瘓軟的兩腿，踉蹌的走向高大娘。

高大娘望向他的眼神有些畏懼，兩名漢子見他前來，也趕忙避開。

他不解的停在高大娘跟前：「夜叉怎麼死的？」

高大娘疑惑的反問：「你不知道？」

朱彥搖搖頭。

「是你殺的，全是你殺的。」

「我？」朱彥大為驚奇。

「你……全身冒著白光，三兩下就把三隻夜叉都解決了。」

朱彥完全不懂她在說什麼。

他走向夜叉的屍體，只見牛車旁的夜叉沒了頭，鹿精的屍體旁邊也躺了隻無頭夜叉。

「頭呢？」他沒見到理應存在的頭。

「被……被你丟得遠遠了。」一名漢子結結巴巴的說道。

兩名漢子將弓箭整理好，重新包裝，將油紙蓋回牛車後，便跪在同伴的屍體旁邊，呆呆的凝視他們。

朱彥也走過去，低首哀弔他們，望著他們殘缺的屍身，想起他們昨天還是個完整的人，朱彥禁不住會想，是不是他害了他們的性命？

他單膝跪下，將年輕人斷了的頭擺好，想辦法將脖子的斷口壓緊，豆大的淚水便情不自禁的落下了。

高大娘也走過來跪下，雙手合十，口中開始唸唸有詞，兩名漢子見狀，也一同合十唸誦。朱彥聽不懂他們在唸什麼，聽來像梵音的咒語，他年幼時也曾見過大唐最後的餘暉，當時很流行各種佛教咒語，大唐子民大多會唸上一兩種咒語的。

忽然，他聽到「嚼嚼嚼」的聲音十分響亮，似乎有許多張嘴巴在吃東西。

他吃驚的尋找聲音的源頭，只見一眾狐、鼠、貍、蟾蜍、蝙蝠等妖全圍著最大的夜叉，發出貪婪的咀嚼聲，低頭大啖夜叉肉，朱彥吃驚道：「你們在做什麼？」

「大王醒了。」眾妖停下咀嚼的動作，一起向朱彥低身伏拜。

「你們在吃夜叉肉嗎？」

鼠精老實說：「大王，聽說夜叉肉能延壽，受傷了也能很快癒合。」果然，眾妖身上的傷口，正以肉眼可見的速度慢慢長回去，「機會難得，對我們修行有幫助，請大王不要阻止大家。」

朱彥眉頭緊鎖。

他深知，以正念修行的，應得正果，若以邪念邪慧修行，雖暫時見到效果，但長期而言，終會墮入萬劫不復的惡果的。夜叉是暴戾的生物，修道之人吃了他的肉，難道不怕被惡念滲入嗎？

他憶起剛才高大娘提及他全身冒著白光時，表情是如此懼怕，而眾妖卻像是毫不感到稀奇，他忍不住問了：「你們早就料到了嗎？」

「大王指的是……？」

「高大娘說，這些夜叉都是我殺死的。」

眾妖沉默不言。

「我不懂我有什麼能力殺死他們，而你們，似乎比我還瞭解。」

蟾蜍精氣定神閒的回道：「咱家青城山的同族告訴我，他們在請您擔當百妖王時，曾告訴過您，大王的真身是戰神蚩尤。」

朱彥訝道：「蚩尤？」的確有這麼一回事，「那昨晚是怎麼回事？」

「大王的真身出現了。」蟾蜍精的口吻輕鬆平常。

「你們早就知道我的真身會現身的嗎？」

朱彥的思緒還轉不過來的時候，鼠精打斷了話題：「大王要不要也來一塊夜叉肉？」

如果朱彥也吃了，他就跟眾妖沒什麼差別了。

「此是夜叉王，他的肉對修行最有幫助了。」蟾蜍精在鼓勵他。

如果朱彥也吃了，他就變得跟眾妖一樣了。

朱彥正欲嚴辭拒絕，不料高大娘竟走過來：「如果夜叉肉真有那麼神奇，也給我們一塊吧。」

朱彥直視她的眼睛，觀察她說這句話時有多認真：「這不是開玩笑的。」

「他們叫你百妖王，」高大娘一雙清澈的眼睛直視著他，「以你的神力，瞧瞧看吧。」

朱彥不習慣跟女人對視，他別過眼去：「我不知道吃了之後會有什麼後果。」

「有什麼後果都由我自己承受，我們在路上還可能會受到襲擊受傷。」高大娘的眼睛既然隱現淚光：「老實說，這一趟派我出來運送兵器，夫君並沒預算我能夠活著回去。」言下之意，似有著千千萬萬的難言之隱。

這下朱彥才恍然大悟，為何高大娘能置生死於度外，對於眼前的危險毫不在乎。因為真的生無可戀。

「對不起……你們死傷慘重，如果當初沒有跟你們借兵器就好了。」

高大娘搖搖頭：「說不定我們半路也會遇上夜叉，然後全軍覆沒，」她的淚水依然堅硬得一滴不流，「這個可能是比較好的結果了。」

朱彥嘆了口氣，便不再多說，吩咐妖物取了一塊夜叉肉給她。

高大娘咬了一小口生肉，皺了皺眉頭。

「腥嗎？」朱彥問他，「要不要烤熟？」

鼠精從啃食中抬頭：「烤了就沒效了。」

高大娘聽了，便將夜叉肉一大口咬下去。

眾妖遵守承諾，護送高大娘將兩輛牛車的兵器送到戰場，還比原定的軍約早了兩天抵達。

高大娘折損了大部分的手下，只剩下兩個漢子跟她一起回到作坊，死者們都就地掩埋，反正在這種亂世，死得安樂本來就是一種奢望，還能有人掩埋的，都比曝屍荒野來得強。

當朱彥目送妖物們陪著高大娘離開時，心裡有兩個疑問。

首先，他不禁懷疑自己是不是被眾妖擺了一道，或許那幾隻為首的妖物一開始的目的就是夜叉肉。

然後，他想知道那隻高大的夜叉王，在攻擊他之前究竟想跟他說什麼？他永遠也無法得知了。

再者……攻擊他的，真的是夜叉王嗎？

他的疑竇更重了……

朱彥與高大娘他們分道揚鑣，但緣分尚未全盡。

兩百年後，他倆同時去到東海之隅，但兩人之間又相隔了萬千妖眾。

其時，高大娘拿回了她贈送給玄外孫的眼珠子。

即使在兩百年後這最後的緣分，高大娘和他也沒再見上一面。

之五十

海神會

紹興十一～十二年（一一四一～一一四二年）

泉州的碼頭上，正熱烘烘的舉辦著盛會。

一尊花費了一年選材、設計、雕刻、上色的媽祖像，終於要登上商船了。信徒們抬著特製的神轎，由道士領頭，在擠滿人的大街上前呼後擁的朝碼頭進發，這尊媽祖將被帶到遙遠的南洋安放，成為進駐遠地的分靈，在遠方的海域上繼續保護祂的信徒。

大街上滿是香火，人手皆有一束燃香，遠看煙霧重重，還以為是失火了。濃烈的香火像條河流，媽祖像威風凜凜，宛如在煙河中航行，航向等待祂的商船。

這艘商船將走一條較少走的路線，不像尋常沿著海岸航行途經占城（越南）、赤土（馬來半島）、三佛齊（蘇門答臘），末了待風向轉變才回航，沿加里曼丹、渤泥（婆羅洲），經過千島之鄉的麻呂（菲律賓）回到泉州，以上幾乎都是沿海行駛的航程。這艘商船將走的路線，卻是直接朝東南出海，經麻呂到渤泥，在聖山腳下停泊，以現代的說法叫「直航」。

商船的甲板上早已搭好一座小壇，設有架子固定媽祖像，讓祂不致於在風浪中搖晃乃致翻倒。抬轎的信徒們皆是水手，他們將要踏上穩重的船橋，還差十幾步，就要將媽祖送上船了。

船橋忽然彈了一下，搭在船上的那一端脫離，整條掉落，在地面擊裂成幾塊。

眾人驚駭萬分，抬神轎的水手心想：「幸好剛才沒踏上去，否則掉下來的就是我啦！媽祖保佑！」

主事的道士驚慌的說：「快找另一條船橋，誤了吉時就不好啦！」

這是一場由泉州和廣州的海商們主持的盛會，他們聽了道士說的話，忙請市舶司的長官想辦法，再搬一條船橋過來。

一陣強風吹來，商船開始在碼頭邊搖晃，晃動的幅度越來越大，幾乎快要撞擊到碼頭邊了，再這樣下去，商船極可能會裂開沉下去的。

主持儀式的道士覺得不對勁了，他疑心的忖著：「是否媽祖不要上船？」他擔心會得罪人，於是找來出錢的幾位海商，說出他心裡的疑惑：「貧道不得不說，也不敢不說，這事確有些蹊蹺。」

「儀式受阻，吉時快過了。」海商商會的頭領覺得很煩躁，「道長，你有什麼話就快說吧。」

「貧道覺得媽祖有話要說，或許擲筊問問較好。」

「今天上哪一條船，何月何日何時送媽祖上船，無一不經過擲筊和起乩再三確認，怎麼臨行又來要重複？」他其實有些捨不得他花了的銀子，也覺得儀式進行到一半停下來，面子掛不上去。

「請神送神，非同小可，何況這趟媽祖是要到天涯海角去，再怎麼說，慎重總是要的。」

其他幾名海商也同意道士的說法，無奈只好請他擲筊。

道士向群眾宣布儀式暫停，臨時開了個壇，要擲筊求問神意。

所謂擲筊，是用一種叫筊杯的法器與神溝通。

筊杯是兩塊新月或半月形的法器，用木雕成，一面彎凸、一面是平的，將兩塊的平面合起握在手中祈問神意，然後放手一擲，需是一陽（平面朝上）一陰（凸面朝上）方為「聖筊」，表示神明同意了。

若是兩陽（兩平面），稱為「笑筊」，表示神明一笑，或不解所問，需再清楚說明，或考慮中，或狀況不明。

若是兩陰（兩凸面）則為「陰筊」，表示否定、神明大怒，或不宜行事，應重新再問。

如果是重要的事情，為求慎重，有時也會要求連得三次聖筊，才表示神明同意的。

「請示媽祖，今日適宜上船嗎？」笑筊。

「請示媽祖，今日不宜上船嗎？」笑筊。

「請示媽祖，此趟行程大吉嗎？」笑筊。
「請示媽祖，此趟行程有凶嗎？」笑筊。
「請示媽祖，您不願去南洋嗎？」笑筊。
「請示媽祖，您願意去南洋嗎？」笑筊。笑筊。笑筊。
道士感到十分懊惱，怎麼媽祖都在笑？究竟有什麼可笑的事？再試了幾個問題，依然不斷得到笑筊，這狀況十分不尋常，連在旁邊觀看的海商們也在冒冷汗了。
「改用乩筆好了。」道士再請示媽祖：「請示媽祖，需用乩筆嗎？」聖筊、聖筊、聖筊。
道士鬆了一口氣，馬上吩咐道童設壇，改以沙盤問乩。
吉時早已過了，今天的儀式已經無法挽救，道士只好放鬆心情，總之極力就是要從媽祖口中得到答案。
兩名鸞生撚香燒符之後，靜坐片刻，以淨水灑身後，則握起用丫形叉木製成的鸞筆，靜待神明指示，在沙盤上寫字。
鸞生有感應了，他們兩人一起將筆端伸入沙盤，每寫一個字，旁邊的人就將它記錄下來。沒想到，才寫了四個字，鸞生的筆就再沒動靜了。
道士忙上前擲筊，詢問媽祖是否再沒指示了？
聖筊、聖筊、聖筊。
主事的海商們凝神閉氣，上前觀看媽祖究竟給了什麼指示，只有寥寥四字。
「召請雲空」。
「召請雲空？什麼意思？」

「雲空是表示天空晴朗嗎？還是人的名字嗎？」眾人議論紛紛，卻茫無頭緒。

一名海商小心翼翼的打岔：「俺咱大概知道雲空是什麼意思。」比起這些開拓航線的大佬，他的身分只是小輩。

「這位是？」海商商會的頭領問道。

「俺咱廣州的梁道卿。」

「原來是廣州的船主，梁兄也有走渤泥這條線啊？」海商商會的頭領說，「你說，雲空是什麼？」

「實不相瞞，雲空是個道士，當初就是從廣州上了俺咱的船，載他到渤泥去的。」

「哦，就是說……將在當地主持媽祖廟的那位是嗎？」

「沒錯。」

「所以，媽祖娘娘是要召請他回來嗎？」商會頭領向道士打了個眼色，道士馬上去擲筊。

結果是：聖筊、聖筊、聖筊。

※※※

海風起了，吹得有些怪異。

雲空走到門檻，觀看遠方的海面。

才是早晨，卻是黑壓壓的烏雲像天空崩塌了一樣，沒有行雷閃電，只有雲層像河流般詭異的在天際滾動。

雲空可以感覺到，海面上的烏雲夾雜著許多怨氣，像是有無數的冤魂，要趁著風雨從海面登上陸地。

雲空想起，每年寺院總會舉辦「梁皇寶懺」或「水陸法會」來超度冤魂。這麼一想，還有死在海裡的冤魂，他們怎麼去超度呢？比如梁道卿就曾經跟他說過，有不少商船出了海沒再回來，都不知在航線上的哪一個點沉沒了，聽說這些冤魂有時就會趁著風雨而來。

天空壓得更低了，空氣充滿了濕氣，飽和得像要滴水。

「每年下雨是這時候的嗎？」雲空嘆道，「記得雨季剛過呀。」

去年雲空見識過了，每日從早到晚霪雨不斷，這樣的日子要持續三、四個月。難怪以前在隱山寺聽燈心燈火大師提過，佛陀來自的天竺，每年雨季有結夏安居，僧人因每日下雨不方便出外乞食，便待在寺院中精進修行……雲空總算是見識到這種漫長的雨季了。

渤泥的雨季是從年底到次年年初，當東北季風開始吹的時候，雲空當初就是乘著東北季風繞上來渤泥的。

不過，現在應該是旱季，大宋那兒應該是春夏交界的時候。

「幸好有儲糧哦，」紅葉說著，走到廚房去，「今天想吃什麼？」

陰雨天不宜在屋外烹煮，而在高腳木屋中煮食又不會燒掉房子，蕃人自有其妙法。他們在廚房一角放個高腳木箱，箱中盛沙，再在沙堆上燒柴起火，就不會燒房子了。

「還有米吧？」雲空說著，也信步走向廚房。

他們兩人同時停下腳步，戒備的看著廚房地面。

地面蹲著一個滑溜溜的人，暗青色的肌膚，長髮上纏著螺殼和海草，腰間包了一塊濕漉漉的破布。

「你是誰？」紅葉用蕃語問他。

那人轉過頭來，他有蕃人深邃的五官，但眼睛圓睜睜的像魚一樣，瞳孔在正中央，還真的不會眨眼。他手中抓著一把米，嘴角也沾了米粒：「你會說我們的話？」

「會，你是誰？」紅葉嚴厲的再問一次。

「這個很硬。」那怪人指指正在咀嚼的嘴巴，把手中的米出示給紅葉看。

「要煮熟才可以吃的。你是誰？」

「妳可以煮熟給我吃嗎？想吃。」

紅葉嘆了一口氣：「你是誰？」

「我是翁波[9]（Umboh），來找他的。」他指向雲空，伸直的手臂滴下許多水。

雲空也想嘆一口氣，為何他的家總是被人來去自如？他們究竟是怎麼進來的？

「米被你弄壞了。」紅葉指著怪人身邊裝米的陶甕，生怕那人身上的水滴進米甕，「不能弄濕的。」

「煮給我吃，」怪人圓圓的眼睛盯著紅葉，見紅葉不悅，又加了一句：「好嗎？」

紅葉見他沒有惡意，便走過他身旁，將陶甕移開，本來還想將他手中的米粒也取走，但見他濕黏的手掌，接近他還有鹹臭的海水味時，便放棄了。紅葉掏起陶甕表面的米，果然有被水沾濕了，便拿這些米來煮飯。

這些米是商船運來的，十分珍貴，紅葉都不捨得單獨煮食，都會配一些本地的紅米、黑米、小米或野米來一同烹煮。

「你有什麼事嗎？」雲空客氣的問翁波。

「我不常來，」翁波說，「我不是杜順的神，我是巴瑤的神。」

9. Umboh，巴瑤族Bajau海神。Ombak就是海浪。

雲空所居的村落，居民自稱「杜順」（Dusun）族，乃渤泥北方分佈甚廣的大族，居於平地及山區。

而「巴瑤」（Bajau）族住在海邊，十分善泳，他們偶爾會攻擊杜順族，甚至俘其為奴，交給海商賣去外國。

以翁波的外表來看，他應該是位海神了。

再者，蕃語稱海浪為「唵霸」（ombak），跟「翁波」（Umboh）字源相同，雲空相信自己沒猜錯。

事實上，翁波所說的話也不太像杜順話，但很多字發音相近，雲空大致能夠猜到他的意思。如果追本溯源，其實翁波說的是更古老的語言吧，遠在他們的祖先剛在此地落腳時所說的話。

「你遠道而來，找我必有要事吧？」雲空問道。

「我認識龍貢，龍貢告訴我可以找你，你不難講話。」龍貢是山神，雲空和紅葉曾跟山神合作將龍腦香王運上聖山，令聖山的火山停止噴發。

「你是海神嗎？」

「可以這麼說，河不是我的，湖不是我的。」

「我有什麼可以幫忙的嗎？」

「龍貢告訴我，有新神要來。」

雲空不明白他的意圖，也無從猜測，只好說：「是的。」

「新神為什麼要來？」

「保護唐人商人在海上平安。」

「保護唐人平安？」

「不只是唐人，只要是海上的人，都會保護。」

「也保護巴瑤人？也保護杜順人？」

雲空小心聆聽，希望聽得出他語氣中是否含有不悅：「只要希望幫忙的，神明都會幫忙。」

翁波身上滴落的海水弄濕了地面，正從地板的縫隙流下去。他似乎在沉思，臉上帶著不解的表情。

紅葉生起了火，米粒在水中烹煮，漸漸飄出米香，令翁波的精神為之一震。他抬頭望著雲空，圓圓的眼珠子似有魔力般吸引著雲空的目光：「你是誰？你是唐人巫師嗎？」

「是的。」

「你把新神帶進來，有什麼目的嗎？」

雲空逐漸明白他的想法了。

「不是我要新神進來的，」雲空說，「是唐人在海上，要走很遠的船，要到很大的海去，唐人的神在很遠的地方，唐人希望神也可以在這裡的海保護他們。」

「翁波也可以保護唐人。」

「翁波願意保護唐人嗎？」

「只要他們給我獻上有血的肉，香香的米飯，還有米酒。」

原來是血食之神，較原始的神靈皆血食，做為交換的條件，如果不奉獻予祂，還會降予災禍。

翁波也是這樣的神靈嗎？

雲空從他圓圓的眼睛判斷，他的原形想必是魚，應該是魚精吧？他想要的供品，都是些水中吃不到的。

話說回來，祭拜媽祖也要用上半生熟的豬羊、酒、茶、鮮花、紅蛋、水果等物，說起來也是位血食之神。
只不過，不供奉媽祖也不會被降災。

聽說媽祖是大宋初年一位學道的女人，本身是人類時就以醫治救人而聞名，當神之後又豈會傷害人命呢？

雲空試探道：「可是，翁波是巴瑤人的神呢，翁波也不住在這兒呀。」

翁波聽了，神情頓時毛躁了起來。

雲空猜測他的算計：「你在擔心什麼呢？你擔心新神會搶走您的地位，或搶走你的地盤嗎？」

翁波似是被講中心事，一邊不安的扭動身體，一邊轉頭去看紅葉煮飯。

「其實翁波大可不必擔心，唐人拜唐人的神，蕃人拜蕃人的神，蕃人不會去拜唐人的神，唐人也不會去拜蕃人的神。」雲空安撫他。

「很香，」翁波用力的朝廚房吸鼻子，「幾時可以吃呀？」

紅葉回道：「你沒燒過飯，只知道吃，不知道燒飯需要時間對不對？」

翁波像被教訓過的小孩一般噤聲了。

雲空微微一笑，緩緩起身，走去搬來梯子，搭在房子裡的小房子上，那小房子下方是安靜的寢室，上方是儲物的倉庫，雲空爬上儲物處，取下一個封泥的小甕。

翁波圓圓的大眼不斷盯著那小甕。

雲空又去取來兩個竹筒做成的小杯，把它們放在翁波面前，用指頭將小甕的封泥開了個洞，倒出白濁的米酒來。

翁波見了高興，迫不及待的拿起來一飲而盡。

喝了酒之後，他似乎比較輕鬆了，雲空又倒了一杯給他，這次他拿起來淺啜，慢條斯理的說，生怕雲空聽不清楚：「帶我去見你們的神。」

「什麼？」雲空以為他聽錯了。

「帶我去見你們的神。」

「可以，祂會在下一趟船期抵達，說不準再兩個月就到了。」

「不不，」翁波搖搖頭，「祂不會來的。」

雲空詫異道：「我不明白翁波的意思。」

「我只是其中一個翁波。」翁波指指自己。

「嗯。」雲空點點頭，心中忖著：「原來如此。」

「我代表所有的翁波，帶我到唐國去見你們的神。」

雲空沒料到有此一著：「我不能做決定，況且祂再過兩個月……」

「我說過了，祂不會來的。」

此時，紅葉嚷道：「飯好了。」

翁波小聲歡呼。

※※※

幾天後，有位唐人住蕃遠從河的上游前來尋找雲空，他深居河谷的村落，聽說有位道士在海邊長住，十分高興，便特地來拜訪。

他在河谷村落常在精神上有驚擾，希望雲空能為他解除問題。

當雲空正在為他尋找原因時，又有人來敲雲空的家門。

「今天真熱鬧呀。」雲空正在思忖，紅葉跑去應門，見門外有三名唐人男子。

來人見應門的是名唐人小女孩，也愣了一下，才問：「雲空道長在嗎？」
紅葉見來人也是唐人，感到十分親切，微笑著回道：「他正忙，能等嗎？」
「呃……」對方臉色有些為難，「有些緊急，俺咱一下船就過來了……」
雲空聽見聲調很是熟悉，便移身到門口瞧看，見來人竟是梁道卿，驚問：「梁翁怎會在此？」
按理，會送媽祖神像來的不應是他，若依平日航線，他應該要再過幾個月才到的。如果此刻會出現，必然是直接從大宋航行而來，沒繞道去其他國家。
「俺咱連堂弟都還沒去找，就見來找道長了。」梁道卿被炎熱的太陽曬得氣喘吁吁，不停的拭汗，後頭還跟著雲空認識的兩名經驗老到的水手。
「怎麼回事？」雲空想起翁波的話，「難道媽祖像沒來成嗎？」
梁道卿訝道：「咦？道長怎麼知道？」
「所以是真的？」雲空再確認。
梁道卿嘆了口氣，將那日在泉州發生的事告訴雲空：「媽祖要你親自去見祂，再做定奪。」
雲空覺得蹊蹺，兩件事情過於巧合，恐怕不像表面看起來的簡單。
「媽祖只說了四個字？」
梁道卿用力點頭：「剛才說的，就『召請雲空』四個字。」又說：「只有俺咱與你相熟，能把你帶回去的，也只有俺咱了。」
想到要回去那個他以為永遠不再回去的地方，雲空心中不禁五味雜陳。
只聽梁道卿抱怨道：「俺咱平日是從廣州開船的，跟泉州河水不犯井水，那天是刻意去泉州參加媽祖上船儀式的，由於事出忽然，才不得不從泉州開船，什麼貨物都來不及帶來。」他最擔心的仍是生意，也難怪，出航一趟所費不貲，天下沒有白白出航的虧本生意。

「可是梁翁也無法立即回航呀，至少得等到順風。」雲空說，「這段期間，梁翁大可慢慢收集珍奇貨物。」

「俺咱也明白。」梁道卿還是重重的嘆了口氣。

梁道卿等人留下陶器、瓷器以及一些將來廟裡要用的旌旗、幢幡等物，還送給雲空一斤武夷好茶：「這是泉州的商船船主們一起贈送的，價錢很高的哦，他們很給面子。」

雲空反而有點迷惑，習慣了粗食的他，不知對這種精緻的味道還會有什麼感覺？

待他們離去後，雲空才回頭去幫忙那位從上游來找他的住蕃。

「媽祖要來？」該人期待的問道。

「嗯，旁邊那間就是，」雲空指指屋旁的木屋，「將來要做媽祖廟的。」

想到梁道卿捎來的話，雲空心緒紊亂，無法專心幫忙眼前的人，便請他先在未啟用的媽祖廟裡落腳，遲些再幫他。

他叫紅葉坐下來，並告訴她梁道卿和媽祖廟的來龍去脈。

「所以你要走？」紅葉一雙靈動的大眼閃著疑問。他們好不容易才聚在一起的，雲空怎麼會要走呢？

「可能半年至一年，視天候而定，」雲空道，「妳也一起回去吧？」

紅葉馬上搖頭：「我再也不要踏上那裡了，只要一登岸，師父……無生就會找到我，渤泥四面環水，有水的保護，他無法輕易找到我。」

雲空想想也對，水的作用十分微妙，它能儲存訊息，也能傳遞訊息，例如以往他跟師父、師兄溝通的方法就用圓光術。但若水巨大如海，訊息就會被稀釋得極其稀薄，難以察覺。

因此，在地理形態上，渤泥真是個好地方。

在生物學上，它在冰河時期後便與大陸隔離，大陸上新生的物種無法抵達此島，因此保存了許多原始物種。

以及原始的神靈。

他們緊縛著土地，地域性極強，他們不能也不願離開他們的區域，一旦離開，他就不是神，而是山林間流竄的妖鬼了。

雲空也記得紅葉告訴過他：當他踏上渤泥的那一刻，她便知道了。

紅葉牽著雲空的手，面色不安的說：「無生一定還在找你。」

此時此刻，雲空的腦子裡同時有三道思流：

無生，是的，他當然擔心無生，但僅僅捕風捉影也於事無補。

翁波，他真正擔心的是翁波，這位蕃人的海神預言了媽祖不會來，是神和神之間有協議嗎？但大海相隔萬里，翁波如何與媽祖取得聯絡？除非，他的訊息不會被大海消融。

最後是媽祖。

媽祖要見他，翁波也要見媽祖，究竟葫蘆裡賣的是什麼藥？

話說媽祖不過是宋初興起的新神，當神的資歷僅有百年，然而當大宋政府大禁淫祠（什麼神都亂拜的現象）時，惟獨功勞事蹟累累的城隍爺和媽祖不在被禁之列。人民不能沒神拜，因此媽祖信仰在民間大興。

這些神靈們謎樣的算計，只要他回到大宋，就能有解答吧？

「無生我不怕，」雲空輕按紅葉的肩膀，「我只怕妳隻身留在渤泥會寂寞，又怕妳有危險，常常保護妳的白蒲也不在了，萬一我回來見不到妳怎麼辦？」

「憑我的飛針，要危險也不容易。」紅葉隨手投出幾針，便將飄落的葉子固定在地面。

雲空很高興，她依然如此厲害：「妳要我帶什麼回來給妳嗎？」

紅葉想了想，說：「這裡的布料好粗，能帶些什麼布都好。」

雲空記下了。

「泉州或廣州的氣候跟這裡有點像，熱的時候，說不定可以種相同的菜或水果。」

「那我就帶果籽和菜籽回來試種。」雲空也心想，此地巫師頗為珍重的菖蒲，不知能否帶到活的回來？

「還有，焦腳虎和他姐妹是同胞的，怕生下奇形怪狀的孩子……」

「一隻貓。」雲空記下了。

「兩隻，一公一母。」紅葉趕忙糾正。

「也是。」

「哦，還有鐵！」紅葉猛然想起，「我要製作飛針，生鐵可以，不過我記得鐵好像不能夠隨便買賣，所以即使是一些破舊的農具、兵器、廚具也行。」

雲空點點頭：「這麼一說，我也該找塊上好桃木，再做一把桃木劍。」

再過四五個月就要順風前往故國了，雲空預算翁波會再現身。

可是翁波一直沒再現身。

※※※

梁道卿很高興得到前所未有的純正龍腦香王，問堂弟如何找來的？

堂弟梁道斌搖頭搖手，道：「可遇不可求。」他可不想透露是從一件衣服刮下來的。

梁道卿多了這幾個月待在渤泥，於是跟隨堂弟到好幾個村落去收集不同的商品，認識了很多商品的源頭，令他大開眼界之外，也評估還要開發什麼新商品帶回去。

不知不覺，日月如梭，風向轉了。

梁道卿再次登門拜訪：「道長，再十日便要去泉州了。」他特地給雲空多些時日準備。

雲空也沒什麼好準備的，依舊是陪他雲遊的黃布袋，外頭繡了先天八卦，裡頭裝了道家法器。

他必須在離開的前一天登船，因為商船將在黎明時分出航。

踏出家門的那一步時，驀地心中一陣絞緊，很想放棄上船。

他回頭看紅葉，她正在跟兩隻貓兒玩，見雲空回首望她，便一手抱了一隻貓兒走來，先把焦腳虎貼近雲空：「雲空會帶個妻子回來給你哦。」又把母貓貼向雲空：「也帶個丈夫給妳好不好？」

雲空微笑著撫摸兩隻貓兒：「我不在的時候，要勞煩你們幫我保護紅葉了。」

兩貓齊聲喵叫。

當時雲空絕沒想到，這句話是一語成讖。

紅葉放下兩貓，從腰袋中摸出一段小小的髮辮，遞給雲空：「見人如人在，祝你路上順風。」

雲空情不自禁的淚眼泛光，也從布袋裡取出隨身三十年的兩枚小銅鈴：「掛在窗邊，風動鈴響，就是我在掛念。」

紅葉潸然淚下，緊抱著雲空，久久不願放開。

※※※

商船依約在清晨出海了，此處暗礁少，不畏在光線不足時出航。

船行了一段路之後，有人驚呼：「好大的魚！在船尾呢！」

「是鯨魚嗎？」有人問。

鯨魚遨游四海，會在這片海域現身並不離奇，事實上，鯨魚還常游來此地的。

但他們見到的不是鯨魚。

「不是鯨魚啦，」資深的老水手接腔道，「鯨魚的尾巴是平的，這條是魚，尾巴跟身體是在同一個面上的。」還用手掌比劃說明。

雲空也挨到船尾去，跟一眾水手們擠著觀看，波光粼粼的海面上，果然有一尾大得驚人的魚在緊跟船尾，身形跟商船差不多大小。

「我有注意到，」掌控船舵的水手說，「牠從一開船就跟著了。」

大魚忽地把頭伸出水面，吐出一道水柱。

「哪！是鯨魚！」有年輕水手乘機反駁老水手，「會噴水的！」

「鯨魚在頭頂噴水啦。」不待老水手回應，已經有人提醒年輕水手。

當大魚舉頭出水時，雲空看清楚了，大魚圓滾滾的大眼似乎在盯住他，似乎是刻意觀看，好確定雲空是在船上的。

「翁波！」雲空心中忖著，翁波的原形果真是魚！

這也說明了水神和陸神的不同。

水能攜帶訊息，因為訊息溶於水。

但若水的容積太大，訊息就會被稀釋得無法辨識，因此許多鬼神不敢欺近大海，頂多乘風乘雨從空中移動。

除非水神本身就是源自水的生物，保有個體的獨立性，不怕被水稀釋。

說到這點，雲空又困惑了……

渤泥的社會比較原始，他跟蕃人接觸時，都會探聽當地的傳說，尤其梁道斌的妻子甘布絲，懂得很多族裡的禁忌和傳說，她說每個女孩嫁人前都要學習的。

甘布絲告訴他，他們族人鮮少前往的內陸有大河，如果要去大河捕魚或航行，必定要先得到「譚必押」[10]的允許，否則譚必押會暴怒，要是冒犯的情況嚴重，不但人會送命，還會引發洪水摧毀田地，造成饑荒。

「譚必押其實是什麼？」

「是那伽。」

那伽（naga）就是梵文的「龍」。

渤泥蕃人除了有自己的神話系統之外，信奉自然萬物有靈，也長期被印度的婆羅門教影響，所以有部分語言源自印度文字。

回頭說說雲空困惑的是什麼。

渤泥的水神是龍、是魚，十分合理。

中土自古也有龍神、蛟神、蚌精、魚精等在湖、河、海諸水區出沒，也很合理。

但若人死後的鬼神成為水神，本非水類，難道不怕消融於水嗎？

自古相傳有洛水女神，乃溺死之女，被文人妙筆添加成神，未必真的是神。

但媽祖不像洛神只是小小一條洛水之神，媽祖是海上之神，百年來為漁民所信奉，有壓過歷朝歷代龍神信仰之勢，其海上救人神跡累累，又是何解？

相傳媽祖自幼有神術，是濟世助人的女道士，說不定她是天生具有神通之人，此種神通，通常是前生所來。

雲空找到脈絡了：媽祖生前是何種人？死後是何種神？

雲空猜想，翁波可能也有相同的困惑：媽祖非為水族，何成水神？

「嘿！你們不要堆在船尾！快回到工作崗位上去！」老水手忍不住叱喝了，「船尾太重了，快走開走開！」

眾人散去，只留下舵手，他固定好船舵，在遮陽的棚子下安逸的打了個盹，這條航路他走熟了，他知道距離下一次轉舵還有段時間。

雲空凝視著大魚，牠在海面上載浮載沉，銀光樣的背鰭在朝陽下宛如船帆。

「翁波呀翁波，你的目地是什麼呢？」雲空喃喃自語。

大魚朝空中又吐了一道水柱，彷彿向雲空打個招呼，然後便潛入水中，久久沒再現身。

※※※

商船乘風而行，中途經過麻呂也不停歇、不靠岸，僅三十日便到了泉州。

商船駛入海灣後，波浪頓時變得平靜，平順的開往晉江出海口，那兒才有港口供商船停泊。

雲空走到船尾，尋找翁波的蹤影。

那條大魚每日都會現身一會，像是要讓雲空知曉牠有一路跟來。

但是商船進入海灣之前，雲空便沒再見到大魚了。

說不定牠鑽到船底去避人耳目了，雲空這麼猜想。

船一靠岸，梁道卿便派人召請媽祖廟的主持道士，來港口跟雲空接洽，而他自己則趕緊找中介商去販售他的貨品。

忙碌的梁道卿經過雲空身邊時，隨口問道：「道長，想不想先上岸走走呀？」

10. Tombeik 或 Tambiak，依不同族則發音不同。

雲空想了想，說：「也好，反正閒著。」

「別走丟了哦。」梁道卿快步離去了。

雲空拎著黃布袋踏上港口，耳邊立刻飄來各種方言，泉州話、廣州話、杭州話、東京話不絕於耳，令久住寧靜海邊的雲空頓覺恍如隔世。

這一切曾經的熟悉，竟有了陌生感。

他在喧譁的苦力、水手和商人之間穿梭，企圖讓自己儘快融入這個曾經生活過的世界。

這下子，他竟產生錯覺，忽然想找個角落賣卦，賺幾個子兒，這才發覺他手上已經沒了竹竿、也沒了白布招子。

「是雲空道長嗎？」不遠之外有人呼喚，雲空愕然抬首，猛然從遐想中回神，見到一位壯年道士正快步向他行近。

「閣下是媽祖廟住持嗎？」

來人高興的拱手道：「不敢，在下媽祖廟住持陳逍遙。」

雲空忖著：「跟我同姓。」口中說道：「幸會，在下雲空。」

「久仰大名！」陳逍遙打量了一下雲空，見他雙目炯炯有神，頭髮長鬚皆有半數花白，膚色在南洋曬黑了，身上穿的仍是涼快的短衣和半截褲，便說：「依商行大佬們的吩咐，道兄在帶媽祖像返去前，權先住在媽祖廟，由我交接媽祖祭祀細節，將其攜往南洋去。」

「這是媽祖說的嗎？」

「咦？」陳逍遙愣了一愣，才明白雲空的意思，「不敢僭越，媽祖只說了召請您，但儀式還是一定得交接的。」

「媽祖還沒答應上船嗎？」

陳逍遙露出懊惱的表情：「實不相瞞……」

「曉得了，」雲空輕拍他的肩，「道兄請帶路。」

雲空正在作思：梁道卿才剛派人去找陳逍遙沒多久，陳逍遙就到了，那麼媽祖廟應該不遠才是。

果然，媽祖廟就建在港口邊，廟門朝向海灣，迎著帶鹹味的海風，廟門前還搭了個延伸出海面的平台，海浪在平台下拍打，支撐平台的木柱也黏滿了藤壺。

廟宇並不巍峨堂皇，有如乾淨的小舍，可兩手捧在胸前的小巧媽祖像放在神檯上，面色圓潤、細眉小嘴，潔白的臉被香火熏得暗黑。媽祖像前方較矮的桌上，也有一尊大小相同的神像，但用紅布包著。

「此尊就是要帶到南洋的嗎？」雲空問道。

「是的。」

雲空拈香禮拜，心中祝道：「媽祖娘娘，現在我來了，您有何指示？」

沒有。

雲空感覺不到任何回應，媽祖一如普通的泥塑人形般沉默，整個廟宇裡頭也沒有任何不平凡的感覺。

「道兄長途跋涉，想必也累了，我先帶你去後廂靜室吧。」陳逍遙說，「說不好，這幾日海商行會為你洗塵，你就先歇一歇吧。」

「有勞道兄，請問此地可有書鋪？」

「當然有，走不遠就有十來家。」

雲空一聽大喜：「如此甚好。」只要有書，他就不怕寂寞了。

宋代印刷業崛起，出版商很多，甚至有將書籍賣到海外的，所以港口地方也聚有不少書商。

雲空去買了幾本書，便回到媽祖廟。

天候已經入秋，陳逍遙見他衣服單薄，便準備了一套道袍，讓他不至於受涼。

晚上由梁道卿請客，叫了外賣，在媽祖廟的偏廳用晚餐，陳逍遙在席上陳述了媽祖上船儀式當天發生的狀況，雲空詳細詢問了聖筊的內容，卻猜不透裡頭的涵義。

「道長先別多想，」梁道卿說，「大家都累了，今晚好好睡一覺，明日有精神再做打算吧。」

雲空的身體明明累了，卻感覺隱隱的興奮，或許是剛回到家鄉的緣故吧？雖然夜深，他兩眼仍然像火眼金睛般有神，只好在媽祖廟後方的靜室點了油燈，在燈光下翻書，好讓自己更累、更想睡覺。

靜室設在後院，與外界僅相隔一道矮牆，可聽見港口熱鬧的聲音。

隨著夜漸深沉，喧譁聲漸漸安靜，偶爾會有醉酒的人拉開嗓子唱小調。

雲空合上書，揉了揉眼睛，怎麼還沒有睡意？這不尋常！

「莫非……」他站起來，豎起耳朵，聆聽空氣中的微妙振動。

他步出靜室，躡手躡腳的經過陳逍遙的房間，走到廟的正堂，沉浸在陰冷潮濕的黑暗中。

視覺被剝奪了，聽覺反而變得分外敏感。

廟門外傳來徐徐的浪濤聲，雲空輕輕推開廟門，一陣有海水腥味的涼風拂面而來，在微弱的月光下，他看見廟前的平台上站著一個人。

不，該說是人形的生物。

他渾身濕漉漉的滴著水，彷彿剛從水中爬出來。

「翁波？」雲空悄聲問道。

「很冷，」翁波用渤泥的蕃話說道，「這地方怎麼這麼冷？」他渾圓的大眼反映著月色光輝，嘴巴張合個不停。

雲空步上前去：「再過兩個月會更冷呢。」

「冬天的話，到更深的海底會比較溫暖哦。」後頭傳來一把溫柔的聲音，雲空大吃一驚，回首一瞧，竟是位垂著長長馬尾的少女。

「那女人說什麼？」翁波粗魯的問。

雲空翻譯給他聽後，翁波感激的點頭：「我等下就去試試看。」

少女斯文的說：「外頭清冷，何不進去一敘？」

雲空道：「內有道士，只怕弄醒他了，你們兩神對談，貧道還是迴避的好。」

少女施了個萬福，道：「道長且別走，一者，若有語意不明，仍需你幫忙傳話；二者，在下是新神，而道長是千年古神，何需迴避？論輩分，我還差了一大截呢。」

被道破前生來歷，雲空暗暗吃驚：「妳就是媽祖嗎？」

「人稱的是。」

此時，媽祖和翁波已然不需用語言交談，也能以心念感知對方的意思，但心念無法表達的意思，仍需以文字補充之。

翁波知道了來人是媽祖，也端正了姿勢，嚴肅了起來：「終於見面了。」

「幸會，」少女說，「我是媽祖神。」

「我是翁波，海浪之神。」

雲空仍在沉默，少女催促他：「道長呢？」

「貧道雲空。」

少女淺笑道：「道長太謙虛，」她向翁波介紹道：「翁波或許不知，這位道長在久遠的千年以前，曾是叱吒一時的大神，是國家祭典上重要的戰神，名叫蚩尤。」

翁波嘖嘖稱奇：「原來，我都看不出來。」

「不特此也，不過兩百年前，還曾被眾妖推舉為王，當過百妖王呢。」

翁波更為驚訝，不禁對雲空投以敬佩的目光。

雲空尷尬的笑道：「如果這事真的曾經發生，也似空花水月，雁過留痕，不值得再提了。」口中雖豁達，心中卻暗自訝異，他的前世經歷怎麼會被輕易道出？

「總之，今日並非兩神相會，」少女恭敬的向雲空拱手，「而是古今中外三神聚首。」

「這就是妳要找我來的原因？」雲空問道，「因為我在很多世以前曾經是蚩尤？」

「是，」少女點頭，然後搖頭，「也不是。」她正色道：「我有個更大的難題，需借助你千年的智慧。」

雲空神色凝重的等她說。

航行千里海路，媽祖必然要給他一個好理由。

「有米飯吃嗎？」翁波突然說，「我好像有嗅到。」

少女微笑道：「有，不過是冷的，翁波介意嗎？」

※※※

昨晚雲空實在太疲倦了，當他睜眼時，外頭已經人聲吵雜，非常熱鬧。

他帶著惺忪的雙眼走到正堂，只見祭品滿桌、香火鼎盛，原來有船要出航，海商和水手們都紛紛在出航前來祈福。

他觀看香火籠罩著媽祖像，遮蔽了媽祖的臉孔，想起昨夜光線不足，也沒見清楚媽祖的真貌，只記得該少女一邊請翁波吃飯，一邊告訴雲空：「道長凡人之軀已經疲憊，請回靜室休息，咱明晚再詳述不遲。」

於是，雲空留下兩神繼續聊天，自個兒踱回靜室歇息。

好好的睡了一夜之後，雲空精神爽朗，比起在船上風波搖晃，他在平地上睡得更為安穩，也讓他發覺身體真的開始老化了。

待絡繹不絕的香客終於離開後，雲空便拉著陳逍遙，要他講述媽祖神的來歷。

陳逍遙一來就先講解「媽祖」神名的來歷：「道兄可知，『媽祖』二字實乃『祖母』之意？也是對女性長輩的尊稱？」

「原來如此。」

「據說媽祖本姓林，約太祖初年生在湄洲嶼……」

雲空截問：「湄洲嶼何在？」

「比這裡泉州再上去往北不遠，也是個海灣處，叫湄洲灣。」陳逍遙繼道：「她的故事有多種說法，不過我曾親自去湄洲祖廟考查，大致相同的是——她出生時不啼哭，天生有神通，以巫祝為業，能預知他人禍福吉凶。」簡而言之，媽祖生前是女巫，而「巫」也正是道士的同源。

雲空頷首推想道：「天生神通者，大多由前世業力帶來，又能預知未來，不知跟神算張鐵橋相比如何？」

陳逍遙繼續：「她終生未嫁，大概三十歲左右就仙遊，」仙遊就是逝世了，「此後靈異不斷，但最重要的是，聽說宣和年間出使高麗的船被狂風巨浪沖激，落海溺水者不少，只有使節的船上，有個女神顯靈，在檣竿上旋舞，」聽起來就像巫師祝禱的舞蹈，「不久，風浪止息，使節回國後奏報皇上，所以朝廷便為媽祖記功了。」

「原來如此。」雲空最在意的，仍舊是她天生神通的部分。

看官需知，有關媽祖神來歷的最早文字記載，也要在本故事好幾年後才被人寫下的。

好不容易等到夜深，雲空在靜室半合著眼靜坐，留意陳逍遙的動靜，直到聽見陳逍遙的打鼾聲了，他才悄悄溜到廟門外。

廟門外的平台上，少女和翁波已經在等候他了。

今晚涼風徐徐，他們坐在平台邊緣，翁波身上掛了些銅錢、鐵片、青銅片等等，用破魚網綁成串，在他扭轉身體時發出叮噹聲，想必是些他在海底找到的東西。

「道長今天比較有精神了麼？」少女斯文的問道。

雲空拱手後，單刀直入的問：「恕請為貧道解惑，妳真的是媽祖神嗎？」

少女展眉淺笑，反問：「為何不是？」跟昨晚也一樣不直接回答。

「妳召請我遠從千里航海回來，必有理由。」雲空道，「現在我就在找妳的理由。」

翁波插嘴道：「她漂亮，我喜歡。」

「你也是，」雲空輕拍翁波，「我等下也有事要問你。」

少女依然保持雍容的神情：「道長猜到理由了嗎？」

「請回答貧道，妳是否媽祖神呢？」

「我是媽祖。」

「那麼請問，妳是湄洲的林姑娘變幻的媽祖神嗎？」

雲空似乎問對問題了，少女露出燦爛的笑容，很乾脆的回道：「不是。」

「所以你們是同一個神嗎？」

少女道：「道長可以這麼說，『媽祖』是一個神格，就像『知縣』是一個官名，一樣。」

翁波也說話了：「我也告訴過你，我是其中一個翁波，是吧？」

漢人自古咸信「人死為鬼」，這與後來傳入的佛教觀念不同，佛教說六道輪迴，亦即六種生命的型態。人乃六道之一，鬼亦六道之一，生死於六道之中轉換不休。不過相同的是，鬼道之雄、有靈驗之鬼可為神，佛教稱這類有福報之鬼為「多財鬼」。

這些鬼神若是有了名聲，有的地方要立分廟，鬼神就必須「分靈」，亦即分身去管理另一間廟。然而，即使屬於天道的諸神也沒有任意分身的神通，身為鬼神何德何能？

因此，解決辦法是派另一位多財鬼去管理分廟。

翁波（海神）和龍貢（山神）的情況與人間鬼神相似，不過他們是派不同的精怪擔任當地的職務，龍貢可能是猿猴精、蛇精等山林妖精，翁波就是水族之精了，他們在六道中都屬於傍生（畜生）道，而非鬼道。

湄洲媽祖在仍是人類時，可能為住在島嶼上的漁民人家，她的死因不詳，或說是溺死，如此而言，原型就是水鬼了。

雲空留意眼前少女身上的一身紅袍，跟她的文靜不甚相配，不禁問道：「貧道放膽借問，您是溺死的嗎？」

少女沒有不悅，只靜靜點頭。

如果媽祖要分靈到遙遠的異鄉去，這表示說，有一位性質相同的鬼神必須經過可能將他消融掉的大海，到一個與中土諸神隔離的土地去。

雲空嘆了口氣：「我明白了，當日妳不願意上船，因為要去的地方太遠了，」他望向少女：「我尚有一問，妳非水族，難以入海，何能成海神？」

少女幽幽的說：「我們保護的是近海，再遠的，確有難處……除非是湄洲的祖神……祂確能行遠些的，聽說到日本和高麗的海路有狂風巨浪，祂也能應付的。」再怎麼說，那條海路也仍是沿岸或海峽。

雲空正色問道：「那麼媽祖神想要貧道如何幫忙？」

少女說：「首先，我要多謝你帶了貴地的海神前來，」說著，她向翁波微微點了個頭，令雲空驚奇的是，翁波也出奇的禮貌，斯文的回禮，「翁波神跟我談了很多當地的狀況，我也告訴他我們大宋的規矩，然後翁波神建議我們，神像可以帶去，但神職則由派一位翁波來擔任。」

雲空好奇問道：「妳答應了？」

少女搖頭：「不行，我們神格不同，不能冒充混淆的。」她嚴肅的說：「為此，昨晚我們一眾媽祖神還特別去湄洲祖廟討論，結果……」

「結果……？」

「眾神一致不贊成。」

雲空嘆了口氣，他瞭解到這是人類擅自的想法，給神明出了難題。

說不定，這是史上頭一遭，有人想把神明帶到起源地之外那麼遠的地方。

忽然，雲空有個念頭：「貧道能否求見祖廟的媽祖呢？」

少女訝然道：「可以呀。」

「貧道該乘船而去呢？或是有其他方法呢？」

少女沉吟了一下，才說：「我明晚告訴你。」

※※※

接下來的幾個晚上，少女的媽祖神都沒現身。

只有翁波獨自坐在平台上，寂寞的望著海。
翁波身上掛的銅片、銅錢等，一天比一天多，隨便動一動身體都會發出幾百聲叮噹聲。
雲空回廟裡拿了碗尚有餘溫的飯，配上晚餐刻意留給翁波的蒸魚，拿給難得沉默的翁波。
翁波遙望著黑漆漆的大海：「我想家了。」
「你認得路的話，可以游回去的。」
「我不能回去，」翁波說，「是翁波的王派我來的，不能隨便回去。」
「那你要怎樣才能回去？」
翁波濕濕的圓眼無法眨眼，雲空完全瞧不出他的表情。
他慢慢享用食物，口中嘟囔著：「這裡的飯好香。」
雲空說：「說不定我可以帶些稻種回去。」
良久，翁波終於說話：「翁波的王不喜歡有外面來的神。」
雲空等他說。
「翁波管海，龍貢管山，互相不干擾，可是，如果有外來的神，就好像……有人闖進你的家……」
「為何不想成……是位寄居的客人呢？」
「客人？」
「就像我一樣，本來不是渤泥人，但我住在渤泥。」雲空說，「別人叫我唐人布摩，可是，杜順的布摩也沒有擔心我搶了他的地位。」
翁波贊同：「是真的。為什麼？」
「因為我只處理唐人的事，不處理杜順人的事，」雲空正視著他，「媽祖神亦將如是，祂是唐人的神，只有唐人會祭拜祂，你的翁波大王可以不必擔心。」

翁波沉默不語。

忽然，廟門咿呀一聲敞開了，雲空大吃一驚，只見陳逍遙步出廟門，提了燈籠探照外頭：「外面的是雲空道兄嗎？」

雲空趕忙站起來擋住翁波：「陳兄，是我。」

「天冷呢，你在外面幹什麼？著涼呢！」

雲空展開兩臂假作伸展，讓長袍的寬袖遮擋翁波：「說的也是，我貪涼快。」心中焦急的期待翁波快回到水中。

翁波將碗放在平台的木板地面，道：「他看不到我的。」似是為了讓雲空放心，他睡下身子，從平台的柵欄下方滑入水中。

雲空鬆了一口氣：「陳兄也這麼晚沒睡嗎？」

陳逍遙拎著燈籠，邊嘆息邊走向雲空：「心煩難眠。」

「何事心煩？」

「道兄沒聽說嗎？岳將軍入獄了。」

「哪位岳將軍？」

「岳飛呀，」陳逍遙的語氣十分哀傷，「你可能久居海外，有所不知，大宋要不是岳飛將軍，早就已經亡於金人了，岳將軍在長江上阻敵，金人整年無法推進，才願意談和的，試問大宋兩百年，何曾出過這等能令國運扭轉的英雄？如此曠世之才，朝廷……朝廷竟禁令他不准再打，還召其回來，送進獄中！」

聽見岳飛之名，雲空腦中浮現起岳飛多年前初出茅廬時，英氣勃發的模樣：「陳兄從何聽來？」

「今日在市井中廣為流傳，大家都在氣憤奸相誤國。」

「誰是奸相？」

「秦檜呀，聽說是金人派來的內應。」

「有這回事？」雲空對秦檜之名沒有印象，他只在擔心，萬一大宋真的亡國，他在渤泥就真的成為異國浮萍了。

不過，猶記得鼠精們說過，岳飛能讓大宋晚兩百年落入胡人之手。可是，兩百年後呢？兩百年後的事，其實也輪不到他來擔心了。

※※※

又一個晚上，雲空走出廟前的平台，沒見到翁波，也沒見到媽祖神。

他跑回房間去睡覺，沒想到，半夜三更的時候，有人輕輕敲他的門。

他跑去開門，見房門外沒人，卻聽見廟門咿呀打開的聲音。

他心下覺得蹊蹺，心想如果是賊的話，應該不會跑來敲門才是。

廟門之外的平台依然空無一人，雲空心想是風吹，於是輕輕合上門，小心不要吵醒陳逍遙。

沒想到才剛回頭，就聽到有人呼叫他的名字：「雲空道長，我赴約來了。」

雲空被嚇得不小，卻見神檯上的兩根大紅蠟燭忽然自動燃起，照亮了神檯上的媽祖像，在暗夜的燭光下栩栩如生。

「道長，我在這裡。」雲空猛一轉頭，才發覺旁邊的長凳上坐著一位面貌雍容的女士，衣冠華麗，而那位聊了好幾晚的少女媽祖代理神就隨侍在旁邊，「對不起來遲了，湄洲那邊正好有一些大事要處理。」如此看來，這位就是媽祖的祖神了。

「媽祖大駕光臨，有失遠迎！」

雲空正卻跪拜下去，媽祖急忙伸手阻止：「千萬別拜我！蚩尤大神是遠古祖宗之神，小神與您輩分之差何止百倍，可千萬別折殺小神了。」媽祖擺手請雲空坐在另一張長凳上。

雲空道：「媽祖大可不必遠道而來，貧道過去湄洲也是行的。」

「道長過去費時費事，我不過彈指之間便過來了。」媽祖道，「不必多謙，道長有何事指教嗎？」

雲空不安的望了望神檯後方、靜室的方向。少女知道他擔心什麼：「道長大可放聲高談，陳道長會睡到天亮才醒的了。」

雲空這才放心說話：「妳也知道，媽祖分靈去南洋一事，委實不易。」

「所以才請道長回來呀。」

「貧道瞭解到分靈有兩不易，一是管理不易，二是人選不易，原因皆在太遠。」

「甚是。」

「因此，貧道想到一件事，聽說媽祖您尚在人道時，便是天生神通，請問是有關水的神通嗎？」

媽祖微微一笑：「問的好，我能御浪，能無風起浪，也能止息風浪。」

「如今您貴為神明，依然保有此能力嗎？」雲空似是明知故問。

「當然，而且更為強大。」

剛才雲空刻意提起「人道」，是有緣故的。不管是天道、修羅道、傍生道或鬼道的神明，都是在一道死後，輪迴投生到下一道去的，所以軀體已經更換，一切從頭來過。

且慢，不是一切從頭，業力是延續的，所有做過的事都會以「業力」記錄在神識中，它可能被忘記，但不會消失。

例如一位神童樂器演奏家、一位天生的語言神童，其實是在展現前世的能力、以前學習過的技能。

只要有辦法喚醒這些能力，我們便能省下許多學習的工夫。

雲空深諳此理，因為他記得他從蚩尤至今的二十八個前生，所學過的所有技藝。

「那麼，即使是媽祖您的神體，能否到達渤泥那麼遠的地方，而不被海水消融嗎？」

媽祖搖搖頭：「即使是我，也有點冒險。」

「那麼，貧道最後一問。」

「請問。」

「媽祖之神力，由人道之前世之林氏而來，那林氏之神力，又從前世而來嗎？」

媽祖鼻子呼了一道氣：「是的。」她站起來，緩步走向雲空：「林氏之前世，是東海的龍女。」

雲空點點頭：這就對了。

「惟水族能當大洋之海神，」雲空得到相同的結論，「但您已不是水族了。」

「正是本神之難處。」

此時，少女媽祖代理神忽然抬頭：「啊，門外有訪客。」話語剛落，明明扣著的廟門竟忽然打開，露出全身濕答答的翁波。少女把頭擺向神檯，燭火剎那間燒得更旺更明亮。

翁波見到燈火通明，呢喃道：「啊，好熱鬧。」轉頭看見莊嚴的媽祖，又發愣道：「好美的女人。」少女不禁失笑，噗哧便笑了出來。

媽祖也不生氣，祂朝翁波微微拱手，兩神互相禮敬。

「遠道而來的翁波神，本神有一事相問。」

「問啦。」翁波說。

「您提過翁波之王，是派您來的王。」

「是。」

「請問，您見過翁波之王嗎？祂長得什麼樣子？」

「哦，不得了啦，」翁波露出羨慕的表情：「翁波的王很巨大，祂在水中游泳時，跟五艘最大的船差不多一樣長，祂扭動長長的身體時，鱗片鋒利得能將海水割開，祂頭上長長的兩支角，像一千歲的珊瑚，長長的嘴可以一口把船咬斷成兩截。」

雲空和媽祖面面相覷，他明白媽祖在問什麼了：「看來，翁波所形容的，是您那個前世的表親。」

媽祖閉上秀長的眼睛，低頭淺笑。

翁波興奮的述說翁波之王的事蹟：「呵你們不知道我的王有多厲害，那次蘇祿的神要侵佔我們的海，結果……」說得口沫橫飛。

他們越聽故事，愈加確定翁波之王的原型。

「表親嗎？」媽祖低聲說。

※※※

新的一年，期盼了好久，風向終於轉了。

雲空穿著華麗的儀式道袍，兩手抱著蓋了紅巾的媽祖像，緩緩登上船橋。

港口圍滿了商人和水手，如同前一年那般熱鬧滾滾。

這一次沒再出什麼岔子，媽祖神像順利上船，風平浪靜，儀式順利完成，媽祖神像被平穩的安放在特製的木架上，以防船身搖晃會令神像顛覆。

儀式完成後，雲空將道袍還給陳逍遙，自己依舊換上來時的衣服。

「快要開船了，道長還有什麼需要帶回去的嗎？」船主梁道卿問他。

他連兩隻幼貓都帶了，應該沒遺漏了吧？

市舶司也上船來檢查，確定沒有違禁出國的貨品，不過由於這是媽祖神的特別直航，所以市舶司僅象徵式的檢查了一下。

遙望著碧藍的大海，雲空不禁想像著在汪洋的彼端，紅葉嬌小的身體在茅屋下種菜、練功、逗貓的種種情景。

他好期盼見到紅葉。

他忍不住想像一年未見，音訊不通，重逢時會是多麼的喜悅。

商船出海了，慢慢開出波濤不驚的海灣，進入變幻莫測的大海。

離開之際，他終於回頭遙望陸地，那片他經歷過許多劫難的土地，如今真的是此生不再歸來了。他對朝廷已經不抱希望，因為連為國為民、努力不懈的岳飛將軍，都在嚴冬時被處以死刑，朝廷幫金人殺了自己的救星，這種邏輯，他無法苟同。

陸地越來越遠，風浪的影響越來越佔上風了，但他不擔心風浪，因為船後尾隨著一條大魚，還有一條更巨大的生物，在商船下方的深海游動。

那是一條母龍，是媽祖跟古老的海神——龍神——協談後，派遣出的最合適人選，雲空也跟他見過面，詳述了渤泥的情形。

身為同族，翁波之王應該比較容易接受吧？

雲空精神抖擻。

風吹草動

之圩一

紹興十二年（一一四二年）

「道長何時回來呢？」一大早，小男孩又跑來問了。

「問你爹更清楚呀。」紅葉告訴他。

打從雲空離開那天，梁道斌的兒子三天兩頭就跑來問。

雲空受梁道斌之託，教導他兒子漢字和儒經，由於雲空回大宋處理媽祖神像之事，只好改由紅葉指導了。紅葉雖讀過書，過去在無生之處讀得也不少，但在哲理方面不比雲空領會得深刻。

說起來，不知不覺，雲空已經回去大宋將近一年了，梁道斌的兒子也長成六歲了，幾乎快要跟紅葉一樣高了。

這個梁道斌在異鄉生的兒子，名叫梁思國，他妻子甘布絲也為兒子起了個蕃人的名字巴瑞[11]。巴瑞的妹妹也三歲了，已經很會說話，整天糾纏著哥哥，巴瑞有些時候不想跟妹妹說話，就跑來找紅葉了。

紅葉每天練習武功，並沒有荒廢掉，事實上在這個她還不很清楚的異鄉，有能力保護自己是很重要的。

她要求雲空這一趟幫她帶些生鐵回來，甚至是一些作廢的農具、刀具都行，來製造她常用的飛針。

巴瑞就喜歡看紅葉練習飛針，每次都會要求紅葉給他試試。

「我看過舅舅吹飛鏢，可是要帶著一根很長的竹筒，很不方便，妳的比較厲害。」巴瑞指的是蕃人用來獵捕動物的吹針。

紅葉教了他，但他拋出的飛針總是沒有準頭，會在空中亂轉。

「飛針的手勁很重要，你年紀還太小，力道不夠。」紅葉告訴他。

「可是妳跟我一樣小啊！」

紅葉真的很難跟他解釋。

「不如這樣好了，我看你有比我更厲害的武器，你教我怎麼樣用吧。」紅葉指的是巴瑞隨身帶著的小弓，那是用竹條和藤絲做成的，可以發射他削出的小竹箭，竹箭後端還夾了幾片絨羽。

巴瑞從掛在腰際的竹筒取出竹箭，發射了一根給紅葉看，小巧的小弓也不容小覷，射出的竹箭竟可插在高腳屋的柱腳上。

紅葉輕呼了一聲：「哇！很厲害嘛！」她跑去拔出竹箭，拿近眼前端詳，看看巴瑞是如何削出這根竹箭的。

紅葉指指巴瑞腰際的竹筒：「借我看你的箭，行嗎？」巴瑞很大方的將竹筒取下，讓紅葉倒出裡頭的竹箭，一一觀看。

「你到哪裡去找到這些竹子的？」

「有個地方有很好的竹子，我可以帶妳去。」

那天早晨，紅葉取了幾段不錯的竹子，打算拿回家叫巴瑞教她製作竹箭。

兩人忙了一個早上，把竹子切斷、削短、削尖。

將近中午的時候，巴瑞說：「我肚子餓了。」紅葉才發覺到她過於專心，根本沒理會到巴瑞還是個小孩，不像她，即使不吃不喝，也不會死。

「啊，我去煮香蕉好不好？」有一種很肥大的香蕉，當地人會煮熟或蒸熟來吃，就像吃飯一樣，十分香甜，巴瑞很喜歡吃，高興的點頭。

「好，那你等我一下。」紅葉說著，就登上木梯，跑到屋子裡頭去了。

11. Balui，傳說中的鐵匠。

巴瑞耐心等待，自個兒在屋椽下練習射箭。

忽然，他聽見鈴聲作響，是紅葉掛在窗邊的銅鈴，那是雲空留下來給紅葉的銅鈴。

巴瑞納悶著，他抬頭感覺空氣的流動，風很微弱，銅鈴卻響個不停。

他隱隱感覺不安。

猛一回神，巴瑞感到飢腸轆轆，才發現等了好久還不見紅葉下來，於是逕自踏上木梯，想去催促一下紅葉。

正午的陽光從上方照射下來，屋子裡頭反而顯得陰暗，但巴瑞還是可以看得很清楚，紅葉倒在地上，四肢擺出奇怪的姿勢。

最重要的是，她的頭不見了。

※※※

全身塗了泥巴的精壯的男子在林中奔跑，打算跑回他在密林中臨時搭建的小祭壇。

他心中非常興奮，他觀察監視了好久，為了取來這小女孩的人頭，他不知已經在心中演練了多少遍，沒想到那麼容易得手。

事實上，他本來想要取跟小女孩同住的那位唐人的人頭，不過這小女孩也是唐人，看來十分聰明，所以品質應該也不錯。

人頭取來後，他還得趕緊進行儀式，把靈魂封在人頭裡面才有用。人有七個靈魂，除了一個早已跟緊若羅欣岸（創造神）同處，其餘的他都要封存，才能夠駕馭他們，為他所用。

他氣喘吁吁的到達祭壇，那是他觀察許久之後，確定不是村民常用的路徑後，才選用的地點。他在四周放置了層層棘刺，還設下了咒術，別說是人，連鳥獸也不會想靠近的。

祭壇旁有煙熏人頭用的竹架，竹架上方還搭了遮雨的棚子，幾個之前獵取來的人頭被放在竹架上，下方用潮濕的葉子燃出濃煙，將人頭用煙熏乾，鼻孔還插著固定臉形用的木栓。

現在，他要增添一個夢寐以求的特別人頭了。

他把手伸入袋子，把紅葉的頭取出，在袋中摸到她冰冷而柔軟的臉，小心不弄亂她梳綁得漂漂亮亮的頭髮……忽然間，他感到困惑，這人頭……

好像仍然活著！

他把紅葉的人頭捧在兩手之間，仔細觀察她的眼睛，死人的眼皮失去張力，眼睛會半開半合，眼球會沒有辦法維持在中間，而且剛死不久的人，咀嚼肌肉會先收縮，嘴巴應該是半開的。

「不會的。」他嘲笑自己，接觸過無數人頭，哪有人頭可以活著超過幾秒鐘的？

不過，他敏感的直覺告訴他，不僅是靈魂，這女孩的頭中的確蘊藏著前所未見的生命力。

困惑不已的他，把紅葉的人頭擺在祭壇上，轉頭要去拿用具的時候，忽然聽到祭壇上有動靜，似乎有某些東西溜走了的感覺，他陡地一驚，趕緊去看紅葉的人頭。

眼睛和嘴巴依然是半張半閉，但是……他把人頭拿起來……

人頭變輕了。

他驚覺有些東西從裡面流失了。

有東西離開了。

※※※

巴瑞守在沒了頭顱的紅葉身邊，焦急的盯住紅葉斷頸的切口。

他很喜歡紅葉。

即使看到紅葉的頭都沒有了，他還是希望紅葉仍然活著。
然而當他碰到紅葉的身體的時候，他確信紅葉真的還活著！
紅葉的身體並沒有漸漸冷卻，紅葉的胸口還在微微起伏，他甚至可以從脖子斷掉的地方感覺到有氣息在緩緩出入。
兒童看待世間的眼光和成人不一樣，他們可以接受任何成人覺得詭異的事情。
於是，巴瑞守在紅葉身邊，等待紅葉回來。
巴瑞身邊傳來貓的叫聲，是焦腳虎和母貓從廚房暗處跑出來了，牠們嗅嗅紅葉的頸，舔了舔地面的鮮血，朝巴瑞喵了幾聲，似在問他發生了什麼事。
「你們在呀？」巴瑞撫了撫牠們，「你們有看到傷害紅葉的人嗎？」
母貓仔細的嗅紅葉，不斷朝著她的脖子喵叫，惟有焦腳虎安靜的繞行她的身體，眼神銳利。
焦腳虎繞了幾圈，便跑去依偎巴瑞的足踝，搓摩了兩下，竟走向門口，跑出去了。
巴瑞想呼喚焦腳虎，又不敢遠離紅葉，生怕她會忽然消失了，只好和母貓守住不走。
等了一個時辰，紅葉的脖子果然慢慢收口，長了一片平平的皮肉，遮蓋了氣管、血管和肌肉的斷面。這片皮肉漸漸隆起，以很慢很慢的速度，慢慢具有了人頭的雛形。
巴瑞又驚又喜，他想了一想，連忙跑到廚房去，拿了一把柴刀，守在紅葉身邊，提防有人再傷害紅葉。
紅葉的雙眼從新的人頭上冒出，兩團黑溜溜的小球初具眼珠的雛形，穿入的光線模模糊糊的。
然而，令紅葉驚奇的是：她看得非常清楚！
在眼睛長出來之前，她就已經看得非常清楚了！
而且比用眼睛看的，還來得清楚！

而且還可以看到很多以往用眼睛看不到的景象！

她暗自驚訝，這是她打從出生以來，從未曾有過的體驗。

剛才她跑到廚房去，打算起火煮水蒸熟香蕉的時候，冷不防一把利刀切過脖子，其速度之快，連身經百戰的她都來不及反應，在利刃割上她的脖子之前，她壓根兒沒感覺到有人躲在廚房。

接下來，她的視線開始搖晃。

她的頭被人提著奔跑，那人邊跑邊把她的頭塞到袋子裡去，她的眼角膜不斷跟粗糙的袋子內層摩擦著。

這時候，她仍然可以很奇異的感覺到身體正躺在地板上，甚至可以感覺到手掌正摸著木頭的紋路。

這種情況，跟上次被山神撥掉半個頭殼的時候完全不同，當時她仍然感覺到身體和頭是連成一體的。

然後那個人停下腳步了，把她的頭從袋裡拿出來，擺在一個架子上，她清楚看見周圍還有好幾個人頭，有男有女，甚至還有小孩子的。對了，她自己的頭就是小孩子的。

只聽那人呢喃道：「最後一個頭了……完成了。」

這個人在收集人頭！為什麼？

紅葉不斷環顧四周——她當下發覺，她的頸明明不可能轉動，為何還能環顧四周？——周圍跟普通的林子迥異，似乎有許多密密麻麻的東西包圍著，那些東西烏溜溜的很像文字，卻沒有文字的形狀，它們正發出低迴的音頻，像有無數的聲音在喃喃自語。

後來她才明白，那些東西是「熱」的咒語。

在蕃人的概念中，凡事皆有冷、熱二性，冷是好的，熱是惡的，對他們而言，所有儀式的目的都在讓情況「冷」下來，例如令五穀豐收、疾病療癒、家宅平安，或驚嚇的魂魄回到身體。

很顯然，這人會施放「熱」的咒語。

不過當時紅葉還不懂。

她想看清那男子的臉，但他臉上和身上都塗滿了泥巴，只在下身披了一件小布，腰邊掛著割取她人頭的短刀，刀身略彎，配合頸的曲線。雖然看不見面貌，但仍遮不住他棕黑的膚色。

男子別過身去拿東西時，紅葉上前看他要拿些什麼。

突然，有股力量從後面抽了她一把，在她還沒弄明白以前，便將她整個抽離，瞬間又回到了木屋，頭身連結的感覺又回來了。

她無法呼吸，因為鼻腔尚未長好通道。

但她不需要呼吸。

她驚覺一向以來以為需要的呼吸，是不需要的。

接下來，她發現視覺也不需要眼睛，聽覺也不需要耳朵……紅葉心中一陣狂喜……但現在並不是狂喜的好時機，如果那個人還想要她的人頭，那麼他一定會再來的！

「巴瑞！」她企圖呼叫小男孩，但男孩聽不到，聲音還是需要嘴巴的吧？

紅葉更強烈的呼叫：「巴瑞！」

巴瑞整個人震了一下，他聽見紅葉的聲音了，不過是從腦中生起的。

「關門！巴瑞！」

巴瑞慌張的跳了起來，趕忙跑去關上那扇微不足道的門，扣上不甚牢固的門鎖，再回到紅葉身邊，手中緊握著柴刀。

日頭高照，茅屋裡靜謐無聲，還聽得見昆蟲後腿的剛毛在柱子上摩擦的聲音。

※※※

樹林裡，獵頭人氣急敗壞。

他手中的人頭空掉了，裡頭沒有他要的東西了。

他咒罵了一聲，低聲呼喚道：「坦都魔羅[12]！」

幾個黑毛生物不知打哪兒迸了出來，他們又胖又矮，像三歲小孩的高度，圓滾滾的跑到獵頭人面前，瞇著小眼等候他吩咐。

「別讓任何人接近，」獵頭人用很兇的語氣對他們說，「跟平常一樣，若有人接近，教他們忘失方向，教他們迷路，或忘記他們來此為何。」

坦都魔羅們窸窸窣窣的點頭。

「還有，不可以吃這些頭，一小口都不行！」獵頭人的語氣加倍的兇，「如果我發現頭有缺陷，就不給你們肉吃。」

坦都魔羅們更加用力的點頭。

獵頭人抽出獵刀，用刀刃削了一下指頭，讓鮮血沾上，然後將刀抵著口唸咒：

「桑戈力[13]！桑戈力！賜我力量，賜我人頭，

桑戈力！桑戈力！讓刀刃飲血，讓我光榮而歸！」

他跳出用咒術設下結界的祭壇，踮起腳尖奔跑，朝紅葉的家跑去。

他記得，那裡還有個男童。

他查過了，男孩是半個唐人。

12. Tantumolong，引人進森林或迷路的精靈，身小。在〈燈籠鬼〉中誘拐長順，但未現身。
13. Tsonggorip獵頭鬼。

委託的人把訂單說得很清楚，他要一對年長有智慧的男女人頭、一對男女小孩的人頭，還有兩個外地人的人頭，最好是唐人或者大食人。

事實上，他也曾拿過唐人的人頭。

幾年前，唐人的商船停泊時，他就指使坦都魔羅將一個唐人水手誘進樹林，還記得那是另一個人的訂單。

當時令他驚奇的是，那位唐人巫師居然有膽量下船尋找水手，而且……而且還有多事的燈籠鬼為他引路。

話說回來，令他費解的是，向來畏懼人類的燈籠鬼，為何願意為唐人巫師引路呢？

當時，他本來也想將唐人巫師的頭一併取下，但唐人巫師拿了一把短短的木劍，竟然也在身周設了結界，有一股力量令他無法趨近。

更令人不安的是，唐人巫師居然還住了下來。

不過奇怪的是，他離開此地一陣子之後，發現唐人巫師住的地方居然只有一名小女孩在單獨生活。

他當然不會放過這種好機會。

他觀察多日，終於在今天逮到機會下手。

「只差一個人頭就可以交差了。」他一邊告訴自己，一邊盤算著回去的路程。

最遲後天，他就必須將六個人頭整理好，然後趕路回去委託人那邊，他們的重要工程還在等候著這些人頭呢。

事實上，過去未必一定要唐人的頭，只要是外地人就行了，通常都是鄰村或者是隔壁山的，但這委託人好大喜功，而且願意給他很多酬勞，所以就值得冒這個險了。

「桑戈力……」獵頭人緊握獵刀，不停祝禱。

※※※

門外有人！

巴瑞聽見腳步聲，又看見人影在門外晃動，由不得全身緊繃起來。

「思國！思國有在嗎？」

是爸爸的聲音，巴瑞鬆了一口氣，隨即又緊張起來：不能讓爸爸看到紅葉這副模樣！

他趕緊跑到門口呼喊：「爸爸，我在裡面！」

「思國！你怎麼在裡面？紅葉呢？」門外傳來梁道斌的聲音。他中午回家吃飯不見兒子，才知巴瑞一早出門，久久未歸，所以特地跑來找他。

巴瑞打開門鎖，一開門就走出去，不讓爸爸進去看見紅葉的模樣：「紅葉出去了，請我幫忙看家，我……我在跟貓玩！」

梁道斌疑心的朝門內望了望，正好母貓步出來，親切的向他喵喵叫打招呼，然後搓摩梁道斌的腳，似乎在說：「幸好你來了。」梁道斌受寵若驚，這隻貓從來都沒對他如此熱情，平日都很冷淡的。

「回去吧。」梁道斌向兒子伸手，「你娘煮了好吃的，等你回去吃呢。」

巴瑞不安的回頭望了望屋裡，更是令梁道斌起了疑心，他伸手把兒子推去一旁，打算踏步進去，巴瑞嚇了一跳，又不敢阻止父親。

梁道斌把門完全推開，裡頭發出紅葉的聲音：「梁伯伯。」但聲音像在重感冒一般模糊。

「咦，紅葉在呀？」

巴瑞心想糟了，謊言馬上被揭穿了。

「剛才巴瑞在地板睡著了，不曉得我回來。」紅葉抖著聲音，「對不起我病了……」

「病了嗎？」梁道斌又踏進一步，「有沒有……？」

「我剛去找到藥草了。」紅葉坐在地面，背靠著牆，包著一方頭巾，只露出一隻眼睛，「巴瑞，你跟爹爹回家吧。」

巴瑞急了：「這樣好嗎？」

梁道斌點點頭，拉起巴瑞的手：「回去吧，」轉頭向紅葉說：「妳看來病得不輕，我請甘布絲煮些東西給妳吃。」

「不用了，不要緊的。」正當紅葉這麼說著，她忽然發現母貓微微弓背，毛髮豎立，專注的盯著地板。

紅葉心底一凜，忙發出沙啞的喊叫：「不，別回去！」

梁道斌見紅葉反覆無常，不禁止步：「妳怎麼了？」

「外面有人在獵人頭！」紅葉說的是唐語，她忖度獵頭人聽不懂，「他要唐人的頭！」

這下子梁道斌被嚇著了，他知道這女娃有兩下子，言出必有因，但口中仍說：「別亂說。」又不禁慌張四顧：「在哪裡？」

木屋的四壁是用木桐、碩莪樹葉、竹子等拼湊起來的，有許多透光和通風的縫隙，可以略曉外頭的動靜。如今大約午後二時，日影稍斜，外頭天氣暑熱，樹影幢幢，如果有人影，也被晃動的樹蔭掩蓋了。

還有兩個可能。

一個就是在屋頂上，他只消掀開屋頂就可以跳進來了。

另一個，是在高腳屋的地板底下。

紅葉的頭顱和腦袋還未長全，所以神識還沒有完全被她的肉體虜御，她可以強烈感到殺意的存在，就在附近，十分靠近。

沒有眼睛，還有沒有眼識呢？

不但有，而且還不會被可見光所局限。

她看見的不是可見光的成像，不是神經系統的解讀，而是真實的面貌。

她看見許多灰溜溜的小團從地板縫隙溜進來，那是文字，是黑咒語的文字！由此可知，獵頭人已經到達了。

黑文字漸漸彌漫，在木屋裡的空間環繞，輕輕滑過她初生的耳朵時，還可以感到一股溫熱。

咒語圍繞著梁道斌的頭，滑過巴瑞的耳際，他們絲毫未覺。

紅葉看到地板輕輕掀開了一個洞口，獵頭人從底下慢慢爬上來。

令紅葉驚訝的是，獵頭人如此明目張膽，梁道斌父子卻對他視若無睹，也沒留意到洞口，還緊張的四面張望。

紅葉明白了，他能令他們看不見他，正確的說，他能令「肉眼」看不見他。

然而紅葉現在使用的並非肉眼，而是即使沒有身體也依然存在的「眼識」！

紅葉的眼珠子慢慢長回來了，獵頭人的身影卻反而越來越模糊！她必須趕在肉眼長好之前解決掉他！

獵頭人也吃驚不小，那個被他拿了頭的女孩，怎麼又長回來了？雖然有一塊布包著，但還是可以看得出頭的形狀尚未完全長成，問題是，斷了的人頭怎麼能長回來啊？又不是壁虎的尾巴！

說時遲，那時快，紅葉好不容易才控制住她的手，從袖子裡的暗袋滑出幾根飛針，朝著還沒有爬上來的獵頭人投過去！

飛針力道不強，因為紅葉尚未恢復體力，獵頭人用手臂一擋，被針刺入皮膚，他的皮膚塗了層黑泥，稍微阻擋了飛針的勁道。

紅葉心知不妙，向巴瑞用唐語喊道：「你們看不見他！他在我們中間！」

巴瑞一聽，馬上拿出小弓搭上竹箭：「紅葉！射哪裡？」

獵頭人聽不懂唐語，正在猶豫該撤退好還是孤注一擲的當兒，從剛才就一直低聲慍叫的母貓，忽然跳躍起來，伸出爪子亂撥，獵頭人趕緊用手保護眼睛，他臉面被抓傷，卻忍住疼痛不出聲，但巴瑞已找到目標，將竹箭射向母貓攻擊的方向，但只射到地面。

紅葉也不停歇，她知道飛針無力，便蹣跚的上前跪下，直接將針插上獵頭人的脖子，先亂其氣血。

獵頭人感到一陣暈眩，他左右受困，不敢再拖延時間，立刻在洞中拉住巴瑞的腳，將他用力拉倒，巴瑞看不見是什麼拉他，嚇得高聲怪叫，獵頭人按住他的頭，抓住巴瑞的頭髮，一邊退下洞口，一邊將他的頭拖出洞外。

只要取了巴瑞的頭，他便立刻遁逃，不再回來。

梁道斌見兒子跌倒，衝上前要把他拉起來，母貓也跳過巴瑞背上，跳下洞口——此刻梁道斌才驚訝：貓兒是怎麼穿透地板的？他依然看不見該洞口。

獵頭人揮舞獵刀，正要斬下，突然有一隻強而有力的手抓住了他揮刀的手。

獵頭人驚駭的轉頭瞧看。

是個比他年輕許多的男子，跟他一般除了下體圍布之外便是全身赤裸，但其臉上充滿了浮凸的紋身，是用刀直接深深割下、直接以疤痕做出來的紋身。獵頭人沒見過臉上有這麼多紋身的人，一時不知是敵是友。

紋身男子的手腕戴著菖蒲串珠，口中唸咒，獵頭人馬上聽見梁道斌驚嚇的叫聲，他現身了！這紋身人破除了他的隱身咒語！

獵頭人怒吼著揮刀，他一定要取到人頭！他一定要取到人頭！

花費了這麼多時間偵察、選人、布局，在幾個相距甚遠的村落獵頭，在限時內獵到需要的人頭，豈可在最後一個人頭時放棄？

他在河邊的村落，唆使坦都魔羅把一名下田的寡婦誘入林子，獵取她的頭，然後把屍體塞到紅樹林樹根下的泥澤。

他在海邊的村落，用隱身咒接近一名老人，在他要出海前拿了他的頭，把屍身塞到大石縫下讓漲潮的海水浸泡。

他在一名小男孩玩捉迷藏躲在樹後時，用隱身咒輕易取了他的頭，把小小的屍身帶進密林深處，擺在獸徑上。

他在一名小女孩走到自家的農地邊緣時，由坦都魔羅把她引進林子，然後將屍身交給坦都魔羅享用。

這一切都是為了加速屍體腐敗、散落，即使被人找到缺頭的屍體，人家也以為是被水流沖走了，或是被野獸啣走了，不會懷疑到獵頭這回事。

但取唐人的頭就不同了。

他們只對他們要的東西感興趣，那些可以被送上船運走的東西。

為此，他去找了相熟的老布摩。

「懂事的唐人都會來找我。」老布摩曾經驕傲的告訴他，「他們知道我可以保護他們的安全。」

言下之意，他要找的是不懂事的唐人。

老布摩告訴他幾個唐人的位置，他們都是來收集貨品的商人，為了不互相侵犯收集的地盤，都住在不同的村落。這方便了獵頭人的行動，也避免了消息的傳播。

「我會給懂事的唐人唱一首歌……」老布摩說。歌就是咒，咒就是歌，所謂的「保護」，是在身上做個「印記」，告訴周圍的妖鬼或巫師，此人是跟老布摩有關係的。

獵頭人跟老布摩系出同門，很清楚對方的伎倆。

梁道斌身上就有這個「印記」，他是不會動他的。

這次他冒了一點險，他親自去接觸一位沒印記的唐人，告訴他有一批珍珠，獵頭人給他兩顆做誘餌，唐人便很輕易的跟著他到海邊，在欣賞珍珠時被他取下人頭。

老布摩也提醒他要小心唐人布摩：「他有一把木劍，我還沒弄清楚來歷。」老布摩告訴他，唐人布摩的名字很難唸，就跟其他唐入一樣，「他叫韻工，還是尤貢……」

名字沒關係，人頭才重要。

獵頭人剩下最後一顆頭，就可以離開了，他不容許自己失敗！

紋身人的手臂強勁非常，不讓獵頭人的手砍下去，他眼睜睜看著時間和機會流失，心中焦急得很。

但紋身人不僅手勁強大，咒語也非常強大，紋身人口中不停唸著他聽不懂的靈語，比他所知的更古老、更高級，這下子不僅人頭無法得手，連自身性命也可能不保。

他還有最後一招！

以性命相搏，最後、最狠毒、玉石俱焚的一招，以性命換取性命！

「我勸你最好不要。」紋身人忽然用蕃語跟他說話，似乎明白他的心思。

獵頭人嚇得把剛到喉頭的咒語吞了下去。

「看清楚，來阻止你的不是我。」紋身人甩了甩頭，叫他看周圍。

在高腳屋的地板下，除了紋身人，還有兩隻山魈，正圓睜著大眼盯著他。

從這地板下方望出去，還能見到一對毛茸茸的腳和腹部，表示站在高腳屋旁邊的龍貢，有窗口的高度那麼高。

「龍貢要跟你好好談談，」紋身人再用力握緊他的手，「收手吧。」

獵頭人垂下頭，無力的放開獵刀。

梁道斌恐慌的把兒子拉回屋裡去，巴瑞被嚇得顫抖不止，還在失神的不停驚叫，梁道斌緊抱著兒子，把他帶離地板上的洞口。紅葉腳步蹣跚的走近巴瑞，將手放在巴瑞的額頭上，灌入一點真氣，他才忽然放鬆下來，全身軟綿綿的睡倒在父親懷中。

即使送出那麼一點的真氣，也依然令頭顱未長全的紅葉虛弱不已。

紅葉的神識尚未完全與肉體結合，她的眼識沒有肉眼的限制，可以同時看到屋裡和屋外……她看見一位大龍貢站在屋外，兩名山魈和兩名男子在她腳下的屋底空間。

她弄不清楚是怎麼回事，這些龍貢是她以前幫助過的龍貢嗎？他們的來意是友善的嗎？

此時，她聽見焦腳虎的喵叫聲。

焦腳虎的叫聲十分獨特，比尋常貓兒更有威嚴，聽起來真的神似虎嘯。

焦腳虎經過龍貢和山魈腳邊，他們憐愛的撫摸牠的頭，然後山魈抱起焦腳虎，高高舉起，讓牠從地板下的洞口回到屋內。牠一躍進屋裡，便跟母貓互相喵喵說話，像在交換訊息，然後才貼到紅葉腳邊，安靜的守在她身邊。

紅葉的小手輕撫焦腳虎：「是你叫他們來的嗎？」她記得龍貢挺喜歡焦腳虎的。

焦腳虎瞇了瞇眼睛。

紅葉迷糊的眼識看見龍貢走了，在她的肉眼取代眼識回來以前，她看見山魈和紋身男押著獵頭人尾隨在龍貢後方，一行人消失在林邊。

她鬆了口氣，無力的靠在柱子上，然後整個人滑了下來。

※※※

在幽靜的森林中，龍貢和山魈們包圍著獵頭人，全都不發一言，他們等待他的同類跟他說話。

紋身人說話了，聲音還帶有青澀的稚嫩：「龍貢們要知道，你為什麼需要這麼多人頭？」

「我不能告訴你們。」他擔心他藏在森林的其他人頭會被毀壞，無論如何都要想辦法從這些山神手上溜走。

「這不是平常建屋子或建橋需要的人頭數目，一定還有什麼更重大的事情吧？」此地某些種族有獵人頭習慣，在重要的屋宇建成時，或在河流很急的段落建橋時，用人頭來奠基，好讓橋不會在洪水時被沖毀。

獵頭人緊閉雙唇。

「我們知道你懂得操縱坦都魔羅，但他們只是些沒節操的小東西，」紋身人說，「他們不會為了你賣命，如果想叫他們來救你的話，你曉得他們是不敢與龍貢為敵的。」

獵頭人塗抹黑泥的臉孔上，一雙忿恨的眼睛顯得特別猩紅。

紋身人冷冷的說：「即使你什麼也不透露，龍貢還是有辦法弄清楚的，他們只是想省一點時間而已。」

獵頭人終於說話了：「我不會背向桑戈力，這是我的誓言，你們明白的，否則當我死後去到天堂時，將無顏面對祖先。」

紋身人陰沉的盯著獵頭人，高大的龍貢在他背後嘟囔了幾句，紋身人點點頭之後，把手腕的菖蒲串珠取下，伸到獵頭人的頭頂：「你不會去到天堂的。」

獵頭人嘲諷的歪嘴笑道：「你要殺我？那麼會有更多人來獵取更多的頭。」
「不，你把那些頭帶回去，我向你保證，他們是空的。」
獵頭人變了臉色，即使滿臉的黑泥也掩蓋不了他死屍似的蒼白。
紋身人忽然快速搖動串珠，在串珠的沙沙聲中，密集的急速唸咒，獵頭人只覺頭頂湧來一陣清涼，心中生起極大的恐懼。
他不要清涼，他的工作需要熱的咒語！
他想舉起獵刀揮舞，卻發覺獵刀不聽使喚。
那把獵頭刀是用咒法淬鍊的，獵刀本身就是咒術，如今卻迅速生鏽，瞬時之間變得像把古舊的廢刀。
「桑戈力！」他狂叫一聲，無力的跪倒在地。
龍貢和山魈們離開了。
紋身人也離開了。
獵頭人垂頭喪氣的跪著，感到體內所有的咒力消失，即使他開口動舌，也吐不出任何一個靈語，更別說是一句咒語了。
不僅如此。
他的委託人並非等閒之輩，如果他帶著失敗的工作回去，完全可以預知將會受到何等對待。死亡是必然的事，但還不是最可怕的事，失去的地位、失去的能力、充滿屈辱的餘生，才是他最無法忍受的。
於是，他將獵刀斜斜架在耳下，尋找動脈的搏動。
他別無選擇。

※※※

在充滿雜草的農田邊，新的稻作尚未開始，紋身人眺望著農田，他知道再過不久就會開始除草工作的，以前每逢這時刻，他都會迴避這些苦工，遁逃去河邊捕魚。

現在，他卻恨不得自己能回到田裡，跟兄弟妹們一起做除草的工作。

他坐在粗大的樹枝上，期盼看見出來餵雞的母親，他已經好多年沒見過母親了。

等了好久，依然沒看見母親的身影，連兄弟妹們一個也沒現身，木屋像是荒廢了一般。

過了不久，他看見父親捕魚回來了，他邊走邊吹著小調，背上的魚籠顯得沉重，看來今晚的晚餐會很豐富。

他撫摸腰邊掛著的獵刀，那是父親花了很多財物換來的，給他成年的禮物。

忽然，父親停止吹歌，停下腳步，猛然回頭望向他的方向：「頓達？」

他嚇了一跳，父親怎麼會感覺到他的存在？

他從父親的神情看見父親對他的思念，令他感慨萬分，不過他知道父親只會看見一片綠意，而看不見坐在樹上的他，因為他的身體已經被咒文覆蓋遮蔽了。

而且，他也不再叫頓達了。

他的名字已經被龍貢抹除，他已經不再屬於人類的世界，他被賦予了一個全新的身分。

他叫龍貢庫賽[14]，也就是「龍貢人」。

14. kusai，土語人類。

之圩二

巴蘭巴蘭

紹興廿四年（一一五四年）

炎熱的午後，一艘商船停泊在碼頭，一名棕黑膚色的年輕男子下了船。他的頭髮長得垂在肩膀，因長久未梳理而亂蓬蓬的，因黏了乾涸的汗水而結了層層鹽的結晶，像極了垂掛在頭上的毛毯。

他遙遙向船上拱手，謝過船主，便坐在碼頭邊，觀看被僱來搬貨的當地土人。觀察了一陣，他脫掉單薄上衣，只留下束腰的麻布，以及一把刀身如蛇的匕首，然後將所有行李綑成一團帶在身上。他這麼做，是為了讓自己看起來跟當地人相似。

他找了一處樹蔭，等待夜晚來臨。

夜晚降臨，碼頭邊的幾艘商船點上了盞盞油燈，海風開始轉向，將海洋的溫暖吹拂上陸。年輕男子仰臥在海邊，眺望林子上方的夜空。

他觀察著星斗轉移，由於天空的方向跟家鄉正好相反，能看見的星斗不太相同。偶爾有流星掠過天際，他驚跳起來，以為他等到了，又失望的躺回去。

他整個晚上沒有合眼。

他沒看到他想看到的。

清晨時分，他不悅的走去找載他來的船主：「這裡真的是那個地方嗎？」

「絕對沒錯的，」船主說，「我爹告訴我，他記得非常清楚，二十年來，我家都在走這條航道呢。」

船主約莫三十五歲，行船也有十年了，早些年由父親帶著學習，這兩年都由他親自行船了。

「這樣吧，我現在要去一個地方，你跟我去一趟。」

「為什麼？」

「有一位老道……不，還是跟你說老巫師好了，是我爹從大宋載他到這兒來的。」

「唐人巫師？」

「他幫我們海商照顧一間廟，你問廟是什麼？拜神的地方，我們航船抵達後會去答謝神，離開前又去求神保佑路上平安。」

「不，我要在這邊等待。」

「巴蘭，你不知道的，你奶奶也不知道，」船主搖搖頭，「這位老巫師見過你要找的人。」

巴蘭吃驚道：「你怎麼知道？」

「當時家父也在場呀。」

巴蘭的腦袋不是很靈光，畢竟他才十五歲，受過的教育就是生存的教育如種植、捕魚、辨認動植物，若論思想，他還太年輕了。

巴蘭不禁妒嫉起那些見過她的人，他想像她的面貌，但想像出來的臉龐是一片模糊。養大他的奶奶說，他長得很像她，尤其是眼睛。

他盯住船主的眼睛，好確定他說的是否真話，因為常常跟商人打交道的奶奶告訴他，商人無不奸詐。

「好，我跟你走。」

「那就出發吧。」船主一擺手，他的通譯和大副也一同跟上，船上的搬貨事務就由一名資深老水手指示。

他們穿過沙灘，走進一片灌木叢，巴蘭不知道他們說的話可不可靠，他時時防備，右手總是隨時準備要抽出腰邊的蛇形匕首。

穿出灌木叢後，眼前露出兩間木屋，一間是高腳屋，四周種滿了花果樹木，還有用竹子搭起的豆棚和瓜棚，地面也有菜圃，有幾隻貓兒在嬉戲；另一間是坐落在地面的平房，土壁上塗了白漆和紅漆，是巴蘭從未見過的房子樣式。

在清晨的陽光斜照下，四周翠綠得像要溢出汁液，高枝上傳來野鳥的啾啾聲，十分恬靜舒服，巴蘭不禁放鬆了心情，減低了警戒。

「喏，那就是媽祖廟，拜海神的。」船主指向白紅相間的房子，廟門還關著，不知是打算就這麼關著，還是管理的人尚未起床。

船主側身瞧瞧廟旁的高腳屋，聽見有人走動的聲音，便走近木屋，用稍微高的聲量叫道：

「道長有在嗎？道長有在嗎？」

或許是聽見有人呼喚了，屋裡的人停下工作，從窗口探頭出來，巴蘭驚訝的一看，竟是個可愛的小女孩：「你們要拜媽祖嗎？請先等一下，待會就開廟門了。」不消說，這女孩就是永遠停留在七歲的紅葉了。

「廟可以等，可是，我也是專程帶這位小哥來找道長的。」

紅葉端詳了一下巴蘭，盯著巴蘭也正睜著大大盯她的眼睛。

巴蘭的眼白很白，在黝黑的皮膚和蓬髮之間顯得更白，像擺在黑鍋裡的水煮蛋。

巴蘭感到紅葉的視線一眼穿透了他，心裡不禁打了個哆嗦。

紅葉將頭縮回去，才過不久，雲空便在門口現身了。他已經滿頭灰白，連鬍子都變灰色了，他向船主招了招手之後，便謹慎的從木梯走下來，船主忙上前去扶他。

雲空點頭表示感謝：「你來啦？令尊可安好？」

「他老人家在享清福，含飴弄孫呢。」船主小心的扶著雲空下梯，與他同來的大副和通譯也向雲空拱手，他們都跟雲空十分熟絡。

原來這船主是海商梁道卿的次子梁煜鏜，從小就聽父親說雲空的事蹟，對雲空很是尊重：

「家父還託我帶來禮物。」大副拿出用油紙重重包裹的書，雲空見了便兩眼一亮。「家父說，要直接送到您手上，然後任誰也不能打開來看。」

雲空點點頭，舔了舔瞬間變乾的唇緣，他呼喚紅葉，伸手將書傳給紅葉，讓她先拿進屋中。

「這位小兄弟是……？」雲空朝巴蘭擺手。

「他叫巴蘭，特地來找道長的。」

「哦，為什麼？」雲空猜不透。

「他要找一位親人，是道長和家父都認識的。」

雲空更猜不透了。

巴蘭走近雲空，兩手將鬆蓬的長髮往後抓成一束，然後高高抬起頭，露出他年輕粗壯的脖子。

雲空一瞧，瞬間冒出紛飛的記憶，一個被遺忘許久的名字在腦中打轉，溜到口邊，又不確定對不對：「柳……柳葉？」

「我是柳葉的兒子巴蘭，」年輕人馬上迫不及待的用生澀的唐語回道，「我從占城國上船。」

「天啊。」雲空伸出顫抖的手，觸摸巴蘭的脖子。

他的脖子上，有一道深紅色的淺溝，繞著頸項轉了一周。

記憶變得清晰，雲空不禁神色凝重，呼吸加速，他一抬頭，就接觸到巴蘭堅毅的眼神。

「你幾歲了？」雲空問他。

「十五歲。」提起歲數，巴蘭的呼吸也變沉重了。

他從雲空的眼神知道，這位老人瞭解他的處境。

※※※

十五年前，雲空離開大宋那年，梁道卿的商船抵達占城國新州，就在那裡，一個飛頭的女人上了他們的商船。

新州的海港在外海的羊嶼，當商船在羊嶼停泊上下貨物時，那位名叫柳葉的女子，懷中抱了個嬰兒，一邊煮食，一邊還要給嬰兒餵奶。

如今雲空眼前，就是那個他曾經見過的嬰兒了。

所以，他也遺傳到母親身上的詛咒了。

「距離你的生日，還有多久？」雲空問他。

「半年。」

「太急了。」雲空愁苦道。

十五年來沒能解決的問題，半年能夠解決嗎？

「我祖母說，媽媽就是上這條船的，我才央求船主給我上船的。」巴蘭說。

十五年前那件事，梁道卿生怕得罪了占城國，有好幾年不敢去占城國做生意，後來終於回復路線，卻沒再見著柳葉的母親。沒想到，這趟由兒子梁煜鐙率領出海，船隻竟被巴蘭的外祖母認出來了。

梁煜鐙說：「家父常常說起那件事，每次都讚說雲空道長十分有勇氣，又說不應視飛頭民為怪物，道長說他們是祖先受詛咒的一族，所以當巴蘭說他就是柳葉的孩子時，我即刻就答應他上船了。」

「我求船主帶我來找媽媽的。」巴蘭熱切的接口道：「她說不定已經知道解除詛咒的方法了。」

雲空坦然搖頭道：「實不相瞞，那年你娘上岸後，我就沒再見過她了。」

柳葉上岸的情境，雲空歷歷在目。

柳葉上岸的前一晚，有許多飛頭民從林中飛上天空迎接她，柳葉的頭也飛離身體，在空中與一個飛頭民親昵的纏綿不休。

次日早晨，當柳葉的頭回到身體後，她準備告別眾人，進入森林。雲空將她的匕首交還給她，並問了她昨晚的事：「那個人，是你孩子的爹嗎？」

柳葉頷首承認：「我就是來找他的。」

「究竟是怎麼回事？可以告訴我嗎？」

如果柳葉不想說，如果柳葉就這樣走進了森林，那雲空永遠也不會知道這個故事。

柳葉說了。

她自小就知道自己繼承了飛頭的詛咒，通常，她們長大後依然會躲躲藏藏的嫁人，然後祈望生下的孩子是個平凡人。

但是，柳葉的母親帶了幼小的她離家出走，刻意遷入森林深處居住，就是為了避開人群，她們的住家周圍沒有半戶人家。她母親不讓柳葉被其他男人看見，她告訴柳葉：「附在我們家族的詛咒，必須在妳身上停止！」

從小，柳葉跟母親孤單的在林中生活，從來不記得有人闖入過她們的生活。

後來直到她生下嬰孩，她才從母親口中曉得她還有位父親，還有其他的兄姐，母親是為了保護最年幼的她，刻意拋棄丈夫和其他孩子。

她無法明白，當年母親是如何艱難的下這個決心的。

十四歲的一個晚上，她在森林深處的木屋裡，從窗口望出去時，看見有個紅色的小點在空中飛舞，從飛舞的方式，她馬上認得出是個飛頭民。

柳葉覺得機會難得，她跑出屋外觀看：「這就是我以後的樣子嗎？」

不久，又出現兩個、三個紅點，他們互相環繞飛轉，彷彿在空中嬉戲，偶爾聽到他們啾啾的叫聲，類似夜鳥的聲音，但比單純的鳥叫聲複雜多了，幾乎形同語言。

柳葉舔了舔舌頭，竟將兩手彎曲，圍著嘴巴呼喚飛頭民。她不敢大聲，屋裡的母親累得睡倒了，她不想引她出來。

飛頭在遙遠的空中，卻似乎聽見了她的呼喚，一個紅點脫離群體，搖搖晃晃的朝她飛下來。柳葉非常驚訝，她不敢相信呼喚居然成功了。

她既興奮又緊張，飛頭人！母親告訴她，她將在十六歲生日時變成飛頭人，而眼前的飛頭，就是她的未來。

飛頭後方有兩片翅膀似的東西在拍動，像蝙蝠的翅膀一樣是皮膜的，但柳葉看不出來是什麼東西。

飛頭從空中眺望她，她也緊盯著飛頭泛紅光的眼睛，戰戰兢兢的說：「我是柳葉，你呢？」

飛頭沒回答，但從他眼中紅光照耀到的臉部，可見他面色萎頓，跟死人沒什麼差別。

柳葉忽然想起，她將長髮束去後面，舉高頭，讓飛頭看清楚她的脖子。

飛頭好奇，又再飛低了一些，像要仔細瞧看她的脖子。

忽然，柳葉感到自己的頭顱之內有東西在搗動，似乎很緊張的想從她後腦竄出來，似乎是因為同類靠近而異常興奮。

飛頭端詳了她一陣之後，便拍動翅膀離開了。

對於第一次和同類的見面，柳葉感到有些失落。

但是，三天後，事情有了變化。
那天，柳葉的母親進森林去找野菜，留她獨自一人在家。
她在高腳屋子下方餵豬時，豬隻忽然騷動不安，鼻子噴氣的四處走動，連她給的食物也不想吃了。
她這才留意到林子裡有動靜，野草發出沙沙聲，有腳在踩踏野草，她急忙抽出隨時掛在腰際的匕首，後來她才知道是父親的匕首。她擔心有山貓出現，有時也會有老虎，不管哪一種都是致命的。
結果從林中鑽出一位俊俏的男子，赤裸的上半身刻著紋身，從肩膀一直延伸到脖子，如同在身上披了一件披風。男子一對烏黑的大眼直瞪瞪的望著她，瞪得她臉頰發燙。
男子步出森林，小心翼翼的走近她，她屏著鼻息，眼睜睜看著男子的手伸向她，輕撫她的脖子，然後伸出一隻手指，沿著環繞她頸項的淺溝滑動。她全身酥麻，感到窒息暈眩，她從來沒見過外人，更別說被初次見面的男子這麼樣撫摸。
男子呼了一口氣，原來他其實也十分緊張。
他往後束起自己長長的頭髮，露出他佈滿紋身的脖子和肩膀，忽然他抓著柳葉的手，柳葉絲毫沒有反抗的意思，任憑他把她的手拉向他的脖子，撫摸隱藏在紋身底下，跟她一樣，不過是一條深溝。
柳葉倒抽了一口寒氣，莫非這男子就是那天晚上從天空飛下來的飛頭民？
男子忽然緊張的轉頭，似是聽見森林裡有動靜，他飛快從纏腰布中摸出一樣東西，交到柳葉手中，指著自己說：「巴蘭！巴蘭！」便回身竄入森林，消逝了蹤影。
一切發生得太快，柳葉愣著站在原地，直到聽見草叢發出窸窣聲，她才看到媽媽回來了。

媽媽揹了一個竹籠，裡頭放滿了採集來的野菜、香草和藥草，她見柳葉呆立著，便問她：「妳怎麼愣在那邊？」

「我餵豬。」說著，她趕忙走回屋子底下的豬寮，不讓母親看見她潮紅的臉孔。

她偷偷展開手掌，瞧瞧男子送了什麼給她。

那是一個小小的木雕，有張圓圓的臉在中央，用粗糙的點和線代表眼鼻口，臉的兩側有大得像飛翼的耳朵。木雕上鑿了小孔，穿過一條細細的草繩。

※※※

「那個人是我爸爸嗎？」巴蘭驚問，「我的爸爸名字也叫巴蘭？」

但雲空沒回答他，反而問：「你外婆還有給你什麼沒有？」

巴蘭遲疑片刻，才取出蛇形匕首。

匕首只有一隻前臂的長度，前端尖銳，雙刃的窄細刀身，被打造成蛇形曲線，雲空一見便不寒而慄，因為如此的刀身設計，雖然刀身細小，卻能在刺入人體時達到三倍的插入面積。

「可以借看嗎？」雲空問道。

巴蘭十分猶豫，還是梁煜鏜緩頰道：「放心，道長是守信的人，他不會貪求你的東西的。」

巴蘭跟著梁煜鏜的商船來此，親眼見到船員如何敬服這位溫文儒雅的船主，他信任船主，於是將匕首遞給雲空。

雲空一碰到匕首，指尖突然麻痺，迅速蔓延到整片手掌！果如雲空所料，這匕首充滿沉重的怨氣，累積了不知多少名擁有者的殺戮歷史。

匕首的色澤古老，刀身上有無數微細的刮痕，刀柄微彎，方便緊握。

雲空翻看了一下，將匕首還給巴蘭：「等我一下。」

他回到屋裡，不久拿出一小塊白布，以及朱砂筆，再跟巴蘭借來蛇形匕首。

沒人知道雲空葫蘆裡頭在賣什麼藥。

他把朱砂點上刀柄，那一瞬間，他感覺匕首的溫度提高，似乎躲藏在裡頭的萬千怨念忽然沸騰了，雲空不理會，依舊將朱砂塗上刀柄，塗抹均勻，再把白布小心的捲上刀柄。

當他重新展開白布時，白布上印了一幅圖畫，有捲雲似的線條，看起來雜亂無章。

「道長，那是什麼？」通譯好奇的問。

「不曉得，貧道還得弄清楚。」雲空將刀柄弄乾淨了，再還給巴蘭，「你外婆可曾告訴你這把匕首的來歷？」

巴蘭舔舔唇緣，再度猶豫不決。

「太陽慢慢熱了，」雲空擺手向媽祖廟，「咱們去陰涼的地方談談吧。」

※※※

名叫巴蘭的男子，每隔一段日子就會出現，如果柳葉的母親在家，他就會假扮鳥聲引柳葉出來，柳葉便撒謊說要進林中走走。

他告訴柳葉，在占城國王沒有管轄到的山林中，有一群跟他一樣的飛頭族聚居，包括他的家人，雖然他的家人並不全會飛頭。

「我們的來源非常古老，」巴蘭告訴她，「比占城國的歷史還要古老很多很多。」

巴蘭嘗試碰觸柳葉，柳葉也對他的碰觸感到新奇和興奮。

占城國人的衣服穿得不多，通常僅掩蓋下體。柳葉年輕的乳房跟所有女子一樣沒有遮蔽，兩年前初潮剛來的她，也漸漸感到體內充盈著一股原始的生殖本能。

於是，當兩個年輕人獨處，在互相探索之中，在有意和無意之間，巴蘭跟柳葉結合了。

有了一次，就有下一次。

直到柳葉的母親警覺到她的月經沒來。

直到柳葉的肚子不再像少女的肚子。

柳葉的母親除了憤怒，更加的是悲傷。

「我好不容易讓妳遠離傷害和恐懼，為何妳要把自己投入危難？」

柳葉屈強的爭辯：「因為，我跟他在一起，有活著的感覺。」

「難道媽媽不是努力的讓妳活著嗎？」

「我想要活得像火一般熱烈，而不是像溪水那般活著。」

「即使這種活著會令妳喪失生命，妳也願意？」

「我寧可用生命換取，哪怕僅有一天的活著也好。」

柳葉的母親長長嘆了一口氣。

她也曾是年輕少女，十分瞭解年輕人的衝動，當初她拋夫棄子，帶著襁褓中的柳葉離家，何嘗不是一種衝動？

她從家族的歷史中獲悉，「蟲落」的詛咒代代相傳，每代都至少有一人會成為落頭人，她萬萬沒想到的是，這條血脈竟隱藏在她身上，這繼承詛咒的孩子竟由她生下來，污染了她丈夫家族清白的血脈。

「這詛咒不能再傳下去。」抱著這樣的想法，她帶了一些簡單的工具，星夜離家，遠遁密林。

有那麼一度，她曾考慮是否應該殺死這孩子，讓血脈中斷，她不知道是否有效。

但柳葉跟她一樣是個美人兒，當還是嬰兒時就十分可愛，她狠不下心腸。

「好吧，」她還有機會中斷「蟲落」血脈，但她還想知道更多事情，「那男生是什麼人？我應該見見他。」

柳葉既高興又擔心：「妳不會罵他吧？」

柳葉的母親萬萬沒料到的是，柳葉是在夜晚時步出屋外，召喚夜空中飛轉的紅色光點。

三個飛頭從空中飛下來，繞著柳葉圓滾滾的小肚子，興奮的啾啾叫，他們全都面如死灰，頭顱後方拍動著肉翼，嘴唇沾了鮮血，顯是剛剛獵食。

驚愕萬分的她抖著聲音問女兒：「他是其中之一嗎？」

柳葉羞澀的點點頭。

柳葉的母親胸中湧起巨大的悲哀：這條血脈不但不中斷，反而更鞏固了，因為兩個「蟲落」詛咒的結合，勢必產生更純正的飛頭人！

當飛頭離開之後，柳葉之母心中已經轉過幾千個念頭，時而想一刀刺穿女兒的肚子，時而想將飛頭人殺光，時而想看見孫子的容貌，時而想拋下柳葉，時而想這，時而想那。

但她的無數念頭，敵不過柳葉的一個念頭：「妳現在打算怎麼做？」

「我可以去他的村子，媽媽也一起去。」

但事情並不如願。

這個世界是由恆河沙數的念頭聚集、交織、層疊而成的堅固妄想，一個人的一個念頭只如同河岸上的一粒細沙，只能激起螞蟻走路如此微小的振動。

幾天後，巴蘭親自來拜見柳葉的母親，還帶了一隻公雞和兩隻母雞做為見面禮。

以活人之姿出現的巴蘭，長得十分英俊，難怪柳葉會對他動心。

柳葉之母也留意到，巴蘭巧妙的用紋身遮住脖子的深溝。

「現在你打算怎麼做呢？」柳葉之母開門見山的問他，「把柳葉帶回你的村子嗎？」

巴蘭面有難色，掙扎了一陣才說：「不，我希望她依然跟您住在一起。」

聽見巴蘭這麼說，柳葉也吃驚不小：「為什麼？你不是說希望我……」

「情況不同了，」巴蘭十分懊惱，「可能會有戰爭，如果妳住過來，可能會很危險。」

「戰爭？」柳葉之母臉色都白了：「跟誰戰爭？」

「幾天前，有人發現了我們的村子，那裡已經不安全，」巴蘭神色凝重的說，「我們打算遷移到一個更安全的地方，那個地方，沒有認識我們的人。」

巴蘭告訴她們，他們的族人四處探察，找到了幾處人煙稀少、沒有國王的地方，這幾日便在不停討論，舉族應遷往何地，方能避免厄運。

「但是，在遷移過程中勢必遭到阻攔，必定經過有國王或頭目管理的地方，所以可能會發生衝突。」

「那麼你也會有生命危險嗎？」柳葉擔心的緊握巴蘭的手。

「我不會讓妳失去丈夫的。」巴蘭肯定的說。

柳葉之母只好無奈的嘆息，然後叫巴蘭留宿一晚才回去。

這是柳葉和巴蘭第一次無需偷偷摸摸的相處，也是他們第一次可以安詳的同宿。

第二天巴蘭離去時，叮嚀了柳葉兩件事：「如果我們決定了要遷往何處，我必定先來告訴妳。」

巴蘭輕撫柳葉的鎖骨，在兩根鎖骨之間，掛著巴蘭送她的落頭人小木牌，這就是巴蘭要叮嚀的第二件事：「這個小木牌，是咱們落頭村人的信物，不管妳遇到誰，只要有這信物，就能找到我。」

柳葉用力點頭，為徬徨的未來淚流滿腮。

※※※

「大夥兒要用茶嗎？」紅葉走進媽祖廟，向裡頭的五個男人問道。

「紅葉您好。」梁煜鐙急忙站起來，恭敬的說道，「不麻煩了，如果方便的話，我想喝椰水。」

年輕的巴蘭頗訝異的，船主為何對這看來僅有七八歲的女孩如此尊敬？

「我在外頭生了火，正要煮水呢。」紅葉說，「真的不喝？」

其實梁煜鐙的想法是，那些茶葉乃特地從廣州帶來贈予雲空的，彌足珍貴，他不想剝奪雲空和紅葉跟家鄉難得的丁點聯繫。

紅葉拎著一壺冷水，望著媽祖廟旁的火堆，忽然有個點子，便將青嫩的椰子投入火中，讓猛火燒灼椰子：「不知熱椰水的滋味如何？」

當紅葉在外面燒椰子的時候，巴蘭在廟裡拿出蛇形匕首，告訴眾人：「這麼說來，這把就是我爸爸的刀了。」外婆告訴他這把匕首是他們落頭族人的，外婆叫他帶著這把匕首，好做為見面時的憑證。

梁煜鐙緊張的問：「那麼道長，柳葉還告訴了您什麼？家父都不知道有這一段呢。」

「後來巴蘭再出現時，告訴柳葉他們要到海的對面去，那兒是一片人煙稀少的樂土。」

「他們怎麼過去的？」梁煜鐙奇問。

「他們一批批上商船當水手，由正常的家人在船上護送飛頭的家人，」雲空想起他首次到占城國新州時，望見岸上的森林有許多紅點在飛轉，應該就是那一些尚未上船的族人，「他們說好了要乘唐人商船到渤泥，因為他們都會走相同的海路。」

梁煜鏜搖頭嘆息：「柳葉真是女中丈夫也，她如此有勇氣，隻身一人到這裡來找巴蘭！」

「可是她拋棄了我。」年輕的巴蘭黯然道。

「她保住了你，帶著哺乳中的嬰兒過海，任誰也不敢說會發生什麼事。」雲空糾正他，「好吧，你先暫時住在這個廟後面的房間，長途跋涉的來到，先休息一日再說，我就住在隔壁的房子，你隨時可以來找我。」

「我想快些去找我媽媽。」

「目前茫無頭緒，從何找起？你放心，我會盡量想辦法幫你的，且先休息一日再說。」

梁煜鏜見狀，也說：「那好，我先去找堂叔。」

「待會我再叫你過來吃午飯。」沒人曉得，其實雲空心裡著急得很。他急著想回家。

紅葉在廟外燒椰子，見到眾人出來，便把焦黑了的椰子頂部切開，一人遞給他們一顆，梁煜鏜一喝便眉飛色舞：「真沒想到，別有滋味！」

雲空匆匆將燒椰子水喝玩，便告別大家。

紅葉見他的神情，十分瞭解他想幹什麼，於是也緊跟他回家。

一回到家，他便行色匆匆的要拿梯子爬上儲藏室，紅葉馬上阻止著：「你可別摔跤了，讓我來，告訴我，你要拿什麼？」

「竹箱。」

紅葉二話不說，腳尖一點，已經飛躍上儲藏室，再抱著竹箱跳下。

「謝謝。」雲空打開竹箱，拿出一本書，書中夾了兩片白布，皆有朱砂拓印的圖形，跟他從巴蘭蛇形匕首刀柄印下來的一樣。

他將三片白布移到光線較好的窗邊，放在一起對照比較。

兩片較舊的白布，是雲空十五年前從柳葉的木牌和匕首刀柄拓印下來的，木牌是飛頭人的形象，而從匕首刀柄印下來的文字是相反的。

雲空將兩片匕首刀柄的拓印高舉在窗邊，讓光線透過，好看成正面的圖畫。是文字，是相同的文字。

文字筆畫有很多無意義的扭曲，似是故意要令文字變得艱晦難懂。這些文字，跟柳葉給他的小玉玦上的文字幾乎一樣。

雲空從竹箱取出用厚布層層包著的玉玦，謹慎的掀開厚布，生怕玉玦從地板的縫隙掉下去。十五年前，柳葉之母在羊嶼給他看過這方玉玦，當時他還想不通。

柳葉在前往渤泥的船上將玉玦交給雲空，並說她母親說：「如果在我十六歲以前找到會解讀這片玉的人，或許我的頭就不會飛出來了。」

當時，雲空想起鐵郎公曾向他出示的家傳劍譜，書中描畫的吳國古劍上便有相似的文字，極可能是吳國的古字「鳥篆」。

而最古老的飛頭傳說，始自三國時代之吳國。

忽然，雲空猛然想到，梁煜鏜送了幾本書來，慎重的用油紙包紮好，說是他父親梁道卿叮嚀不得打開的。莫非是他多年前委託梁道卿尋找的書，已經為他找到了？

梁家世代喜好收集古書，連失傳了的《山海經》原圖都有收藏，所以雲空拜託的事，只有他辨得到。

紅葉蹲在雲空身邊，端詳他擺在地面的拓印和玉玦：「這是你困擾多年的問題了吧？」他伸長身子，將放在地板上那包梁煜鏜送他的書取過來。
雲空點點頭：「船主帶來的年輕人，是柳葉的兒子，記得我提過的飛頭女人嗎？她的名字叫柳葉，這年輕人十五年前還是嬰兒時，我在占城國的島上港口見過的。」
紅葉一手托著腮，蹙眉道：「他尋母來了？」
「沒錯，他還帶來一把飛頭族人的匕首，這是我從他匕首的刀柄上印下來的。」雲空一邊說，一邊慢慢打開外層的油紙——這些紙留下來還挺有用的——裡頭包著厚薄不一的三本書，有的是印刷品，有的是手抄本。
一本是《南海寄歸內法傳》，乃大唐僧人義淨到天竺求法的見聞，他經海路往返，一路上經過的南洋諸國皆有記錄。
一本是《吳越劍譜》！雲空倒抽了一口氣，沒想到梁翁真的找到了！
還有一本，沒有題名，是由一疊很粗的厚紙用細麻繩串起。它的造紙手工十分粗糙，紙面不光滑，還混雜有許多樹皮屑、線毛、草葉的碎片。
雲空憶起梁煜鏜說過，他爹吩咐絕不可打開這包書，必須由雲空親手打開……
雲空感到書面透出一股陰寒之氣，似乎曾經放置在陰森之處，經過邪惡的人的手。他抬眼望紅葉：「我想，梁翁給我找來不得了的東西了。」
看來梁道卿也一直將柳葉那件事放在心上。
他輕輕翻開書封，映入眼中的是一連串線條捲曲的「鳥篆」大字。
略識篆文的人都會看得出，這串字的第一個字是三團重疊的捲曲線條，各有一對大眼。
那是一個古老的「蟲」字。

※※※

一切因緣成熟，長大的嬰兒、吳國的古書、鳥篆的參考書竟隨著同一艘船抵達，雲空覺得因緣果然不可思議。

他將這些書重複翻閱了不知多少遍，晚上還挑燈夜讀。

當他將手碰到粗糙的書面上時，陰冷的怨氣便會試圖鑽入他的掌心，所以他拿了根筷子來翻書。

紅葉見狀，也將劍譜和那本粗糙的書拿來看：「這書好多圖畫。」

「小心，這本書，別摸。」雲空擔心道。

紅葉相信他，便也學他用筷子翻書頁。

「妳在無生的藏書見過這種文字嗎？」雲空問，「聽說他藏了很多書。」

「他有個藏書的地方，但是自從有人進去偷書後，師父就不讓我們進去了，他會選書給我們讀。」

「誰恁有本事偷無生的書？」雲空訝道，想了想，又問：「龍壁上人嗎？」

「對，那廝騙得師父團團轉，」紅葉嗤笑道，「沒想到這世上還真有能將師父騙倒的人。」

這是另一個故事，在此且不多述了。

紅葉托著腮，指指粗紙上的鳥篆文字：「有些字讀得出……白哥哥跟隨師父較久，說不定他有看過。」不過白蒲失去聯繫很久了，無法指望他的幫助。

翻閱了幾十遍之後，雲空心裡已大約有了個譜。

他告訴紅葉：「我要出去一下。」

「這麼晚了，你要燈籠還是火把？」

「我要去找媽祖神。」

紅葉想了一想：「我們一起去。」

自從十二年前遭到獵頭人攻擊之後，紅葉仍然心有餘悸，不願晚間獨自在家。

雲空拎著燈籠，牽著紅葉的手，穿過由兩三排松樹種成的防風林，走到海邊，有一處岩石積成的海岸，是他偶爾會跟龍神見面之處。

十二年前，從泉州過來的母龍，代理媽祖的神格也有很長時間了。

今天午後跟巴蘭在廟裡吃飯時，雲空已乘機上香，請媽祖神留意巴蘭，然後晚上再見個面。現下夜已深沉，廟裡無燈光，相信巴蘭已經熟睡，也該跟神明會面了。

夜間的海風輕拂，雲空將燈籠擺在岩石上，讓龍神知道他來了。

今晚沒有月光，退潮的海邊，海浪退得很遠。

不久，海面上遠遠走來個窈窕的身影，紅葉見了，便提了口氣，用腳尖輕快的穿過退潮後濕軟的沙灘，走去牽著那人的手。

雲空眺望著兩人手牽手走近，心裡打著待會跟龍神說話的草稿。

「道長康福，」龍神化身的女子兩頰高聳，面貌頗有威嚴，「今日召小神會面，似乎不太尋常。」

「龍神安泰，」雲空拱手道，「敢問，今日住進廟裡的男子，龍神有覺得他身上有何不妥嗎？」

「你今早請我留意他之後，本神仔細感覺，的確覺得怪怪的，」龍神道，「他身上有東西附著。」

「是別的東西，不是他本人嗎？」

「很清楚，不是他本人。」龍神輕輕搖首，「很奇怪，有東西附著，但又不像是附身，本神認不出那東西的本相。」

「不像附身……」雲空眉頭緊鎖，「有辦法揪出來嗎？能令那東西離開嗎？」

龍神沉默了一陣：「你想試試麼？」

「只要不危害到那小伙子的性命。」

「那年輕人究竟是啥來歷？」

雲空從十五年前的柳葉說起，將來龍去脈簡述了一遍，包括他對飛頭人、落頭民、蟲落等名稱的各種猜測，以及他擬定的計畫。

「好，」龍神沉思了一陣，「到時候，請你讓他背對著本神——背對著神像。」

「好，謝過龍神願意出手相助。」

「我是神，所以應該的。」

※※※

巴蘭清早起床時，覺得有點怪異。

或許太安靜了，或許是因為草蓆很舒服，而且是半年來首次睡在不會搖晃的地面。不過他還是覺得不對勁。

腦袋瓜悶悶的，腦子裡好像有一股壓力，要從他的後腦勺擠出來。

腦袋裡似乎有個聲音叫他偷偷離開這裡，但聲音很微弱，只像囈語般呢喃，他沒怎麼在意。

午後，巴蘭被叫出正殿來吃飯時，發現多了一位他不認識的男子，年紀與他相仿，長相像本地蕃人又像唐人。雲空向巴蘭介紹，排除了他的疑竇：「這位是巴瑞，我的學生，也是載你來的船主的堂弟。」

巴蘭點點頭，原來如此，但此人為何出現？

巴瑞禮貌性的打個招呼，他從外頭搬來紅葉煮的雜菜湯，裡頭瓜、薯、葉皆有，還放了碎魚肉。這是巴瑞多年來的習慣：早晨農忙，午後跟雲空吃飯並學習儒術和道術，晚飯回家吃，又跟母親學族人的禁忌和日常厭勝法術。

雲空一邊吃飯，一邊問巴瑞想不想跟堂哥學經商，後來紅葉又加入討論道術，巴蘭一點都搭不上話，只好悶聲吃飯。

忽然雲空轉頭對他說：「北方，你的媽媽去了北方。」

巴蘭聽見母親二字，精神頓時為之一振。

「我聽到許多飛頭族的故事，都是從北方來的人說的，所以知道在北方。」雲空說，「但是，一個北方那麼大，又充滿了密林和山地，有山貓和鱷魚種種猛獸，有友善的村落，也有十分兇殘的村落，所以我並不建議你去冒險。」

巴蘭沮喪的望著手中的雜菜湯：「我來的目的，就是想見到從未見過的媽媽。」

「不，你忘了嗎？你還有一個目的，也是你母親當初想要我幫助她的。」雲空指指他的脖子，「就是在你十六歲以前，解除掉代代相傳的詛咒。」

巴蘭錯愕道：「有可能解除嗎？」

「我需要你告訴我一些事情，比如說，你知道你的外公是什麼人嗎？養大你的外婆有透露過嗎？」

「我知道，他是個大頭目，是好幾個村落共同推舉的大頭目。」

所以柳葉的生父是一名大頭目，家境理應相當優渥，不知當年柳葉之母出走時是什麼心境？

不過，雲空暗忖著：這就合理了。

因為不管是柳葉得自父親的匕首，或是巴蘭得自父親巴蘭的蛇形匕首，刀柄都出現同一個鳥篆：「吳」。

要不仔細觀察，要不認識小篆，會誤以為那些雲形鳥羽般的文字僅僅是裝飾花紋而已。

雲空強烈的感受到，這件事跟古時的吳國有關係，或許是一段被淹沒於時間洪流中、被禁忌刪除掉的歷史。

「巴蘭，如果你不介意的話，可以讓我和巴瑞一起研究你的頸部嗎？」雲空見巴蘭面露躊躇，便又加了一句：「當年我也是這樣，試圖幫你媽媽的。」

巴蘭點點頭，便撥開用來遮蓋脖子的蓬髮。

巴瑞見了很是興奮：「就是這個嗎？」但他力圖保持端莊。

他也好幾次聽媽媽提起北方山林的飛頭人傳說，雲空師父也說過占城國飛頭女，他何曾想過，這些晚上嚇小孩的故事真的是真的？

在看見巴蘭脖子的瞬間，他彷彿邁入了一個真實的世界，而之前所認識的世界皆是虛幻的。

自從十二年前差點被獵頭人奪走的恐怖遭遇後，巴瑞的父親梁道斌便請求紅葉教他武術、雲空教他道術，讓他可以防身自救。事隔多年，巴瑞對當年的事件已經有些印象模糊，只記得當時的恐懼。

十八歲的他，道術精進，只缺江湖歷練；武術有成，只欠實戰經驗。

今天，雲空就需要巴瑞的幫忙，早在來媽祖廟見巴蘭前，雲空就向巴瑞說明了應變的重點。是時候開始了。

「我有個想法，但我需要證明，」雲空直視著巴蘭的眼睛，「你可以幫助我嗎？」

「怎麼幫？」

「待會我會問你有什麼感覺，你如實告訴我就行了。」

「我不會受傷吧？」
雲空不欺瞞他：「我不敢保證，但我會全力救你的。」
巴蘭深吸一口氣，深深感到生命的脆弱，酥麻的感覺流經他全身，死亡的威脅似乎近在咫尺了，他希望他才十五年的生命不會就此中斷。
「請你面對門口。」雲空指向敞開的廟門，巴蘭聽從的面向陽光照射進來的門口，雲空站在他右側，紅葉站在他前方，巴瑞則站在他左側，而媽祖神像則正在他後方。
雲空取出桃木劍，出示在巴蘭面前，讓他放心：「這是木製的，不會傷害你。」甚至連桃木劍的前端都是圓頭的。
接著，雲空將桃木劍輕壓在巴蘭的頸後，半閉雙眼，周天運息，凝神於桃木劍前端……他將意念與巴蘭的後腦接通，意圖跟他的意念也接通。
忽然，眼前出現一片屏幕，雲空和巴蘭的意念銜接上了，卻只看到漆黑一片。
雲空感到困惑，他知道不可能會漆黑一片的。
任何人皆有念頭的生滅，除非入定甚深的佛僧，才可能達到一念不生的境地。
另一個可能是，那東西故意不給雲空看到的。
雲空收斂心神，把意念變得極細，如利針般探索巴蘭的意念。
果然，他窺見了一點東西，有東西靜伏在黑暗背後，將自己隱藏起來。
雲空左手結印，指尖點在桃木劍的劍身上，口中密唸：「臨・兵・鬥・者・皆・陣・列・前・行！」這是淵源悠長的「六甲秘祝」九字咒語。
一股烈氣注入，黑暗背後的東西赫然張眼，恐慌的尋找威脅來源。
有一股力量在驅逐他，刺痛他了，但沒有對他造成實質上的傷害，因此他忍耐著。他知道他可能露出形跡了，但仍舊嘗試繼續躲藏，無聲的瑟縮在角落，意圖拖延過這一劫。
雲空腦中聽見龍神的聲音：「本神見到了，好奇怪的東西，本神從來不曾見過。」
雲空改成泉州口音，輕聲問：「在何處？」這是說給龍神聽的，連巴瑞也聽不懂。
「整個頭後面都是。」龍神道。
雲空還記得柳葉第一次變化成落頭民的情境。
血水湧上眼白……萎縮的內臟從脖子斷口抽出……最後是從後腦展開一對由薄膜形成的飛翼。
雲空猜想，那東西仍在沉睡。
他所寄生的人體滿十六歲時，就是他甦醒之日。
雲空想像，屆時他會將宿主的全身血液抽上頭顱，將內臟萎縮以繼續在飛行時提供他養分，而那雙飛翼，才是他真正露出頭外的本體！
整個頭後面都是……
雲空終於明白，為何古書上曾稱之為「蟲落」了。
因為真的是蟲。
就跟另一種妖蟲「蠱」類似，是吳越之地的古老邪術。
雲空看不見沉睡的妖蟲，他必須讓自己看得見。
「臨兵鬥者皆陣列前行！」他一遍又一遍的唸六甲秘祝，將驅逐的意念一遍遍灌進桃木劍，注入巴蘭的後頸。
那東西堅持睡覺，他知道一旦有反應，就會被發現，雖然接二連三的咒語令他很不舒服，他依然默默忍受，他知道只要再忍耐個半年左右，這位宿主的人頭就是屬於他的了。
隨著一遍一遍的咒力注入，雲空每次都注入後頸的不同部位，藉由咒力產生的迴波，漸漸在眼前展開的屏幕上勾畫出那東西的外形。

「巴瑞，你也來。」雲空吩咐，巴瑞趕忙也將他的桃木劍搭在巴蘭頸後，跟雲空一起結手印、唸六甲秘祝九字咒。

雲空靜修數十年，心如止水，心念過處，僅微起漣漪，不起對立之心，自然就不存傷害之心，故咒力雖強，但無殺意。

然而，巴瑞就不是這樣了，他年輕氣盛，心念易浮動躁進，充滿進取之心，咒力雖弱，卻有源源不絕的攻擊性。

巴蘭後腦裡頭的妖蟲開始不高興了，他被巴瑞的咒力搞得無法安然裝睡，他不想醒來，卻似乎被迫得不得不醒來，但若一旦醒來，他就必須要滿足他嗜血的天性了。

他發怒了。

他是充滿嗔恨心的生物，一旦被惹怒，就會不顧性命的全力反擊，一如蜜蜂刺人，連腸子都會抽出來那般。

在他開始發怒的那一剎那，他在雲空的屏幕中完全現形了！

他爆發出強烈的怨氣，充滿古老腐骨的氣息，彷彿千年從未開啟的古墓氣味，雲空天生能看見怨氣，如今是完全看清楚了他的輪廓。

他像蜷縮在泥土中的蟬兒，六足收起，等待柔軟脆弱的軀體長成，則破土而出！

「我……不舒服。」巴蘭忽然很想嘔吐，張開嘴巴，喉中咕嚕作響。

雲空驚見巴蘭脖子上的淺溝開始往內受縮，心知不妙。

「紅葉！」他悄聲呼喚。

紅葉立即跨過來，高舉耳朵：「說。」

雲空低頭輕聲道：「趕快斷他脖子以下的氣，別讓他內臟收縮。」

紅葉立刻亮出細針，認準穴位，一口氣在巴蘭脖子四周插入十多枚針，巴蘭驚叫：「妳做什麼？」話還沒說完，便覺喉頭收緊，好像整根氣管要被活生生抽出來似的。

那妖蟲驚覺氣血被阻斷，欲收縮巴蘭的氣管乃至肺臟，卻徒勞無功。

他急了，於是開始奪力收縮巴蘭的內臟。

巴蘭突然痛苦的睜大雙眼，血水慢慢從眼球下方淹上眼白。

「不好！」雲空暗驚。

「怎麼？」紅葉和巴瑞同時問道。

「他要搶巴蘭的頭！」

紅葉立刻躍身而起，一根長針直刺頭頂正中的百會穴，在落地的同時伸手把巴蘭的頭往後推，好拉長他的頸項，將另一根長針插進胸骨上窩的天突穴，乘著巴蘭抬頭，長針避開路徑上的大血管，深深插入穴位之內。

「著！」紅葉嬌喝一聲，一掌直擊巴蘭胸口，巴蘭的心臟瞬間停止跳動了一秒鐘，口中發出溺水似的呼氣聲，頓時渾身氣血大亂。

巴瑞見狀，嚇得六神無主：「師父，我該做什麼？」

「繼續唸六甲秘祝！」

在紅葉令巴蘭心臟驟停的剎那，那妖蟲也吃驚不小。

他所潛伏的這個頭，是他養分的供應者，不僅如此，當宿主長大到十六歲的時候，他還會接上宿主的眼耳鼻舌諸感官，完全自在的使用宿主的頭！

但現在他面臨危機了。

剛才他忿怒時，想提早佔用巴蘭的頭，卻發覺不但氣血被阻，還氣血混亂，他的本能判斷這宿主的生命或許快要結束了，怎麼辦？還來得及更換宿主嗎？過去有換宿主的情形出現過嗎？

妖蟲急了，他四面受敵，又受困於人類的頭顱中。

他不是有智慧的生物，他的反應只是古老的本能。

於是，他展開飛翼。

巴瑞和雲空在巴蘭的兩側，驚見巴蘭後腦長長的蓬髮猛烈跳動，頭髮下似有東西急著要迸出來。

巴蘭的後腦勺忽然彈出兩片薄翼，巴瑞嚇得尖叫，連連後退，更甭說繼續唸六甲秘祝九字咒了。

雲空站在巴蘭右側，親眼見到巴蘭頭殼背後是從何處裂開，薄膜是如何展開的。

頭上的飛翼展開如象耳，奮力拍動著，巴蘭的腳板已漸漸脫離地面。

「媽祖神！妳也做點事呀！」雲空急叫，同時將劍尖刺向拍動的飛翼基部。

剎那間，他真正的跟妖蟲連接上了。

雲空看見一團極黑極遠古的怨氣，濃稠得像泥漿，令他立即有窒息之感。

然後，他看見兩張滿臉鬚鬍的臉孔，他們紅血著眼，神情悲涼，全身刺滿紋身，紋身盡是奇形異獸。

他看見妖蟲的淵源了，但他還看不懂。

他沒有時間猶豫了。

巴蘭的眼睛一片血紅，連瞳孔也被血水淹沒了。

妖蟲的視覺已經接上巴蘭的視覺，他看見前方是敞開的大門，午後強烈的陽光正斜斜照入正殿，慢慢的往神檯推進。

巴蘭口中發出一聲尖銳的慘叫，分辨不出是巴蘭的聲音，抑或是妖蟲的叫聲，他害怕陽光，陽光熾烈的陽氣會殺傷他，因為他是由陰氣生成的妖物。

妖蟲進退兩難，他還沒有充分得到這身體的操縱權，否則他會選擇拔腿逃跑。

「再這樣下去，巴蘭會死的！」紅葉提醒雲空，「你還有什麼辦法？」

雲空焦急之下，忽然想到：妖蟲附在後腦勺，該處乃「督脈」所經之處。而紅葉方才佈下的針陣，已將其限制在頭顱之內。

「紅葉，妳在百會穴那一針，」紅葉點頭表示聽到，「灌氣！」紅葉立刻飛身而起，掄起兩掌，運轉大周天，將一股如大海般洶湧之氣，倒立著從巴蘭頭頂灌進去。

「巴瑞，擋住門口！」巴瑞立即擋在巴蘭面前。

雲空心神凝定，將桃木劍刺去巴蘭後頸，督脈「大椎穴」上，口中喊聲：「疾！」一股清流如瀑布般倒流而上，直沖躲在後腦的妖蟲。

雲空由下而上，紅葉由上而下，兩人夾擊之下，巴蘭的後腦勺狂暴的蠕動。

忽然，巴蘭的頭髮整塊脫離了他的後腦勺，長髮連著雙翼往後飛出，雙翼之間是一團濃黑的軟肉，充滿了蠕動的幼小觸手，其中兩條觸手還長長的黏連著暴露的腦子。

雲空馬上從巴蘭腰邊抽出蛇形匕首，揮刀斬斷那兩條觸手：「巴瑞，拉他仆倒！」

巴瑞連忙用腳踢巴蘭的小腿，他無力的跪下，巴瑞再扶著他的上半身讓他仆下，這才看見巴蘭的顱後有個大洞，露出裡頭白油油的腦袋，濁黑的血水正漸漸舖蓋上腦袋，要是沒讓他仆倒，說不定整個腦子都會掉出來。

蟲妖黏在巴蘭的枕骨上，騰空拍動寬大的翅膀，頭骨上沾染的血水被撥得四處飛濺。無眼無口的他，只有一堆蠕蟲般的觸手，只能依賴宿主的眼睛觀看、利用宿主的嘴巴攝食。如今脫離了宿主的他，畏懼著灼熱的陽光，在屋頂下的陰影中無助的飛轉。

外頭忽然颳起狂風，塵沙從廟門湧進，屋頂一片片飛起，大片大片陽光如暴雨般灑下，妖蟲躲閃不及，陽光如烈火般披在他身上，他發出焦臭味，慌張的四處飛轉躲避。

狂風將最後一片屋頂吹跑時，妖蟲終於掉落地面，垂死掙扎著怕動飛翼，身體慢慢崩解，溶成黑色的膏狀物，奇臭無比。

在雲空的眼中，他看到妖蟲溶掉時，化成一列列細小的文字，小文字在地面流動，發出細微的呢喃聲，在空氣中窸窣游竄。

雲空明白了，這妖蟲並不是父精母血所生的生物，而是以怨念為母、咒語為父所化生的可悲生命。

他真正的本體是咒語。

現在雲空很想知道，亙古的吳地究竟發生過什麼事？怨毒流長，波及無數子孫？

「師父，巴蘭的頭怎麼辦？」巴瑞用衣服遮住巴蘭洞開的後腦，慌張的問雲空。

巴蘭的枕骨被妖蟲緊黏著，硬生生從他頭顱破出，如今地面上的那塊頭骨，已隨著妖物溶成黑水，正冒著小泡泡，浸透入地面。

地面上只遺留著一團蓬髮，像隻蜷曲的無名毛獸。

外頭的狂風方才來得蹊蹺，如今去得突然，妖蟲溶化後，狂風驟然止息，忽然變得非常安靜，良久，廟外才恢復鳥兒的叫聲。

在他們毫無警覺下，廟門外站了個女人。

是剛才雲空一直呼喚卻沒回應的龍神。

龍神穿著優雅，漫步踏入媽祖廟，手上捧了個手掌大的蚌殼。

祂走到紅葉面前，朝她微笑，將蚌殼遞給她：「蓋上去看看，大小合不合？」

「蓋什麼？」紅葉一時懵懂。

雲空輕輕接過蚌殼，蓋上巴蘭腦袋裸露的後腦枕部。

※※※

巴蘭是活下來了。

經過多日，巴蘭眼睛依然無法視物，一層血水蒙在眼睛前面，而且因為妖蟲的觸手曾經連上他的眼球，還在妖蟲逃走時被從後方用力拉扯，眼珠子也有些走位了。

雲空無法想像，要是妖蟲連接上更多的部分，跟人體產生更緊密的連接，是否除非死亡，否則再也無法分離？

雲空用布繞著巴蘭的下巴，用力紮住他的後腦，每日為他在傷口塗抹龍神的唾液。

「聽說龍的口水有很好的療傷能力，」龍神給他們蚌殼後，也留下了一碗唾液，「本神也不清楚，試試看吧？」說得雲淡風輕。

雲空一有空就翻看梁道卿千辛萬苦找給他的古書，尤其是紙質粗糙的那本，說不定是古代吳國巫師的祭本。他慢慢逐字辨認，總算找到了幾個有意義的字。

不管是柳葉的匕首，或是巴蘭的蛇形匕首，刀柄上刻的字體稍有變異，但其實是同一組字：「吳泰伯」。

「泰伯？」這名字有印象。

雲空想了想，去取出以前教巴瑞讀的儒家經典，總算在《論語》發現有一篇就叫〈泰伯第八〉。〈泰伯〉開章便是，子曰：「泰伯其可謂至德也已矣，三以天下讓，民無德而稱焉。」被孔子認為是德行的模範人物。

令雲空困惑的是「三以天下讓」，一位名叫泰伯的人三度讓出王位？這是什麼歷史事件？肯定在孔子之前的時代，是西周、商或夏嗎？

雲空依稀記得有這麼一段歷史，小時候可能在隱山寺讀書時稍微視線掠過，沒放在心上，沒想到老年時才用得上這段典故。

這些人是泰伯的後裔嗎？而且，泰伯跟飛頭又有何關係？

雲空有許多疑問，或許答案就在眼前的文字之中，但跟他隔了一道難以跨越的鴻溝。

※※※

一個月後，梁煜鐙的商船啟程回廣州了。

兩個月後，巴蘭的眼睛開始可以看見朦朧的人影了，但綁在下巴穩固後腦蚌殼的布仍不能解下。

雲空和紅葉每日為他灌氣，偶爾也讓巴瑞試著做。直到半年後，巴蘭才蹣跚的步下高腳屋，在星夜下吹拂溫暖的海風。

紅葉帶他走到海邊，讓他的腳踩在溫柔的沙子上。

紅葉推他一把，要他轉過身子面對陸地：「你瞧。」

巴蘭抬頭，他模糊的視線看見漆黑的夜空有幾顆紅色的光點，在空中迴旋飛舞。

「他們出現有好長一段日子了，」紅葉說，「雲空說，在你來之前，他們有十餘年都沒在這裡現身過。」

巴蘭眺望著紅點，淚水禁不住流了滿臉。

淚水很鹹，刺激得眼睛很痛，但他流得很暢快。

「我相信，」紅葉握了握巴蘭的手，「你父母知道你來了。」

【典錄】吳國

古代吳國位於長江下游，被戰國時代的中原地區認為是南方蠻族，其實早在公元前三千年已有高度發展的良渚文化（今杭州一帶），建造了具有水門、城牆、宮殿的大城，只不過由於文字不同，跟四川三星堆文化一般失傳了歷史。

吳國進入中國史，始於商朝，《史記‧吳太伯世家》記載：「吳太伯、太伯弟仲雍，皆周太王之子，而王季歷之兄也。季歷賢，而有聖子昌，太王欲立季歷以及昌，於是太伯、仲雍二人乃奔荊蠻，文身斷髮，示不可用，以避季歷。季歷果立，是為王季，而昌為文王。太伯之奔荊蠻，自號句吳，荊蠻義之，從而歸之者千餘家，立為吳太伯。」

故事是說，商朝時，諸侯周太王（姬姓）有意傳位給兒子季歷，因為季歷和他的兒子姬昌都很賢慧，季歷的兄長太伯及仲雍於是出走到荊蠻，學蠻人紋身、斷髮（表示跟「立冠」相反），以示不再可能回國，好成全季歷登上王位。季歷後來登位，其子就是日後的周文王。太伯自封國號「句吳」，荊蠻土人對他的義行十分感動，於是歸順為百姓的有千餘家，立國王吳太伯。

事情大約發生在西元前一〇六九年，這段兄弟出走然後另外立國的典故，在《論語‧泰伯篇第八》被認為是義行，因為兩兄弟的出走避免了一場王位之爭，因此確定了季歷的王權。但是，這段被粉飾的歷史不符合政治現實，明顯是官方版歷史，有目地的為推翻商朝的姬昌鋪路。

泰伯和仲雍究竟是讓賢還是逃命？這其中是否有一場血腥的宮廷鬥爭被掩蓋並美化了？

再者，周人和吳人文明差異很大，豈會周人去到吳地就有人歸順為王？還立了個國？泰伯和仲雍應該不是隻身出逃，肯定帶了族人或部下，甚至可能是武裝部下，征服當地的政權，奪人之地建立新國。

吳國建國之處，司馬貞《史記索隱》認為「地在楚越之界」，約今日之當塗縣，後繼續東遷到今江蘇無錫東南六十里的梅里。

古書記吳國國名為「句吳」，但在金文（青銅器上的刻文）中，卻有「工敔」、「攻吾」、「句敔」等等同音異字。《漢書・地理志》有唐代顏師古的注解，認為是當地土語讀音，漢字只是被當成記音符號來使用。現代中國學者董珊分析出土的吳國青銅器，發現青銅器製作者姓名的漢字寫法各異，這代表吳、越語系與中原語系不同，但在春秋晚期學習到漢字之後，先以漢字做為記音符號，隨後才逐步融入漢字文化圈。

提醒一下，這種以漢字為記音符號的情形，在正史屢見不鮮，舉凡鐵木真、成吉思汗、安祿山、安世高等皆是。

周武王滅商後，尋求伯父泰伯、仲雍的後代，追封太伯為吳伯，把吳國正式列為諸侯。

以上就是雲空不記得他在何處讀過的歷史。

之圩三

獵頭鬼

紹興廿六年（一一五六年）

聽說很久很久以前，有個人稱孟姜女的女子，丈夫為了服傜役而被分派到邊境，去進行築城牆的工程，亦即後世的萬里長城。

所謂「傜役」，是當時規定國民每年必須有一段時間為國家工作，這種工作不但無償，還必須自備禦寒衣物。

很少人不知道這個故事，好吧，如果真的不知道，那麼在此提示一下，那個國家是秦國，皇帝就是首位統一天下的秦始皇，這國家從環境艱難的陝西立國，培養了堅毅不拔的個性。順便一提，後來的唐朝也在陝西立國，兩朝首都咸陽和長安就在比鄰。

問題是，秦統一六國以前，各國範圍較小，服役的平民只消三、四天便能抵達服役地點，在冬天農休時刻為君主服役三日，往來也不過十日。如今，秦朝為古來未有之大國，面積乃周朝的兩、三倍，卻沒依實際考量改制，而循用相同制度，結果是服役地點遙遠、時間冗長、影響民生。

對不起離題了。

總之，孟姜女的丈夫服傜役卻一去不回。

她長途跋涉到工作現場尋夫，卻遍尋不獲。

她在長城旁邊大哭，哭號之慘烈，竟哭得城牆崩塌。

故事的高潮是，崩塌的城牆內暴露出丈夫的屍體。

這個故事很多人聽過。

歷代以來，這故事被用來批評秦王暴政。

故事中跟暴政有關的有兩項：一是傜役，二是把人埋進城牆裡。

不過我們知道，傜役這種制度不是從秦始王開始的，也不因秦亡而消失。

但在末了，有沒有人會問：為何她的丈夫會被封在城牆內？

※※※

正值雨季，大河的水流很急，過河是一件十分危險的事，萬一山洪爆發，沒人會來得及逃走。

但是——他抬頭仰望河谷上方的吊橋——自從幾年前建了這道橋之後，即使山洪爆發，人也能安然的在上面行走。

這道橋是在他的幫助下才得以建成的。

當然，他也拿了不少酬勞。

他閒步逛到橋頭，那兒有石板和石子壓實包圍，以免泥土被雨水或洪水沖激而流失，因為裡頭埋藏了很重要的東西，一旦泥土流失而造成那東西露出，這道吊橋就失去保護了。

他很清楚橋頭底下埋了什麼。

這底下埋了最強的守護者：一個懷胎九個月的孕婦。

孕婦還必須筆直的埋下，站在橋頭，面朝著對岸的橋頭。

其他的，則是各種人頭：男的、女的、老的、小孩的。

不管是孕婦還是人頭，都是異鄉之人，從遠處的村落獵取回來的，因為異鄉人頭更有力量，更具有保護作用。

這些人頭，都是他親自去獵取來的。

其實這個任務本來是交給他最優秀的學生去執行的，但他在十四年前一去不回，一點音訊也闕如，也不曉得他究竟獵到了幾個人頭？不知道他遭遇了什麼事？他的學生就像晨間的露水，在陽光下消失得全無蹤影。

他去詢問過龍頁，連龍頁也找不著他學生的痕跡。

他去詢問桑戈力，桑戈力也不再跟他學生有所聯繫。

所以他猜想，他學生死了，而且沒去到祖靈之地。

他無法獲悉學生的下落，還特地遠赴北方，走了二十天的路，去尋找跟他同一位師父學習的布摩，好確認他學生是否有抵達該地。

「他有來找我，」老布摩告訴他，「我還告訴了他附近所有村落的狀況，讓他去選擇合適的頭。」

「那你最後看見他時，他有完成任務了嗎？」

「他說要取唐人的頭，我警告過他要小心，尤其有一位唐人布摩。」

「唐人布摩？」他覺得很不可思議，異地布摩來此何為?

「他的術法，我還摸不透，而後他又帶了一位唐人的神祇過來，聽說不太好惹。」

他沉思片刻，再問：「然後呢？他取到唐人的頭了嗎？」

「這個我就不知道了。」老布摩聳聳肩。

得了這些訊息，他不敢像他的學生那般躁進，跑得那麼遠去獵人頭，他決定保守一些，在大河對岸的村落獵取人頭，先做好學生沒完成的任務再說，否則大王就不會再信任他們了。

大王野心勃勃，要做其祖先沒做過的大事，想學傳說中的唐國一樣擁有巨幅國土，因此除了練兵、造船，還招攬了各種布摩，有厭勝的、祈求的、醫療的，還有像他一樣的專業獵頭人，收集他想佔領地區的人頭。

專業獵頭人分成南、北、東三向分批出發，而他是負責北方的。

他知道還有另一批專業獵頭人，熱切的等待他出錯，無時無刻不在覦覬他的位置。

他必須依大王之命，替大王鋪好路，建立穩固的吊橋，好讓大河無法阻止大王擴張領土的大業，讓大王的士兵順利過河。

「桑戈力。」他單腿屈膝，向他的神祇低聲祝禱，「桑戈力，請賜我人頭，讓我圓滿完成任務，每一個人頭，我必以其血祭祀您。」

祝禱完畢，他步上吊橋，走在吊橋上，他對每一步都感到很光榮，因為這是他造就的豐功偉業。

※※※

現在，他又要為大王出戰了。

還有另一道障礙，另一條大河，需要另一條穩固的橋樑。

他已經在想像大王的士兵跨過吊橋的景象。

當大王的領土一點一點朝北方推進時，他知道，他遲早會碰上那位唐人布摩的。

雲空的家門口，出現了從來不曾出現的訪客。

門外有金屬碰擊的鏘鏘聲，隨著腳步的節奏靠近房子。

雲空心覺有異，便走去門口觀看，只見村落的頭目戴上了他最好的頭巾和飾品，跟兩名部下一起站在門口下方，仰望著他。

雲空趕忙要步下木梯去迎接他們：「頭目怎麼親自來了？」

頭目伸手阻止了他：「我們上去。」

他們進屋見到紅葉，敬重的向她頓了頓首。村子裡都曉得唐人布摩有一位永遠長不大的小女孩同住，而且據說成功擊退過獵頭鬼，對村人而言，這女孩是神一般的存在。

頭目曾經以為小女孩只是個侏儒，直到親眼見面，才確信真的是個小孩。

頭目盤腿坐在地上之後，他的一名部下隨即繞著房子四周走動，手中握著菖蒲手珠輕輕搖動。

雲空直接問頭目：「他怎麼了？」

「你家裡沒有老布摩給你的東西吧？」

「就我所知，沒有。」

「你沒有接受過老布摩的祝福吧？」

雲空認真的回想，他唯一一次跟老布摩有近身接觸，就只有初來此地時，梁道斌帶他去拜見那一次：「沒有。」

頭目望望那位四處走動的部下，他搖搖頭回應，然後在頭目身旁坐下。那部下表情冷峻，似乎刻意的對雲空有些高傲，雲空猜想他也是一位布摩，不想向一位異國的唐人布摩顯出低頭的姿態。

再看頭目，他年齡四十開外，已經不是雲空初來時拜見的那位。他神色緊繃，似乎是不願意來找雲空，又不得不來。

「我們需要你幫忙。」頭目壓低聲音。

「等一等。」紅葉忽然說著，冷不防手臂一揮，正上方的屋樑掉下兩隻壁虎，頭上插了針，「雲空，劍。」她取來挑木劍，遞給雲空。

雲空心神凝定，以劍尖輕壓壁虎，牠發出答答答的叫聲，竟迅速發黑、腐壞，化成一團黑漿。

頭目身邊的布摩臉色大變：「是他！」

雲空擺擺手：「別急著斷言。」他去廚房取來兩片香料葉，將黑漿包起來：「紅葉，可以麻煩妳幫我丟到海裡嗎？」

紅葉答應了一聲，運起輕功飛跑出去，沒多久就回來了，雲空和頭目的對話甚至還沒開始。

這下子，他們總算對傳說相信得心服口服。

「我不知可以為頭目幫上什麼忙？不過，為何如此擔心老布摩呢？」

頭目眉頭緊蹙，好幾次到口的話又嚥了回去。

「我來說吧。」頭目身邊的布摩說。他跟頭目年紀相仿，已是可以獨當一面的布摩：「我叫穆路棋，曾經是老布摩的學生，十分清楚他的事。」

「穆路棋。」雲空重述他的名字。

「今天最重要的事情是，桑戈力又現身了。」

「桑戈力？」

「是的，其實你也知道，獵頭並不是很罕見的事情，我們的祖先也獵過別人的頭，不過那是在戰爭時。」穆路棋口齒清晰，用字簡潔，「可是有些族，就可以為了蓋房子穩固地基而獵頭，不過無論如何，這些都是單一事件。」

雲空點點頭表示明白：「這我聽說過。」

「可是，最近周圍的幾個村落都有人被獵頭，原本以為是單一事件，可是各村在市集時，各村的村人們交談之下，才發覺事情不簡單。」各個村落會互相約定，每十天半月在某地舉行市集，互相交換產品和物資，這叫「斗磨」（tamu），「最近，每個村子都有人丟了頭，於是大家開始恐慌，夜晚不敢踏出房子，市集人數也寥寥無幾，大家都說桑戈力又回來了。」

「桑戈力就是獵頭人嗎？」據雲空所知，獵頭人普遍叫「彭伽依」（pangait）才是。

「桑戈力是鬼不是人，他們是獵人頭的鬼，平常獵人頭都是三五成群，可是桑戈力都是單獨行動，來如風、去無影，人們看不見他的身影！據說有人在家門外工作，家人還在身邊，卻見到他的頭無緣無故就不見了。」換言之，桑戈力就是「獵頭鬼」。

聽了這段，雲空和紅葉不禁相視一眼。

十四年前那一劫，紅葉十分清楚，如果攻擊她的是獵頭鬼的話，那麼他是人非鬼，只不過他會使用非常神秘的咒語，竟能隱去身影。

「穆路棋，你也是布摩，」紅葉說，「你可知道有什麼方法可以讓別人看不見你嗎？」

「妳的意思是？」

「讓別人看不見你的方法，即使你站在我面前，比如咒語。」

穆路棋猶豫了一陣才說：「很久以前有聽說過，不過我的師父告訴我，那只是不實的傳說。」

紅葉擺擺手表示不贊同：「我以前遇過的那位獵頭鬼，一開始也看不到身形，不過後來我看到他了。」

頭目和部下聽了，皆不敢置信的面面相覷。

「他是人，不是鬼，但是全身塗滿黑泥，而且會唸一種咒語，令自己隱身。」

穆路棋困擾的蹙眉沉思。

另一名部下也說話了，他問紅葉：「他厲害嗎？除了獵刀，他還用什麼？」他身上除了獵刀，還有吹箭筒、匕首、繩子，看來是保護頭目的武人。

「只有獵刀。」紅葉向武人投以不信任的目光，她不喜歡這個人身上有著太多的武器。

雲空欠欠身，說：「你們應該知道，你們來找我幫忙是違反規矩的，我答應過頭目和老布摩，只處理唐人的事，不能干涉杜順人的事。你們為何不去找老布摩呢？」

三人早料到雲空會問，但皆閉口沉默。

「你們不信任他，還怕他知道你們來找我，而事實也證明，的確有人派了使者來刺探。」

雲空指的是方才的兩隻壁虎，「如果各位真的需要我的幫忙，我有必要知道，為何不找老布摩，而來找我？」

穆路棋沉思了一會，才說：「布摩都會兩種法術，是吧？黑法和白法。」

雲空微微頷首，不盡然同意。

黑法白法，蕃人布摩的說法是：黑法是熱的，白法是涼的。

黑法可以咒殺敵人、驅使邪魔、奪取他人的好運；白法可以保護防身、防禦邪事、祈求好運。

可是，當你為了救人而使用殺戮之術奪走精怪性命時，該屬於黑法還是白法？

「老布摩黑法、白法兼施。」穆路棋語帶保留，「很多人找他用白法，反之……亦然。」

雲空嘆了口氣。

所以說，老布摩知道很多人的秘密，所以人們即使知道他會施黑法，也沒人敢動搖他。並不因為怕他會報復，而是因為，他們偶爾也需要黑法。

他的存在代表了人們的需求。

穆路棋欲言又止的部分，說明了這些人人性中的黑暗面。

雲空想起，佛法為這黑暗面做了很好的歸納：貪、嗔、癡「三毒」。

「如果有獵頭鬼，難道他會不願幫忙嗎？」

「因為……」穆路棋望了一眼頭目，似乎要得到他的同意。

頭目用拳頭輕敲地面，彎身靠近雲空：「這是個很大的秘密，我們本來不想告訴你，這兩人是我最信任的人，只有我們知道……」

「我猜到了，」紅葉在旁邊插嘴，「你們相信，獵頭鬼跟老布摩有關。」

頭目怔住了，不禁直視紅葉。

※※※

老布摩的年紀跟雲空差不多，雲空有多老，他大概就有多老。

但是，老布摩的外貌不知比雲空蒼老多少倍。

老布摩自己知道原因。

他年輕時常施黑法，有時是跟其他布摩鬥法，有時是受人所託，總之每施一次黑法，每傷害一條人命，他的身體就會「熱」一些，即使他試圖用白法讓自己「涼」下來，也無法阻止身體的崩壞。

他的體內有惡毒的怨念流竄，體外有黑霧般的怨念包圍，他很不舒服，他不明白原因，他猜想是因為黑法，但他只是做了別人拜託的事情而已，為何別人滿足了，而他必須承受這些痛苦？

他猜想那位唐人布摩來自據說很了不起的大國，整個人的舉止言談都跟他們本地布摩不一樣，說不定能瞭解為什麼，能解答他的困惑。

但老布摩不想去問雲空。

他不想貶低自己，他可是人人敬重的老布摩。

比如說今天，即使遠從河口大國來的獵頭鬼，也會先來拜見他。

獵頭鬼的年紀也不小，大概五十好幾了，之所以還必須如此操勞，就是因為得意的學生失蹤了，不得不繼續為大國的大王服務。

老布摩其實很仰慕「國」這個概念，由一位了不起的人管理幾十個，甚或幾百個村落，人人聽他號令，威風極了，肯定比村落的頭目強大不知多少倍，他頗羨慕獵頭鬼能為這麼偉大的大王工作的。

「蘇隆，你好久沒來找我了。」老布摩吩咐納瑪泰取來清水，款待長途跋涉來到的獵頭鬼，「這趟要幾個人頭呢？」他打量了一下獵頭鬼，他身上沒塗黑泥，顯然是還未開始工作。

獵頭鬼名叫蘇隆，是老布摩的老相識，說起輩分，蘇隆應該要叫他一聲師叔，但他們不像唐人那般將輩分細分得那麼仔細。老布摩也挺佩服蘇隆的，他不只要學咒術，還必須學特殊的武術，才能夠擔當專業獵頭人的工作。

納瑪泰拿來一大碗清水，蘇隆瞄了眼納瑪泰空洞的眼睛，又瞄了眼納瑪泰給他的碗，有著光滑的釉色，那是他們這裡製作不出來，只有唐人之國大宋才有的瓷碗：「你有很不錯的碗。」

老布摩得意的笑道；「唐人送我的，我還有很多。」

蘇隆喝完水之後，感到通體清涼：「大王已經推進到巴巴河了。」

「那麼很接近啦，」老布摩說，「如此看來，你至少需要八個人頭，才可以完成布局。」

「是，你很清楚狀況嘛。」

老布摩嗤鼻道：「我向來看不起那些村落頭目，小裡小氣的，像你的大王，才是數一數二的大英雄。」老布摩舉起拇指，「把所有村落歸入一位大王的管轄，才是未來。」

「沒想到你那麼認同。」

「如果你的大王有需要，我隨時願意為他提供建議。」

一直跪坐在旁邊安靜等候的納瑪泰，突然發出奇怪的聲音，好像想表達很痛，卻像啞子般咧嘴叫出格格格的聲音。老布摩趕忙跑過去，把手指壓在納瑪泰的額頭上，又將雙手蓋在她耳朵上：「糟了。」

「怎麼？」

「我送出去的耳朵被發現了。」老布摩惱道，「唐人布摩果真有兩下子。」

蘇隆望著納瑪泰沒有表情的臉，若有所思的問老布摩道：「你用了納瑪泰之術嗎？」

「我就叫她納瑪泰，這裡沒人懂這個字。」

「這女人，你哪兒找來的？」

「我只要用納瑪泰之術召喚，游蕩的靈魂就會尋找剛死的女子，自動走來我家了。」老布摩在同門面前洋洋得意。

「她長得不錯。」蘇隆壓低聲音，「除了幫你做家事，還會不會……？」

老布摩賊笑道：「雖然冷了些，還是一樣用的。」

蘇隆嘆了口氣：「看來當年老師把你教得真厲害，難怪這裡的人都叫你布摩們的老師、布摩中的布摩。」

「再厲害也是村落的布摩，還需要你在大王面前推薦一下，若到時這兒也成了他的土地，讓我來當布摩的王就好了。」

「大王會很感激你的幫忙的。」

在下一瞬間，老布摩發現他的頭埋入了納瑪泰的兩腿之間，卻再也抬不起頭來，心中好生困惑：「怎麼了？」

蘇隆的獵刀太快，老布摩的神經都還來不及將痛覺傳到大腦。

蘇隆將他的頭從納瑪泰兩腿間提起來時，兩耳血水流空的潺潺聲並沒掩去蘇隆所說的話：「只有像你這麼有影響力的人，才配當鎮壓這片土地的人頭。」

說著，蘇隆提著老布摩滴血的頭顱步向廚房，拿走柴火上正在烹煮的湯，從一旁的柴堆中找來幾束乾草放在柴火上面，令它產生大量白煙，然後把掛在牆上捕魚用的竹籠取下，將兩枚木條塞入老布摩的鼻孔，再將他的頭放入竹籠，掛在白煙上熏乾。

蘇隆口中唸咒，手中獵刀朝空中比畫。

老布摩知道蘇隆在幹什麼。

他被蘇隆封鎖在自己的頭顱裡面了。

※※※

雲空站在門口，目送頭目、武人和巫師穆路棋遠遠離去。

外頭陽光普照，遠方的海上卻黑沉沉的一片，正在頻頻激烈的閃電。

紅葉走到他身邊，伸手輕握著他的手。

兩人眺望他們步入樹林小徑，身影沒入樹影中。

紅葉握緊雲空的手：「他們不在乎你送命的。」

雲空見到幾隻貓在玩耍，牠們的父親焦腳虎已然年紀老大，正懶散的躲在瓜棚下瞇眼。

「如果可以拯救更多人命，那我的命是不重要的。」雲空回握紅葉的小手：「記得我告訴過妳，一個名叫長順的人嗎？」

紅葉點點頭：「你初來渤泥時，被獵了頭的水手。」

其實在當時，雲空感受到獵頭人也很想拿他的頭，兩人拉鋸直至破曉方休。

「至今，長順的頭依然下落不明，完全沒有頭緒。」雲空哀傷的說。

雲空願意幫忙，並不因為錢。

此地尚無使用金錢，雖然有大宋、大食、占城等地貨幣流入，但並沒在村民間普及，他們平日依然是以物易物交換物資。

即使是以前在大宋雲遊，雲空汲汲營營，也不過謀得餬口之資，得過且過，並不思發財。

身為道士，修行才是他人生最主要的目的。

救人也是修行。

方才頭目等三人還在屋裡時，頭目懇切的對他說：「有人告訴我，唐人布摩懂得抓鬼，」雲空推測一定是有唐商住蕃酒後吹牛，把道士說得神乎其神，「我們希望你能制伏獵頭鬼，不讓人無辜被取走人頭。」

「我想問你們一件事，」雲空忍了很久想問了，「為什麼會有人要拿別人的頭呢？」

頭目懊惱的回道：「從祖先的時代開始，在戰爭中常會割下敵人的頭，好恫嚇敵人。」

「有頭沒頭都是死，為何割下頭會嚇到他們呢？」

「因為……」頭目碰碰穆路棋的手臂，「你是布摩，還是你來回答吧。」

穆路棋說：「人有七魂，死了之後會到祖先之地跟祖先相會，但若被割下了頭，靈魂會被禁錮在頭顱中，就無法去到祖先之地了。」

原來如此，蕃人的觀念有所不同，難怪他們會恐懼。

被獵下人頭是比死亡更可怕的事！

「如果進行恰當的儀式，靈魂還是可以離開頭顱，得到安息，但是……」穆路棋說得有些心虛，「通常頭顱會被保存下來，掛在屋簷或家中，顯示主人是勇士，而且頭顱還保護房子不被邪靈接近，一代接一代的傳下去。」

雲空質疑，那些人頭無法去祖先之地，難道不會有怨氣嗎？

「而且，有的族還專門喜歡獵人頭，比如姆律人（Murut），即使在沒戰爭時也一樣，」穆路棋說得臉都白了，「他們蓋房子要在地基埋人頭，建橋也要在橋柱埋人頭，讓人頭永遠鎮壓在那個地方。」

如此觀念又和漢人十分相似！

雲空年輕時聽師父說過，古代君王以人殉葬，不論侍人、侍女、衛士都有，隨同畜生一起下葬，而且還先斬了頭，尤其在孔子推崇的夏、商、周三代。君王相信那些人能在黃泉繼續服侍他，或為他保衛陵墓。

同一道理，孟姜女被埋入城牆的丈夫，難道不是這種以魂魄牢固城牆、橋樑或房子地基的古老法術嗎？

雲空也感到不寒而慄了。

這種惡毒的法術究竟有多古老了？是源自遠古的中國嗎？抑或是蕃人獨自發明的？

「甚至，」穆路棋繼續說，「為了驅除疾病，為了贏得少女的歡心，都可以去獵頭。」

頭目接過話頭了：「不過那些只是一個人頭，如今是好幾個不同村落的人頭，跟上次十多年前的一樣！獵頭鬼找人頭，不分男女老幼，小孩的人頭跟大人具有相同力量，他們也獵唐人的頭，」他微帶敬意的瞟了一眼紅葉，十四年前，紅葉擊退獵頭人的事蹟，可是被附近村落傳頌的故事，「若是唐人布摩願意幫助我們，也是幫助你們唐人。」

的確，上次紅葉被攻擊時，雲空正好回大宋一年，此事令雲空內疚了許多年。

不過紅葉跟他說：「幸好你剛好不在，否則如果割了你的頭，可是長不回來的。」這點他無法辯駁。

上次紅葉被攻擊時，鄰村也有一位唐人住蕃沒了頭，更甭說附近好幾個村落，都被巧妙的一村殺一人，而且無頭屍還被隱藏起來，誤導以為是失蹤事件，直到紅葉事件後，各村才開始懷疑有獵頭鬼來了。

頭目說：「如果唐人布摩你願意幫忙，我們各村的頭目已經有協定，保證會保護你們乘船來的商人，也保護住在這裡的唐人，保護他們的財產，也保護他們家人的安全。」

這是最好的酬勞了。

但是不管蕃人或唐人，人命是沒有尊卑上下之分的。

他問頭目：「你們可知道為什麼忽然會有人要這許多人頭？他們想用來做什麼？」

頭目和穆路棋用力搖頭，他們也想不通。

反倒是武人答話了：「一定是鬼了，只有鬼會這麼做的。」

令雲空痛心的是，若人頭之魂真的被禁錮在內，那麼此時此刻的長順，必定仍在無法輪迴的痛苦中煎熬了。

「不論是人是鬼，」雲空頷首道，「我試試看。」

頭目等三人大喜，遠來的和尚會唸經，他們相信唐人布摩一定有辦法的。

即使沒有，對他們而言，也不過死了一個外地人。

「你要怎樣開始？」目送他們離去後，紅葉問雲空。

「我需要焦腳虎的幫忙。」

當他這麼說的時候，瓜棚下的焦腳虎睜大了眼睛，直視著他。

牠站起來，伸了個懶腰，慢步走向雲空。

※※※

獵頭鬼蘇隆將他剛才掛在老布摩屋外的幾個人頭拿進屋裡，再將老布摩的家門緊緊拴上，不讓任何人進來。

他望了一眼倒在地面的納瑪泰，心想她的頭有沒有價值。

老布摩一死，納瑪泰失去操縱者，她也無法再活動。蘇隆不瞭解這種術法，他學的不是這一套，所以他不知道納瑪泰還有沒有靈魂，不過如果有，該魂也僅僅是七魂之一，也不新鮮……蘇隆決定放棄納瑪泰。

他將已經到手的幾個人頭排在地面，他們都被熏乾了，表面的皮肉完全乾燥，不太能辨認生前的容貌了。

屋簷邊緣沒有跟牆壁緊密，是通風的，熏乾老布摩的白煙從屋簷飄出去，飄散到四周的林子中。門口忽然傳來敲打聲，先是試探的輕敲，後來敲得更響了些。

蘇隆默不作聲的等待。

門外的人放棄了，他在門外喊道：「老布摩，我是東翁，今天的魚，我就留在門口了。」反覆說了兩遍之後，那人便離去了。

蘇隆一度作念要不要順便取下此人的頭，後來想想還是免了。

「有魚嗎？」他走去門口，想把魚拿進來，卻發覺找不到門口。

他東張西望，屋裡四周彷彿蒙了一層黑紗，分辨不清方向，似乎被關進了一個密閉的空箱之中。

「哼，」蘇隆嗤鼻道，「這種可以用來唬普通人，唬不了我。」他用力咬破指尖，擠了點鮮血，口中唸咒，手指在空中揮畫，四周的黑紗立即退去。

這是防賊用的法術，對蘇隆而言只是入門級的。

他打開門，將放在木梯上用蕉葉包好、尖草葉串著嘴巴的一吊魚拿進來。

他想把魚熏來吃，但不想魚腥味沾上老布摩的頭。

正在躊躇之時，蘇隆聽見屋子的角落有動靜，心裡陡地一驚，走去聲音的方向，發現有幾個小竹籃，上面扣著小竹蓋，裡頭有東西令竹籃不安的抖動。

他正要靠近去看，竹籃的蓋子忽然彈開，某個籃子爬出好幾隻肥大的壁虎，另一個飛出有翅膀的昆蟲，蘇隆卻瞧不出那是哪一種昆蟲。

他正在想老布摩養這些蟲做什麼用途，冷不防壁虎已經飛快的爬到他放在地面的人頭，直接鑽進人頭底下的空腔，飛蟲也鑽入人頭的耳朵。

蘇隆大吃一驚，喊道：「不好！」一個箭步衝上去。

他抄起人頭，看見壁虎鑽進了氣管，他伸手要將壁虎拉出來，卻只拔出壁虎的斷尾，他想將飛蟲從耳朵掏出來，卻感到尖銳的刺痛，抽出手指一瞧，指頭上竟深深的插著一根棘刺，整根沒入了皮肉。

這恐怕不是蟲，可能是聽老布摩驅使的小飛精！

他沒留意到，幾隻肥大的壁虎爬上屋樑，爬到廚房上方，有的掉到裝了老布摩的頭的竹籠上，有的垂直掉入火中。

他嗅到壁虎燒焦的臭味時，又衝過去熏煙竹籠，忙將老布摩的頭倒出來，但已經太遲了，兩條壁虎尾巴從脖子斷口露出，頭顱變輕了，他欲封鎖在裡頭的靈魂已經離開了。

他萬萬沒想到這位師叔還在自家設下了陷阱，他很後悔為了貪圖方便，而留在這房子裡頭！

這些艱辛收集來的人頭都廢掉了！

他不得不被迫重新開始。

※※※

夜裡，雲空和紅葉坐在屋裡靜修，兩人之間只點了一盞油燈，搖晃著豆大的燈火，正好讓他們半閉著眼，剛好只看到一道細縫似的燈火，令他們的意念能集中於一線。

這是日常的功課，練習隨時都能進入心神凝定的狀態。

此時此刻，他們的聽覺比平日敏銳十餘倍。

因此外頭雖然風雨飄渺，當有人剛剛走近房子時，他們都已經聽到了。

他們知道不是住在旁邊媽祖廟的巴蘭，因為他們沒聽見他開門的聲音，更沒聽見他離開廟的聲音。事實上，他們聽見巴蘭在媽祖廟後進房間輕微的打鼾聲。

也不是梁道斌或他的兒子巴瑞，不僅因為很晚了，腳步聲的模式也不像。

紅葉依稀覺得來者的氣息似曾相識，她感受不到來者有惡念，因此無所畏懼的，直接站起來去開了門。

一名身形精壯的三十多歲男子走進門，頸上掛了布摩的串珠，手腕也戴著菖蒲串珠，身上只有一件下襬掩住下體，最顯眼的是，他暴露的全身都刺滿了紋身，連臉部也不例外。

他渾身微微散發著靈氣，完全沒有一絲惡意。

令雲空訝異的是，他的紋身全是浮凸起來的疤痕，是用利器切傷結疤而成，像無數小蟲爬滿了體表。

而且，他的紋身在雲空眼中彷彿流動的文字，在紋身人身上緩緩飄浮，還發出低喃聲，那些是古老的靈語，他全身佈滿了咒語，有如一個行走的咒語。

紋身人向雲空和紅葉微微鞠躬以示敬重，然後開口說：「龍貢派我來的。」

雲空頗感訝異，派一個人類來？

紋身男子似乎知道他在想什麼似的，隨即說道：「龍貢們覺得，派一個人來比較好說話。」

「他們真體貼。」紅葉說著，將門合上。

焦腳虎不知打哪兒鑽了出來，馬上黏著紋身男子，向他喵喵叫，彷彿在說：「你來了？」

紋身男蹲下來搔焦腳虎的頭，向雲空說：「這位小伙伴，向龍貢說了很多你的故事。」

雲空頗感驕傲的笑道：「牠不是一隻普通的貓。」

紅葉盯著紋身人良久，問道：「當年救我的，就是你嗎？」

紋身人向紅葉作揖：「是的，女士。」他對紅葉用敬語，「時間很久了，妳依然沒變。」

「雲空，我們見過的，」紅葉轉頭向雲空說，「記得我說過，帶了好幾位龍貢來的男子嗎？」

雲空訝然站起，向紋身男子感激的作揖：「救命之恩，無以為報！」

「不是我帶龍貢，而是龍貢吩咐我來的，我只是受龍貢的吩咐行事。」紋身男子道。

其實，他跟雲空也見過面……當年他還是年少無知的頓達時，得罪了龍貢，又受老布摩指使來偷桃木劍，最後雲空見到他被龍貢制伏後帶走。

不過他並沒打算提起這件事。

「你叫什麼名字嗎？」紅葉問他，「有個名字，比較好稱呼。」

他原本的名字頓達已經被龍貢取走了，龍貢並沒有給他一個新名字。

「龍貢庫賽，」紋身人的聲音沒有感情，「就叫我龍貢庫賽吧。」也就是「龍貢人」的意思。

雲空不禁猜測，龍貢人是什麼意思？難道他也成為山神的一員了嗎？

客套寒喧已畢，紋身人進入正題了：「聽說獵頭鬼又出現了嗎？你們找龍貢，是為了這件事嗎？」

「獵頭鬼現身是一回事，」雲空說，「我們的疑問是：他要這麼多人頭，究竟有何目的？」

紅葉邊截道：「跟當年的理由一樣嗎？」

紋身人沉吟了一陣，才說：「南方，有一個頭目，他不想只當一個村落的頭目，他想當很多頭目的頭目，比頭目更大的『王』。」

雲空明白，也就是說，此地終於有人想建立一個堪稱為「國家」的組織了。

此地為外地商船常常經過的路線，帶來外地的消息。這位新王常常愛聽異地見聞，常召海商說話，頻頻聽說外地有規模難以想像的「國」，心生羨慕，便激起了他的野心。

「但是，」紋身人繼續說，「在從南到北的路線上有許多阻礙，有幾條水急的河，妨礙他的部下過河戰爭，而他建的橋老是被大水沖破，直到有人建議他應該獵人頭穩住橋柱。」

「有效嗎？」

「我們打聽到，除了人頭，他還把一個年輕的孕婦埋在橋頭，從此犯大水也不沖毀吊橋。」

雲空感到整個背脊都寒透了。

中國的巨大領域也不是短時間建立起來的。

在黃河和長江流域建立的許多小國，都被山脈、河流、森林等地形天然隔絕，也就是說，交通不便阻礙了大國的建立，中央政權無法快速有效的傳送命令、移動軍隊和軍糧，秦始皇建立高速「馳道」、運河「渠道」，才解決了問題。

這位新王選擇了建橋，縮短進攻的時間。

他也選擇了以人牲來穩固橋基。

「為何要用孕婦？」

紋身人聳聳肩：「龍貢也不明白，可能是水龍要求的。」

蕃人傳說山有山龍、水有水龍，最大的山龍盤踞在聖山，大河中也有水龍，要祭祀才被允許在河面行船或捕魚，否則就要淹死人。

偶爾雨後，村人還會目睹水龍在陰晦的雲層中飛越。

「那麼，為何人頭要用異地人的人頭？」雲空道。

「獵人頭本來就是獵異地人的。」紋身人說得像常識一樣。他轉頭向紅葉說：「但他的目的是，利用異地人的頭，控制異地人的靈魂，幫助他攻打異地。」即使是勇敢善戰的紅葉，聽了也不免打個寒噤。

此種術法，雲空聽說過中國有「虎倀」的說法。傳說老虎有法術，讓牠吃了的人的靈魂被牠控制，在老虎前頭領路，幫牠誘惑路人成為牠的食物。這種可悲的冤魂稱為倀鬼，成語「為虎作倀」就是幫壞人殘害別人的人。

所以那位王想收集一批為他戰爭前導的倀鬼。

「他已經攻打很多地方了嗎？」雲空問。

「很多，」紋身人點點頭，「他已經自稱為王。」

「他有多接近了？」

「如果不停歇，七天的路程。」那不算遠了。

貪婪者的魔爪一步步伸過來了。

「龍貢同意他這麼做嗎？」

「這就是為何你的貓去找龍貢時，龍貢會派我來，」紋身人說，「因為這是人的事，不是龍貢的事。」

紅葉臉色嚴肅：「莫非龍貢不會插手？」

「龍貢不會插手。」

龍貢是山林之神，各地區有各地區的龍貢，悉皆聽命於住在聖山的龍貢之王「龍貢蓋約」(Rogon Gaiyoh)，字面上的意思是「大龍貢」。

當人類尋求龍貢的幫忙，只要循著遠古祖先的約定，奉獻適當的貢品，龍貢通常都願意幫忙，甚至有時候無需貢品。

但若是部落之間發生戰爭，每個部落都要求他們的龍貢助力，就會造成龍貢和龍貢之間的困擾，要知道龍貢並沒特別神聖，他們是具有超越人類能力的生命，但在感情上也同樣是貪、嗔、癡、慢、疑俱足，要是神靈間發生爭執，可不是龍貢之王所樂見的。

因此，人類和人類之間的事，就交由人類的命運去處理吧。

「可是上一次……」紅葉蹙眉道。

紋身人食指抵唇，示意紅葉不要聲張：「上次是貓兒去向龍貢求救，龍貢很喜歡貓，才答應幫個忙的。」他更小聲的說：「除了我們，沒人知道。」

「你們都不能阻止陌生人到你們管轄的地方，來拿走祭拜你們的人的人頭嗎？」雲空忍不住動氣了，「這是什麼道理？」

說穿了，這叫政治。

紋身人冷冷的伸手：「請勿對龍貢不敬。」

雲空冷靜了一陣子，才問：「龍貢庫賽，我想請教你一件事。」

紋身人點頭。

「十多年前，我剛剛來到這裡的時候，有一名船員不知被什麼誘惑，發狂的跳下船，直接跑進樹林，我追過去時，有一個拿著燈籠的妖怪引導我進樹林……」說到這裡，雲空望著紋身人。

紋身人有些困惑：「聽起來不像同一個，請繼續說。」

「奇怪的是，那個拿燈籠的妖怪沒有害我，反而帶我找到船員，但還是救不了他被獵頭，」雲空嚥了嚥口水，「當時，我覺得獵頭人就在我身邊，也想拿我的頭。」

紋身人低頭沉思，半晌才說：「會騙人進樹林的，一般上是坦都魔羅（Tantumolong），或叫都穆多隆（Tumutolong），一種又小又胖的精靈，」紋身人用手比畫了一下坦都魔羅的身高，約有三歲孩童高度，「他們跑得很快，被騙的人通常會迷路，然後再也回不了家。」他又沉思了一陣：「依你說來，獵頭鬼有咒術，讓坦都魔羅跟他合作，先把人騙進樹林，再拿人頭。」

「那麼那個拿燈籠的是怎麼回事？」

「很可能是布布哈（Bubuha），他們頭大身小，愛嚇人，也很膽小，大概像小孩那樣高。」紋身人指了指紅葉，紅葉不高興。

布布哈，梁道斌的確提過此名，不過他也未知其詳。

「看來，」紋身人思量道，「有甘願受獵頭鬼控制的，也有不喜歡獵頭鬼在這邊四處走動的……」紋身人露出了難得的笑容，「你說的故事，很有用。」

※※※

一大清早，巴瑞剛起床，見到師父雲空已經站在屋外了，同時身邊還有巴蘭和紅葉。

紅葉很少在外頭露面，他察覺有事，慌忙跑到屋外：「師父！發生什麼事了？」

雲空正在跟巴瑞的父親梁道斌聊著，見他出現，父親便叫他回到屋裡去：「思國，去叫你妹妹見客人。」

巴瑞有兩個妹妹，大妹瑪達[15]已經十七歲，正在跟村裡的女巫師學習日常巫術和禁忌，那是每個女孩都必須學習的，如厭勝、辟穢、農田祈禱之類的家常巫術，但瑪達的資質被女巫師看上，有意要栽培她成為女巫師。小妹妹十五歲，也跟著姐姐一起去女巫師家學習，準備成為別人家的媳婦的功課。

「甘布絲，」雲空先對梁道斌的妻子說，「我需要妳的幫忙。」他拿出一串竹片，竹片的兩端穿孔用草繩連起，「我們需要好的竹子來做這個。」
「這是什麼？」甘布絲以為是首飾。
「保護這裡，」雲空將竹片繞在脖子上，「避免被獵頭鬼斬頭用的。」
甘布絲有些忌憚這種話題：「這樣說太可怕了。」
「可是獵頭鬼真的回來了。」雲空告訴她。
巴瑞吃了一驚，原來師父神色緊張，就是為了此事！
說到獵頭鬼，巴瑞小時候跟紅葉一起對抗過，差點兒也被取了頭，一聽獵頭鬼再度現身，他又害怕又憤怒得發抖。
「妳是梁兄的妻子，是我最相熟的女子，只有妳能幫忙了。」雲空說，「我還得請妳找好的竹子，做很多給我，然後教導所有村裡的女人做。」
甘布絲依然很不安。
「我請教妳，若有人要用獵刀斬妳的頸，妳可以用什麼來保護它不被斬傷？」雲空道：「妳也不想有任何人失去他的頭，請幫大家想想吧。」
甘布絲不安的說：「其實……你剛才一說，我就想到，有個地方的竹子又粗又厚……」
「太好了。」
「而且，」甘布絲把竹片串拿過來，「我覺得竹片應該疊在一起，」她將竹片的末端相疊，「獵刀更不容易斬破。」
「謝謝妳，我請你儘快做三十副給我，我要交給頭目。」

15. Matat，意為langsat果樹成熟之時。

「好。」想到能幫助村人，又能制伏當年差點殺死兒子的獵頭鬼，甘布絲眼中的不安消失了。她走去取刀時，雲空又叫住了她：「甘布絲，請戴上這個。」他遞上一個用草繩掛住的小竹片。

「這又是什麼？」

「這個能保護妳，斬竹子時，請一定要掛在身上。」

甘布絲聽話的照做了。

小竹片被紋身人唱頌過，被施予強大咒力，能防止坦都魔羅的誘惑，但雲空沒向大家說出紋身人的事，因為他的存在是秘密。

接著，雲空問巴瑞的大妹瑪達：「妳向布布里安（女巫師）學習了三年，知道有什麼咒語能提供最強的保護嗎？」

瑪達雖然自幼認識雲空，但有跟她同齡的巴蘭在身旁，她害羞得低垂著頭，怯生生的說：「我聽說獵頭鬼的咒術也很厲害，哥哥還說他會令人看不到他……」

「是的，沒錯。」

「我在想，如果不說保護自己，而是說破壞對方的咒語的話，那麼咒語最忌諱的應該是月水吧。」

巴蘭聽了不明白：「月水是什麼東西？」

瑪達飛紅了臉，羞紅到耳朵發燙。

巴瑞身為兄長，連忙扯開話題：「可是沒有男人願意拿著月水布的呀。」

梁道斌說：「那就得問問老布摩了。」他挺信賴老布摩的。

「除了老布摩！」紅葉立刻斬釘截鐵的說：「我們要尋求每一位布摩、布布里安（女巫師）的幫助，就是除了老布摩！」

「為什麼？」梁道斌十分驚訝紅葉的激動。
「因為，他很可能跟獵頭鬼是一夥的。」
「什麼？」梁道斌不敢相信，「誰告訴你的？」
龍貢告訴雲空的，可是雲空不能透露龍貢有插手。
「梁兄，抱歉，這我無法說。」雲空拱手道。
梁道斌不相信，因為自從他來渤泥後，每年讓老布摩對他唱一次靈語，他便出入平安，從來沒發生過事端。反之，雲空看來表現平平，從未有驚人之舉，態度又謙和，雖然堂兄梁道卿極力推崇，梁道斌卻從沒覺得他有什麼厲害之處。
眾人討論一番後，分頭行事，雲空和紅葉去告知頭目，請他通知其餘十二村的頭目，由各村頭目知會他們的男女巫師、村民等如何行事。甘布絲和小女兒製作護頸竹圈，瑪達去找女巫師，巴瑞去找其他男巫師，而巴蘭另有任務。
梁道斌沒被分配工作，他發覺他在這件事情上一無是處。
他的專長是為梁家商隊尋找最好的貨品，而不是對付獵頭鬼。
徘徊了一陣之後，他下了決定。
他要證明雲空是錯的。
他要去拜訪老布摩。

※※※

頭目派出十二名勇士，緊記住口頭訊息，帶著護頸竹圈的樣本，掛著紋身人的護身小竹片，手操獵刀，飛奔去通知附近十二村的頭目。

當消息傳到河邊的村子時，已經有人在森林邊緣失蹤了。

「我們三個人在清理雜草時，忽然發現隆莎不見了，」婦女向她的頭目報告，「砍草刀還扔在草堆，就不知跑去哪兒了。」

連好幾名通知消息的勇士都差點遇害。

事後，勇士向村長報告道：「要到峇魯村去，最快的路徑是穿過森林了，」但也是最危險的路線，「我穿過森林時，忽然看到有個奇怪的東西站在林徑上盯著我，他很小，可是眼睛卻像深坑一般，吸引我要掉進去。」

「那你怎麼逃過的呢？」頭目緊張的問。

「我也不知道，那東西接近我時，忽然好像非常害怕，他就逃開了。」

布摩穆路棋站在頭目身邊，當他聽勇士如此述說時，不斷留意掛在勇士腰邊的小竹片，那是唐人布摩叮嚀一定要讓傳訊的勇士佩戴的護身物。

穆路棋感受到小竹片發出源源不絕的靈力，是一種他不熟悉的力量，這股力量十分清涼，使得穆路棋不禁心生敬仰：「是唐人布摩的威力嗎？」他不曉得，其實源自他們布摩日常溝通的山林之神龍貢。

中午時分，雲空領導的部署已傳遍周圍十二個村。

村民們約好三人一起去砍竹子，絕對不可落單。

他們一定要在天黑以前完成所有工作，因為據說夜晚是獵頭鬼力量最強的時候。

頭目的家是村裡最大的房子，坐落在山丘之頂，在家後面搭建了一座高高的看台，有屋頂和木欄柵，由村裡最勇猛的男子輪流守夜。房子四周還插了火炬，照亮從每一個方向可能的闖入者。

個個村民都戴上護頸竹圈，早早煮好晚餐，在天黑前用餐完畢，然後閉緊門窗、封好地板和屋頂的空隙，準備輪番守夜。

一切佈署完畢，只等夜晚降臨。

雲空和頭目等人用了最快的速度去部署。

不過，還不夠快。

※※※

紋身人年輕時，是個調皮的少年。

他不慎得罪了龍貢，反而被龍貢發現他天生就聽得懂龍貢的語言。

龍貢消除了他人類的名字，將他擄入森林，訓練他成為龍貢庫賽。

從此以後，他的雙眼所視已經跟人類大大迥異。

他在林中漫步時，看得見樹葉在呼吸，冒出蒸蒸水氣，還有細沙似的光晶從葉面下的氣孔如細流般流出。

他看見花朵的中心冒出螢光，蠱惑昆蟲前來停滯。

他看見樹木間有黑霧狀的鬼魅在流竄，發出悲涼又無助的哀號聲。

在黑夜的林子裡，他看見無數昆蟲狀的精靈飛舞，草地裡有自卑的坦都魔羅，肥嘟嘟的短小身子在畏縮的疾跑，偶爾碰上害羞的布布哈，提著他珍貴的紅燈籠，在林中低著身子、戰戰兢兢的走動。

林中還有許多奇特的居民，是他當人類時不會知道的，其中，他最厭惡遇上諾羅斯（rolos），他們住在人類罕至的林子深處，既醜陋又暴力，肚子餓時，遇上活的生物便當場撕裂啃食，紋身人覺得只要遇上他們就很麻煩的。

清早時分，他站在高高的樹上觀看被樹木圍繞的高腳屋，看見許多黑霧狀的咒文在圍繞著屋子，那些都是「熱」的咒文，把屋子包圍得像火災後的黑炭一樣。

這間就是老布摩的家了。

但是，紋身人很驚訝的感覺到，施咒的人好像已經死了，因為這些咒文已經失去了生命力，彷彿一堆廢棄的空殼，仍能灼傷人，但充其量只是像被蟲子叮了一樣。

看來，老布摩已經不在人世了。

十四年前，龍貢們已察覺老布摩跟獵頭鬼暗通款曲，但老布摩隱藏得很好，一面接受村民們的敬意，一面提供獵人頭名單給獵頭鬼。

紋身人納悶著，老布摩死於這種關鍵時刻，不知會是如何死的呢？

更令他覺得詭異的是，有弄不清數量的坦都魔羅正接近房子，他們像三歲小孩一樣的矮小身軀，穿過高高的草叢和灌木林，然後安靜的包圍房子。

他感覺到，房子裡面有人正在操縱著坦都魔羅，而且跟他十四年前遇過的獵頭鬼系出同源，只不過更老練、更強大！

他在樹上等了一個上午，空氣漸漸升溫，日頭已移至中天，從上方正照，將紋身人的身影投在木屋的碩莪樹葉屋頂上，混淆在一片樹影中。

終於，樹下傳來腳步踩過雜草的聲音，紋身人屏息留神，只見一名婦人快步走向老布摩的家，速度像是迫不及待，他在樹上只能望見婦人的頭頂，望不見她的表情，無法判斷她是否受了魅惑。

她直愣愣的站在屋外，不再移動。

紋身人預料，會有人從屋裡出來，取她的頭。

但屋子安靜得很。
再等了一會，另一個方向又傳來草叢窸窣的聲音，又有人快步走向房子，這次是個小男孩，兩眼像死魚般呆滯，手中還握著削尖樹枝製成的魚刺。
不消說，這些人想必是被坦都魔羅迷惑，誘入森林，此時此刻，說不定他們眼前正看見一位親友，或是思念的人，以為是熟悉的人召喚他過來的。
而坦都魔羅這種卑劣的小妖物，竟甘於聽命於獵頭鬼。
紋身人按兵不動，在高高的樹上緊盯著一個個從森林四周走來的人，一二三四五，五個，然後就沒再增加了。
紋身人沒料錯。
十二個村，雲空和頭目等人最快也要花個一天去部署，但獵頭鬼不會傻傻等待，在他們部署之前，獵頭鬼一定會儘速行動。
紋身人沒料到的是，獵頭鬼先前收集的人頭已然全部報廢，他必須重新收集！
他等待獵頭鬼現身，心中打著算盤，當獵頭鬼取出獵刀時，他應否下去救下這些人命？若是獵頭鬼沒有露出破綻，他是否應等待獵頭鬼疏於防護時才動手？
比救人更重要的是，龍貢們千萬叮嚀他的，絕對不能讓雲空和紅葉以外的人曉得龍貢有涉及此事。
「你是誰？」旁邊忽然有人問他。
紋身人大吃一驚，一個全身塗滿黑泥的人，不知何時已蹲在他身邊的粗枝上。
「你觀察這間屋子很久了，你是誰？」這人音聲冷峻得有如聖山頂的寒風，黑泥下佈滿紅絲的雙目殺氣凜冽。

獵頭鬼如斯厲害，竟能在毫無知覺下到達他身邊！

「他是怎麼上樹，而我卻一點也沒察覺？」紋身人鎮靜的立即打量獵頭鬼身上，幾近赤裸的他兩手空空，沒有獵刀。

他身上塗抹的黑泥應為隱身之用，而紋身人仍能看見他，表示獵頭鬼的隱身咒術對他無效。不過，其實紋身人也啟用了隱身咒，莫非他的咒術也對獵頭鬼不奏效？

紋身人立即伸指撫摸身上的一道咒文，指尖滑過浮凸的刻痕時，咒文馬上生效，但獵頭鬼依然在瞪著他：「告訴我你是誰？」

紋身人看穿他了……獵頭鬼的視線沒有焦點，並沒真的集中在他身上，所以獵頭鬼其實看不見他！只是在虛張聲勢！龍貢的咒術果然比人類的厲害！獵頭鬼在聽他的動靜，在嗅他的氣味，在等待他移動時露出馬腳！

紋身人把呼吸放輕放慢，緩緩撫摸身上另一道咒文，四周驟然起風，獵頭鬼背後的樹葉發出沙沙聲，但他的頭連轉也不轉，眼睛一動也不動。

而且，獵頭鬼高高舉起右手。

正當紋身人搞不懂他在幹什麼時，背後忽然傳來凌厲的風聲，一股排山倒海的渾濁之氣直朝他的脖子衝來！

紋身人猛然閃避，側身跳到另一棵樹上去，當下形跡敗露！他斜眼一瞧，看見獵頭鬼高舉的右手接住凌空飛來的獵刀。

「他能操縱那把刀？」紋身人連連吃驚，對龍貢教他的術法信心動搖了。

紋身人的眼睛看見獵刀發出濃烈的黑氣，黑氣中充滿了冤魂淒厲的吶喊聲，瀰漫著道不盡的嗔恨……那些不可能是被獵取了人頭的死者靈魂，那些靈魂應該被封存在頭顱裡頭了。

他想起龍貢告訴他，人類之邪惡和殘酷難以形容，有一種術法則是在刀剛打造好仍在燒紅時，就將熱刀插入人的胸膛，死者的靈魂便會被封於刀中，持刀者就能命令該刀飛去殺人。

獵頭鬼毫不遲疑的繼續攻擊，他朝紋身人拋出獵刀，自己飛身跳起，手中搖動菖蒲串珠，口中密唸咒語，獵刀像會黏人一般窮追紋身人。

紋身人措手不及，翻身下樹，直撲老布摩家的屋頂，他縮起身子，讓身體直接穿破屋頂，掉進屋裡。

他估計獵頭鬼依然看不見他，他要引獵頭鬼進入屋中。

一穿過屋頂，他馬上展開四肢，眼睛搜尋安全的觸地點，在地面滾動好減輕著地的力道，卻發現身體撞進一堆人頭中，酸臭的濃煙和腐屍的惡臭立刻撲鼻而來！

大白天的屋裡非常陰暗，他從穿進屋裡的光線看見一具倒地的無頭屍，身體瘦小而乾癟，還有一名身體已經臃腫發脹的女子，以及散落一地的人頭，還有一個人頭被置於捕魚籠中熏乾。

不，還有幾隻肥大的壁虎在地面和人頭上爬行，以及幾隻六神無主的「古古旺伽」（Kukuvangah）——有著美麗體態的小精靈——四處飛舞。

紋身人不禁納悶的忖道：古古旺伽應該住在聖山腳下，守護著花草，為何會來到此地？

他快速觀察了一下，鼻子細膩的尋找氣味來源，腐爛的味道來自兩具男女屍身，而地上的人頭都被熏乾過了，發出鹹臭味……不！他驚駭的發現，這些人頭都是空的！裡頭都沒有被害者的靈魂！

也就是說，獵頭鬼需要大肆殺戮，來補足他的數量！

電光火石之間，紋身人已念頭百轉。

他還未及多想，充滿死靈的獵刀已從屋頂破洞咻地飛入，像隻鼻子靈敏的獵狗，精準的飛向紋身人。紋身人的隱身咒語，對獵刀一點影響也沒有。

紋身人飛快的推測：獵刀是怎麼追蹤他的？獵刀沒有眼睛或鼻子，但死靈無需肉眼，他們只需直接追逐他的精神活動。

那麼，僅僅隱身是不夠的。

紋身人趕緊兩手交叉於胸前，在胸口畫個大叉，手指滑過兩道咒文，口中密唸：「偉兮！緊若羅欣岸！（Kinorohingan）偉兮！緊若羅欣岸！您所造一切活物！悉皆回到您身旁！」

說著，他指向獵刀，獵刀竟在空中頓了一下，失去了一點重量，稍微減緩了攻勢。

紋身人及時拔出自己的獵刀，把衝過來的獵頭刀用力格開，翻身到火爐旁邊，再度施咒：「偉兮！緊若羅欣岸！偉兮！緊若羅欣岸！您所造一切活物！悉皆回到您身旁！」

蕃人們相信，所有死者皆會回到創造者身邊，創造他們的大神也創造了龍，創造了龍貢，創造了一切活的生物。被禁錮的死靈是悲憤的，因為回不了創造者身邊，無法與祖先共聚，而紋身人的咒語，正是釋放無法離開獵頭刀的死靈，滿足死者最大的心願。

換言之，這叫「超度」。

獵頭刀抖了一下，又再輕了一些。

紋身人爭取到時間，取得掛在火爐上方的捕魚籠，剛好迎向轉彎飛來的獵頭刀，他側身避過，把捕魚籠一掃，平行的竹條頓時將獵頭刀卡住，刀刃正好劈在老布摩的人頭上。

沒想到，廚房後面還有一道後門，獵頭鬼砰的一聲破門而入，從紋身人後方襲擊，他口中唸咒、兩手一揚，灑出一把火星，火星一觸及紋身人，立時燃起烈焰，把他的身形完全顯現！

「逮到你了！」獵頭鬼手指揮動，卡在捕魚籠中的獵刀劈開細長的竹條，在紋身人右肩劃過，飛回獵頭鬼手上。

獵頭鬼手握獵刀，覺得不對勁，輕輕揮動兩下，發覺裡頭的死靈少了幾個，不禁憤怒的狠聲道：「我要以你祭刀！把你變成這把刀的刀靈！」

紋身人身上冒著熄火後的白煙，隱身咒已經無法隱藏他的蹤跡，他慌張的低頭看自己的身體，看看有沒有咒文被燒毀了。

檢查已畢，紋身人恢復一臉陰沉，他不打話，當下掄起獵刀步向獵頭鬼，殺氣騰騰的獵頭鬼怒喝著揮刀迎戰。

眼看兩把刀刃即將互相碰擊，紋身人不願傷刀，遂將刀面一轉，順著獵頭刀的刀面滑向獵頭鬼的手腕，蕃人的刀沒有護手，眼看便要切上獵頭鬼的手腕。

獵頭鬼連忙抽回獵刀，倒退數步，口中又再唸咒，準備揚手灑出火星。

不想紋身人也同樣倒退，同時彎身抓起一隻肥壁虎，湊到口前一吹，將壁虎拋給獵頭鬼。

獵頭鬼用刀揮斬壁虎，在壁虎碰上刀刃的同時，刀身又微微一抖，獵頭鬼才察覺又一條死靈離開了。

他又驚又怒，卻發覺紋身人再度消失了蹤影。

屋裡一片靜謐，只有外頭的鳥鳴聲細碎的響起。

獵頭鬼一動也不動，紅絲滿眼的環顧四周，尋找紋身人擾動空氣的細微動作，聆聽他吹動空氣的呼吸聲。

他已經殺紅了眼，恨不得將所有阻撓他的人殺個精光。

忽然，屋外傳來呼喚聲：「老布摩！老布摩在家嗎？」叫了幾聲之後，該人還走到門外敲門。

獵頭鬼皺了皺眉，隨後陰沉的微笑。

不管在此地居住了多少年，唐人就是改不了他們的口音。

※ ※ ※

雲空在高腳屋中靜坐。

當他放空他的心識時，他能感受到更多平日感受不到的東西。

就如倒空之後的杯子，才能繼續裝水。

這比喻不太恰當，應該說是杯子變得更大，能容下更多東西。

他放空接收訊息的媒介，然後眼睛就不侷限於眼前的景物、耳朵不侷限於周遭的聲波、身體不侷限於屋裡的溫度、濕度和氣壓的變化。

這描述也不太恰當，因為視覺不侷限於眼前景物的話就不再是肉眼的功能，而是更純粹的「眼識」在作用，聽覺不經由耳朵、耳道、耳膜、耳蝸、聽神經的路徑的話，其實就是原本的「耳識」在直接作用。

甚至，他的身體的範圍也不侷限於坐在木屋中的雲空。

靜修了六十年，他已達至神遊物外、逍遙無拘的境界，但他沒對任何人述說，連紅葉也沒說，因為無需說、不必說，境界只有自己明白，他人只能隔靴搔癢。

他看見老布摩死了，也看見他的房子外站了六個呆愣的人，其中一位是他的老相識、老鄰居梁道斌。不知為何，獵頭鬼並沒取下他們的人頭，或許是在意先前的失敗，辛苦收集、熏乾、封存靈魂的人頭被「超度」了，獵頭鬼要等待恰當時機，將人頭一併處理好，就馬上遁回他南方的國度去。

屋外還有數量不明的坦都魔羅，他們從四面八方走來，有的還走向獵頭鬼，對他耳語，獵頭鬼一一聆聽。

雲空尋找紋身人，啊，他受傷得很重，重的不是肉體上的傷害，而是鋪滿他全身的咒文似乎不完整了，有些咒文被切斷了，有的少了幾個字。不過——雲空沉思——蕃人沒有文字，不曉得紋身人身上的咒文會是源自何處的文字呢？有機會雲空一定要細瞧。

紋身人躲在高高的樹梢養傷，設下了好幾道咒術的屏障，不令閒雜鳥獸蟲蟻等靠近，並努力修復體表上殘缺的咒文。

紋身人刻意待在陽光充沛的樹梢，因為他發現獵頭人不太喜歡陽光，他的力量無法在陽光下充分發揮。

然而，太陽依然漸漸西斜了，夜幕步步迫近了，村人們的恐懼隨著漸濃的黑暗而加深。

紅葉走過來，坐在雲空身邊，似有話要說。

「怎麼了？」雲空仍處於放空狀態，但仍如平日一般能與人溝通。

「你在放空嗎？」紅葉見他眼神深邃，似乎在注視無限遙遠的彼方。

雲空眨了眨眼：「是誰出事了？」

「甘布絲很擔心，她丈夫還沒回家。」紅葉說，「而且他的頸還沒戴上竹圈。」

「他暫時沒事。」

「你看到他了？」

「獵頭鬼解決了我之後，才會殺他。」

「今晚他會來嗎？」

雲空淡淡的說：「我看他挺喜歡速戰速決的，而且晚上是他靈力最強的時候，加上他手上的籌碼越來越少，應該不會拖到太陽出來。」

紅葉忽地噗哧笑了起來。

「怎麼了嗎？」

「你回來了。」紅葉微笑道：「這是你好久好久以前的樣子。」

「哪一個以前？」

「我倆攜手抗敵的那一個以前，深思熟慮，運籌帷幄。」紅葉端詳雲空的臉，「只不過，這次，我們不再是最偉大的巫師……而且，跟當時相比，你多了許多白鬍子，也少了許多暴戾。」

雲空沉默了一下：「妳想起來了？」

「花了不少時間，」紅葉趺坐在雲空前方，「不過想起了不少。」

雲空忍住了他最想知道的一個問題：「妳當時是怎麼死的？」紅葉若想起來，她應該能回答，不過這回憶太痛苦，所以他硬生生吞了回去。

「我也想起了很多事，」雲空說，「妳記得嗎？我當時也跟龍貢庫賽一樣，臉上、身上都是紋身。」

紅葉水靈的杏眼對他點點頭。

「而且，我發現……不管是獵頭鬼，或是龍貢庫賽，他們使用的咒術都十分古老，在大宋幾乎失傳，或許……還有少數會用的人。」

「你的意思是……？」

「當我倆同是九黎大巫的時候，」雲空嘆了口氣：「我們也會那些咒術。」

「我們也會？」紅葉微微皺眉，隨即低頭想了一下，「難道，他們跟我們有淵源嗎？」

「妳再想想，我還有一個百思不解的問題……」雲空說，「當年，熊人取了我的頭，身首異處，按理對我恨之入骨，但蚩尤卻反而被當成戰神，血食千年，這是為何？」

「為了……把神識禁錮在人頭中？」

「而不是為了令神識消散。」雲空的神情依然平靜，「蕃人掛在家中的頭，每年都要按時祭祀，祈求人頭保護氏族，就跟熊人祭祀蚩尤的道理一樣：為獲取人頭的力量，將力量化為己用。」

紅葉深覺不可思議，不禁屏息道：「你的意思是，渤泥的蕃人，跟兩千年前的九黎……」

「我不敢妄下斷言，可是，很有可能有關係。」

「所以，你對獵頭鬼的術法已經瞭如指掌了嗎？能對付他了嗎？」

雲空沉吟半晌，伸手握著紅葉的手：「來，我試著喚回妳更多的記憶，說不定，妳也能將當年咱們大巫會的全數喚回來。」

※※※

夜深了，獵頭鬼覺得渾身充滿了力量。

尤其今晚沒有月光，他更覺如魚得水。

他聽了坦都魔羅的報告，那些小妖物幫他去十三個村落誘拐村民，附近的幾個村落反而無功而返，被誘來的皆是較遠的村民——當他們尚未收到通知，尚未開始警戒之前。

坦都魔羅報告，村民們工作時都三五成群，每當有一人被坦都魔羅的魔眼所惑，想要拔腿跑進森林時，旁邊的人立即一擁而上，將受迷惑的人壓制在地，然後用調好的咒水「波波逐」沖洗他的臉。

坦都魔羅還報告，村民們劈了大量竹子，他們看見村民在脖子圍上竹製的護頸。

「一定有人出主意！」獵頭鬼這麼認為，於是命令坦都魔羅們去傾聽村民們的談話。

果然，是一位居住了許多年的唐人布摩在出主意。

「唐人也插手了？」獵頭鬼又忿怒又極為不屑，外來人竟敢干涉大王的大業，他覺得是一種污辱，「等到大王攻下此地，就要這些外來人全部付出代價！」他會向大王建議，用這些外來人當成祭神的犧牲。

記得老布摩也對他提過，這位住在海邊的唐人布摩，每當老布摩提起時，語氣總是酸溜溜的。

這位唐人布摩想必受到頭目的信任，才敢在這個不屬於他的土地上如此妄為！

今晚，他要先拿唐人布摩的頭來祭刀！殺殺唐人的威風！

在坦都魔羅的開路下，他一路沒有阻礙的穿過樹林，當他聞到海水的味道時，便知道已抵達雲空的高腳屋前了。

他輕輕走到屋子的地板下方，聆聽屋裡動靜，從地板縫隙透出的光線觀察裡面的人走動。

但是沒有聲音，也沒人走動。

獵頭鬼忽然間擔心，雲空已經發現他了，說不定雲空已經離開房子，潛伏在某處準備襲擊他——要是他就會這麼做。

獵頭鬼又擔心，雲空其實老早偷偷溜到老布摩的家去，把他抓來的人解除咒術——要是他就會這麼做。

但當他眼線的坦都魔羅說，唐人布摩並沒離開過房子。

或許，他們守株待兔，等待他自投羅網——要是他就會這麼做。

獵頭鬼觀察了很久，屋子裡面依然毫無聲息。

他按捺不住了，他要採取行動，把唐人布摩引出房子，一刀取走他的頭！

獵頭鬼走到房子的支柱，用手按在仍保有樹皮的木柱上，口中唸唸有詞，木柱上遂出現一個燒紅的掌印。

他順著順序在一根根支柱壓上灼熱的掌印，然後等待。

第一根被印記的柱子，紅火之處慢慢被侵蝕成木炭，木柱將會依他安排的次序逐根炭化，然後漸漸無法支撐房子，房子將會倒塌之前會先朝門口的方向傾斜，獵頭鬼安排完畢，於是抽出獵頭刀，站在門口階梯旁邊，等待逃出來的人。

他等待木柱裂開的聲音。

門口打開了，微弱的燈火透出，在暗夜中分外光亮。

可是木柱尚未裂開，屋子也還沒傾斜呢。

此時，獵頭鬼看見了一個奇特的現象。

木柱上的火紅印記在飄移。

「怎麼回事？」他大為吃驚，他從來沒看過這種現象！

木門打開了，發出清澈的低吟聲。

獵頭鬼不得不分神觀看木柱，他很好奇為何他施下的咒術之火會飄動。

終於，他看見紅火照到一張醜陋的大臉，是個頭大身小的怪物！他大鼻凸眼，亂髮長毛，整張臉像是在沼澤泡爛了的樹根。

怪物將紅火掛在一根草莖上，紅火竟化成了一團光球。

那不是布布哈嗎？為何害羞怕人的燈籠鬼布布哈會來取走他的火？難道他們不怕被他殺死嗎？

獵頭鬼無法理解燈籠鬼的想法。

燈籠鬼並不喜歡獵頭鬼濫殺，也不喜歡殘酷又卑鄙的坦都魔羅助紂為虐。但他們性情溫馴、弱小，心知他們沒有反抗的力量，因此他們選擇幫助。

屋子下方十二根柱子的紅火都被燈籠鬼拿走了，黑夜中添了十二盞燈籠，映照出成群布布哈的臉，也映照出地面散落著坦都魔羅瘦小的屍身。

獵頭鬼的心涼了半截。

在燈籠鬼昏黃的燈火下，黑暗中出現幾雙發亮的眼睛，原來是好幾隻貓，不知何時已包圍了房子，事實上這房子就是牠們的地盤。

八、九隻貓從屋子四周緩緩步出，牠們的視網膜反射著光線，其中一隻毛髮已經不甚光滑的老貓，口中啣著坦都魔羅的屍體，慢條斯理的走到獵頭鬼面前，將屍體放在他腳前。

獵頭鬼身上塗滿黑泥，施了隱身咒，按理他是隱形的，但對這畜生沒用，因為牠有靈敏的鼻子嗎？不，獵頭鬼不曉得，事實上連雲空也不曉得，牠的眼睛不是普通的眼睛。

當老貓走向他的時候，他覺得那並不是一隻貓，他看見老貓真正的原型，是一隻巨大的老虎，在昏黃的燈火下，體型雄偉無比，即使牠沒在咆哮，其君王之姿已震懾了獵頭鬼。

這隻陪著雲空一起定居渤泥的占城貓「焦腳虎」，率領牠的家人們，將屋子四周的坦都魔羅收拾乾淨，其餘的坦都魔羅都害怕的遁逃了。

獵頭鬼萬萬沒想到，他會兵敗如山倒，他處心積慮計畫的一切竟失敗得如此輕易。

「客人，上來坐坐吧。」獵頭鬼抬頭，驚見雲空正站在階梯上的門口，擺手請他進屋。

難道說，他的隱身術對唐人布摩也沒用嗎？

他更不曉得的是，雲空的眼睛自幼能視異物，他看的不只是可見光反射的物質，而是物體真正的本質，或者說，是「氣」。

獵頭鬼滿腹疑竇的凝視雲空雙眼，雲空慈眉善目，渾身上下不帶一點殺氣，獵頭鬼一時錯覺，以為當真有老者邀請他進屋聊聊天。

這種平靜的感覺，有多久沒經歷過了？

獵頭鬼手中的獵刀顫動，提醒了他的任務。

不，他還不認輸，他手持獵刀踏上階梯，心中仍抱持著最後一個希望：突襲唐人布摩，取他的頭。

但他也在困惑：獵刀在抖，為何獵刀在抖？

他踏完了五級階梯，雲空率先走進屋中，席坐在地，獵頭鬼看見屋裡還有一名小女孩，心中不免興奮：「兩個唐人頭！」

小女孩對他彷彿視而不見，獵頭鬼忖著：「這唐人女孩看不見我！」

雲空擺手請他坐下，但他不願坐，站著比較容易攻擊，斬頭的高度也剛好。

雲空見他不坐，也不勉強，首先開腔道：「你就是人稱桑戈力（Tsonggorip）的獵頭人嗎？」

獵頭鬼不回應。他很惱怒，桑戈力是專業獵頭人的祖神，這名字是祈求時用的，不是隨便說出口的！

「你也是一位布摩嗎？」雲空依舊繼續問他。

獵頭鬼抿著嘴，佯裝他自己不在。

「若你也是一位布摩，那我想請教一下，身為布摩，最重要的工作是什麼？」

獵頭鬼聽不懂雲空的意思。

「布摩是人與神明溝通的橋樑，對嗎？」

他年輕時，老師的確是這麼教他的，話說回來，他也是這麼教導自己的學生的。

「布摩跟神明溝通，是為了什麼呢？」

獵頭鬼被他問倒了。

忽然，他心中怒氣湧起：今天是來被個老人問問題的嗎？

「或者說，」雲空鍥而不捨，「其實你並不是被訓練成一位布摩，而是被訓練成聽話的蟒蛇，聽主子的話去殺人。」

獵頭鬼被激怒了，他可是覺得他的工作是很有尊嚴的，他是宏圖偉業的前鋒，這唐人豈能侮辱他？

無需繼續聽這老唐人的廢話了！他揮動獵刀，斬向雲空的脖子。

冷不防，他的手臂竟忽然麻痺，僵在半空揮不下去。

獵頭鬼大驚：是咒術嗎？不，是他的手臂上插了三枚細針。

他正要伸出左手去拔針，左臂卻也忽地麻痺了。

他明白一定是那些針令他麻痺的，雖然不明白原理，但直覺告訴他跟紅葉有關！他轉頭去看紅葉，只見小女孩端坐在地，兩隻水汪汪的眼睛凝視著他，卻像看穿他的身體，焦點放在他背後。

沒錯，紅葉沒看得見他的外形，但紅葉受過無生的訓練，她觀看的是穴道所發出的「氣」，有的氣如寶塔形，有的氣如湧泉，有的氣如花束，有的氣如芒刺，在紅葉眼中，獵頭鬼的全身穴道交織成一張氣網，連成一個人形，在她眼前昭然若揭。

在她眼前不是人，而是一個個氣的結點，清清楚楚。

獵頭鬼的雙臂僵在半空，無法動彈，他情急之下憤然躍起，身手敏捷的在半空翻了個身，讓身體傾斜著落下，讓獵刀正好朝雲空脖子斬下。

雲空嘆了口氣，從地面拿起桃木劍。

獵頭鬼心中瞬間一愣：那把陳舊的木劍是什麼？是法器嗎？

雲空雙目半合，舉起桃木劍，劍端碰觸獵刀，口中輕云：「疾！」

刹那間，獵頭刀狂烈震動。

被禁錮在刀中的數條怨魂，彷彿在冥暗中窺見了一條光亮的通道，紛紛爭先恐後的要擠進通道，湧向雲空的桃木劍。

雲空放空心神，讓自己成為橋樑，供怨魂們穿過他的意識，同時，他也讀取他們的故事……

雲空看見四周是炎熱的叢林，有簡陋的打鐵火爐、風箱，他的四肢被綑綁，獵頭鬼拿著燒得通紅的獵刀朝他迫來，直插入他的胸口——那是怨魂的記憶，他感受到怨魂死前的恐懼、不安和茫然，還有家人的影像在眼前掠過。

另一個記憶擠過來了，是個小男孩，那天他只不過貪玩去叢林闖蕩……

又一個記憶迫不及待的湧入，一名少婦趕緊合上門窗，因為她看見屋外有三名不懷好意的男子，他們個個塗了黑泥，手執獵刀，奶奶說過那是獵頭人，而她的丈夫又正好出去狩獵了，家裡只剩女人和小孩……簡陋的門窗根本擋不住入侵者，她被按壓在地面，恐慌的看著獵頭人將獵刀放進她廚房的柴火中……

雲空流下兩道淚水。

相同的故事一再被述說，而謀殺者依然冷酷無情，將死者的生命當成工具一般使用。

這麼多的故事經過雲空的意識，僅在一瞬之內發生。

這一瞬間，獵頭鬼依然在半空，尚未落地。

因為一瞬能有五百個念頭生起和滅亡，在這一瞬間，怨魂們最強烈的記憶被傾述、安撫、平消，穿過雲空的意識，重新回到輪迴的巨輪之中。

這一瞬間，獵頭鬼的手腕感覺到刀身驀地變輕了，變得像空心的竹條一般輕盈。

多年心血，苦心蒐集的刀靈，竟在眨眼也不到的工夫消失了！

他發狂的怒喊！

唐人布摩非死不可，他必定要付出代價！

獵刀失去刀靈，不會失去它的鋒利，隨著獵頭鬼掉落，順著拋物線斬向雲空左肩。

紅葉喊道：「休想傷他！」

她飛身彈起，短小的腿回身一踢，正中獵頭鬼下巴，把他踢得半空翻滾，撞上牆壁。

雲空緩緩站起，用桃木劍指著獵頭鬼：「布摩的工作是人神之橋，為的是幫助族人，而不是濫殺無辜。」

「說的好聽！」獵頭鬼嚷道，「我聽說唐人的大王要是死了，也會殺人陪他一起下葬，難道不是他的布摩教的嗎？」

這句話，觸動了雲空亙久隱藏的心靈，恍然道：「你說的，也是呀。」

雖是久遠以前之事，秦始皇以後不再以活人陪葬，但古時以人為牲的種種祭祀，皆少不了巫師主持，巫師難辭其咎。

剎那間，雲空回溯到了當他是巫中之王、八十一氏共主時代的久遠記憶。

獵頭鬼見有機可乘，口中喊聲：「桑戈力！」罔顧手臂的麻痺，奮力回手一刀，但力道仍舊差了一些，獵刀只沒入雲空脖子，沒有完全斬斷，雲空的頭立時朝後垂下，僅留著皮膚和些許肌肉連著。

獵頭鬼心中狂喜，他預期唐人布摩的鮮血將會噴灑在他身上，他預備接受沐血的快樂。

但是沒有。

一滴血也沒有。

在斷首之處，依然有一個頭，一個泛著白光的頭，白光強烈得令獵頭鬼難以張眼，他強睜開眼瞼，卻也看不清那顆頭上的五官。

紅葉眼眶爆紅，她發狂的嘶喊，眼中認明獵頭鬼的絕穴，要一針置他於死地！

雲空舉手制止她，頸項上那顆泛光的頭對她用唐語說：「我們說好不殺他的。」

紅葉咬緊下唇，忍住不揮出手中細針，把嘴唇也咬出了血。

然後，泛光的頭轉向獵頭鬼，用古老的靈語問他：「你剛才呼喚了桑戈力是吧？」

獵頭鬼有生以來首次感到恐懼。

泛光的頭所吐出的靈語，有些音節不盡相同，但他聽得懂，令他恐懼的是，這靈語比他所學的古老許多，可說是他所學的靈語的祖語。

究竟這位唐人布摩是什麼來頭？

他渾身戰慄，下巴哆嗦不已，恨不得即刻奪門而出，或當場死在這裡。

紅葉也驚訝萬分，自從二十五年前蚩尤跟他們五位師兄姐對峙以來，她都沒再見過蚩尤的本體現身。

「我認識桑戈力，我還知道他唐人的名字，叫應龍，」泛光的頭說，「你若能聽見他的回應，請替我轉告，說蚩尤向他問好。」

「蚩……蚩尤？」獵頭鬼結結巴巴。

「不過，恐怕你再也無法召喚桑戈力了。」雲空把桃木劍舉向獵頭鬼的額頭，獵頭鬼企圖再次舉刀，但紅葉馬上揮出幾枚細針，他的手臂立時癱瘓。

獵頭鬼掙扎了一陣，突然噗哧一下，狂笑起來：「今天實在爽快，我不過一人行事，你們卻要傾全村之力來對付我一人，我真的感到十分榮幸。」

「你對殺人感到榮幸嗎？」

獵頭鬼狠聲道：「別小看我做的事，其實我也不是那麼喜歡殺戮，這不是普通的殺人，我讓他們從平凡人變成神靈，變成守護房子、守護橋樑、守護國家的神靈！他們將為一個偉大國度奠下基業！他們死在我的手上，是他們的榮耀！」

蚩尤沉默片刻，點頭道：「原來如此……這番話，似曾相識呢。以國家大業為藉口，就可以肆無忌憚的殺人了是嗎？」他睜開眼睛，獵頭鬼看見佈滿白光的面上出現一對血紅的雙目：「話說回來，被人斬首，身體被分離得遠遠的，然後成為殺我者之神靈，」他嘆了一口氣：「這種事，我也有經驗呢。」

「你……到底是什麼人？」獵頭鬼已經不知道該如何是好了。

蚩尤想了一下該怎麼回答他，半晌才說：「要解釋太花時間，算了。」他把桃木劍移到獵頭鬼頸邊，輕輕滑過，獵頭鬼竟能感覺到桃木劍切過了他的脖子，清楚的感到木片切過肌肉、經過氣管，然後從另一側出來。

他驚愕的想抓住自己的頭，但他兩手麻痺得舉不起來。

沒想到，紅葉竟上前弄走他手臂上的針，兩手竟神奇的恢復了感覺，他連忙抓住自己的頭，生怕它掉落！

「我知道有一個人，可能可以幫你的頭不掉下來，可是你已經把他給殺了，」蚩尤淡淡的說，「所以你最好趕緊回去你的地方，看有誰可以幫你。」言下之意，就是放他一條生路。

獵頭鬼正要拔腿逃走，蚩尤又說：「我們將會把過去二十年來，你和你徒弟獵取的人頭一一挖出來，你叫你的大王死心吧。」

獵頭鬼已經聽不下去了，他還不忘把獵刀插回腰間，蹦跳下階梯，逃遁入黑暗中。

紅葉趕忙走到雲空身邊，撫著雲空掛在後面的頭，不知所措。

蚩尤溫柔的對她說：「又見面了。」

紅葉一手托著雲空的頭，一手放在蚩尤的腮子：「現在你究竟是誰呢？是蚩尤嗎？還是雲空嗎？我該怎麼辦才好？」

「很簡單，妳把雲空的頭放回去就行了，他的氣血依然緊緊相連，我只是從另一個世界迸出來而已。」

「另一個世界？」

「或許這很難跟妳說明白……妳只要知道我的意思是，佛說三千大千世界，層層相因、重重相疊，我並不在這個世界，我只是從另外一個世界探頭過來。」

紅葉愈發無法明白了。

「過不久妳就會瞭解了。」蚩尤把手伸到背後，將雲空的頭從背後翻回來，將斷口完全合在一起，就像從來未曾斷過一樣。

※※※

紋身人在樹梢上養傷，已經待了一整天，心中還在奇怪，獵頭鬼怎麼還沒回來收拾他。更奇怪的是，原本守在樹下的坦都魔羅們，忽然間一哄而散，走得一個也不剩。

接著，黑暗中出現驚叫聲，那些被坦都魔羅們誘惑來的村人們紛紛甦醒了，對於不知自己身在何處感到驚慌失措。

不久，村人們開始在黑暗中互相談論，有人認出這是老布摩的家，還有人試圖推門進去求助。

紋身人在腦中揣測他們即將看到的場景，如果有人試圖點火照明的話，那麼接下來一定是驚叫聲了。

啊，廚房出現燈火了，果然驚叫聲傳來了。

紋身人靜靜的觀察，他無法猜測到底發生了什麼事，不過，看來獵頭鬼的咒力被解除了。

接下來發生的事情，更令紋身人覺得匪夷所思。

他感覺到遠遠有東西從空中接近他，當他們經過他頭上時，他聽見吵鬧的啾啾聲，像不明的夜鳥，但他看見飛過的卻是幾個人頭！

紋身人確定沒看錯，他的眼睛跟常人迥異，在夜晚視物如白天一般明亮，他看得很清楚，是人頭！而且在斷頸之下還垂掛著一顆奇怪的囊腫。

「那是什麼東西？」他想起來了，龍貢們對他說過，最近幾十年，北方有一批新來的居民，他們是人也是怪物，他們的頭會在夜晚飛出來。

他們在空中啾啾不停，似乎非常快樂，彷彿在一邊聊天，一邊追逐獵物。

過不久，林子下方有人匆匆跑過的聲音，朝著飛頭族們的方向奔去。

紋身人在樹梢上再待了一陣子，確定安全之後，才爬下樹來，朝雲空家的方向蹣跚走去。

※　※　※

不知為何，自從獵頭鬼消失後，連續下了一個月的滂沱大雨。

本來就是雨季，但連續下個整月不停並不常見。

各村頭目派出來的勇士結隊在雨中行走，來到雲空給他們指示的地點。

在連日大雨的沖洗下，泥土十分鬆軟，他們輕易的就找到泥土之下、壓在石板底下的人頭。

他們在大雨中慢慢行進，不讓周圍的村民發現他們的蹤跡，慢慢的把人頭一個個收集起來。

最後，他們來到一座大橋，橋下的水流十分的急，等閒山洪爆發便能將橋樑沖毀，但這座橋穩如泰山，在傾盆大雨中屹立不倒。

勇士們深吸了一口氣，雲空有指示過，這將是他們最艱難的任務了。

兩名勇士先過了橋，挖掘對岸的橋柱，不久，終於露出一副站立的骨骸。

「真的有呢！」他們不禁倒抽了一口寒氣。

隨著骨骸漸漸露出，他們看到偌大的骨盤中還有另一副小骨骸，小小的頭骨上囟門洞開，是個未出娘胎的足月胎兒。

除此之外，周圍還埋了幾個人頭骨。

勇士們把骨骸收集，裝進藤籠之中，匆匆的回頭過河。

他們一回到岸上，遠遠便看見高出河面數尺的大水洶湧滾來。

「快逃啊！」

在洪水沖激下，這道穩固了二十餘年的橋樑就開始崩塌，轉眼之間，整座橋身被捲入大水之中，連橋柱也被連著扯走，消失得一乾二淨。

這是最後的一批骨骸了，勇士們開始往回家的路走。

※※※

巴蘭待在雲空家中，習慣性的忍不住去摸摸後腦，他的後腦是一塊堅硬的貝殼，平日被遮蓋在長髮之下。

外頭傳來喧囂聲，鼓聲和吟唱聲接續不斷，媽祖廟前的空地正舉辦著祭祀，由來自各村的男女巫師們聯合舉行，祈求陳列在空地上的數十個人頭可以回到祖先身邊。

只有一個人頭不在行列裡面。

巴蘭看著擺在他面前的人頭，臉上的皮肉已經大致腐爛或脫落緊縮，已經分辨不清樣貌，但雲空依然把它從頭骨中挑選出來，擺在家中。

巴蘭回想，獵頭鬼肆虐的那個晚上，巴蘭依照雲空的指示，請求他已經變成飛頭族的家人幫忙，追蹤獵頭鬼逃回他的地盤時，所經過的路線。

雲空很肯定的說，他一定會去查看曾經埋下的人頭。

說真的，那一晚十分的冒險，他必須讓家人在天亮之前能回到他們的身體，所以當他們不得不回去後，他仍然繼續跟蹤在獵頭鬼後面，直到他因為脫水而倒下。

獵頭鬼倒在大橋旁邊，似乎因為來到這裡而心安了，心情鬆懈了，腿一軟，便仆倒在地。

獵頭鬼身心衰竭，放棄了生存的慾望，他在死亡之際，兩手依然緊緊抓著腮子，深信一旦放手，頭就會滾下來。

巴蘭把獵頭鬼的屍體搬到橋的對岸，緊緊綁在橋柱上，讓侵略者清楚看到。

巴蘭把獵頭鬼查看過的每個地點謹記在心，又走了一天的路，才回到海邊的村落，向雲空報告。

人頭找回來後，雲空查看過每一個人頭，只把這一個留了下來。

當他的指尖碰到頭蓋骨時，頭骨在呼喚他，激動的感謝他，述說他這些年來的煎熬。

「長順，你等待回家很久了吧？」雲空對頭骨說，「商船這兩個月就快要來了，我會親自把你送到船上。」

【典錄】南島民族與獵頭

台灣跟婆羅洲（渤泥）的原住民同樣有獵人頭習俗，並非偶然，而是因為系出同源。

一九七五年有語言學者Shutler and Marck提出「出台灣假說」，依語言研究歸納，認定「南島民族」源自台灣。南島民族係使用「南島語系」（Austronesian languages）的民族，是唯一分佈於島嶼的語系，包括約一千三百種語言，但從語言演化上可推論回至台灣，故有此假說。地區包括從台灣南下至菲律賓、婆羅洲、東帝汶、印尼、玻里尼西亞、夏威夷、美拉尼西亞人、紐西蘭等，及沿海岸南下海南島、越南和湛地區（古占婆王國）、柬埔寨、泰國北大年地區、新加坡、馬達加斯加等，統稱為南島民族地區。

以上順序可視為南島民族的遷陡路線，Peter Bellwood於一九九一年在《科學美國人》（Scientific American）雜誌提出，南島民族最初仍源自亞洲大陸，可能與侗傣（Kam-Tai）民族或南亞（Austroasiatic）民族原是一家，約六千年前分家至台灣，約五千年前開始從台灣南下擴散到菲律賓，約四千五百年前到婆羅洲及印尼東部，接著約在三千兩百年前往東、西兩方擴散，東至太平洋馬里亞那群島、南太平洋部份地區，往西到馬來半島、蘇門答臘等，此後一路擴散，最晚的移民是約一千兩百年前至紐西蘭的毛利族。

台灣原住民曾經到菲律賓、婆羅洲與當地原住民對話，發現使用原住民語皆可順利對談，DNA方面也有許多證據，證明南島民族血緣上的關係，但「出台灣假說」仍未在學界達成共識。

說到獵頭，商代就有獵頭習俗，他們在戰爭中將異族酋長當成人牲斬首、祭祖之後，在人頭骨上刻字記念（也是「甲骨文」）。秦朝統一六國的戰事，也以人頭數量論軍功。這些在亞洲大陸的獵頭行為，是否與南島民族的獵頭習俗同一來源？

如果台灣真為南島民族的發源地的話，台灣本島各族原住民都會互相獵頭（只有住在外海的蘭嶼達悟族除外），其衍生的東南亞和美拉尼西亞的許多南島民族也都有獵頭傳統，包括菲律賓的易隆高族，以及婆羅洲的伊班族、巴拉灣族、達雅族（以上在砂拉越和加里曼丹）、姆律族（以上沙巴），還有美拉尼西亞的瓦納族、蘇拉威西島（在婆羅洲以東）的馬普倫多族等部族。紐西蘭的毛利人跟婆羅洲的原住民一樣用煙燻法保存人頭，那些人頭還曾被白人入侵者當成收藏品搜掠。

紅爐片雪

之圩四

約公元前九〇〇〇年～
紹興廿八年（一一五八年）

阿難感到非常非常的羞愧。

他是佛陀的堂弟，也是佛陀的侍者，每日隨侍在佛陀身邊，聽佛陀對前來求法的人說法，而他的記憶力也是眾弟子中最強的，佛陀說過的，他幾乎能一字不忘，甚至當佛陀不在精舍時，代替佛陀回答疑問。

他自認為這樣子已經是非常強了，但是今天，他竟然敗在一名妓女的手上。

事情是這樣子的，今日他像平常一樣到貧民窟去托缽乞食，他偏好到貧民窟，因為這裡住著連四大種姓都排除在外的「賤民」。

居四大種姓之首的婆羅門們，宣稱賤民比奴隸還低賤，低賤得不包括在人類的階級中，連輪迴都沒有機會，是一種只活一次就會永久消失的生物。

然而佛陀否定這種說法。

佛陀說所有生命皆是平等，連蟲蟻都會輪迴，更何況賤民？

於是，阿難這麼想：賤民之所以是賤民，一定是在過去生中沒有累積福報，今世才會出生在注定痛苦的賤民家中，所以他才要到貧民窟去托缽，讓賤民們也能夠因為布施修行人，以累積福報，如此下一世便能夠轉生到更好的地方去。

其實他的師兄大迦葉也是憑著一樣的想法，但做法卻相反：大迦葉專門向富人托缽。不過這非關本故事，恕不贅述。

話說回來，這一天阿難本來並非刻意要去貧民窟，他是正好受邀到遠地，回程時已是午餐時間，便打算在這平常少來的城中乞食，打算不論淨、穢，不分四姓或賤民皆可乞食，可能習氣使然，不知不覺又逛到貧民窟去了。

也是合該有事，阿難經過一個娼妓的家門前，被妓女的女兒缽吉蹄看見，阿難的俊美立刻讓她著迷，不禁驚嘆道：「世間怎麼有如此美男子？」

缽吉蹄本身也是位大美人，長得十分嬌豔，平常對其他男子都看不上眼，或許她跟阿難有宿世因緣，缽吉蹄一時神魂顛倒，要定了阿難當她老公，便向媽媽懇求，無論如何一定要把阿難弄上手。

缽吉蹄一家雖是賤民，她母親摩登伽卻是幻術高手，擅於迷人心志，師承金髮苦行者娑毘迦羅的咒術——他宣稱是比創造者梵天大神更為古老的咒術——平日也以幻術招徠生意上門。

缽吉蹄哀求母親滿足她的心願，但摩登伽卻說：「妳別犯傻了，那人是佛陀有名的弟子，他是剎帝利種，不但是貴族，還是王族！又是國王尊崇的出家人！反觀咱們，咱們是賤民，平日走在路上還得搖鈴提醒人避開，避免碰到我們，要他當你丈夫，根本是天大的妄想！」隨即又柔聲對女兒說：「如果妳真想嫁人，消息一傳出去，門外必定大把男人排隊任妳挑選，妳又何苦自尋煩惱，挑個又是王族又是出家人的阿難呢？」

「母親，我不要其他男人，我只要阿難！」缽吉蹄發了失心瘋一般的堅持，「我剛才一見到阿難的面，便心亂如麻，身體不能自主，如果得不到他，我寧可馬上去死！」

摩登伽愛女心切，一時心亂，但仍保有些許理性：「女兒呀，妳雖然見識過我的幻術，但幻術對兩種人是沒用的，一種是死人，一種是斷除了慾望的出家人。」

摩登伽心想，阿難如此有名，諒必很有修行，說不定她的幻術會沒啥用，姑且就滿足一下女兒，讓她死心也好吧。

她準備一碗食物，在一方手帕上施了咒術，蓋在食物上：「缽吉蹄，妳佯裝把這碗食物供養他，掀開手帕時，把手帕揮過他面前，就跟平常一樣。」平常，摩登伽只消在門口揮手帕，男人就迷迷糊糊的進門消費了。

缽吉蹄興奮的捧著碗，跑出去追上阿難：「修行人，前面的修行人！」

在古印度，各門各派修行人很多，惟佛陀弟子剃髮，以示與塵世脫離關係，阿難聽見有女子叫喚修行人，左看右看都只有他一人是明顯的修行人，於是止步回身，低頭垂目，不欲與女子四目交接，好謹守隨時容易隨境轉動的心。

從這麼近距離見到阿難，缽吉蹄心中小鹿亂撞，表面上卻不慌不忙，出示手中的碗：「修行人，請您接受小女子的供養。」

「謝謝女善士，祝您得人天福報。」阿難舉起手中的缽，準備接受食物。

沒想到，女子一掀起手帕，手帕拂過他面上，他登時頭暈目眩，身體如浮於虛空，心中迷糊得緊，連缽吉蹄牽著他的手，他也無法反應。

摩登伽見女兒果然牽了阿難回來，也頗感到訝異：「佛陀有名的弟子，竟然也不外如是？」

「娘，快點合上門，」缽吉蹄把阿難拉進屋裡，直接帶入房中，「我要他無法反悔。」

缽吉蹄把阿難拉進羅帳中，將他壓倒在床上，臉孔貼到他臉上，輕聲在他耳邊說：「我要你娶我，好不好？」

阿難身體如同斷線的戲偶，四肢無法舉起，口中無法言語，眼睛也只能乾望著天花板。他感覺到女子溫暖的手在撫摸他，身體在摩擦他，雖然心中焦急萬分，眼看發誓要堅守的淫戒快要破戒，卻完全制伏不了幻術的力量。

此時，浮現在腦中的是他堂哥、他老師、佛陀的話語：「記憶力超強，能把我說的話全記下來，那是世間人的聰明巧慧，不是真智慧，縱然你倒背如流，如果沒有真實去修行，終究無法開悟的。」

佛陀十分洞悉每個人的心理狀況，他深知阿難仗恃著自己多聞佛法，隨口便能說法，受到許多人的崇敬，滿足於眾人的讚嘆和崇仰中，因此沒十分認真修行。
今日此刻，阿難終於領會佛陀的話。
但戒禮將破在即，他已來不及在分秒之內修行開悟，他連開口都辦不到，根本無法喊叫，好向咫尺之外的路人求助。在極度焦急之下，他心中默念：「佛陀救我！佛陀救我呀！」
阿難感到非常非常的羞愧。
原來滿腹經綸，也敵不過一個貧民窟小妓女的幻術。
他真不知以後該如何面對佛陀才好。
「佛陀救我……」
缽吉蹄的手已經伸到他最敏感的部位了：「你死心吧。」
阿難緊閉上眼，無助的準備迎接夢魘到來。

※※※

寒風冽冽，冷得像要凍落一層皮，要是尋常人，皮膚早就凍傷發紫了。
但他不是尋常人。
他是無生的弟子白蒲。
他在雲層下的高空飛翔，這裡空氣稀薄，氣流較紊亂，如果上升至雲層上方，氣流會較平靜，卻會看不見海面，因此他選擇在雲層下方飛行。
他要找的目標並不大，在海中有如豌豆大小，要不是熟悉位置，一不小心就在空中錯過了。
「有了。」白蒲舔了舔乾裂的嘴唇，手中熟練的輕擺儀表板，他搭乘的仙槎便斜斜飛往海中的島嶼。

這仙槎是天外之人的交通工具，在中國信史都尚未萌芽的時代便已來到地球，至今都尚未補充過燃料——所以白蒲甚至不知道它的飛行原理是什麼——經過多次長途飛行，甚至在遙遠的南洋用來吊起巨大的樹桐，但自從那次之後，白蒲感覺仙槎的駕駛也有些不順暢了。

隨著接近島嶼，白蒲的心跳頻率越來越快。

他不知道無生會不會還在，不知道無生還會不會回來大約在三千年前建立的基地，他一點也不想遇到無生。

此時正是清晨，晝長夜短的季節，旭日早早便露了臉，照得海面一片金黃。

他繞著島嶼飛行，青翠的樹林包裹了島嶼，絲毫不見文明的痕跡——如果「文明」是指與大自然明顯迥異的人工建築的話。

他從幾乎是垂直的山壁繞到山腰，那兒有個突出於岩壁的石臺，四周長滿矮樹，幾乎看不出有個石臺。白蒲飛近石臺，瞧看樹木有無凌亂、石臺地面有無腳印等痕跡，但什麼也瞧不出。

他決定冒個險。

石臺正好容許仙槎降落，但樹枝遮擋了地面，停泊不易，他好不容易讓仙槎飄浮在石臺上方，然後伸手到岩壁摸索了一陣，找到一塊喬裝的石頭，用力一按，岩壁上發出扣子解開的聲音，白蒲兩手按著岩壁橫推，推開了一道門。

洞口剛好讓仙槎通過，白蒲小心駕駛仙槎進去，裡頭漆黑如墨，從外頭進來的光線也迅速被吞噬掉了。他取出一根小棒子，輕壓尾端，棒子則發出日光似的亮光，照亮了洞內的空間。

洞穴內，從地面到四壁，從四壁到天花板，擺放了難以數計的書本、竹簡卷軸、紙卷軸、青銅器、玉器，甚至結繩。

這是無生打從文明的黎明便開始收集的「文獻」。

只有實實在在的文字，才能在書寫者化為塵土後，依然傳遞他的想法。

白蒲抿唇閉氣，舉頭環視，重重的呼了一口氣。

過去多少年，此處曾是他廢寢忘食的藏寶庫。

「我回來了。」他悄悄的說。

回應他的是滿室塵埃味。

他四下瀏覽，尋找他以前讀過的書，有幾部是他挺喜歡的，數百年來不知已翻閱過多少次。

他看見一部書，忍不住便隨手取下，那是他挺喜歡的一部書，他總是愛細細品味。

有些書，他完全知道是如何得來的。

更何況，這部書是他親手一字一字抄下來的。

翻開書本，紙張上是他四百年前的筆跡，當時的字體跟現今相比，算是火候不足，不過跟五百年前當他還是侯門公子的時候相比，當然有更上一層。

他甚至還記得，他在這部書的何處不小心滴到了一點墨跡。

這部書，叫《佛說摩登伽女經》。

※※※

阿難驚奇的睜開眼睛，他聽到有一把莊嚴的聲音在唸咒，用的是從喉嚨深處共振發出的「泛音」，是一種特殊的發聲法。

這咒語他沒學過，是誰在唸？

缽吉蹄已經離開他身上，跟母親摩登伽抱在一起，害怕的不敢直視那個忽然出現的男子。

男子長得端莊斯文，卻能從喉頭發出如此低沉渾厚的聲音，咒聲如海浪般一波接一波推進，一個聲音中又伴著兩個不同的音高，彷彿在這小室中有好幾個人在同時唸咒。

阿難覺得四肢的束縛消失了，腦袋瓜也恢復清醒了，肯定是此人強大的咒力解除了妓女的幻術！

「感謝拯救！」阿難趕忙對這不知名的男子合掌作揖。

摩登伽很害怕，她觸犯了很大的禁忌，眼前男子衣裝華麗，面貌姣好，看來是個剎帝利種，她身為賤民而得罪了剎帝利，恐怕馬上要被施予象刑，母女兩人都要被大象活活踩死！不，不只如此，佛陀受波斯匿王崇敬，萬一這件事惹怒了國王，說不定還會派大軍來夷平貧民窟，將他們賤民滅族！

她越想越恐懼，愈發後悔一時判斷錯誤，答應女兒對阿難施咒。

「阿難，」男子說，「是佛陀叫我來的。」

阿難心中大驚，他知道佛陀今天被波斯匿王邀請入宮，因為今日是波斯匿王的父王的忌日，他在宮中設筵齋供佛陀及其弟子，阿難因老早接受他人邀請，所以沒有同行。兩地相隔如此遙遠，莫非他在心中呼救的同時，佛陀不但接收到了，而且馬上派人來救人？這名男子想必具有「神足通」，否則如何能在他剛動念呼救，就來到跟前了？

「請問師兄是……」

「幸會，我是曼殊室利。」男子道，「你跟我回去吧。」阿難驚訝的是，曼殊室利不是對他說，而是對缽吉蹄說的。

缽吉蹄仍然癡癡的凝望阿難，捨不得他離開，聽見曼殊室利叫她一起回去，又重新燃起希望：「我能……跟阿難一起走嗎？」

摩登伽十分惶恐，她用力跪倒在地，向曼殊室利哀求：「我們母女知道做錯了！我們賤民不該妄想的，請您發大慈心，放過我女兒吧！」

曼殊室利溫和的說：「妳誤會了，是佛陀吩咐的，他想見見缽吉蹄。」

摩登伽感到由衷的震驚，這男子不但輕易解除她的咒語，還知道她女兒的名字，她這種貧民窟的妓女，怎麼會有人在乎名字呢？

「我去！」缽吉蹄滿眼愛戀，「只要能在阿難身邊，即使火堆我也願意跳進去！」

曼殊室利見她對阿難如此執著，心生憐憫：「走吧。」

阿難羞愧的垂下頭，與曼殊室利並肩而行，而摩登伽則緊跟在他們後方十步之外，不敢擅越身分，因為走在外頭若對剎帝利有不敬之舉動，可是會惹來殺身之禍的。

摩登伽憂心忡忡的遙望女兒漸走漸遠，直至沒入人潮之中，不禁流淚，躲回屋裡偷偷飲泣。

而缽吉蹄跟在阿難和曼殊室利後方，不知走了多少路，一路上只顧著呆望阿難的背影，時而端詳他的腳，時而凝望他的後腦勺，對於無法接近阿難，感到無盡的哀傷，情不自禁便流下兩行淚水。

她沒有自問：為何會對這名初次見面的出家人燃起如此強烈的愛意呢？

她的腦子混混沌沌，滿是阿難的樣貌在周旋。

她感覺到，這位今日才初見的人，其實她已經想念很久很久了。

※※※

雲空如常坐在門檻上，眺望不遠處的海邊，傳來陣陣浪濤聲。

他的房子跟蕃人的一般是高腳的，足以遠望。

距離獵頭鬼的事件又過了兩年，雲空受到村人的尊敬，出入附近十二個村子皆無阻礙，認識了許多村人，他的心開始蠢蠢欲動。

「紅葉啊，」他說，「我忽然很想知道，在更遠的地方，比如大河的上游，是什麼樣子的呢？」

紅葉不動聲色的望著他，瞧他是不是認真的：「容我提醒，你今年該是七十歲了。」

「孔子說七十從心所欲呀。」

「二十年來，也不見你想走那麼遠，奈何在七十歲才來動這念頭？」

「以前因緣未俱足，現在似乎是時候了。」

「我怕你身體撐不住。」

「不走陸路，而是行船，不會撐不住，以前在大宋時，我還挺常乘船的。」雲空說：「如今不走，就要等來世了。」

紅葉安靜了一會，才嘟囔說：「你有來世，我可沒有。」

雲空不慎觸中她心裡的結，忙將她拉到懷中：「萬一，妳真的無法輪迴，那麼我就回來找妳。」

「你要怎麼找我？」

「我們總是能找到對方，不是嗎？」

紅葉躺在雲空懷中，手指捲著劉海玩耍：「如果……我們都不在，誰管理媽祖廟呢？」

「妳也要同行嗎？」

「那次你回大宋一年，我很寂寞又孤單，連頭都被人拿了……」

雲空忙截道：「我明白了……媽祖廟可以交託給巴瑞，他也可以住進來看家。」雲空頓了一下：「還有餵貓。」

「不是巴蘭嗎？」

「巴蘭會同行，帶我去飛頭村問候柳葉。」

「原來你早就商量好了嘛。」紅葉不悅道。

「只是那天聊起，巴蘭曾經去過大河的上游，有些地方很多鱷魚，聽說比長江的來得大也來得長，他跟我說了許多。」

「俗話說，欺山莫欺水，」紅葉搖搖頭，「巴蘭還不夠，太危險了。」

「我想找龍貢庫賽，請他引見其他的龍貢。」雲空說，「記得我們幫龍貢送龍腦香王上聖山嗎？他們會保護我們的。」

紅葉依然默不作聲。

「妳在生氣嗎？」

「不，」紅葉輕輕搖頭，「也難為你了，叫一個過去雲遊天下的人悶在木屋裡頭，悶了這麼多年，過著安寧的生活，實在非你本性呀。」

「世間無安寧之地呀紅葉，」雲空拍拍她的胸口，「心安寧，就是真安寧。」

「可你要遠遊，我心不安呀。」

「紅葉，」雲空的語氣認真了起來，「我答應妳，這是我此生最後的一次遠行了。」

「最好是。」她抓緊雲空的衣襟，「別再留下我一個人苦苦等你了。」

雲空心中苦澀，他遲早會老死，又將投下紅葉孤單一人，只要紅葉還未為她的不死身找到死亡的方法。

※※※

日影西斜時，阿難一行三人才抵達室羅筏城，回到佛陀和弟子們居住的祇桓精舍。

曼殊室利直接將阿難和缽吉蹄帶入精舍之中，領到佛陀面前。

看見傳說中的佛陀，鉢吉蹄忖著：「果然阿難跟佛陀一般俊美！」但是，她對佛陀只會心生仰慕，不會像對阿難那般愛得如癡如醉。

阿難上前對佛陀行問候禮，他猜想佛陀已知道一切，否則不會派曼殊室利來解救他，因此一言不發，不知該從何處說起才好。

反而鉢吉蹄眼神堅毅，上前跪在佛陀面前：「尊敬的佛陀，小女子鉢吉蹄，有事請求佛陀。」

「請說。」

「請佛陀容許，阿難成為我的丈夫！」

此言一出，周圍的四眾弟子們一片譁然。

鉢吉蹄見眾人低聲細語，議論紛紛，不禁加強語氣：「不論佛陀答不答應，不論阿難願不願意，我生死都是阿難之妻了！」

眾弟子們停止討論，等待佛陀反應。

佛陀語氣平和，不帶一絲批判的問道：「妳為何非要阿難當你丈夫不可呢？」

鉢吉蹄見佛陀沒有生氣，覺得頗有希望，不禁暗生歡喜，眼波流光，憧憬的說道：「我愛阿難眼，愛阿難鼻，愛阿難口，愛阿難耳，愛阿難聲，愛阿難行步！我愛阿難的一切！」

「原來如此，」佛陀緩緩道，「那麼妳仔細瞧瞧阿難。」

鉢吉蹄轉頭望著阿難，眼神中滿是愛意，望得阿難不知所措。

「阿難，」佛陀說，「天色昏黃了，你就靠近一些，好讓鉢吉蹄看清楚一些。」

阿難兩腮紅到耳根，又不敢不聽從，只好走近鉢吉蹄，把臉靠近她，但避開她火熱的視線。

「鉢吉蹄，妳仔細瞧阿難的眼睛，你所愛的阿難眼，有眼屎和淚水，」鉢吉蹄聽了，忽然眉頭微蹙，眼神發愣，佛陀繼續說道：「妳瞧，妳愛的鼻子會流涕，他口中有唾液，耳中有垢，他每天還要拉屎。」

佛陀每說一例，缽吉蹄的思緒便轉了一點，慾火便轉弱了一些，開始從另一個角度去觀看阿難，冷靜的去審視自己的心念。

阿難覺得有異，忍不住轉頭望向缽吉蹄，竟驚見她眼中的火熱已經冷卻。

「妳所貪愛的身體，是污穢的，是不淨的，」佛陀說，「妳看清楚了嗎？」

佛陀說完後，她竟慾火全消：「我看見了。」

「你回想剛才，當慾望之火令你身心苦惱，跟現在相比如何？」

「現在清涼多了。」她嬌媚的神態消失，取代的是端莊的神情。

「這個不淨的色身，有慾望，會衰老，有生死，所以才有種種煩惱，所以才有痛苦。」佛陀說，「這樣的色身，對妳有何益處呢？」

缽吉蹄重新跪在佛陀面前，行最恭敬的大禮，將四肢及全身平伏在地，讓她曾經珍愛的身體沾滿塵沙，讓她曾經引以為傲的漂亮臉蛋壓在地面。她解除身上的裝飾品，拆掉頭髮上的花朵，道：「這色身有種種苦惱，請佛陀容許缽吉蹄在您門下落髮出家，借此不淨色身為舟，渡我離生死苦海！」

缽吉蹄的轉變如此迅速，周圍的人比剛才更為驚奇。

「甚好，大愛道比丘尼，請領她過去，待會為她出家吧。」

缽吉蹄深深的對佛陀行禮，她站起身來，也朝阿難合掌作揖，阿難驚疑不定，也趕忙回禮。

弟子中有人忍不住問了：「為何缽吉蹄當初如此愛戀阿難？如今又如此迅速悟道呢？」

佛陀說：「阿難和缽吉蹄感情深重，因為他們過去五百世都是夫妻，而且是互相敬愛，又共同修行的夫妻，要不是阿難已先出家，緊守淫戒，五百世的宿緣也會現前起作用，對缽吉蹄產生貪愛之情的。」

聽了佛陀這麼說，阿難心裡好過了一些。

但他又產生新的懊惱：他出家修行這麼久了，竟比不上在白天還是妓女、傍晚才發願出家的缽吉蹄，她的眼神如此平靜，顯然悟道的境界還比他更高。

「阿難。」佛陀呼喚他了。

阿難合掌：「是，佛陀。」

「你我血統相同，情如兄弟，我今問你，你當初發心出家，是因為在佛法中見到了何種殊勝的現象，才決心捨棄世間的深重恩愛？」

佛陀此問有其理由。

他本身原是釋迦族迦毘羅衛國的太子，卻為了尋求人生的答案，捨去王位、妻子、兒子，深入森林苦修。阿難跟他一樣，從小接受良好的王族教育，生活無憂，卻願意出家，過著僅有一缽一衣的清貧生活，必然有某個事件令他的心境產生如此巨大的轉折。

阿難說：「當初，佛陀您悟道後回國探親時，我一見到您的相貌無比莊嚴，身體如琉璃般清淨，是我見所未見的，便想這絕非父精母血在慾愛中所生的肉體，我渴仰無比，所以才決心剃鬚落髮，跟隨您出家。」

「很好，阿難。」佛陀轉向大眾：「世間一切生命從無始以來，都在輪迴中生了又死，死了又生，生死相續，永無了期，都是由於不知自己有清淨的真心，而在平日用種種妄想心，誤把它當成是真的自己。」

接著佛陀轉向阿難：「如果要想開悟，阿難，接下來我問你的問題，你必須以『直心』回答我，不得吞吞吐吐、支吾以對，所有過去及未來的諸佛皆以直心修行，你用直心的話，無論你的心以及你所說的話都是最直接的，你就能一直處於中道，不落兩邊。」

聽到佛陀要問他問題，阿難馬上精神來了，羞愧之心頓時拋到九霄雲外，立刻振起三寸不爛之舌，準備回答。

他和佛陀都受過王族教育，接受過婆羅門的「五明」教育，亦即聲明、內明、因明、醫方明和工巧明，而「因明」就是邏輯學和論辯術，阿難正是因明學之佼佼者。

「阿難，你剛才說因為見我相貌莊嚴，才發心出家。」

「是。」

「那你當初是用什麼看見這莊嚴？誰在愛樂這莊嚴？」

「是用我的心和目，我用眼睛觀見您的莊嚴，心裡產生愛樂。」

「依你所說，真正的愛樂來自心和目，那麼，如果不辨識心、目所在，就不能降服外界種種色、聲、香、味、觸諸刺激對你的影響，」佛陀引導他走向問題，「譬如國王要發兵討伐盜賊，亦需先弄清盜賊所在。」

「是的，佛陀。」佛陀說得在情在理，阿難無法不同意。

「阿難，使你沉淪於生死、輪轉於六道的心和目，我現在問你，心和目在何處？」

要用直心回答！於是，阿難不假思索，開口回道：「佛陀，依我所知，所有一切世間十種生命，識心都在身體裡面。」

※※※

白蒲讀了好幾天的書。

他好幾天沒進食，滴水未進。

反正他是不死人，縱然再饑餓、再口渴，也不會死，不如把握時間，在無生回來之前好好盡情讀書、找書。

其實他也不知無生何時回來？甚至會不會回來？

在這裡待上好幾天後，有種感覺彷彿無生已經完全跟他的生活無涉了。

他選了一些書本，打算帶走，有的是要給紅葉的，有的是自己要的。

有幾本他親手抄寫的書，特別懷念，因為是他在參與玄奘大師的譯經場時抄來的。

那已經是四百年前的舊事了。

玄奘大師的譯經，是初唐的一件大事，當年這位出家人違反國家禁令，偷偷溜過國境去天竺求經，只是一件沒人注意的小事，如果他當時被逮到，惹來獄災甚至死劫，更是會淹沒於歷史之中。可是當他學會天竺語言，帶著許多梵文佛經，還伴著沿途各國極高的榮譽歸來大唐時，這位犯了國法的出家人頓時成了國家上賓。

當玄奘和尚在皇帝的支持下開設譯經場，要進行前所未有的巨大工程，將梵文完美譯成唐語時，是一件舉國驚動的大新聞。

無生叫白蒲去參加。

「師父，我何德何能？」白蒲對於無生叫他去參加感到訝異。

「你是世家子弟，文采好，書法秀美，有何難呢？」

南北朝時代最重世家，惟世家能有出仕任官的機會，白蒲就是當時被無生拐來的。

「師父，玄奘和尚乃是要將梵文譯成唐文，我對梵文隻字不識呢。」

「師父去查過了，他們需要的不只是翻譯，玄奘和尚會訓練他的出家弟子，學習梵文和佛法，但除此之外，他們還需要文采好的人修飾文章。」

「那麼，至少還得瞭解佛法呢。」

「我教你，」無生說，「別忘了，佛法剛傳進來時，我就開始學習了。」

說的也是，「無生」此名不就是佛教名詞嗎？

白蒲果然成功通過甄選，加入譯經場的陣容。

他乘機讀了許多佛經，還抄錄了幾部他喜歡的經典。

終於，他在無生的藏書洞中找回了當年珍貴的記憶——他親手抄下的書。

是時候該離開了。

他再查看了一遍，在收藏竹簡的角落找到一個青銅頭盔。

頭盔的樣式奇特，額頭有兇惡的獸臉，上方伸出兩根長角，如同壓扁的鹿角，四周又佈滿尖刺，看來是用來威嚇敵人的。

他知道這曾經是蚩尤的頭盔，曾經套在蚩尤的頭上，套在蚩尤斷了的頭上，放在祭壇上接受祭祀。師父無生曾告訴過他，當無生的隨從取得蚩尤的頭時，是乘著仙槎，直接從祭壇上拿走的。

白蒲想了想，便把頭盔移到門口，準備一起帶走。

這麼多日以來，他首次推開洞口的門，也不知外頭是白天或晚上。

外頭一片橘黃，分不清是傍晚或清晨。

他停在外頭的仙槎旁還站了一個人，身形魁梧，方臉敦厚，正對他露齒微笑：「白蒲，你回來啦？」

白蒲心底一寒：是黃連！

不，不是黃連，只有身體是黃連，裡頭躲著的是無生！

黃連在門外不知等候了多久？還是剛剛才來的？

「來讀書的嗎？」黃連一腳踏過來，步向門口，「你好用功哦。」他身材高大，像要把整個洞口塞滿似的。

白蒲充滿警戒的倒步，黃連瞟了他背後的地面一眼，語氣馬上轉冷：「哦，原來是偷東西的賊。」

「我來拿回屬於我的東西。」白蒲暗地裡擺好陰陽步，隨時準備發動攻勢。

黃連瞟了他的腳一眼：「你退步了，白蒲。」他的一切舉動都逃不過無生－黃連的法眼，「師父教過你怎樣在攻擊人之前不露痕跡的。」

白蒲感到混亂，對於眼前的人是無生還是黃連，他分辨不清。他明明記得黃連的身體已經被無生侵佔，他眼前的黃連，僅僅是黃連的身體而已，而他的心是無生。

「師父！」白蒲試探的稱呼他，「您還記得嗎，這幾本書，是唐朝的時候，您叫我去參加玄奘大師的譯經場那時，我把它抄回來的。」

對於白蒲叫他師父，黃連皺了皺眉，他心中也出現了一些衝突，因為他同時保有黃連的記憶，也保有無生的記憶。

事實上，他保有許多人的記憶和技藝，當他一次又一次借用別人的身體時，將別人神識中的所有記憶都保存了一份，包括別人學習來的技能、語言、思想，甚至性格和情緒，漸漸摻入了他原本身為切孔帝國王子「梭」的神識之中，弄得他自己也常常處於混亂的狀況——他究竟還是不是「梭」？還是不是無生？

「師父！」白蒲又叫了他一遍。

黃連－無生咬了咬牙，似是在控制自己即將爆發的情緒混亂。

「你什麼都不能帶走，一粒灰塵也不能。」

白蒲把手中的書放下：「那麼，我可以走嗎？」

「你能活到這幾百年，也是我賜給你的，」無生說，「所以如果你要走，除非將這數百年的生命都還回來。」

「我並沒有求你給我這些生命，」白蒲反駁道，「記得嗎？是你硬生生把我從家人身邊帶走，我本來應該去當官的。」

「你的家族已經湮滅了，而你依然存在，這點，難道你不感激我嗎？」

白蒲搖搖頭：「就跟紅葉一樣，跟黃連、青萍、紫蘇一樣，他們被你剝奪了正常輪迴的機會。」

「我不懂，在生生世世輪迴中不斷造業，猜不透下一次會輪迴成何種生物，還有成為畜生，或是墮地獄的可能，毫無保障，」無生說，「我讓你們成為不死的仙人，不管做了什麼事，都不怕接受輪迴的裁判，這樣不是更好的結果嗎？」

所有生命在一生中，都不斷的累積善業和惡業，不論是善是惡，都是種子，都會萌芽、生長、結果，輪迴就是這些業報的遊戲。

修行人修善去惡，讓輪迴往好的方向走。

更甚者，脫離輪迴，不再在輪迴之中遊戲。

而無生認為，成為不死之仙人，就是脫離輪迴了。

「師父，你讀過《楞嚴經》了嗎？」

「《楞嚴經》怎麼了？」無生不以為然。

「一般都說六道輪迴，惟有《楞嚴經》說七道，」白蒲說，「而第七道就是仙人。」

無生冷眼直視白蒲。

「仙人不是不墜輪迴，只是堅固形骸，所以可以活得很長時間，但是，一旦無常現前，依舊墮回輪迴，」白蒲直視他的眼睛，彷彿要看透眼睛背後真正的無生，「如果你當仙人卻不斷在造作惡業，累積惡業，將來三惡道還是等著你的！」

「我沒有這種煩惱，」無生冷笑道，「你知道的，一旦黃連的身體不堪使用，說不定換你的使使也好。」

「所以你只不過是一具行屍走肉，」白蒲不斷挑釁，「你難道沒嗅到嗎？黃連的身體好像飄著腐屍味，啊，或許黃連的鼻子不太好了，所以你嗅不到。」

無生果真抽著鼻子嗅了嗅，猥笑道：「說的也是，我也嫌黃連的身體太笨重，那就擇日不如剋日，我現在就換你的來用好了。」

無生話雖說了，卻仍然站在原處不動。

他微皺眉頭，然後越皺越深，越鎖越緊。

他望著眼前的白蒲，感到非常非常的困惑。

古老的無生，能感知他人的心念。

心念如漣漪，只要起心動念，都會擾動周遭的時空，無生就能感覺到這些微小的波紋。

但是如今，白蒲正在他跟前，他竟感覺不到白蒲的心念浮沉。

「白蒲去了哪裡？」白蒲明明就在眼前，可是無生心中焦急的吶喊：「白蒲去了哪裡？」

※※※

當佛陀要阿難以直心回答：他用來看見佛陀莊嚴之相的「眼」，以及產生愛樂的「心」，是何所在？

阿難答說：「心在身體裡面！」還舉例說：「佛陀的眼睛長在面上，跟我的眼睛相同，因此我的識心是居於身內。」

佛陀說：「原來如此，你現在坐在講堂中，看見林子在何處？」

「這講堂在園林中，因此林子就在堂外。」

「那你在講堂之中，最先見到的是什麼？」

「我先見到佛陀您，接著看到大眾，然後望向外頭，才看見林園。」

「阿難，你身在講堂中，為何能看見林園？」

「因為講堂的門窗都是打開的，所以即使在堂內，依然可遠見堂外。」

「那麼是否有人可以身在堂內，卻看不見我，只能看見外頭的林園呢？」

「絕無可能！」

「可是阿難，你就是那個人呀。」佛陀說，「識心能明瞭一切，若識心在身內，應該先了知身內的五臟六腑，可是有人能先見到內臟再看見外物的嗎？即使不能見到心肝脾胃，也應該能感知爪髮生長、筋肉轉動、血脈搖動等等，若無法知道裡面的狀況，怎麼反而能知道外面的狀況呢？因此你說的這個心在身內，不合理呢。」

「我明白了，佛陀，」阿難轉得很快，「聽了您解說之外，我領悟到這心，應該在身外！為什麼呢？譬如在室內點燃燈火，必先照在室內，然後才照到室外，如今所有生物皆無法見到身內，必然是有如燈光在室外，不能照進室內。」

「阿難，在場的各位比丘，都剛跟我去城內乞食回來，你瞧瞧他們，一個人吃東西時，能否令眾人皆飽呢？」

「不可能呀，佛陀，即使是已經證到阿羅漢境界，但身軀不同，也無法一人吃飽令眾人皆飽呀。」

「你說得很好，如果你說識心在身外，如此一來，身、心應該是分離而互不相干的，亦即心所知的，身不能覺，身有所覺的，心亦不能知。」說著，佛陀伸出手臂，「你看著我的手，眼睛看見時，心裡能分辨嗎？」

「能夠的。」

「所以你的身心並沒分離呀，那麼的話，怎麼可能心在身外呢？」

「佛陀，我明白了，由於見不到身內，所以心不在身內，由於身心互相知覺而不相離，所以心也不在身外，我想清楚了，我知道心在哪裡了！」

「在哪裡呢？」

「心潛伏在眼根裡，」阿難忙舉例子證明他的說法，「如有人將琉璃碗蓋在眼前，但卻不阻礙眼根的作用，眼睛視物，心馬上就生分辨的作用，此心之所以不能見身內臟腑，因為其實是處於眼根呀！此心能見外物而無障礙，也因為潛於眼根呀！」如此，阿難一舉推翻了自己先前的兩個假設。

「依你所言，心潛於眼根之內，猶如琉璃碗蓋在眼前，那麼當琉璃碗蓋在眼前時，會不會也看見琉璃碗呢？」

「呃……會的。」

「所以，潛於眼根之內的心，應該會在看見外頭的山河大地之前，先看見自己的眼睛呀。」佛陀說，「如此的話，眼根反而變成了『被看』的對象，『能看』的眼根又同時成為『被看』的對象，沒有這種道理。」

「佛陀，我想清楚了，」阿難急著說，「五臟六腑包藏在身內，是暗的，身體的竅穴開在外表，是明亮的，所以現在我面對著佛陀您，開眼則見到身外的光明，就是『見外』，閉眼則見到身內的黑暗，就叫『見內』，這個說法對嗎？」

「我問你，當你閉眼見暗時，這個暗的境界，是與眼相對呢？還是不相對？」

所謂視覺，必然有視覺作用的「眼根」，以及被看到的「對境」，根、境兩者是自然成對的，所以當見到伸手不見五指的黑暗時，黑暗還是不是視覺的作用呢？

佛陀先從「見暗」的正、反兩邊分析：「『暗』若與眼相對，那麼這個暗是處於眼前，就不叫『見內』了；而且依你所言，如果眼前之暗就是臟腑，如此只要在沒有光線的暗室，即使不閉上眼，眼前看到的『暗』應該都是臟腑了，有這種道理嗎？」

接著又說：「反之，『暗』若與眼不相對，就是根、境不相對，怎麼還能叫『見』呢？」

由此，佛陀先反駁了阿難「見內」的說法，接著又從正、反兩邊分析「見外」。

「承剛才的邏輯，若說閉眼見到黑暗，是反回來觀看身體裡面，那麼當你開眼見到光明時，會不會也反回來見到自己的臉呢？同樣的，若不會見到自己的臉，那麼閉眼也不會反觀身體裡面。」

佛陀繼續破除阿難「見外」的說法：「但如果真能反過來看見自己呢？如此一來，此識心和眼根都是處在虛空，而不是在你的身體，才能反回來看見自己；

「若你仍認為這虛空的是你的身體，那麼現在見到你的佛陀我，也同樣是你的身體了；

「若你仍固執的認為佛陀也是你，那麼你的身體應當無法知覺你的眼根的知覺；

「若你仍固執的認為身體和眼根兩者皆有知覺，那你的一個身體，不就成了兩個佛陀嗎？」

阿難被佛陀層層破除他聰明的推論，一時語塞，不禁張口結舌。

佛陀第四次駁倒他的推論：「所以說，你要說『見暗』等於『見內』，無有是處。」

阿難發覺他自己所想的沒一個對，於是打起精神，開始引用佛陀的話，應該就錯不了了：

「佛陀，我常聽您向四眾宣說：由心生故，種種法生；由法生故，種種心生。」意指：心產生種種分別，才產生宇宙萬象，也因為有宇宙萬象，才產生種種心。

「因此，我現在正在想：這個正在思想的自體，就是我的心性。」阿難說，「所以當我想到何處，何處就有心，並不在內、外、中間這三處。」

兩千年後，法國哲學家笛卡兒提出「我思故我在」（或譯為：「我想，所以我是」），也只不過說了阿難第五個推論的半句。

阿難凝視佛陀，心想：「這次不會錯了吧？」

※※※

無生無法理解，為何能看到眼前的白蒲，卻無法感覺到他的心念。

二十五年不見，白蒲究竟做了些什麼事情呢？

無生胸中湧起一股自豪感：不管白蒲有什麼長進，終究敵不過他的，他可是師父呀！

「過來呀，白蒲，讓師兄來瞧瞧你的本事，」無生對他招手，卻用黃連的身體自稱師兄，迷亂白蒲的判斷力，「有本事經過這道門，這洞裡的收藏就任你搬走。」

「真的嗎？」白蒲道，「那我不客氣了。」

說完，白蒲當即筆直走向無生。

無生沒料到白蒲會衝過來，禁不住退縮了一下，隨即又提醒自己：「他會的都是我教的，我會的他未必會！」

若在平日，他會使用心靈力量將白蒲強力推開，但他想見識一下，白蒲為何如此有勇氣和信心，膽敢直接挑戰他？

白蒲向他伸手迎面一撥，原本一臉輕蔑的無生，竟感覺意識晃了一下、視線模糊了一下，彷彿神識要被掃出黃連的肉體。他大為吃驚：「那是什麼？」

剎那間，一波恐懼籠罩了他，勾起了內心最深處的恐懼。

上次與蚩尤對峙，被蚩尤將他的氣的聯結一一斷裂，令他神識分散，後來調養了許久，換過了身體，才覺得神識回復堅實的聯結。

他不知道蚩尤是如何辦到的，那一役之後，蚩尤成了他恐懼的源頭。

難道白蒲也學會了這一招？

無生大喝，利用黃連孔武有力的肉體使出連番攻擊，要將白蒲驅離身邊，他首先祭出晉代四川「巴渝舞」的第五個動作轉身閃避，再下盤扎馬，使出「太祖長拳」三式攻擊白蒲腋下、耳下等險處，白蒲被他擊中，正要反擊，無生又展出由戰國「越女劍法」改造的拳法。

他的記憶中有數百套武術套路，信手拈來，五花八門，白蒲根本摸不清無生的路數，連連被他擊中好幾處，黃連的拳頭之硬，凡人恐怕一拳便招其碎骨裂臟，就連切孔帝國的追殺者也被他徒手撕成兩半。

但我們在一開始就提過，白蒲不是凡人，現在更不是。

無生的每一拳都有如泥牛入海，只感到他擊中了厚厚的軟墊，將他的力道消融於無形。

白蒲又再朝無生撥了一掌，無生的神識剎那被掃離黃連的頭顱，他感到視線忽然分成兩個，一個是無生的神識直接「看」到的，一個是黃連的眼根「看」到的。

只不過瞬間，兩個視線又重新合而為一，無生已被嚇得渾身冷汗。

「這廝究竟使了什麼手法？」

他不敢小覷，不再徒手攻擊，也不用心靈力量推開白蒲，而是使用切孔帝國卡賀虛教派秘傳的「換形法」——要曉得白蒲究竟學了什麼，只要將他的肉體奪過來，侵佔他的腦袋，讀取其中保存的記憶，這些技藝就馬上也成為他的一部分了。

換形法在近距離最有效了。

他將手扣上白蒲的手腕，把念頭如火藥爆發般急速擴大，以海嘯般的力量衝擊白蒲的神識，要將白蒲的神識一舉撞離他的肉體。

他撞到的是一個空腔，裡頭沒有神識。

「你是誰？」無生又驚又怒，「你不是白蒲，你是誰？」

白蒲被無生緊握著手，兩人的眼睛貼近彼此，無生卻看見白蒲滿目的憐憫：「師父，無生，你以前教我佛法，可知你教的只是佛學，僅是空談學理，而非真實修行？」

「修什麼行？」無生如野獸般怒吼，「知識是給人用的，不是修的！」

「這就是為何你還會問我是誰？」白蒲說著，反過來握緊無生的手，「我叫你師父，你自譽為無生，你過去曾是他方世界的王子，名叫梭，如此道來，你是誰？」

無生將一股毒辣的念頭從手臂傳過去，白蒲握著他的手掌立刻焦黑冒煙，發出陣陣焦肉味。

「問你自己，你是誰？」白蒲迫問他，「你是誰？」

「我？我？！」

「參！參！」白蒲的眼角膜已經快碰上黃連的眼球了，「快參！」

※※※

「這個正在想的，就是我！」阿難第五番推論真心之所在：「當我想到何處，何處就有心！」

佛陀馬上問他：「依你所說：由法生故，種種心生。而且你想到何處，心就隨著在何處有，由此推論，此心必定有個本體！若心無本體，就無法與現象相合。這一點你同意嗎？」

阿難同意。

「如果這個能感知的心有個本體，當你用手摸觸身體時，這個能感知的心，又是從內出？還是從外入呢？若又從內出，就會反過來觀看到身體內，若從外來，則會先見到自己的臉。」佛陀指出，阿難這個推論跟先前的「見內、見外」其實相同。

阿難見情勢不對，趕忙解救：「不，不對，能看的是眼，能知的是心，您說非眼也能知，沒這道理。」

「你說能看的是眼，死人也有眼，他能看嗎？」眼根雖然負責接收外面的訊息以產生「眼識」，但眼識能獨立於眼根存在嗎？人死之後，若也能看，表示「眼識」尚存，所以眼根存不存在，並非能不能看的必要條件。

阿難辯解失敗，啞口無言。

「如果這個能感知的心有個本體，」佛陀回到原先的推論，「那麼，這心是一體的？或多體的？這心在你身上，是遍體的？或是不遍體？」不待阿難辯論，佛陀已自行幫他提出四個假設，並一一推翻。

「若心是一體，則當你用手觸一肢時，應該四肢全都同時有感覺，因為四肢共一心體。但是，若四肢皆有感覺，該觸感應該就無有一定的位置，若該觸感有一定的位置，則不能成立一體的推論。

「若心是多體，則四肢各自有心體，但由於一人才有一心，如此就成了一身有好幾個人，這麼一來，多體的哪一個體才是阿難你呢？

「若心是遍滿全身，剛才提到摸觸一肢則四肢感覺，已經證明不可能了。

「若心是不遍於全體，如此當你摸頭，又同時摸腳的話，若頭有感覺，而心局限在頭而不在腳，此時腳應該沒感覺才對，但我們知道事實並不如此。

「由此可知，你說當你想到哪裡、心就在哪裡，沒這道理。」

阿難快辭窮了：「佛陀！我聽過您跟大智慧者談到宇宙萬物真實的本相時，您也說過：『心不在內，亦不在外。』加上剛才您的層層解說……我明白了，心應當在中間。」

「阿難，你說的中間必然是個清楚的所在，試問這個中間是何處呢？在身體嗎？還是在外境呢？」

阿難情知佛陀一旦推論下去，又將再度落入方才「身內、身外」的謬誤。阿難急忙分辯道：「我說的中間不是這兩種，誠如佛陀您曾說過的：當眼根和色塵緣合時，便在『眼識』起作用……」佛法分析精神的作用，乃「六根」感受「六塵」，再進入「六識」。

眼根感受色塵，眼識起作用。

耳根感受聲塵，耳識起作用。

鼻根感受香塵，鼻識起作用。

舌根感受味塵，舌識起作用。

身根感受觸塵，身識起作用。

意根感受法塵（言語、概念、思想等等），意識起作用。

阿難說：「您說：眼根具有分辨的能力，而色塵是無知的。所以我想：生於其中的眼識，才是心之所在！」

他再次引用佛陀的話來支持自己的論調，殊不知他非但誤用，也誤解了佛陀所說，所謂夏蟲不可與語冰，若非真修行，是無法真正理解悟道之人究竟悟了什麼的。

佛陀問阿難：「你的心若在眼根、色塵之中，如此的話，這個心的本體，是兼具根、塵二者呢？還是跟根、塵二者分離呢？

「若心體也兼具有根、塵，但眼根為有知之體，色塵為無知之物，如今根、塵和心體混雜，心體變成半有知、半無知，但有知、無知二者是敵對的，心體被落在兩邊，何來中間？

「若心體不兼具根、塵二者，則非有知，也非無知，亦即心沒有體性，又能以何處為中呢？是故說心在中間是不對的。」

佛陀一開始就叫阿難以最單純的「直心」回答，可阿難仍然習慣在知解的層面上思考、猜測，念頭不停打轉，因此第三次引用過去佛陀說過的教言、第七次揣測心之所在：「佛陀，我以前見您跟大目犍連、須菩提、富樓那、舍利弗等四大弟子說法時，常常說：這個能覺知、能分別的心，既不在身內，也不在身外，更不在中間，沒有一個固定所在，一切都無所著，就是所謂的心。」阿難說：「我現在也什麼都不執著，能稱之為心嗎？」

佛陀對阿難說：「你說這能覺知的分別心，完全不執著於一切。需知所謂一切，就是指世間、虛空、以及水、陸、飛行之物等一切物象。如此的話，你所不執著的，是你的心本來有個處所，但不去執著？還是心本來就無處所，而不執著一切呢？」

「如果你的心本來就無處所，這心就有如龜毛、兔角般虛妄不實，本來就虛無，如何再不著？

「如果你的心本來有個處所而不去執著，但這個無著本來早已先有著了，如何還能說無著？

「沒有心相的概念，才是真正的無心，無心則無執著。如果非無就一定有心相，若有心相就一定有個所在，如何還能說無執著呢？所以說能不執著於一切的，卻稱之為能覺知的心，是不合理的。」

有就是有，沒有就是沒有。

有的卻自稱沒有，沒有的更不可能自稱沒有。

阿難七次辯解心之所在，卻一敗塗地，他呆立在佛陀和四眾面前，全身酥麻無力，羞愧之心再次油然而起。

一張利嘴只能做世間巧辯，無法在真智慧面前立足。

※※※

「你是誰？快參！」白蒲的眼角膜幾乎要黏上黃連的眼球了，「參透了，你就是真無生，參不透，你只是個毘舍遮鬼！」

無所不知的無生肯定明白的，毘舍遮鬼就是噉人精氣、食人死屍的怪物。

他自稱無生，卻根本是堅固無比的執著於「有」。

「可惡啊！」無生極其忿恨，他恨白蒲是個忘恩負義的逆徒，當初賜他不死之身，讓他在人間多活數百年，如今不但吝惜他卑賤的人類肉體，還敢教訓師父?!

他要動用他從未用過的，即使從切孔帝國來追殺他的人，他也不曾對他們使用的——令他父王魂飛魄散，令神識粉碎的殘酷秘術——道教也有這種術法，但即使用於殺妖除魔，畢竟斷人輪迴，也是冷血無良的極大惡業。

「白蒲，你欺人太甚，而且你欺的還是你師父！」

白蒲聽了，半垂下眼簾：「真遺憾啊，師父。」

白蒲說遺憾，可無生對於消滅自己的徒弟，可是一點遺憾也沒。

低等的地球生物！你是由我創造的，當創造者不滿意他的作品時，創造者是有權隨時毀掉他的！

無生將意念集中在白蒲體內的某個點上。
神識是一張致密的網，只要有正確的破壞方法，便能將整張網撕裂！
雖然他感覺不到白蒲的心念，他依然相信白蒲的神識必定仍在自己體內。
白蒲合上雙目，心中默念：「紅葉。」
如果他當下要死的話，這便是他最後的念頭了。
無生在白蒲體內引爆。

※※※

紅葉遙遙聽見有人在呼叫她。
她站在河岸，舉頭尋覓聲音的來源。
不是雲空。
甚至不是在周圍，而是在意識的更深處。
「白蒲？」對了，師兄以前就是這樣呼叫她的，不過那是好久以前的事了。
她等了一會，沒再聽到師兄的呼叫。
雲空在舢舨上等她，船上還有巴蘭和焦腳虎。他們本來沒打算帶老貓上船的，但是焦腳虎硬要跟來了。
「紅葉，怎麼了嗎？」
紅葉再細聽了一會，才搖頭說：「沒事。」她跳上船，坐在舢舨裡橫釘的木板上，焦腳虎馬上躍入她懷裡。
巴蘭將舢舨撐離岸邊，讓小船進入流動的河水。

渤泥跟中國許多偏鄉僻野相似，交通不便，比較原始，比起陸路，走水路是比較安全的選擇，至少不會遇上老虎、山貓、犀牛等等致命的野獸，當然鱷魚還是危險，不過村裡的布摩長老為他們祈過福，也祭祀過大河的水龍了，確保他們不受到鱷魚的侵犯。

舢舨逆著流水划行，紅葉望著兩岸草木，手中輕撫焦腳虎的背毛，心底老覺得有股異樣。

「紅葉。」呼叫她的聲音又在意識的深處揚起了，非常微弱，但異常清楚。

她閉起眼睛。

好久沒用這方法跟白蒲聯繫了，不知還呼叫得到他嗎？

「白哥哥。」她試圖凝思白蒲，回應他的呼喚。

他們無需知道對方的位置或樣貌，也沒有距離的限制，因為心是超越空間的，即使在宇宙的另一端，只要一動念，對方就聯繫上了，只不過，我們往往察覺不到這種細微的聯繫。

舢舨快要進入廣闊的河面了。

紅葉湊近焦腳虎的耳朵：「你會幫我保護雲空吧？」

焦腳虎瞇了瞇眼，沉聲吼叫。

紅葉抬頭問雲空：「龍貢庫賽會跟你們會面吧？」

巴蘭回答她：「應該是明天，在森林。」

紅葉放下焦腳虎：「雲空，我要回去，有他們在你四周，我應該沒什麼好擔心的。」

「咦？發生了什麼事？」雲空並不十分訝異，紅葉向來行事有她的考量，他從不干涉，也不會試圖改變她的想法。

「我覺得白哥哥會出現。」紅葉水汪汪的雙眼望著雲空，「他呼喚我。」

「他來到渤泥了嗎？」

「我不知道。」

「那妳快去吧。」

紅葉上前擁抱了一下雲空，在他耳邊輕聲說：「謝謝你。」

然後便一躍下船，在河岸目送舢舨轉進大河，漸行漸遠。

※※※

講堂中，阿難大汗淋漓，不敢再逞強，於是從座位上起立，偏袒右肩，右膝著地，恭敬的合掌，對佛陀說：「我是佛陀最小的族弟，長期以來承蒙您慈愛，今日雖然已經出家，卻仍恃著您的嬌憐，只專注在多增見聞，不專注於修行證果，如今還不能證到斷煩惱的果位，連娑毘羅咒都無法抵抗！佛陀，您一定要指示我和大眾們修行之路呀！」

佛陀點點頭，說：「世間一切的生命，從無始以來迷失本心，產生種種顛倒的見解，而不停造作惡業，都是由於不知兩種根本，所以盲修瞎練，如同煮沙想要成飯，即使經歷無數時間，依舊無法究竟。」

阿難問：「何謂兩種根本？」

佛陀說：「第一是造成無窮無盡生死輪迴的根本，乃誤認這個不斷隨外境轉變的攀緣心，就是自己的真實本性，就如同你現在一樣。

「第二是無始以來的清淨自性，才是修行證果的根本，世間眾生卻迷失本性，終日隨著外境不停起妄想，還認定這種妄想是自己的心性。」

用妄心修行，就如認賊為父，不知真我是誰。

※※※

「你是誰？」白蒲大喝一聲，眼角膜黏上了黃連的眼球。

無生吃驚萬分，白蒲究竟想幹什麼？

無生已將意念集中在白蒲體內引爆，要將白蒲的神識徹底粉碎。

可是在這剎那之間，白蒲竟一躍而起，將整個身體跌上他，眼球撞上他的眼球，然後兩個眼球融在一起，白蒲的臉孔穿過他的臉孔，牙齒經過他的口腔，手穿入他的橫膈膜，肩膀沒入他的胸膛，膝蓋透入他的腹部。

他聽見白蒲的吶喊：「你是誰誰誰誰——」最後一字拉得老長，並不因為白蒲在拉音，而是因為兩人的咽喉已然重疊，聲音從耳際進入他的咽喉，好像是他自己發出來的一般。

於是，他們的軀體重疊了。

「完了。」當無生弄明白的時候，藏身於黃連軀體內的他的神識，也同時引爆了。

就如吹得鼓脹的汽球被利針刺破，瞬間，他的神識化成粉塵。

眼前的景象變成色粉，記憶碎裂成細語，感覺散落成絮絲，情緒灑落如雨滴。

白蒲穿過黃連的軀體，在洞穴門口站定。

他回首對無生說：「我經過了。」

無生驚駭得睜大眼睛，開始不停喘息，他還掌控著黃連的肺臟！他仍能感覺到黃連的肉體！

剛才是怎麼回事？神識不是粉碎了嗎？

難道只是一場錯覺？

他愕然回身，望著站在洞口的白蒲。

白蒲仍舊一身飄逸，用充滿憐憫的眼神望著他：「我可以取走這洞裡我要的東西，你說話算話嗎？」

無生一句話也說不出，彷彿聲帶已經被奪走了般。

他試圖控制心念，使用他擅長的心靈力量，卻發覺膝蓋忽然失去支撐，整個人跪倒在地，他用手撐著身體，卻仆倒在地面。

黃連的軀體開始急速崩壞。

他沒有粉碎到白蒲的神識，卻將自己的神識瓦解了。

他不知道，白蒲已經證入「空」境，「空」是無法被粉碎的。

「師父，你剛才看到你是誰了嗎？」

無生發不出聲音，但意識在嘶喊：他要白蒲粉碎！

他的念頭落入了一個無限循環，不斷想要白蒲粉碎！

當無生的念頭純邪無善時，他當下成魔。

白蒲嘆了口氣，心想：「成道成魔，一念之隔。」

他經過無生身邊，拿了幾本書，以及蚩尤的頭盔，遂登上仙槎。

他看到無生的仙槎停在旁邊，心裡轉了幾個念頭。

如果是平常的無生，身體飛行不是問題，白蒲也辦得到，只不過使用仙槎比較不耗元氣。

不過，現在的無生仍然能飛行嗎？

白蒲將無生的仙槎設定了一下，令它隨著他的仙槎一同離去。

兩艘仙槎並連，直朝南方溫暖的海洋飛去。

※※※

紅葉把蚩尤的頭盔恭敬的擺在客廳，合掌敬拜了一下。

白蒲飲用紅葉泡給他的香茅茶，那是將香茅草曬乾、切片、水煮出來的香料茶，天然的芳香流進他的鼻腔，他嗅到了，心中生起喜悅，卻不留下痕跡。

紅葉回頭望著白蒲，覺得他跟以前完全不一樣了。

他的眼神恬靜，面色平和，彷彿心如止水，波紋不生。

方才白蒲出現的時候，紅葉激動的衝上前要抱他，卻被他輕輕避開了。

紅葉不敢相信的望著他，十八年不見，白蒲卻表現得如此無情。

「紅葉，請諒解我，」他兩手合掌，「我已經出家，依戒律不該碰妳。」

「出家？」紅葉訝道，「你沒剃髮呀。」

「要剃的，只是長回來了，」白蒲摸摸髮髻，「事情辦完後，我回去就剃個精光。」

紅葉很想接近他，就像以前一樣，但又不願破壞他的戒律。

「白哥哥為何出家？」紅葉小聲問。

「剛開始是為了妳。」白蒲坦然道。

「為了我？」紅葉頓生自責之心。

「為了讓妳脫離這不死之身，我想到惟有佛法將此道理說得透徹，我在唐朝就參加過譯經，對佛法研究有三百年，但總不得其門。」

「白哥哥那麼聰明，文采在常人之上，還會不得其門？」

「就是因為聰明，才會忙著在文字功夫上鑽研。」白蒲說，「十八年前被封在龍腦香王時，我困在樹桐中，嘗盡死亡滋味，當時就在作思，佛法講求實行，實行了才能證悟，然而我文字窮忙三百年，卻未修過一朝一夕，依舊是個門外漢，因此在龍腦香王時就下定決心出家，去修行看看，才知對不對。」

「反正你是不死身，不對還能重來。」

「不能這麼想，這麼想就無法進步。」白蒲搖頭：「再者，雲空一年比一年老去，我要是遲了，妳也追不上他了。」

紅葉聽了，忍不住泛現淚光。

眼前這個男人曾經那麼愛她，如今竟為了她的心願，情願斷絕情慾去出家。

不，他仍是愛她的，只是換了個方式。

「那麼，我想白哥哥今天遠道而來，想必是找到幫我脫離這個身體的方法了？」

白蒲點頭：「首先要問的是，誰要脫離這身體？」

「我啊。」

「妳是誰？」

紅葉愣住一下：「我就是我呀。」

「那個妳，是妳的心嗎？」

「……應該是吧？我沒想過太多。」

「妳必須先找到妳的心，才知道要離開的是誰。」

白蒲告訴她：黃連的身體被無生侵佔了，青萍的身體被無生吸盡了，本來應為不死人的他們，的確是死了。其中的關鍵在於：他們的神識不在肉體裡頭了。「所以，妳必須先學會控制神識，讓它離開身體，而且不再回來。」

「如此就能夠再度輪迴了嗎？」

「我不知道，」白蒲老實說，「這兩本書或許能夠回答妳。」那是他回到中土找來的書，一本是《金剛經》，一本是《楞嚴經》，一本告訴她什麼叫「空性」，一本是修行的重要指導。

白蒲已經這麼努力了，她還能不努力嗎？於是紅葉翻開書，仔細讀。

她不習慣看書，因此讀得很慢。

時間靜靜流過，白天進入了黑夜，她依然沒停歇。

白蒲為她點了兩盞燈，讓她看得更清楚。

終於，紅葉放下書，嘆道：「真的不好懂。」

「我會慢慢講解。」於是，白蒲翻開《楞嚴經》，開始說這本經開場的因緣——阿難和缽吉蹄的故事——然後說到阿難七次強辯「心」之所在。

紅葉聽後，頗有感觸：「你不在的這十八年，發生過很可怕的事。」於是她說了獵頭人如何取了她的頭，後來又有獵頭鬼的事件，「回想我的頭被帶走的時候，感覺非常奇妙，獵頭人帶著我的頭奔跑，我看得到四周的景色，但又仍然感覺到身體在這間屋子裡，這算是佛陀說的『多體』嗎？」

白蒲笑道：「不是，妳知道那是用來證明阿難的錯誤的。」

「後來，當我的頭又從身體生出來時，」紅葉比劃她的頭，「只不過轉眼，我的意識又回到這屋子裡了。」

「這是很好的體驗，」白蒲說，「妳的頭剛生長時，眼睛還沒生出來吧？當時妳看得見嗎？」

「對的，你問的對！」紅葉驚道，「我沒眼睛，但我看得見，而且比沒眼睛時還看得更清楚，看見很多平日看不見的顏色，好像比眼睛看的更真實！」

「佛陀有個弟子叫阿那律，他是瞎眼的，卻是天眼第一。」白蒲笑道：「所以說，即使失去了眼根，眼識依舊在作用，妳體會到了。」

「那麼，眼識不經過眼睛，會看得更清楚嗎？」

「我們平日習慣透過眼根視物，那是以妄心看世界，所以要剖妄現真，找到真心。」

紅葉興奮的點點頭：「原來如此，莫非在那一刻，我窺見真心了嗎？」

「還沒有，但妳已嘗過甜頭了。」

紅葉望向窗外，地平線已透出白光了：「啊，真希望雲空也能聽聽我們談了些什麼呀。」

「從妳先開始，再帶他上路吧。」

「就像缽吉蹄一樣嗎？」

「咦？」

「他們五百世夫妻，缽吉蹄卻比阿難先開悟了。」

白蒲笑道：「妳可知阿難何時才開悟嗎？」

※※※

佛陀涅槃後，阿難仍未達到四果阿羅漢的階次。

依證悟境界不同，阿羅漢有不同階次。

缽吉蹄證悟四果阿羅漢時，阿難只證到初果。

佛陀涅槃時，阿難已證到三果，還差臨門一腿。

由於尚未了悟生死，煩惱尚未全斷，因此佛陀涅槃時，他哭得很慘。

佛陀諸弟子中，被譽為「苦行第一」的大迦葉被諸弟子共推為僧團領袖，他要做的第一件事，就是將佛陀的教言記載成文字。

大迦葉選了五百名已證四果的阿羅漢，聚集於石窟，準備由每個人口述佛陀說過的教言，通通寫下、討論、結集。

但是，被譽為「多聞第一」的阿難不被允許參與。

因為他尚未完全開悟，大迦葉怕他說出口的不夠圓滿，會誤導未來的人。

「但是，要是阿難沒有參與，能結集出來的教言，就會缺少很多了，」有阿羅漢提出，「阿難平日隨侍在佛陀身邊，聽了最多，記憶力最好，少了他，就結集不成了。」

「那就傳話給他，叫他快點證到四果呀。」主持結集的大迦葉說。

阿難聽了很難過。

佛陀不在，他再無法像過去一般依賴佛陀，他以為有佛陀加持，就比他人容易開悟，現在才知並不如此。

如今能仰賴的，只有記憶，他記得佛陀講過的每一句話，他的記憶就是佛經。

他可以不假外求，反覆在腦中聆聽佛陀說法，截取、比對、整理佛陀在不同時間說過的類似法門。

他進入棄置死人的尸林，在死屍旁禪坐，發奮精進修行。

沒想到，佛陀不在，他反而更為勇猛精進，一旦禪坐，其開悟之速，竟如雪花碰觸到熱紅的爐火，煩惱瞬時消融至盡。

紅爐片雪，阿難一夜開悟。

次日清晨，他來到五百阿羅漢聚集的石窟，要求加入結集的行列。

洞窟的門口是合上的，阿難去叩門：「我已證四果，請開門讓我加入。」

大迦葉在門後回答：「你若已證四果，還需我開門嗎？」

阿難說：「也是。」

於是，阿難直接以「神足通」穿過合上的門，進入石窟。他已看破了物質世界，因此物質世界對他再無影響。

大迦葉見狀，忙將他帶到最前面的座位上，請他面對五百位阿羅漢，開始講述他所聽聞佛陀說過的話，而下面的人已準備好抄寫。

阿難先向大家合掌作揖，然後端正趺坐，開口說：「如是我聞……」

【典錄】楞嚴經

佛教經典如海，歷代祖師各有各的推崇，然而《楞嚴經》兼通各個法門，因為裡面談的是實際修行的基礎，內容包羅各宗派，被與《妙法蓮華經》並列譽為「開悟的楞嚴，成佛的法華」。

《楞嚴經》有別於唐朝的官方譯經，在唐朝由私人譯出，全名《大佛頂如來密因修證了義諸菩薩萬行首楞嚴經》，從經名已知其內容的目的，就是一部修行指導手冊，全經十卷，依內容分析結構，大致為：

（一）辨認妄識不是真心，再經由各種邏輯分析認清妄見，顯出真心。（本故事阿難和缽吉蹄部分則引用此處）

（二）決心修行證果，要捨妄趣真，找出煩惱的根源，從根解結。

（三）二十五聖者報告他們各自的修行方法，最後由觀音菩薩點出耳根是最適合我們人類的修行途徑。（此段被歸納為〈二十五圓通章〉或〈觀音耳根圓通章〉）

（四）設立修行的道場「楞嚴壇場」，應守四重淨戒，以〈楞嚴咒〉幫助修行。

（五）分析十二種生命形態、修證的五十七階次，以及輪迴運作法則。

以上皆由佛陀弟子問答構成，有強烈的邏輯性，分析得十分微細。然而，最後佛陀見沒人問及一個重要問題，於是有著名的「不問自說」。

（六）修行依序破解五陰（色、受、想、行、識）時，會見到種種現象，佛陀各舉十例，並警告是魔境而非聖境，所以要分析五陰妄想的根源，並消除之。（此段被歸納為〈五十陰魔

章〉）

經中的強烈邏輯性及實用性，被歷代實際修行人大力推崇，甚至有《佛說法滅盡經》警示未來佛法將滅時，最為天魔外道所忌的《楞嚴經》將首先消滅。

清朝徐世昌編《清詩匯》有詩〈錢水西藕花香里讀楞嚴圖〉：「茅屋三間淨掃除，藥爐經卷老僧居。自從一見《楞嚴》後，不讀人間糟粕書。」述說被該經震撼的心情。

之圩五

䲔魚記

紹興廿八年（一一五八年）

「天啊，我們到了什麼地方啊？」

大河前方的河面，橫陳著無數浮木，一根根黑壓壓的堵住了去路。

雲空仔細瞧看，那些不是浮木！是鱷魚！

鱷魚的體型果然比長江上的大，幾乎跟舢舨等長，如果集體游過來，肯定將小船翻覆。

「巴蘭，我們該停船嗎？」

巴蘭撐著船槳，也兀自猶豫著。

如果把舢舨停泊岸邊，蘆葦中也可能會有鱷魚藏身。

巴蘭問站在船首的紋身人：「龍貢庫賽，你怎麼看？」

紋身人一足踩在船首，眺望河面上的鱷魚群，牠們安靜得很，看不出有什麼動作，但看久一些，便會發現牠們正在非常緩慢的移動。

「水裡的事，我不太清楚，」紋身人坦承道，「我得上岸，找人交涉交涉。」

「你要上岸嗎？」巴蘭將舢舨靠近岸邊，用木槳試了試水深，才向紋身人點個頭。

紋身人口中唸唸有詞，伸出兩指，在身上劃過一道咒文，便伸腿踏入水中，撥開蘆葦，踩過爛泥地，才走到乾燥的草地上。

他不進入林子，口中只不停唸咒，站立著等待了一會，果然樹林裡有一個身影搖搖晃晃的現身了。

那是個紅色長毛披身的龍貢，背部高高隆起，跟雲空以往看過的龍貢不一樣。

焦腳虎本來躺在雲空腿邊，一見到紅色的龍貢，立刻拱起背部，警戒的盯住他。

紋身人跟紅毛龍貢打了個招呼，隨即比手畫腳的對談，不時指指舢舨，不久紋身人才走回船上，而那名龍貢仍在岸邊等待。

雲空心想，龍貢就像是中國的土地神，各有管轄的區域，在山就是山神。這個紅毛龍貢長得很像猩猩，本地人喚之為「叢林人」（orang utan），說不定龍貢也不是某種特定的生物，而是像中國的土地神一般，是受更高級的神靈委派的。

紋身人曾告訴他，那個更高級的神靈，就是住在聖山的「龍貢蓋約」（Rogon Gaiyoh）。

紋身人上船告訴雲空：「龍貢管地不管水，但是河分割了土地，有時候我們必須跨過河，尤其是這麼大的河，就必須跟水神交涉。」

「那位龍貢能處理嗎？」

「不，他要幫我們找這區的水神問問看。」

「我們出發前祭祀過龍神了，也沒用嗎？」

紋身人搖搖頭：「這是突發事件，他也覺得不尋常。」

枯木似的鱷魚群橫擋著河面，似乎有所企圖，但他們猜不透。

他們一行三人已經去拜訪過深在密林的飛頭村，跟巴蘭的父母見過面了，如今欲更深入內陸，卻在這兒遇上阻礙。

「莫非這趟旅行要在此地停止了嗎？」巴蘭嘆道。

不久，岸上的龍貢向紋身人發出聲音，紋身人趕忙躍過去，兩人談了一下，紋身人又跑回來：「他聯絡不上水神，他覺得很怪。」

「我們應該掉頭嗎？」巴蘭問。

「先弄清楚狀況。」

烈日下的河面，空氣潮濕而悶熱，但雲空覺得空氣有些刺刺的，氣氛十分詭異，但那是他熟悉的感覺。他仰首望向天空，果然，在前方河面的上空，有一片灰濛濛的雲團，像波浪般在空中盪漾。

「是怨氣。」雲空忖著。

有怨氣之處，必有殺戮。

岸上的紅毛龍貢跺著腳，像在跳著祭祀舞蹈，口中發出尖銳的叫聲。

他這麼做的時候，鱷魚群中有了動靜。

一隻鱷魚轉頭過來，其他鱷魚紛紛讓開，讓大鱷魚游離牠們，朝雲空等人游過來。

巴蘭緊張的說：「大家看到了嗎？」

三人屏息的盯著鱷魚慢悠悠的游來，牠的鼻子和眼睛露出水面，將水推到後方，身體藏於水下，完全看不出牠的身體大小。

直到牠來到岸邊，將巨大的長吻露出水面時，眾人才驚覺牠的身體比舢舨還來得巨大。

岸上的紅毛龍貢絲毫不害怕，竟迎上前去。

紋身人低聲道：「看來，這位就是本區的水神了。」

鱷魚爬出水面，偌大的身體拖過岸邊的蘆葦，把蘆葦壓成了地毯。

紋身人也再度躍上岸，跟紅毛龍貢一同用靈語與鱷魚交談。

雲空見狀，便在舢舨上盤腿趺坐，半合雙目，進入冥想。他呼喚神識深處的蚩尤意識，蚩尤聽得懂靈語，因為靈語就是蚩尤生存年代的古老語言，它在人類之間已演變成其他面貌，或存於大宋境外，或藏於深山僻壤的少數氏族，或已失傳。

雲空在冥想中聆聽他們的對話，語音如在洞穴中迴響，但他聽得明白。

「前方發生戰爭。」

「是誰的戰爭？」

「本來是人類的。」

「現在不是人類的嗎？」

「人類祈求水神幫忙，水神幫忙了。」

「結果變成水神也打起來了嗎？」

「很遺憾，但事實如此。」

「誰先開始的？」

「那是兩村世代以來的仇恨，他們互相獵取對方的人頭，這次是一發不可收拾，非要把對方屠盡不可了。」

紅毛龍貢憂心忡忡的說：「我有耳聞這場戰事，已經快燒到這裡來了嗎？」

「龍貢也有加入。」鱷魚水神說。

「我知道，我知道。」紅毛龍貢苦著一張臉，肥大的雙頰頹喪的下垂。

紋身人不安的說：「慘啊，水神怎麼會蹚這渾水呢？」

「千不該萬不該，有個水神貪求貢品，把大家拖下水了。」

「什麼貢品如此吸引他？」

「十個人類嬰兒。」

雲空倒抽了一口寒氣。

「撒拉薩[16]，你呢，你站在哪一方？」

看來撒拉薩是這位鱷魚水神之名了。

16. Salasak，水靈之一種，字源可能是naasak，死水之意。

「我不站在任何一方！」撒拉薩忿然道，長吻用力的張合，「這是一場沒有正義的戰爭，我看見的只有貪婪。」

「你不幫忙這場戰爭？」

「我蔑視所有參與的水神、龍貢和人類！」

「那麼請問，」紋身人小心翼翼的問，「你堵住河道，是為了什麼？」

「戰事不斷擴大，已經有其他村子加入，」撒拉薩說，「我不允許戰爭進入我所管理的水域！」

「我明白了。」紋身人說著，要走回舢舨跟雲空商量去留。

雲空睜開眼，朝紋身人擺擺手：「我全聽到了。」

紋身人怔了一下，才想起雲空也聽得懂靈語。

「龍貢庫賽，能勞煩你爬上最高的樹頂，觀看前方的情況嗎？」

「我明白了。」紋身人向紅毛龍貢和撒拉薩交代後，抬頭尋找最高的樹，便躍上樹幹，飛快的爬上去。

撒拉薩見紋身人上樹，便說：「我該說的說了，我回去了。」大鱷魚四足輕輕後退，回到水中。

撒拉薩游到半途，忽然轉頭面對雲空。

巴蘭見鱷魚將巨吻朝向雲空，嚇得驚疑不定，焦腳虎也發出低吼聲，雲空擺手要他們冷靜：「別擔心，牠是水神。」

撒拉薩開口用靈語說：「你是庫賽（人類）嗎？」

雲空不假思索的回答：「我是庫賽。」

撒拉薩說：「果然，你聽得懂靈語，你是布摩（巫師）嗎？」

雲空覺得可能觸犯了禁忌，但對話已開始，他不得不繼續：「我是布摩。」

「即使是布摩，也不應該聽懂我們說的話，」鱷魚的聲音十分冰冷，「你究竟是誰？」

雲空的裝束已非在大宋時的道袍，在溫度和濕度皆高的熱帶雨林中，道袍可是會熱得休克的，因此他穿了蕃人的短衣，腰纏著長布，皮膚曬得黝黑，壓根兒看不出是唐人——其實在鱷魚眼中，所有人類長得都差不多。

雲空兀自在想著該如何回答時，鱷魚的眼睛忽然閃爍了一下，似是看到了什麼，馬上低聲說：「打擾了。」隨即轉身離去。

雲空呆望牠的身體沒入水中，強壯的長尾在水面揮起小小水花，便游去加入同伴的行列了。

撒拉薩的態度驟變，令雲空大惑不解，

巴蘭一身冷汗：「我真怕牠要吃你。」

「他是水神，要阻止戰爭擴大到這裡，」雲空望著撒拉薩留下的水痕，「吃人目前不是牠最重要的事。」雲空一面安撫焦腳虎，一面快速向巴蘭解釋剛才龍貢們的談話

雲空抬頭尋找紋身人，他的身影在樹梢上像尾指那麼細小，他將自己平貼在枝幹上，高空的風吹得樹梢搖晃，他則隨著風吹搖動，遠遠望去，不會留意到樹上有人。

紋身人在樹梢晃了一陣，驀地將身體沿著樹幹滑下，緊接著又跳去另一棵樹上，一路上越跳越低，最後竟躍到了某隻鱷魚背上。

鱷魚被驚嚇，不高興的張大嘴，但紋身人已跳離牠的背上，又跳到另一隻鱷魚身上，一隻跳過一隻，直到跳到鱷群中央、撒拉薩的跟前：「撒拉薩！我看到很遠的河面上，有奇怪的東西。」

「什麼東西？」

「紅色，整個河面都是紅色，正在流著過來。」

「紅色？」撒拉薩不很明白。

紋身人不知道的是，爬行類的眼睛跟人類的不一樣。

人類眼球視網膜有辨認紅、藍、綠三色的錐細胞，而爬行類的有四種，還能辨識紫外線，所以牠們看見的顏色比人類的更豐富，色彩概念跟人類不一樣。

雖然如此，撒拉薩立刻叫三隻鱷魚前去偵察。

平時看似行動笨拙、鬼祟的鱷魚，一旦需要快捷時，行動也是非常迅速的。

三隻體型較小的鱷魚快速游到前方，只見水底下有大量黑沉沉的東西擁過來，水面上有艘小船，船上有個女人正沒命的划船，女人背上還綁著個嬰兒，正在號啕大哭。

女人顯然很會划船，她借助順流的水流，把船靠近岸邊，因為河邊的水流較急，船速更快。

但她怎麼樣也快不過追逐她的那片血紅，她被追上，鮮血般的波浪撞翻舢舨，女人慘叫一聲，舟身翻覆，她和嬰兒一起翻進水中。

鱷魚們弄不清楚是怎麼回事，見情勢不對，趕緊掉頭，正想回去報告，已經被一擁而上的紅色東西衝得水流大亂，牠們拚命划動四足，卻在水裡翻滾，無法控制方向。

撒拉薩只能從水平面觀看，看不見紋身人從空中望見的紅色，但牠已知道來者是何方神聖了。

「是阿羅魚！」撒拉薩吼道，「大家穩住了！」

第一行鱷魚低估了阿羅魚的力道，一群肌肉強而有力的大魚撞了過來，即使鱷魚有堅硬的甲冑，也被他們撞得東倒西歪，在河面亂了陣形。

站在鱷魚背上的紋身人差點跌倒，他趕忙壓低身子，穩住下盤，數尾躍起的阿羅魚打中他的小腿和腹部，疼痛得有如被人拳擊。

「大家靠住！」撒拉薩一下令，第二行的鱷魚們靠緊身體，繃緊皮肉，阿羅魚強烈的撞擊依然令牠們吃不消，防線差點被撞開一個缺口。鱷魚們不得不反擊，咧開大口咬下靠近河面的阿羅魚，被利齒刺穿的阿羅魚依然在鱷魚口中強力拍打，痛得牠們咬得更緊。

阿羅魚身形如獵刀，渾身硬骨強肌，有幾條扭身一躍，便越過了鱷魚排成的行列，落到雲空的舢舨附近。

巴蘭眼明手快，舉起魚叉投過去，雲空遠遠看見魚叉的棍子在水面亂揮，可見被插中的魚身多麼有力。

巴蘭跳下水，游過去將魚叉取回來，把魚拿給雲空看。

這尾阿羅魚非常巨大，有成年人整條腿的長度，身如刀形，尾無分叉，渾身鱗片血紅、底色金黃，下巴傲然高挺，威風凜凜，頦下還垂有兩條鬚。

牠在舢舨的甲板上用力拍打，打得身上的鱗片都脫落了幾片，焦腳虎想用腳碰碰魚，也被阿羅魚強勁的彈跳嚇得跳開，只好在一旁靜靜等牠力困筋乏，再嚐嚐鮮魚的味道。

阿羅魚長相酷似幼龍，雲空不禁嘆道：「這魚好有王相！」

他不知道，此魚乃自遠古繁衍至今的活化石，祖先遠自三億年前的石炭紀，其時鱷魚的祖先也才剛出現，哺乳類還是相隔幾千萬年的後輩。

阿羅魚圓圓的大眼盯住雲空，雙鰓吃力的開合喘息，眼睛漸漸充血，死期難免。

那廂邊，鱷魚們正頑抗著阿羅魚，大魚們拍擊鱷魚的眼睛，或奮力拍打水花，鱷魚們發狂似的張合巨吻，咬死近身的大魚，用強勁的尾巴拍擊水面，將阿羅魚直接擊暈，或打斷成兩段。

水面上廝殺混亂，紋身人站在鱷背上，險象環生，如果一個不小心被鱷尾掃中，當下就五臟破損！

為了避免受傷，紋身人在鱷背上輪流跳躍。

他發覺鱷魚們並沒留意到那翻船的女人，紋身人心中焦急，連忙在鱷背上左右跳躍，跳到前方，躍入河中，竟看見那女人被一群紅色的阿羅魚拱在水面，游離鱷魚們駐守的防線。

紋身人明白了！這是聲東擊西！牠們真正的目的是那女人！

他回頭張望，想告知雲空，或撒拉薩，但他知道絕對會來不及。

紋身人沉著氣思考了一下，呢喃道：「龍貢蓋約，對不起，我知道這不關我的事，但這是我該做的事！」

紋身人把兩指伸到背後，那裡有他罕用的咒文，他口中唸咒，左右兩手在背後交叉劃過，身體外緣立刻包上一層水膜，阻隔了水的阻力。

他兩臂貼在身體兩側，像水獺般扭動身體，追逐綁架女人的阿羅魚。

紋身人心覺奇怪，阿羅魚性情兇猛，平日獨來獨往，兩尾成魚碰面都會打個你死我活，為何會成群結隊，還行軍作戰？

牠們前往的方向，諒必就是答案的方向。

紋身人無法預期前方有多凶險，這趟說不定有去無回，因為他有個預感，前方蟄伏著一個比他強大許多的力量。

※※※

那廂邊，雲空發現紋身人不見了蹤影：「龍貢庫賽呢？」

巴蘭轉頭四望，還下了船，涉水上岸，希望從較高的岸邊觀看，果然沒見到紋身人的身影，他剛才還在鱷魚背上的。

紅毛龍貢悠然的站在岸邊，事不關己的觀看河面上的混戰，突出的厚唇啣著一根草，仔細一瞧，他將那根草進出抽動，吸吮著草莖上一堆爬行的黑蟻。

巴蘭見紅毛龍貢將草莖伸入身邊的樹洞，轉一轉、抽一抽，又帶出一堆頭昏腦脹的黑蟻。紅毛龍貢覷了一眼巴蘭，口中咕噥著像在說話，但巴蘭聽不懂。

「對不起，」巴蘭向紅毛龍貢揖手，「剛才跟您談話的龍貢庫賽，請問您有看見他嗎？」

紅毛龍貢伸出長長的手臂指向上游，巴蘭看不分明，於是跳上樹幹，如猿猴般爬上去。

看見了，一群紅色的影子如紅巾般在河上飄動，朝上游前進，紋身人細小的身影正在游泳追過去。

「不好了！」巴蘭有不祥的預兆，他感覺後腦勺裡頭像有小蟲在蠕動。

只不過四年前，雲空幫他驅走從胎裡就糾結的落頭蟲之後，媽祖廟的龍神用個大貝殼取代了他失去的枕骨，但他時而仍覺得落頭蟲尚未完全清除，或許還殘留了一些觸手在顱底，有時會癢癢的，卻又搔不到。

他相信的確是有殘留了落頭蟲的部分在顱底，因為他有時會感覺到某些常人無法察覺的東西，比如，他在黑暗中有如在晨曦下視物，只是比較暗淡模糊。

他繼續四下察看，現在，他尖銳的視線令他看清楚了，紅色的阿羅魚群托著一個女人，她背上還綁了個嬰兒。

「十個嬰兒……」他想起剛才雲空告訴他的貢品。

戰爭的一方，願意貢獻十個嬰兒給水神！

自幼沒有父母陪伴長大的巴蘭，立刻義憤填膺的爬下樹，向紅毛龍貢點了個頭，跑到岸邊向雲空喊道：「龍貢庫賽追阿羅魚去了，阿羅魚抓了個女人，還有一個嬰兒！」不待雲空反應，巴蘭又嚷道：「我要過去幫他！」說著，便沿著岸邊飛跑。

雲空望著巴蘭跑去的背影，微笑著點點頭。

上游的河面天空彌漫著黑濁怨氣，他觀望良久，毅然決定從舢舨中站起來，伸伸久坐微疫的背脊，按按肌肉僵硬的小腿，呼喚岸上的紅毛龍貢：「龍貢，可否請你幫個忙？」

紅毛龍貢嚇了一跳：「你懂我們的靈語？」

「沒錯，」雲空乾脆認了，他沒時間去隱瞞了，「我想請你幫忙，看管我的身體，別令他被毀壞了，好嗎？」

紅毛龍貢一時想不通雲空的意思。

雲空將舢舨划到岸邊靠好，下船涉水，欲將船拉上岸，然而他已有七旬年紀，雖然長年靜修令他外表只有五十歲，依然難敵體力不濟的事實。

紅毛龍貢在一旁袖手旁觀，他舔食草莖上的黑蟻，忽覺有些異樣，抬頭一瞧，馬上目瞪口呆的愣住，隨即快步走向雲空，幫他拉船，讓半只船斜臥在被撒拉薩壓平的蘆葦上方。

紅毛龍貢跟撒拉薩一樣態度驟變，雲空微微一笑，向他道謝，於是在甲板上結半跏趺坐，兩手平置於臍下。

雲空深知他的體力有限，無法再一次負荷使用元神蚩尤的力量了。

但他跑得沒巴蘭快，游泳也沒紋身人行，即使做了也追不上，以往師兄破履用過的甲馬術也失傳了，他只剩下這唯一的辦法了。

在雙目微閉之前，潔淨無雲的藍天在目光中滑過，他很滿意：「今天跟往日一樣，是好日子。」

雲空一進入冥想，紅毛龍貢看見雲空頂門迸裂，伸出一個發出強烈白光的人頭，嚇得他靠到樹幹上，驚視發著白光的人升上空中，飛向大河的上游。

紅毛龍貢剛才就看見雲空背後有個巨大的影子，感覺不恐怖但非常神聖，他雖不知道是什麼，但油然生起尊崇之心，如今看見靈體出竅，更是敬服。
他走近雲空，看他的頭頂完整無損，不明白剛才看見的頭頂裂開是怎麼回事？他打量雲空，見他表情像在睡眠，但呼吸非常微弱。
紅毛龍貢把草莖扔掉，拿起舢舨內的魚叉，把插在上面的阿羅魚扔給焦腳虎，然後守在雲空身邊。
焦腳虎兩隻前腿壓著剛嚥氣的阿羅魚，開始撕咬吞食。

※※※

巴蘭飛快的疾跑，要在岸邊追上河中的阿羅魚，他盯住水中高速游泳的紋身人，心中不停在想辦法。
他抽出匕首，眼睛望著前方不遠的河灣，該處佈滿了紅樹林。紅樹林長在水中，高高的氣根如同插在水中的柵欄，是魚、螃蟹和小動物很好的藏身處。
如果阿羅魚游到紅樹林去的話，就不容易追逐了。
巴蘭心想阿羅魚一定會繞著河彎轉過去，他於是決定抄近路，竄入陸地上的林子，穿過林子趕到轉彎後方的河岸，打算潛伏在紅樹林後方襲擊阿羅魚，拯救那一對母子。
一穿過林子，巴蘭心下頓時涼了半截。
紅樹林後方的岸邊，佈滿了鱷魚，全都安靜的伏低身子，像極了堆在河岸的枯木。
真正令巴蘭心寒的，其中一隻是比撒拉薩還巨大的超級巨鱷，牠四足高立在群鱷之中，觀望著河灣，看起來就像座沙洲。其長吻可一口咬住鱷魚，尾巴一掃就能把巴蘭打死。
此種超級巨鱷有如遠古恐龍，見之生畏，當地人稱為「羅剎鱷」[17]。

巴蘭生怕被羅剎巨鱷發現，馬上止步。

他必須警告紋身人，但從紅樹林的間隙中，他看見血紅色的阿羅魚群已游到河灣，而紋身人已經快碰上阿羅魚群的尾端了。

但只要他一出聲，鱷魚就會回頭攻擊他了。鱷魚的聽覺好嗎？

鱷魚的聽覺極其靈敏，尤其當牠靜止不動的時候。

所以當巴蘭從林子抄近路過來時，牠們其實全都已經聽到了。

巴蘭還在猶豫時，兩旁林子忽然竄出兩隻鱷魚，兩面包抄巴蘭，其動作之快，巴蘭差點來不及反應，他縱身跳上樹幹，鱷魚立刻抬頭要咬他的腳，他飛快縮腳，嚇得冷汗直冒。

他沒料到鱷魚的動作如此靈巧，看牠們滿身硬甲，平日笨拙懶動，竟然差點咬掉他的腳。所幸他十五歲以前在占城國習過武術，在外婆的調教下，學習過占城的皇家武術之後，外婆才敢放他出來尋母的。

兩隻鱷魚在樹下盤踞，等候他下來。

巴蘭隨機應變，他跳到另一棵樹上，想要接近河邊，警告紋身人。

此時，他看到了一件更加恐怖的事。

河岸的羅剎巨鱷忽然聳了聳肩，一骨碌就站了起來，牠的四腿比一般鱷魚更長，竟能像人那般站立。

「鱷魚能站嗎？」巴蘭嚇得腦袋有些恍惚了。

羅剎巨鱷轉過臉來，半張臉朝向巴蘭，半張臉面向河灣，因為鱷魚的眼睛在頭的兩側，視野幾乎涵蓋三百六十度，可以同時觀察巴蘭和紋身人。

羅剎巨鱷低吼了一聲，河岸的鱷魚們紛紛爬下水，成片黑潮湧向阿羅魚群。

「龍貢庫賽！」巴蘭不能不喊叫了，「有鱷魚！有很多鱷魚！」

羅剎巨鱷走向巴蘭棲身的樹木，長吻竟能差點碰上他腳底，更驚嚇的是，羅剎巨鱷的脖子上掛了一串人頭，全都是嬰兒小小的頭！

「這不是鱷魚！」巴蘭當下領悟，「這是妖怪！」

巴蘭憶起雲空告訴他龍貢們的對話：以十名嬰兒為貢品，換取水神協助戰爭。

他明白了！

還剩一名嬰兒，而阿羅魚聽從指令，幫牠搶回來了！

羅剎巨鱷忽然整個身體撞上樹木，巴蘭一個不慎，被震下樹頭，兩隻在樹下等候的鱷魚馬上迎前，然而十九歲的他身體輕盈，動作靈巧，趕忙乘勢抓住另一棵樹的樹枝，翻身過去。

羅剎巨鱷朝他咧開大嘴，等他掉入口中，他從上方看下去，巨鱷之口有如無底深淵，口中噴出濃烈的腐肉味，不知累積了多少屍體的氣味，熏得巴蘭頭暈想嘔吐！

他已經顧不得紋身人了，龍貢庫賽只好自求多福了！

※※※

紋身人覺得巴蘭在叫他，但河水灌進他的耳朵，令聲音只像一團模糊的呢喃聲，十分模糊。

巴蘭趕得過來嗎？他躍下水時，巴蘭還在挺遠的地方呢。

無論那聲音是否巴蘭，或想警告他什麼，他已經看見了：一群鱷魚忽然從岸邊現身，如黑色瀑布般洶湧的進入水中。

17. 羅剎鱷，Buaya Raksasa，巨大的鱷魚之意。在伊斯蘭教傳入之前，南洋一帶已傳入印度教和佛教，故「羅剎」一詞也已傳入，不過跟佛教的用法不同，當地人們通常說羅剎時，指的是巨人。

「不好！」紋身人急了，他深吸一口氣，潛入河水，心中唸咒，兩指劃過胸口的咒文紋身。他將蘊藏咒文力量的指頭碰上最接近他的阿羅魚，那魚當下僵硬，直沉入河中。

這是他令動物昏迷的咒術。

一尾尾阿羅魚在他點撥下昏絕，紛紛沉河，眼看越來越接近那女人，但鱷魚們也迫近他了！太遲了，一個鱷魚的長吻已經碰上他了，他忙用手指碰觸，該鱷魚馬上昏迷，停止划動四肢，紋身人立刻緊抱昏迷鱷魚的長吻，隨著牠沉入河底，意圖騙過其他鱷魚。

河面上一團混亂，有如沸水般翻騰，鱷魚們大口大口啃咬，鮮血染紅了河水，紋身人只見眼前的景象被血遮蔽，血腥還灌進他的耳道，在他的鼻孔徘徊。

他放開昏迷的鱷魚，游離混亂的區域，潛游到岸邊，確定沒有鱷魚後，他才爬上岸，趕緊觀看河面上發生了什麼事。

水面一片恐怖的深紅，那女人已被撕成碎片，他看到鱷魚們擠在一起，有鱷魚正在吞食手臂，阿羅魚群也在爭食肉片。紋身人忿恨的咬緊牙齒，惱怒自己沒救到那位陌生人，只不過差了幾根手指的距離！

「龍貢庫賽！小心！」他確定是巴蘭的聲音了，不過小心什麼？

身邊的樹林有動靜，一隻鱷魚衝向他，他立刻抽出獵刀，不待鱷魚趨近，便飛身到牠旁邊，鱷魚立刻揮動尾巴攻擊，紋身人閃避不及，被鱷尾擊中，整個人被撞飛。

事情發生得太快，紋身人的腦袋裡天旋地轉，幾乎把學到的咒語臨時都忘個精光了。

不過，在他身體凌空的瞬間，他感到重力不再約束身體，一連串深藏的記憶如泡沫般浮現，他驟然想起母親坐在地面編織籃子的畫面、父親手拎著一串魚回家的畫面、年幼的弟妹睡在他身邊的畫面……或許，這些就是他想拯救這對母子的原因吧。

龍貢說他的身分不再屬於人類，所以不准回家探望家人，這是龍貢饒他一命的條件，否則就必須以他的性命償還。

為何不行呢？他忽然釋懷了。

如果能跟家人再聚，即使死了也情願，不是嗎？

總比現在死在鱷魚手上好吧？

紋身人睜大眼睛，求生的慾望忽然如火般熾烈！

他在空中轉身，令自己落下時兩足著地，立刻環顧四周的情況，眼角掃過一個龐然大物，但另一隻鱷魚朝他直衝而來，他必須優先應付，於是毫不猶豫的也衝向鱷魚，將獵刀橫握，另一手直接兩指插入鱷魚鼻孔，鱷魚被嚇得張口，將他整個人抬起，他將獵刀用力插進鱷魚的眼睛，從左眼插至右眼，直接穿過兩眼之間的腦袋，鱷魚立刻癱瘓，重重的仆倒在爛泥地上。

紋身人聽到巴蘭又在呼喚他了，忙轉頭一瞧，竟驚見一隻人立的羅刹巨鱷，就是剛才眼角掠過的巨大影子，牠正斜眼望著紋身人，另一隻眼望著樹上的巴蘭。

「那是什麼東西？」紋身人驚道。

羅刹巨鱷吼叫了一聲，鱷魚停止攻擊紋身人，河面上的鱷魚也停止了騷亂。

一隻深黑色的鱷魚從河邊上岸，背上有個奄奄一息的嬰兒，他似乎哭得太累了，失去了生存的掙扎，撲在鱷魚粗糙的背上，發出微弱的啜泣聲。

紋身人這才看見羅刹巨鱷頸上掛著一串白白的小球，都是嬰兒的頭！

莫非這就是撒拉薩所言，要人貢獻十個嬰兒的水神？

他覺得不對勁，為何鱷魚的脖子會掛人頭，那會是誰幫牠將人頭串起來的？

他再看清楚，羅刹巨鱷身上遍佈了一條條詭異的灰色細流，正繞著牠打轉，令牠的身體彷佛蒙上了一層薄薄的灰霧。

紋身人將兩指悄悄滑過身上，再將帶了咒文的指頭滑過雙目，開啟異界的瞳孔。

是了！沒錯！那些灰色細流是咒文，是用遠古符號文字寫成的咒文。

就跟他身上的紋身一樣！

轉念一想，為何會跟他身上的紋身一樣？

揹著嬰兒的深黑色鱷魚，如同朝聖一般，威風的將嬰兒帶給羅剎巨鱷，周圍的鱷魚敬畏的低垂著頭，對兩位人類的存在完全不屑，要等待儀式完成，再合力收拾他們，眼下把嬰兒奉獻給老大比什麼都來得重要！

紋身人盯著羅剎巨鱷身上圍繞的咒文，想到了一個解釋。

當他仍是惹是事生非的小伙子頓達時，父親告訴過他一個神奇的故事。

這故事據說發生在很遠很遠的南方，越過重重山丘、河流與森林的南方，有個很厲害的巫師，他修煉很厲害的法術，能把自己變成鱷魚，潛伏在河邊，等待仇人過河時，把仇人咬死。

可是，他等待得太久，身體變成鱷魚太久，以致變不回人類，也漸漸忘記自己曾經是人類了。

「如果有這種鱷魚咒的存在……」紋身人心想，「這隻羅剎巨鱷恐怕也是個巫師！」如果有時間向其他老龍貢請教就好了。

「那麼，十個嬰兒又是為何呢？」紋身人的怒火霎然暴燃。

只見羅剎巨鱷伸出兩臂——比例上果然比鱷魚的前腿長——取下脖子上的人頭串鍊，把它的結解開，揹著嬰兒的黑鱷魚走到牠足前，恭敬的垂下頭。

羅剎巨鱷環顧四周，似在確定牠掌控了全場，根本不在意巴蘭和紋身人，他們都被鱷群重重包圍了，除非插翅才可能飛逃。

巴蘭兩腿張開，壓低下盤站在粗枝上，他在樹上瞄準羅剎巨鱷的眼睛，盤算著如何跳下去，一舉殺死站立的羅剎巨鱷。他剛才看見紋身人如何殺鱷魚了，他覺得他在樹上比較有機會。

正當巴蘭想要不顧生命危險的時候，後腦裡頭卻越來越很癢，似乎落頭蟲殘留的求生直覺正在阻止他這麼做。

不行！巴蘭按捺不住了，他握緊匕首，準備要拚了性命去殺羅剎巨鱷了！

正要跳下去時，一個聲音阻止了他：「還沒，再等等。」聲音自腦中深處揚起，巴蘭驚奇的四下尋覓。

紋身人也握穩了獵刀，耳道裡頭同樣揚起那個聲音：「等一等，還不是時候。」

這麼一個遲疑間，羅剎巨鱷已兩手抄起嬰兒，把嬰兒的腳朝著牠的嘴巴一口咬下，目睹嬰兒死亡的瞬間，紋身人和巴蘭心痛萬分！

「再等一等！」那聲音兀自在他們腦中迴盪。

嬰兒已經死了，還能等什麼呢？

羅剎巨鱷咬斷嬰兒身體，只留下一個小巧的頭，此時，牠卻咧開大口怒叫，憤怒的把嬰兒的身體吐出來！吐在地面的，竟然是一段奶白色的碩莪樹幹！

牠把嬰兒的頭扔到河中，一小段碩莪樹幹在水面載浮載沉。

牠四下張望，向鱷群吼叫，尋找嬰兒真正的蹤影。

牠朝跟前的黑鱷魚低下頭，張嘴威脅牠，責怪牠為何嬰兒被掉包了？

黑鱷魚沉默了一下，也向牠咧嘴，忽然一口咬住羅剎巨鱷的鼻子。

羅剎巨鱷大怒，高舉起頭要甩掉黑鱷魚，黑鱷魚被牠像布偶般亂甩，沒想到，任憑牠猛甩，黑鱷魚依然緊咬不放，羅剎巨鱷更加發狂的亂搖頭，四周的鱷魚嚇得連連後退，有的直接遁入河中。

「龍貢庫賽……」

「巴蘭……」

耳中的聲音又輕輕響起，附帶了指示。

巴蘭握著匕首從樹上跳下，一把抱著羅剎巨鱷的脖子，但脖子太粗大，他抓不穩，在滑落之前，他右手奮力一刺，匕首直接刺透牠的右眼，但匕首不夠長，透不到腦袋。

羅剎巨鱷愈加發狂，牠旋轉身體，尾巴亂掃，巴蘭緊握插在牠眼中的匕首，被牠狂搖的頭帶著亂晃。

「你還有一把匕首！」巴蘭耳中又有聲音了。

對哦！他忘了！一把是外婆給他的，已經插入羅剎巨鱷眼中，還有一把是母親的！

巴蘭左手從腰邊抽刀，等待羅剎巨鱷把頭甩去右邊，便順著力道盪去牠頭上，在空中一個鷂子轉身，將匕首插進牠的左眼！

紋身人見巴蘭奮勇殺鱷，腦中的聲音卻不斷叫他等待。「現在！」他一聽見聲音，便箭步衝刺，避開羅剎巨鱷的尾巴，用獵刀深深揮砍牠柔軟的腹部，用力拖拉下來。

羅剎巨鱷痛苦萬分，牠的肚子被剖開，一堆熱騰騰的黑色腸子傾倒而出，紋身人趕忙抽刀後退，不令腸子碰到他的腳。

坐在羅剎巨鱷頭上的巴蘭把手用力往後拉，牠巨大的身體朝後傾倒，巴蘭在牠倒下之前迅速跳開，免得被牠壓到。

周圍的鱷魚們全都按兵不動，靜靜的伏在地面，像是完全睡著了那般。

剛才揹嬰兒的黑鱷魚仍然咬住羅剎巨鱷的鼻頭不放，此刻才終於輕輕開顎，斜倒在一旁，眼睛張合兩下，如同大夢初醒。

巴蘭取回匕首，俯視羅剎巨鱷的屍身，不敢相信自己完成了這件事。他蹣跚的走向紋身人：「剛才有人在耳邊跟我說話。」

紋身人還在喘息：「我也是。」他將獵刀指向地面腥臭的黑腸，然後上前用刀推了一下，竟在腸子之間露出一個人，全身披蓋著灰黑的漿液，五官似乎溶掉了，完全看不出長相。

巴蘭驚道：「那是牠吃的人嗎？」

「不，」紋身人把腸子推回去，遮掉那人，「那是他本人，他是使鱷魚咒的布摩，那是他本來的面目。」

羅剎巨鱷的身體迅速朽壞，崩壞成一堆灰黴似的爛皮，腸子也失去彈性，萎縮成一團灰色破布似的東西。

紋身人明白，這是咒文化成的身體，隨著咒文消逝，身體也支撐不到外形了。他們小心謹慎的離開，繞過滿個岸邊的鱷魚，生怕再次觸怒了牠們。

此時，傳來嬰兒的哭聲。

兩人先是驚訝，隨即喜悅的互望，趕緊尋找聲音來源。

河岸的紅樹林氣根下，伸出一根小手在招搖。

嬰兒躺在籃中，隨著河水的波動而浮沉。

※※※

雲空坐在舢舨上，一臉疲倦。

巴蘭抱著嬰兒走向他，他微笑著向巴蘭伸出兩臂，接過他手上的嬰兒。

紅毛龍貢見狀站起，拿著魚叉，恭敬的守候在旁。

紋身人低身問雲空：「剛才附在黑鱷魚身上，又在我們耳邊講話的，是您嗎？」

雲空不置可否的答道：「能救到他最重要。」

雲空輕撫剛逃過浩劫的嬰兒，焦腳虎也上前來嗅他，但嬰兒他已經累得睡著了。

紅毛龍貢在旁邊對紋身人說：「唐人布摩很累，別一直跟他說話。」他對雲空變得十分尊敬，教紋身人也由不得嚴肅起來。

紋身人走到岸邊，朝著橫列在河面上的鱷魚喊道：「撒拉薩，那隻布摩變身的羅剎巨鱷已經死了，前頭的戰爭不知會如何變化呢？」

「無論如何，我都不會讓戰爭進入我的水域。」撒拉薩在河心遠遠吼道。

紋身人向撒拉薩敬了個禮，回身將舢舨推移下水，登上舢舨。

巴蘭撐起船槳，問雲空：「師父，回家了吧？旅程結束了吧？」

「回家了，」雲空微笑著說，「天下果然無安寧之處，前頭再沒什麼特別了。」他令元神蚩尤出竅，本來就十分消耗元氣，幸好他用了更簡單的辦法解決危機，間接借用一隻鱷魚的身體，而不直接使用元神，才保留了許多元氣，留著性命回去見紅葉。

巴蘭划船順流而下，紅毛龍貢在岸上漫步，手中仍然握著魚叉，陪著他們順流而走，直到舢舨開出他的地盤為止，才目送他們離去。

圩之六

涿鹿原

約公元前二〇〇〇年／
紹興廿八年（一一五八年）／
乾道六年（一一七〇年）

小時候，尤曾經想像，山的另一邊是什麼？

尤常常獨自跑到山裡探險，只帶一把小刀，便足夠幫他活上好幾天了。

正因如此，他發現了幾個天然洞穴，看來像是很久很久很久都沒人涉足過，裡頭有好幾副骨骸，從頭骨形狀來看不是人類，它們的嘴巴很長，眉骨高大，頭頂扁平，應該是體型較大的猿類。洞穴的地面散佈了許多邊緣銳利的石塊，形狀並非天然，應該是這批古老生物的工具。他拿了一個石刃來試試，果然鋒利，有切割的能力。

他不曉得，這批生物是人類遠古的親戚，他們被更兇悍的物種滅絕了，整個數千年綿延的物種，無論他們曾經創造過什麼、有過什麼思想，也只餘下骨骸，靜靜的待在洞穴裡逾五十萬年，幾乎沒被打擾過，即使有狼或虎經過，也對這些老骨頭不感興趣。

小時候，尤也不可能知道，在他逝世後數千年，世界大戰會波及此地，這批骨骸被幾個國家爭奪，然後在戰亂中失蹤。

他生存的時代，尚未有國家的概念。

他更不知道，消滅這批生物的物種，後來又被另一支消滅了。

然後是另一支，接著又另一支……

同樣的歷史不停重複上演，周而復始，輪迴不休。

肥沃的河谷和平原適合繁衍子孫，所以各族爭奪，平原常常屍橫遍野。

屍體滋養了土地，餵飽下一批佔領者的子孫。

直到他的祖先消滅了上一批「原住民」，繁衍千年後成為本地「原住民」，產生自己的創造傳說，好用故事證明自己是這片土地天生的主人。

之前的物種或許沒有語言，故事無法被述說。

儘管後來有了原始語言，說故事的人也被殺了，故事無法被流傳。

只有他們創造、使用過的工具，靜躺在洞穴中，證明他們曾經存在過。

尤把玩著洞穴中找到的石刃，繼續尋找有趣的東西，但一無所獲。

石刃還是很有用的工具，因為容易找到原料，也容易製作，他身上帶的刀子就很難得到，因為他是巫師之子，身分特別，才有機會得到一小片金屬，是半成品的小刀，他再自己想辦法磨利、用獸皮包上作為握手的把柄，隨身攜帶。

尤的族人雖有冶煉金屬的能力，但金屬仍然不是普及品，只有巫師和族長可以擁有，在戰爭時分配給族人使用，或為巫師葬禮的陪葬品。

當銅礦、鉛礦、鹽礦等礦脈在附近漸漸被發現時，平原上的族群經過無數試驗，開啟了冶煉金屬的文明，此時不但語言字彙已大量增加，語言也已化身為文字，可以不經口傳，就能流傳故事了。

尤從小聽著這些故事長大，故事述說他們九黎是多麼強大，是天地兼顧的一族，是從神樹生出的高貴之族，而所有其他外邊的都是未開化的野人。

山的另一邊有野人嗎？

如果真有，他還真想瞧瞧野人長什麼模樣？

尤不知道，當這個願望實現的時候，就是他們族人陷入地獄的時候。

※※※

紅葉很驚訝，雲空從旅程回來時，竟然會抱回一個嬰兒。

「他多大？」

「還在喝奶嗎？」

「他會說話了嗎？」

有關他是誰？他母親是誰？是何族人？等等問題，紅葉一概沒問，只急著想照顧這嬰孩。

雲空笑著搖頭：「除了他是男的，我什麼都不知道。」

紅葉把嬰兒抱在懷裡，端詳他的眼睛，嬰兒也瞪大眼望著她，似乎很安心，沒有哭鬧。

「他有點瘦呢。」

雲空嘆道：「他應該要喝奶的，可是母親不在人世了，我們這幾天在船上，都餵他搗得稀爛的香蕉泥……我去燒個水，調碩莪粉羹，土人教我的，還要放點蜂蜜。」

「好，好。」紅葉不停逗弄嬰兒，心情十分的好。

雲空愣愣的望了她一陣：「我們可以養他吧？」

「我上一個抱過的嬰兒，都已經很老了。」紅葉親了親嬰兒。

「咦？什麼時候？」

「就是你呀，」紅葉笑道，「別忘了，我是盯著你出生的。當時，師父……無生派我們師兄弟去為你娘接生的，她難產呀。」

當時，無生是為了確認他順利出生，好收集他這一世的身體。

雲空默默的走去燒水。

一個來自大宋的唐人布摩，已經是七十歲的老人。

一個永遠長不大的七歲女孩，其實已逾兩百歲。

他們互相尋覓了兩百年，即使終於能見面，也不可能如常人般結婚生子。

這個不幸的嬰兒，說不定能彌補缺憾。

「紅葉，妳說妳感覺到白蒲會來，他有來嗎？」

「他來了。」紅葉指了指客廳，「你還沒注意到吧？」

雲空朝紅葉所指的方向踱過去，由不得一驚。

那是很久很久以前——他也不清楚有多久，因為沒有正史的紀錄，大概有兩三千年吧——那個一連串鍊子的開端：蚩尤的青銅獸面鹿角頭盔。

「那是……」雲空的腦袋飛快的運轉了一遍，「那是無生的收藏吧？」這是最合理的可能了。

「曾經是。」

「莫非白蒲有見到無生嗎？」

「你何不親自問他？」紅葉朝客廳嘟了嘟嘴，「他在那兒呢。」

白蒲有在？雲空卻一點也沒感覺到他的存在！

白蒲趺坐在陰暗的一角，完全沒有動靜也沒有聲息，像個沒坐在那兒的人。

「他說要等你回來。」

「他坐在那邊多久了？」雲空嚴肅的望著處於入定狀態的白蒲。

「我看……」紅葉把嬰兒抱高，讓他的臉貼著她的臉，「五天吧。」

※※※

西方山後的人出現在大巫面前了。

在巫者和王者尚未分權的時代，大巫也同時是大王，是各個氏族的共主，從西方前來求見九黎大巫的一行三人，也是一位巫者。

他們語言不通，西方巫者遙指西方和北方的山丘，表示他們是從那兒來的。

這段路程翻山越嶺，想必不簡單。

九黎大巫在部落中央的大屋接見西方山民，那是部落中最大的木造建築，地面深深的挖低，深如人高，中間屋頂高聳，有直通天界的錯覺，看得西方山民們嘖嘖稱奇，羨慕不已。

西方山民端詳大屋四方，樑子上垂掛了風乾的肉脯和果子，四壁披蓋了許多獸皮，中央地面有個燃火的凹洞，還有最令他矚目的，是九黎大巫身後掛著的大旗，用赤鐵礦和赭石染成紅色，再用黑色畫了他們的圖騰：一隻巨大的甲蟲，也就是「蚩」。

尤是九黎大巫的長子，站在兩旁的族中長者之間，兩眼直盯這些西方人，不放過打量他們的機會。

為首的西方山民身上披著獸毛、胸前掛了一塊玉璧、手中握著綁了塊玉刃的權杖、腿上束著獸皮、頭上還戴了野豬的頭骨，野豬長長的獠牙令體格魁梧的他更顯威風，看來也是對方的重要人物，尤心想，說不定也是一位巫者。

西方巫者帶來一塊漂亮的玉璧獻給大巫，成塊雅致粉綠色的半透明石塊，打磨得十分光滑，中間還穿了個大孔，綁了一條十分漂亮的紅色縷帶。

這種質地較軟、稱之為「玉」的石頭，必須經過開採、切割、鑽孔、打磨等重重繁瑣程序，花費好幾個月才製成一塊玉璧，代表著他們有能力製作、有餘力支配、有權力佩戴，乃西方最尊貴的禮物了。

九黎大巫接過玉璧，前後翻轉察看，這東西美是美了，但看不出有何用途。

基於尊重對方，九黎大巫依然問他：「你有什麼要求？」

西方巫者弄明白九黎大巫的意思後，左看右看了一下，遂指了指旁邊站著的尤，腰邊掛著的那把自製青銅小刀。

尤以為對方想要他的東西，不免心裡緊繃。

九黎大巫搖搖頭。

青銅器是最尊貴的器具，必須匯集來自各部落的材料，由代代相傳的專人打造，惟有各族巫者和大巫有資格擁有。九黎大巫不確定對方具有如此高的地位，他甚至不確定對方是誰，配不配擁有這麼高貴的器具。

其實，兩族在數千年前可能曾是兄弟，只是在遷徙過程中各往山的兩側移動，最終發展成兩支不同文化和語言的氏族，再見面已是陌生人。

西方巫者又指向另一位九黎巫者的青銅飾牌，再三表示他希望得到一塊青銅，九黎大巫依然搖頭，然後送給他們精巧的陶器，在九黎中也是等級極高的禮器了。

千年來，隨著居住安定，九黎的文明愈形複雜，階級出現了，各種代表階級的禮器也隨之出現，各種分門別類的儀式愈形繁瑣，不得擅越等級。

除此之外，九黎大巫不願贈送青銅器的原因，一如今日的保護軍事機密，金屬的來源和比率、火候的溫度控制、打造的程序都是祖先累積的珍貴智慧，豈可白白送人？

他們招待三名西方山民過夜，第二天便送他們離去。

九黎大巫派人把西方山民送到山腳下，目送他們直到看不見影子為止。

但是，尤還不肯罷休。

他偷偷跟蹤三人，就像追蹤獵物般，不讓他們發現他的存在。

在山林中走了一段路之後，尤失去了三人的蹤跡。

大惑不解的他到處尋找他們經過的痕跡，在某個角落找到九黎贈送的陶器，還有西方巫者身上的野豬頭骨、獸皮等較重的儀式用服，看起來像是暫時離開，還會返回來取回的樣子。

尤擔心是陷阱，不敢久留。

他回到部落之後，便去找他從小結髮的女孩辛。

因為不論是私自去西方山區探險，或是跟蹤山民的使者，都是會被大巫苛責的事，他無人可以述說，只有辛會為他守住秘密。

再過一年，辛將會正式成為他的妻子，她的祖母是女巫，她也正在受訓繼承女巫的職位，未來他們將會成為一對巫師夫妻。

「你覺得他們想幹什麼呢？」辛聽了尤的敘述後，眼神也警覺了起來。

「他們不滿意陶器，他們想要我們的秘密。」

「那秘密是掌握在大巫手中的。」每個不同的巫各司其職，有專司藥草、治病、生產、祈命的女巫，有專司種植、天氣、曆法、神話及歷史的男女巫，專司畜牲、造房、食物分配、婚嫁的女巫，也有專司出獵、戰爭、兵器、律法和刑罰的男巫，而最後那個通常就是大巫。

「我覺得應該提防他們，越早瞭解他們越好。」

「你是未來的大巫人選，」辛握緊他的手，「不應該輕舉妄動。」

如果尤在未來擔任九黎大巫，他也將掌握這個秘密。

「說不定，剛才他們是暫時把東西擱下，然後回頭探察我們。」尤忍不住咬起拇指來，「不知他們真正的企圖是什麼？」

「我們明年就要結為夫妻了，明天也要開始在你身上紋身了，」辛依偎在他肩膀上，「我們九黎是天下的主人，不必擔心那些山民的，不要胡來哦。」

「我擔心。」他沒那麼安於現狀。

暴風雨之前必有平靜，肥美的瓜果之內也可能有蟲蛆。

「如果我去探看西方山後，妳會生氣我嗎？」

辛睜著靈氣的大眼直視他：「你做的事，我永遠不會阻止，只有追隨你。」

※※※

面對這位曾經不止一次、不止一世想殺他的人，雲空心裡畢竟會感到怪怪的。但是白蒲看起來十分安詳，沒有絲毫的威脅性。

雲空說：「你看起來不太一樣了。」

「有何不同呢？」

「你比過去平靜許多了。」

「謝謝你告訴我，我還正想知道，我有沒有跟過去有所不同呢。」

「那你能否告訴我，是什麼令你不一樣呢？」

「我出家了。」

雲空望了望他的頭頂。

「那是長回來的，還會再剪掉。」

「你這趟來……」雲空有點不太想問，「是找到讓紅葉離開身體的方法了嗎？」撇開拐彎抹角的語言，也就是讓紅葉能夠死掉的方法。

「沒錯，」白蒲說，「道理在佛法中，佛法對於生死探討得無比透徹，我也得跟你好好說一說，畢竟一切因緣是根源自你，要解開此結，必須從根解結。」

雲空席坐在白蒲面前：「貧道洗耳恭聽。」

「好，你過去有過無數的輪迴，未來也會有無數的輪迴，這點你承認嗎？」

「這是當然的。」

「本來輪迴就輪迴罷了，每一世都會影響下一世，乃至於未來每一世，」白蒲說，「但是，你的輪迴卻被困住了，變成大輪迴中的小輪迴，就如被困在魚缸裡的魚，只能在魚缸裡頭繞圈圈，繞不出外頭。」

「外頭也是輪迴。」

「但外頭仍有脫離輪迴的機會，裡頭則是如同阿鼻地獄——無有出期。」

「脫離輪迴……我從小就聽說，至少要到阿羅漢境界才可行。」

「你不相信嗎？」

雲空憶起了凡樹，他在坐化之後，身體縮小了許多，這種坐化稱為「虹化」。

凡樹留了一首絕筆詩：

幻身來此一遭，四大遊戲人間，野雲遊於虛空，虹身照見真如。

詩中「虹身」則指「虹化」，雲空認為凡樹是指他自己。

如今想來，第三句不就是暗喻「雲空」嗎？

如此道來，這首究竟是凡樹的絕筆詩，還是留給雲空的勸言？

「我相信，」想起燈心燈火、凡樹等出家師父的恩情，雲空毅然說道，「只是我不太有信心辦到。」

「你辦不到的原因，是因為紅葉。」

雲空驚抬其頭：「為何是紅葉？」他擔心紅葉會聽到，不禁瞟了眼紅葉，她正用燒水調碩莪粉，還拿了一節甘蔗，要取汁加入粉羹給嬰兒食用。

「每一世的輪迴皆非獨立存在，而是環環相扣有如長鍊，你在魚缸內的小輪迴就如同一條自困的鎖鍊，而你身為蚩尤的那一世，就是這個小輪迴的開端，造成你生生世世都被這一世所困。」

「那只關蚩尤，為何又關紅葉的事？」

「因為你執著於她，生生世世都想跟她在一起，或她也想跟你在一起，都是這反覆無窮的執念，令你們互相困住對方。」

念頭的力量是非常強大的。

雲空十分瞭解。

不過瞭解是一回事，有意願實行又是另一回事。

念頭可以改變自己的人生、別人的人生，也可以轉變宇宙的運行。

或許說，宇宙就是由無窮盡的念頭構成的。

或許，當把分子、原子、夸克、超弦逐步剖開後，最終找到的就是念頭。

「你願意斷此執念，放開你自己，放開紅葉嗎？」白蒲問他。

雲空對別人的事往往義不容辭，對自己的事就猶豫不決了。

「我之所以受困於蚩尤的那一世，難道不是無生造成的嗎？」

「不，」白蒲大搖其頭，「無生是因為對你的執念甚感興奮，才找你麻煩的，也因為你對紅葉的執念，他才把紅葉困於不死之身的。」

雲空感到額頭沉重，大大嘆了一口氣。

在他意識深處的蚩尤，也黯然的冷卻了、稀散了。

白蒲眼神溫和，毫無責怪之意：「對無生而言，這一切只不過是個遊戲，而你，才是惹他遊戲的起因。」

「不放開紅葉，她就無法脫離這身軀了嗎？」

「脫離這不死之身，是紅葉自己要做的努力，」白蒲說，「我說的是這之後的事。」

「這之後的事？」

「你要每一世緊扣紅葉？還是，你們都想超脫輪迴？」

「白哥哥。」正在餵嬰兒的紅葉，忽然作聲了，「請別逼他了。」

她一手將嬰兒抱在懷中，以臂彎為枕，另一手用木匙自碗中掏起碩莪粉羹，放到嘴前吹涼，嬰兒期待的發出咕咕聲，等待下一口。

白蒲默不作聲。

「那是我情願的，我答應過他的。」紅葉把頭轉向雲空：「你做的事，我永遠不會阻止，只有追隨你。」

雲空紅了眼眶，而神識深處的蚩尤，落下了淚水。

白蒲輕聲向雲空補充一句：「直到你願意放手為止。」

※※※

「不，我不放手！」

當部下勸他放棄守住部落中央最高大的木屋時，蚩尤這般吶喊。

這木屋代表著一族的榮耀，是歷代大巫通天之處，也是他繼任為九黎大巫的殿堂，豈可敗壞在他手上？

「走吧！蚩尤！留得後路，別死在此時此地呀！」他最得力的左右手「苗」催促他，「放手吧！帶領族人逃跑吧，只要還能生養，就能回來這個家！」

寨外的廝殺聲震天駭地，身為九黎大巫，蚩尤理應身先士卒去前線殺敵，然而，部落外抵抗西方山民的戰士們準備犧牲自己，正是為了保留蚩尤和女人們的性命，如果他也衝出去廝殺，戰士們就白死了。

蚩尤的擔憂成真了，小時候見過的西方山民，竟在蟄伏十五年後攻打他的部落、屠殺他的族人，而且他們用的兵器還是石器，卻贏了九黎引以為傲的青銅兵器。以現代來看，就像彈石弓箭打勝了砲彈槍枝。

苗退後一步，向他鞠了個躬：「您是對的！您一向以來的堅持，今天證明了你是對的！」苗情緒激動的說：「我去殺人，但您一定要先逃去雨氏，如果殺光他們，我會去雨氏請您回來。如果我們輸了，請您結合八十一氏復仇！」言畢，苗便衝到前方，加入他率領的戰士團了。

「爸爸！」蚩尤的長子拿著兵器跑過來，「媽媽已經帶著弟妹，逃向風氏部落去了！我留在你身邊殺敵！」

蚩尤望著長子初生之犢不畏死的模樣，一如他當年相同年紀時，不知死活的翻過山嶺，尋訪西方山民的落腳地。

蚩尤憐憫之心乍起，不忍心兒子這麼年輕就沒命了。

冷靜之後，他迅速恢復理性的思考，於是撫了撫兒子肩膀：「殺敵不必，帶幾個朋友，快去毀了冶金爐，帶走所有原料，大家退去風、雨二氏。」

他認定西方山民的目的不在土地，而是青銅器的製法。

因為當年十四歲的他，的確曾費了幾天工夫，翻過幾座山，走到最接近西方山民的山頂，遙望到的西方卻是一片遼原，炊煙處處，顯出西方山民並非山民，而是擁有肥田、畜牲、奴隸的大部落！人數絕對不輸九黎。

當他還是「尤」，尚未冠上「蚩尤」的名號時，他便已經知悉對方不容小覷，只不過兩族之間隔了一片山區，是以平日井水不犯河水。

直到其中一方面臨人口和糧食的壓力，想要搶奪別人的資源。

或有人認為，對方有比自己更好的東西，想佔為己有。

蚩尤察覺到九黎安息生養很久了，長期沒有戰事，依賴法制和禮節維持和平，年輕的戰士們幾乎沒有實戰經驗，萬一遇上有備而來的敵人，窮凶惡極的殺人，年輕戰士們根本措手不及。

他擔任大巫後，極力訓練年輕戰士，卻被族長們認為愛好武力，不是好的大巫。

只有妻子辛瞭解他的想法：「青銅需要打磨才會有光，他們的批評，只會令你日後光芒萬丈。」

如今他的顧慮成真，西方山民在他們憩息的深夜悄悄出現，先放火製造驚恐，還順便藉由火光辨認殺人。

經過一夜奮戰，天明時，九黎大巫蚩尤不顧祖先的智慧被奪走，毅然摒棄了祖先的部落，先逃去最接近的氏族，準備反撲。

壕溝和圍欄減慢了敵人進攻的速度，也為他們留下了逃生路線，蚩尤率領女人和小孩從大寨東南方的路線遁逃。

殺戮停止，塵埃落定後，一支十人左右的團體進入蚩氏部落的大寨。

為首之人身披獸皮，頭頂上戴著沒了下巴的熊頭，與眾人長驅直入曾是九黎之首的部落。

他乃有熊氏氏長，人稱熊人，一雙冷峻的眼睛環顧大寨，掃過四周傾倒的圍欄、被堆積在一起的屍體、跪著或躺著的戰俘，他心中盤算奴隸的人數，然後步向部落中間的大屋，他要親眼瞧瞧豕氏巫長告訴他的通天大屋，還有九黎大巫座位後方掛著的大甲蟲紅色大旗。

但是，大甲蟲圖騰已被取下，隨著蚩尤離開了。

他再走去冶煉金屬的火爐，只見泥土堆成的火爐已遭碎裂，所有冶煉工具和原料都被搬走了，沒留下半點高科技的線索。

「有留下會用這些東西的人嗎？」熊人指了指火爐，問率先攻進來的戰士。

「不知道呢，大巫。」

熊人忖著，語言不通是問題，需先從這群戰俘身上學習他們的語言。

他四處走動，發現留下不多有價值的東西：「他們怎麼能離開得如此迅速？」

「他們有一樣特別的巫術，」戰士報告，「在陸上也能行舟，把東西快速運走。」

「究竟是何等巫術？」熊人身為族長，同時也是大巫，對巫術甚感興趣。

戰士無法具體描述，繪畫能力又不怎樣，無法貼切形容那被後世稱為「輪」的圓形物體，更說不出「車」是什麼東西。

熊人冷冷的觀察地面上的車輪壓痕，像一條長蛇綿延。

他低頭踱步追隨輪痕，才剛走到寨外，輪痕就消失了，有人拿著樹枝跟在車後，用樹葉掃除輪痕了。

熊人深吸一口氣，他心知這次攻擊沒有一舉成功的話，接下來就會延長戰事了。

他也深知，有熊氏在兵器和文化上輸於九黎，此次是勝在策畫，贏在戰略，亦即後世所謂的「兵法」。

「有請應龍。」熊人命令道，「立刻追蹤他們。」

頭頂戴著野豬頭骨的豕氏巫長應龍，派手下牽著野豬，用長長的鼻子搜尋殘留在地面的氣味。

對方留下的每一步，都會將腳底的氣味壓進泥土，為死神帶路。

野豬的鼻子十分靈敏，應龍追了一個小時，就看見前方的逃難人群了。

應龍馬上叫兩個部下回去通知熊人，自己帶著幾個部下繼續追蹤。

前頭的人也發現他們了，立刻有幾個人拿著兵器，朝著應龍奔來。

應龍一看，對方手上拿的東西果真特別！是他見所未見的兵器。

他握緊手上的石斧，幾個部下也握緊了手上的石刃、石錘。

應龍將手放在野豬頭上，口中唸了個咒，輕輕一拍野豬頭，野豬瞬間眼神狂亂，竟口中嚎叫流涎，衝向蚩尤的隊伍！

蚩尤的部下跑向野豬，手中握了前方有尖刃的長棍，他閃過野豬，瞄準牠的肚子猛插進去，野豬一邊奔跑，一邊拉裂肚子，邊跑邊掉下一大串腸子，馬上失血倒地。

「好個殺人的傢伙！」應龍不禁心裡讚嘆，難怪熊人大巫會渴望得到！

蚩尤兩手各握一長一短的兵器，他認定了這個頭上帶著豬頭骨的壯漢，就是小時候看過的那位西方巫者，他果然是來打探消息的間諜！

「蚩氏歷代大巫，九黎歷代大巫，護佑我！」蚩尤口中呢喃著，長兵直插應龍喉頭，應龍忙以石斧抵擋，兩人年紀相差七、八歲，一人年輕勇猛，一人雄壯老成，兩位巫者交手起來，竟然不相上下。

應龍見對手勇猛，興奮得很：「不枉我損失一隻豬！」

應龍臂力強健，力大無比，他的石斧一擊，蚩尤用青銅刀面擋住，也被石斧震得差點脫手！數番交手之後，蚩尤劃了應龍手臂一刀，應龍頓覺皮肉熱辣，心中直呼：「原來是這種感覺！」更快、更細、更深，跟石製兵器粗重的撞擊力、爆裂的創口完全不同。

應龍跟蚩尤戰得大汗淋漓，眼睜睜看著他追上的隊伍漸逃漸遠，此時又聽見部下慘叫一聲，被斬殺在地，喉頭破裂，鮮血噴得滿臉滿身，教他觸目驚心。

好漢不吃眼前虧，應龍呼喝一聲：「退！」立刻與部下且戰且走。

一旦有了退意，就無法心無旁騖的作戰，應龍一個不慎，被蚩尤的短刀刺中肩膀，在刺中的當兒，還聽刻蚩尤口中不知在唸些什麼，傷口裡頭脹了一下。

應龍正準備就死，蚩尤竟把他踢倒在地，跑去跟他的另一個部下打了起來，一刀就斬傷他部下的腿，他部下剛剛倒地，蚩尤已經坐在他身上，拿著短刀活生生割他的脖子。

應龍拔腿就跑，耳中猶聽著部下的淒厲的慘叫聲，聽得他肝膽俱裂！

他覺得他們惹到不好惹的對象了。

應龍回到蚩氏大寨，熊人見只有他一人回來，不禁變了臉色。

「你受傷重嗎？」熊人馬上叫左右手取來藥草袋，親自為應龍療傷。

「他的刀很利，你瞧瞧。」應龍出示手臂上的刀痕，以及肩膀上的傷口，「你覺得怎樣？」

熊人一面揉碎藥草，將藥草敷在傷口上，一面期待還有人逃回來，但等了許久，都不見有人回來，熊人也開始擔心了。

「咱們離開吧。」熊人站起來，「帶走女人和糧食。」這是他們掠奪的慣例，女人再不聽話，只要讓她們生下孩子就聽話了。蚩氏大部分的女人都逃跑了，只有幾位在有熊氏攻入時就被俘獲了。

「男人呢？」有熊氏巫長問道。

「這麼強悍的男人，用來當奴隸的話，日後也是麻煩。」熊人轉頭問眾人，「諸位巫長認為如何？」他問隨同前來的豕氏、有熊氏、隼氏三氏巫長。

三氏巫長面面相覷，每個人心裡各有盤算，要在倉促間達成協議，委實不易。

「諸位不反對的話，我帶回去吧！」應龍道。

沒人反對，但熊人提醒他：「你馴服得了野豬，未必馴服得了人哦。」

應龍哈哈一笑，但傷口一笑就痛，痛得他冷汗直冒，他趕緊壓住肩膀的傷口。傷口內似乎有東西在跳動，哦，隨著脈搏在抖動，「應該是傷口太深了吧？」他想。

※※※

白蒲感到有些困惑，他不知道他正在對雲空說話，還是在對蚩尤說話。蚩尤是雲空久遠以前的過去生，雲空不是蚩尤，不是朱彥，不是清虛，未來雲空也不會再是雲空。

不管是蚩尤、朱彥、清虛、雲空等過去未來的名稱，都只是暫時使用的假名。但是，蚩尤那一世的強烈經歷，令蚩尤的主觀意識一直留存，甚至變成堅固的元神，這是白蒲出家多年來深深瞭解到的。

從根解結，需先從蚩尤下手。

「無生對你發生興趣，是因為你在蚩尤之後的幾世，都同樣在四十三歲去世。」白蒲說，「當年他不明白，但現在我可以告訴他，那是執念造成的，前世強烈的記憶，尤其是極大的哀傷、疼痛或驚嚇，就有如深壓在神識中的印痕……不如由你自己告訴我，你有哪些印痕吧。」

雲空雙目半合，讓紛亂的心識變得純淨，讓思考停止，以直心回應。

「四十三。」他說。

「為何執著四十三？」

「因為不甘心。」

「還有嗎？」

「辛……」雲空搖搖頭，「就是紅葉。」

「為何執著於她？」

「因為……有些事，被打斷了，還沒完成。」

「還有嗎？」

「孩子們……奇怪，我對失去的孩子，反而沒太大感覺。」

「你忘了他們？」

「想不起。」說著，雲空忽然流下淚水，「為何會想不起？他們明明如此重要。」

紅葉見狀，忙抱起嬰兒跑過來，先把嬰兒交到白蒲手中，然後轉身替雲空拭淚。

白蒲低頭打量手中的嬰兒，嬰兒也呆愣的回望他，白蒲對他微笑：「我們見過面嗎？」

嬰兒兩腿踢著白蒲的手臂，嘟起嘴巴，發出咕嚕咕嚕聲。

「原來如此，」白蒲揚起眉頭，「原來如此呀。」

※※※

這只是有熊氏的第一波攻勢，熊人為這天已經準備了很多年。

他計畫的是一場大撲殺，聯合好幾個氏族的兵力，以迅雷之勢，一舉削弱九黎的力量，首先就要在九黎各氏聯合起來之前，便將他們逐一攻破，搶糧殺人，俘虜比較容易思想教育的女人和小孩為奴。

有熊氏的戰略十分有效，他的速戰之術一如後世兵聖孫武所云「兵聞拙速」，他事前的偵察和計畫則「未戰而廟算勝」，不令九黎有喘息的機會。

熊人很年輕就發現了這群山後平原部落的存在，也注意到他們有更先進的技術，對於九黎的存在，他感到芒刺在背，擔心日後被九黎攻打，因此早在雙方都還沒人想到之前，他便開始計畫了。

十五年前，他策動豕氏的應龍去送禮，是一場試探，也是令豕氏親眼去看看，好證明他的顧慮不假。

被攻打得七零八落的九黎，蚩尤花了好長時間才將部分氏族集合起來，組成聯合大軍，開始計畫復仇。

戰爭的巨輪一旦啟動，便會陷入無窮無盡的循環，雙方互相襲擊，甚至忘了最初的目的。

隨著連年戰爭，蚩尤身上的紋身也不停在增加。

他祈求獲得諸神庇佑，在身體刺上各氏的圖騰，包括自己本氏的黑甲蟲「蚩」，他全身已佈滿了飛鳥、走獸、毒蟲等八十一種圖騰，連臉孔也被紋身掩蓋了。

蚩尤的妻子辛，也是九黎的巫者，已為他生養了五名子女。她有時會撫摸他的臉：「蚩尤，我已經看不到原來的你了。」

「我還是我呀。」他溫柔的抓住辛的手，辛隨著他東奔西跑，手掌已經不再柔滑，但依然是他永遠摯愛的辛。他有時會想，即使每一個人都死了，他只願辛仍在身邊。

「你還是你，但是，」辛撫摸他已被蜈蚣刺青佔據的眉毛，「我看不出你在生氣、在哀傷，還是在高興了。」辛撫摸他胸口上的甲蟲、蛇和蟾蜍，「我看不出你有沒有受傷，也看不見過去的傷痕了。」

蚩尤撫摸自己的臉上凹凸不平的紋身，其實令他的表情十分僵硬，甚至會在微笑時覺得繃緊。

連年血腥的爭戰，他已經快把自己磨練成沒有感情的人了。

「這場仗，何時才會停止呢？」辛憐愛的捧著他的臉孔，「已經打了快六年了，女人失去丈夫，孩子失去父親，母親失去孩子，土地失去耕作，我們雙方都死傷許多人，農田也無法好好耕作了。」

蚩尤低頭不語，良久，才問：「辛的意思是……？」

「人們已經十分厭惡戰爭了，你們殺死他們的人，幾個月後，他們又殺死我們的人。」辛的語氣十分平靜，「你要何時才停止呢？當你終於死在戰場的時候，或者，你終於把他們所有人都殺死的時候？」

辛別過頭去：「更何況，我們的孩子，也有兩個被他們殺死了。」

蚩尤知道，辛不想讓他看見淚光。

仇恨容易蒙蔽理性，即使有智慧的人也難以抵抗仇恨的威力。

有的九黎氏族不加入戰爭，已經遠去他鄉尋找新天地了，辛是在暗示他這個嗎？捨棄祖先之地，不就連神話中把祖先生出來的創生神樹也要捨棄嗎？

「我今晚帶一些人去探察，然後再決定好嗎？」其實在這幾年，他也一直在尋找好友「苗」的下落，當年苗捨命為他掩護，事後沒找到苗的屍體，他去攻打後山各氏時，也沒見著苗的蹤影，因此他想去還沒探勘過的地區，希望能找到苗。

辛忍不住綻露笑容：「那你越快回來越好。」

蚩尤沒想到，這是他與辛的訣別。

當他們回來的時候，整個大寨像被旋風肆虐過一般，房子燒燬，遍處死屍。

他發狂的尋找家人，找到被石頭砸破腦袋的老母，找到兒子被石錘折斷的屍身。

他奔出廣場，看見被扔入篝火燒焦的嬰兒，被強暴後擊破頭顱的少女……

而他找不到辛。

他不斷自問：「辛去了哪裡？辛怎麼了？辛怎麼了？」

蚩尤焦急得整顆頭顱發熱，渾身如被烈火焚燒。

他翻看每具屍體，每個奄奄一息的活人，最後他跪在地上，吶喊道：「九黎的祖先們呀！難道我們沒有祭祀你們？沒有每年讚揚你們的功績嗎？這是你們對子孫的回報嗎？」

※※※

「你找到了嗎？」

雲空的淚水無法止住，眼前像泡進了水池，什麼也看不清楚。傷痛如魔祟般挑動了他的淚腺，無止盡的淚水便潺潺而流。

「你找到了嗎？」白蒲再問。

雲空回答不出來，只能點頭。

紅葉想要上前安慰，卻被白蒲伸手阻止：「讓他哭，讓他回想。」

「可是……」

「拜託，」白蒲輕輕把嬰兒交給紅葉，「這對他十分重要。」

紅葉抿著嘴，點頭退後。

「太痛苦了，太痛苦了……」雲空說，「我忘不了，我無法去忘記。」

「你無需忘記。」

雲空錯愕道：「不……不是該忘記的嗎？」

「你無需記得，也無需刻意去忘記。」白蒲說，「你只要知道它存在就好了。」

「我一遍又一遍的想起……」

「那就一遍又一遍的想起，它會重複，就任它重複。」

雲空深吸一口氣，兩掌重新平放在盤腿的膝蓋上。

他平靜了混亂的心緒，痛苦的記憶如波浪般無限的重複，造成他生生世世困於其中，他面對時痛苦，逃避時也痛苦，但在白蒲的引導下，如今他終於漸漸不受影響……

不逃，也不面對。

只是觀察。

它就在那邊，雲空只需觀察。

它曾經發生於某個時空中，它真實存在。

它已經過去久遠，時、空皆不在了，它也不復存在。

所謂存在，既非存在，是名存在。

它就在那邊，但不執著於它，也不冷漠以待。

應無所住，而生其心。

「假使你成功了，雲空，」白蒲心中想著，「即使身處紅塵，也不被紅塵所轉了。」

雲空的淚痕乾了，在臉上留下發亮的鹽晶。

記憶依然不停播放，但他已不再被其影響，只是默默的觀看。

※※※

蚩尤結合九黎氏族，率領群巫和銅兵，越過西北方山區，侵入涿鹿之原。

這次他們有備而來了。

在下山殺人之前，群巫們先在晨霧中唸起咒語，要令晨霧在陽光出來後經久不散，要令陽光被雲朵遮蔽，要令雲朵又多又厚。

然後，他們用輕盈的腳步下山，不驚動站在枝頭沾滿露水的野鳥，不令草地發出沙沙聲，不讓兵器在晨曦下反光。

他們用擅長的游擊戰方式，悄悄用弓箭殺死守寨的人，扳倒早起在外頭走動的人，然後每一位殺手守在每一間屋戶門口，準備同時動手。

就在此時，漸漸升起的陽光下，蚩尤看見了，大寨中間的廣場有個木架，辛被綁在上面，身上插了許多根石矛，一根還從下巴插入，直透頭頂。

蚩尤忍耐著不發出慘叫聲，用力咬牙，直至咬崩了門牙。

他感到眼球火熱，眼球血管爆裂，瞬間染紅了他的雙目。

蚩尤的眼睛就是那時候變紅的。

他冷冷的舉手一揮，下了個指令，所有人立刻進入房子，蚩尤聆聽著慘叫聲此起彼落，心中冷冽如冬日寒冰。

他看見有間房子有女人抱著小孩跑出來，心想，難道他衝進去的戰士被殺了嗎？心念未歇，他已上前刺死那女人和小孩，然後繼續在外頭等待，看看還有什麼人出來。

不久，房子果然步出一個滿身血污的人，他手中握的石斧黏了一坨血肉，身上也劃了刀傷，不過蚩尤還是一眼就認出了他：「苗？」

苗聽見好久沒聽過的聲音，先是怔了怔，然後望了眼蚩尤跟前女人和孩子的死屍，立刻舉起石斧衝向蚩尤，蚩尤馬上應戰！

兩人都是九黎戰鬥好手，蚩尤見苗對他招招殺著，完全不顧往日情誼，先是錯愕，後來慢慢瞭解了。

為何這些年的爭戰中，熊人能清楚九黎各氏族的位置？

為何屠殺全村老小，卻只有辛被擄走？誰認得辛是他的妻子？

蚩尤的眼睛更紅了，連前方的視野都蓋上了一片血紅！

「是你害死辛的嗎？」他不再困惑，奮力回擊苗，「是你帶他們去攻打九黎的嗎？」

苗也不示弱，展現九黎戰士的拿手武技，兩人年紀相仿，童年時一同習武，對於對方的路數悉皆了然於心，兩人的差別，只在多想置對方於死地而已。

「你吃九黎的奶水長大！你帶野蠻人去殺你的家人？」蚩尤連串的攻勢，不令苗有機會回手，「辛從小跟我們一起長大，你讓她死得那麼慘？」

苗淒厲的大喝，石斧打屈了蚩尤的刀面：「你才殺死我的家人！你殺我妻！你殺我兒！」

蚩尤明白了。

苗是回不來了。

「你是九黎叛徒，」蚩尤冷冷的說，「歷代九黎祖先將詛咒你生生世世。」一旦蚩尤恢復冷靜，苗的弱點就在眼前昭然若揭。

他雙手長短兵器一揮一刺，長兵揮斷苗握斧的拇指，短兵插入苗的下巴，口中詛咒：「送你到黃泉，願你的靈魂被黃泉之鬼噉咬。」

苗倒地之後，蚩尤在他斷氣之前切下他的頭，拎到辛的屍首面前，高舉起來給辛看，才拔掉辛身上的石矛、解開辛的繩子。

殺盡氏民之後，他們扯下大寨內的黃旗，用來包裹辛的屍體。

有熊氏的部落聯盟皆以雄黃染色的大旗為記，很好辨認，只是旗面上的圖騰有所不同。

那天之後，漯水之交匯，肥沃的平原，九黎展現優秀兵器的實力，將涿鹿之原染成代表他們的赤紅色。

※※※

紅葉還記得當時死亡的過程嗎？

本來雲空還執著於這個問題的，但他現在也不執著了。

不過他仍然困惑，為何當年的辛必須如此死法？

為了一挫蚩尤的銳氣？為了給他警告？

是熊人的戰略嗎？還是苗的獻計？

能回答的人早已化成分子，經歷過無數的分子循環，不知在多少生物體內分解又復重組。

雲空觀察記憶在亙古的迴波，觀察它滑過面前，一幕幕掠過，所見盡是殺戮。

這些殺戮，當年看來很有意義，如今看來卻像看戲般虛假。

「我罪孽深重，」雲空平靜的說，「我該墮阿鼻地獄的。」

「即如此，你早該墮了，為何仍能生生世世為人呢？」白蒲提示他。

「我凡夫，不敢說深明因果，不過……」雲空說，「地獄是一念，不墮也是一念，說不定，尚有一念牽著我，不往地獄的路上走吧？」

※※※

在辛慘死後，蚩尤又征戰了八年。

四十三歲的他，坐在屍體滿地橫陳的戰場上，身心俱疲。屍體的腦袋被蠻力敲碎，或被利刃穿破，流出的漿水和血水把一切都染上了赤紅色，模糊了人的輪廓，也抹除了敵我的分別。

沒人敢接近他，因為即使他遍體鱗傷，依然能隨手將近身的人殺死。

心有不甘的蚩尤在沉思，為何今日他會落到如此田地？為何擁有冶金技術的九黎，會敗給只懂用石頭的有熊氏？跟隨他的人不是投降就是死絕，也有半路退出聯盟，遷徙他鄉的，為何他們不能團結一心，重振九黎光輝？

一個高大的身影來到他身邊，他不用看也知道是豕氏的應龍。

「蚩尤。」應龍呼叫他的名字。

應龍手中握著一把青銅刀，是他從九黎戰死者得來的兵器，他選了最銳利的一把。

是的，有熊氏從九黎奪走了不少兵器，他們採礦、提煉、冶製、打造才完成的兵器，卻被有熊氏奪去，反過來殘殺製造這些兵器的九黎。

蚩尤抬頭看應龍，眼神移到應龍肩膀，那兒有個永遠無法順利癒合的傷口，十餘年前，應龍率眾追殺他們之時，蚩尤親自把一個「原蟲」種進去了。

蚩尤慘然笑問：「傷口很不舒服吧？」

應龍學了一些九黎話，悄悄聽懂，反問：「什麼不舒服？」

蚩尤嗤鼻一笑，不打算揭穿，就讓應龍一生被這東西折磨吧。

應龍見蚩尤沒有防備，當下毫不猶豫的手起刀落，結束了熊人的心頭大患。

他將蚩尤的頭連同青銅獸面鹿角頭盔一起取下，蚩尤的身體仍然坐著，由強烈的怨氣支撐著，不打算倒下。應龍見了，對部下說：「他不是平凡人，好好安葬他。」

應龍提著蚩尤的頭顱，口中唸咒，要將他的烈性封存於頭中，這是大巫熊人吩咐他做的，好令九黎永遠無法在這片土地上復興。

而九黎果然退出了中原的歷史舞台，另覓天地繁衍子孫去了。

涿鹿原上，過去好幾支物種或人類都被滅族了，沒有隻字片紙被記錄下來。

然而這次，雙方的名號都被用原始的文字記載了下來。

後來，他們被統稱為黃帝和炎帝。

※※※

午後的陽光穿過屋壁的縫隙，斜照在地面，光線柔和舒服。

沁涼海風也穿壁而過，提醒了白蒲，此處不是大宋，更離古戰場涿鹿有萬里之遙。

白蒲望了眼雲空，雲空平靜的合上雙眼，像是睡著了。

紅葉走過來悄悄說：「他年紀大了，又才剛長途跋涉回來，想必累壞了。」紅葉拉拉他的衣袖：「你急什麼？過來，讓他安靜一下。」

白蒲微笑著站起來：「妳真的很像一位妻子了。」

「像嗎？」紅葉眨眨精靈的眼睛。

「像。」

紅葉忍不住高興的笑了起來，白蒲望著她嘴角的淺窩，也微笑著合上眼，避開他曾經最愛看的笑容。

※※※

十二年後，某個旱季的早晨，年邁的雲空喝下一碗雜糧粥後，蹣跚的走到高腳屋的門邊，坐在門檻上，眺望被太陽漸漸曬暖的大地。

「紅葉。」他蒼老的聲音輕呼著。

七歲身軀的紅葉走過來，握著他皮膚鬆柔、佈滿皺紋的手：「嗯？」

「我要走了。」

「要走了嗎？我準備好很久了。」紅葉輕撫他的手背：「我會跟上。」

紅葉把頭輕靠在他的胸膛上，拍拍他的手臂，要他安心。

雲空滿足的合上雙目，離開這副使用了超過八十年的身體。

紅葉聆聽他的胸腔，聽見心跳靜止了。

紅葉感覺到他的軀體驟然空寂，曉得他捨離了。

「是時候了。」她忖著。

十二年來，紅葉反覆練習，已經訓練得能讓神識隨時離開身體，道教叫「出元神」，或叫「離體」。

於是她合上眼睛，靜靜的躺入雲空懷裡：「我來了，你等等。」

然後，她全身肌肉逐漸鬆弛。

然後，她永遠不再回來這具身體。

之圩六

織雲捲

淳熙三年～四年

（一一七六年～一一七七年）

看了好久的海，他幾乎忘掉踏在陸地上的感覺了。

大船從一覽無涯的海洋進入內海時，海水開始變得混濁，連那親吻海水的天空也藍得不起勁了。他沿著甲板行走，邊走邊眺望陸地，遠方的陸地像一塊黑油油的鼻涕蟲，懶洋洋地癱在海平面上。

「到廣州了嗎？」他問身邊的水手。

水手們已經開始準備停泊，在他身邊來來去去忙碌，沒人搭理他。

貨船緩慢的駛入河口，海面上浮著垃圾和動物的屍骸，讓他對這片土地的印象打折不少。天色開始沉下來了，海面的藍色慢慢轉變成灰綠，不久又變成赤褐色，太陽歪歪斜斜的，眼看要墜去山頭後面了。

貨船緩慢的駛入河口，一直到天空徹底暗下來了，才停止移動。

港口點上了燈，天色雖暗，港口依然燈火通明，一見有船停泊，港口的工人馬上聚集起來，打算即使不用晚飯，也要好好再多掙一筆工資。

「今天晚了，不卸貨！」船上的人朝下方大呼，「明日請在卯正過來！」

工人們聽了，失望的一哄而散。

船上的水手們也收工了，只留下守船的人，其餘紛紛下船找樂子去了。

「巴了好久啦！」有人經過他旁邊，掠過了一句話。

「不知李三姐那俏妞兒還在嗎？」

他還不打算下船，他打算好好打量這兒，用警戒的眼神分析他眼前的陌生之地，用鼻子探索港口的氣味。

船主從後面靠近他，拍拍他的肩膀：「還要歇一會嗎？」

「不，」他緊抿著唇，「我想馬上啟程。」

船已經休息，而他才正要開始。

想到腳板即將踏上這片土地，他心中可是火熱得很！

「你想去哪？」

「讓我瞧瞧……」年輕人舔舔嘴緣，用手指細數，「廣州……」

「這裡便是廣州了。」

「哦？」年輕人點點頭，繼續數，「臨安、太原、大名、琅邪、開封……」

「且慢，」船主截道，「有一大半在金國呢，你要過境嗎？」

「還是金國的嗎？」年輕人眺望前方，好像真能望見幾百里外的金國，「沿路我還想去個小地方，例如一個叫仙人村的。」

「那種小村子，你就得問人了。」

他拎起隨身布袋，向船長鞠躬：「船主，我要下去了，多謝大夥這些日子的照顧。」

「你可以在船上多待一晚的。」

他搖搖頭：「我待不住了，想找個茶店歇腳，打聽打聽。」

「也好，」那人說，「沒記錯的話，那兒有間賣茶的舖子，也有床位出租，應該還在。」

那人遙遙指去港口昏沉的一角。

他向船主拱手：「告辭了。」

船主擺擺手，離開了。

膚色黝黑的年輕人揹起布袋，手執一根齊眉老竹竿，默默的走下甲板，當他的腳底踏上陸地的時候，感覺地面在晃動，原來他已經習慣了晃動的甲板，反而要花一陣子才能夠適應平穩的陸地。

他慢慢走到船主指示的角落，見到那間昏昏沉沉的茶舖，昏沉得令人沮喪，看來老闆把燈油省得過分了點。

雖然如此，茶舖的客人還是擠滿了一堂，一起用體溫烘熱空氣，顯得熱騰騰的，這種又陰暗又濕熱的空氣，只有夜間的茅廁粗可比喻。

沒人去留神這位剛進來的年輕人，唯一在意的，只有眼尖的跑堂。

「飲乜？」港口的茶舖都招待些粗漢子，是以跑堂也不會說話客氣，更不會滿臉奉承的笑容。

「有乜飲？」年輕人反問道。

跑堂愣了一秒鐘，沒好氣的說：「想飲乜？」

「有乜就飲乜。」

「你想飲乜就有乜。」

年輕人微微抬眼，注視眼前的跑堂。

只見跑堂兩手扠腰，一臉不耐，像是想要把一整日沒處發洩的怨氣全拋在他身上。

年輕人不慌不忙，也不在意，依然一副沒表情的臉：「我要飲椰子汁。」

「啥？」跑堂傻了一下，隨即一股怒火沖上腦門，「好小子，老子今天正惱，你來找碴子……」

「頭先你唔係講想飲乜就有乜？」年輕人得理不饒人，「我在老家日日都飲的，你為何沒有？」

其實也不是沒有，廣州地處亞熱帶，椰子是常見的，只是茶樓通常都不會準備椰子，人們都來喝酒居多。

周圍的客人注意到有好戲可看，一時之間，喧鬧聲驟然平靜了下來，整間茶鋪變得鴉雀無聲，只偶爾響起一兩聲細語。

既然客人已經準備看熱鬧，跑堂豈有隨便下台之理？否則沒了面子不說，以後還怎麼在這港口混下去？

年輕人濃濃的眉毛一動也不動，冷峻的大眼硬瞪著跑堂的眼，像要把他連眼淚也瞪出來似的。

「客人，恕不招待了。」跑堂粗魯地一推，意圖將年輕人推下地去，惹人嘲笑。

不料年輕人穩如泰山，文風不動，仍然硬邦邦的在瞪他。

跑堂又驚又怒，伸出另一隻手，兩手同時用力推他，年輕人卻仍是沒事兒般。

年輕人淡淡的說：「你不賣便罷了，我想問問路，問完了便走，如何？」

跑堂感覺這台是越來越難下了，為了挽回那一丁點兒面子，聲音更大了起來：「這裡只留有買賣的客人，你要來混吉，請滾！」

年輕人滿臉不可思議的表情，好奇著這世上竟有此等人類。

「袁小二，甭硬撐了！」一旁有個漢子搗和，「是你不對，又是你不行，何苦自己惹一口鳥氣呢？」

「你住口！」跑堂袁小二比剛才小聲了。

「掌櫃的！」那漢子朝櫃台嚷道，「你這混帳堂弟再這般模樣，我看，若非港口只有你這家賣酒，也不會再有人上門的！」

掌櫃的只得一臉莫可奈何，忙著陪笑。

那漢子站起來，一把推開跑堂，弄得他狼狽不堪，急忙灰頭土臉的閃開，躲到櫃台後面去。

看來，他是怕那漢子的。

那漢子拍拍胸膛，粗豪的說：「我係老金，睇來小兄弟是初來本地，有何事要幫忙，我幫你！」

年輕人打量一下這老金，又環顧一下四周，發覺四下眾人都在望著他，可老金一瞄他們，他們卻馬上若無其事的轉回頭去，繼續方才的聊天和吃喝。

年輕人聳聳肩，道：「我想問路。」

「問路，簡單。」老金拍掌道，「想去哪？」

「讓我瞧瞧……」年輕人舔了舔嘴緣，「廣州……」

「這裡便是廣州了。」

「哦？」年輕人點點頭，「我聽說有個仙人村……」

「仙人村哦？」老金揉揉下巴的鬚碴，眼珠子轉了轉：「這樣吧小兄弟，咱去外頭談，這豬竇又熱又悶，你也幾難受的吧？」

年輕人點頭同意，便隨老金走出茶舖去了。

見兩人都走出去了，跑堂袁小二才嗤了一鼻子氣，一面嘮叨一面走向年輕人坐過的櫈子：「活該，遇上老金，也替老子算帳了。」

有人搖頭低聲道：「可憐小子，不知打哪來的，年紀輕輕的呢。」

忽聞跑堂一聲怪叫，整個人仆倒在地，他忙著爬起來後，又是一聲怪叫。

「啥？」有人好奇，圍了上來看。

只見方才年輕人坐過的凳子前方、擺腳的地面，有兩個深深凹下的鞋印，袁小二正是踩了它才跌倒的。

這下子，袁小二才驚悟推不動那年輕人的原因。

客人中有人了然頷首道：「看來，明日誰會回來茶舖，尚屬未定之數呢。」

於是馬上有人建議賭一把，買買看誰會回來。

一時之間，茶舖又加倍熱鬧了起來。

※※※

話分兩頭，茶舖的事，先按下不表，且說老金和年輕人步出茶舖後，老金領著路，邊走路邊說話：「小兄弟，仙人村要走很多路，不過我老金很熟路，老實講，走夜路不方便呢。」

「今晚去不成嗎？」年輕人不時打量四周，留意野路上的一草一木。

「你才剛下船的吧？」年輕人以點頭回答，表情還是冷冷的。

「打哪來？」

「那巴路（Nabalu）。」

老金側頭認真想了想，沒聽過。

「今晚是不方便去仙人村的，不如明早再去。」他拍拍年輕人的背：「你初來此地，看來無親無故，若不嫌棄，去我家過夜如何？」

「不敢勞煩。」

「小事，小事。」老金哈哈笑著，領他拐入一條小徑，遠遠看見一間小屋，建在河岸的荒地上，「這是寒舍。」

待走近了，老金便朝小屋喊道：「娘！有客人來咧！」

小屋的木門咿呀一聲打開，不穩地搖晃了晃，有個老媼探出頭來：「點解咁晚返屋企？」說話之間，老媼飛快的將年輕人從頭到腳打量了一遍，電光石火的掃視間，眼光特地在他肩上的布袋逗留了稍久。

「有酒嗎？」老金搭著年輕人的肩問老嫗。

「有，當然有，娘知你好客，酒是常備的。」老嫗邊說邊從櫃子裡取出一壺酒，「娘去做些下酒菜。」

「多謝娘。」老金咧開嘴，露出滿口參差不齊的黑齒。

兩人席坐在地，老金馬上倒了兩杯酒，一口喝光：「先乾為敬！」

年輕人淡淡一笑，也從几上拿起酒杯，看也不看杯中事物，便一口飲下。

老金這下可樂了，他又替兩人各倒了一杯，隨即回頭嚷道：「娘，下酒菜快來。」

「唔好猴急。」老嫗的聲音從屋後傳來，伴著一絲柴火的煙味。

年輕人淺笑，將自己那杯酒乾了，還個兒倒了一杯，又是一飲而盡，老金瞧了，愈發心喜，口中不說話，看著年輕人舉起酒壺，將整壺酒喝個一滴不剩。

年輕人放下酒壺，臉色開始放鬆，兩眼失去了原有的神采，看樣子快要翻白了。

「我講嘛，」老金高興地說，「肚子仲未填些東西，就飲咁多酒下肚，好容易醉嘛！」

「老金說的是……」年輕人嘟噥了幾個字，便砰的仆倒在几上。

「娘啊！」老金喊道，「下酒菜倒了！」

老嫗從屋後走進來，躡手躡腳的走到年輕人身邊，兩人一起搜索他身上的東西。

「這一件太簡單了，」老金笑得很燦爛，「他自己把酒大口喝完的，不花費功夫。」他拿下年輕人肩上的布袋，將裡頭的事物一樣樣取出，擺到几上。

「這小子什麼人？」老嫗奇道。

几上擺了一疊黃紙、一瓶朱砂、兩管毛筆、一片刻了怪異花紋的寬竹片、打火石、一本舊書、一把桃木劍、一面銅鏡、一顆大果仁、一方破舊的布、兩枚銅鈴……

「怎麼沒錢？」老嫗瞥了眼老金。

老金翻過布袋抖了幾下，又掉下幾樣小東西，接著才輕輕的飄下幾粒塵埃。

老嫗搜索年輕人的袖子，沒在袖囊找到什麼，又解開他的腰纏，才好不容易在那裡找到數十枚銅錢。

「霉氣！」老嫗慍道，「老娘調這劑蒙汗藥，也不只這個價錢！」

老金愁著臉，整個人似乎矮了半截：「那怎辦？」

「還怎辦？照舊！剁了餵魚！」

「好吧。」老金走去屋子角落的稻草堆，從一束束稻草中取出一把彎刀。

「到屋外去！省得老娘洗地！」

老金沒回答，直愣愣的瞪著年輕人，似乎沒聽見老嫗的話。

老嫗頓覺有異，回首一望，也傻了眼。

只見年輕人露在衣服外的手背，正徐徐湧出絲絲黑氣，他束起的頭髮之間，也冒著蒸蒸烏煙。

「見鬼了！」老嫗畢竟比兒子見多識廣，還冒得出一句話。

年輕人的衣服漸漸鼓起，鼓至某個程度之後，衣服忽然一沉，大股黑氣從袖口、襟口湧出，發出陣陣酸味，嗅起來鼻子還有些辣辣的。

小屋內黑氣瀰漫，使得昏黃的燈光更添了幾分詭異，屋內的空氣一片混濁，從窗外拂來的涼風一點作用也沒有。

年輕人懶洋洋的扭了扭肩，睡眼惺忪的抬頭，還用手撥了撥頭髮，口中喃喃道：「大夢誰先覺……」停頓了一下，他猛然睜目，滿臉笑意的看望老嫗和老金。

我說過老嫗畢竟見的世面較久，她馬上一臉關心，連語調都慈祥得一點也不造作：「哎呀！小哥，剛才你醉得太厲害了！」

「是呀，」年輕人瞥了眼几上的東西，「多謝你了，妳的蒙汗藥還真來勁。」

「瞧你醉過頭了，」老媼噗哧一笑，「還在說醉話。」

「無需費神了，」年輕人提起布袋，將几上的東西一件件收進去，「妳用的可是上好藥材呢，藥力強、效力長，稍一過量，還會令人再也醒不過來了。」

老媼變得臉色鐵青，說有多難看便有多難看。

老金眉頭一皺，腳上移了兩步，手上彎刀直往年輕人腦門劈去。

年輕人斜目一瞄，道：「這刀飲過不少血。」

刀劈過了年輕人站著的位置，卻沒劈到他，老金一驚，才發覺年輕人把身體移了半寸，避過刀鋒，還細細端詳了刀面：「嗯……殺過十二口，正應地支之數，一個不少。」

老金心慌，大喝一聲，刀刃一轉，橫掃過去，可刀勢剛起，年輕人又移了半寸，恰恰讓刀鋒劃過面前，口中還在說話：「你猜我怎麼知道？」

老金心裡更慌，呼吸亂了，招式也亂了，接連著的兩招也劈了空，每次都僅差半寸，耳中只聞年輕人說：「每殺一人，刀上便留跡一條，我細細數過，有二十四條……」

老媼在旁聽了大驚，方才年輕人不過瞬間一瞄，竟數出二十四條刀上痕跡，還說對了殺人的數目。她心裡比兒子更慌，眼角猛瞟後門，準備開溜。

年輕人莞然一笑：「我不想當第十三個，不過我想試試一件事……」

老金豁出去了，他發狂似的大嚷，用盡全身力氣衝向年輕人。

忽然，在他完全沒有瞭解以前，發生了兩件事。

第一件，手中握著刀柄的那種紮實感，瞬間空掉了，他來不及轉眼去看握刀的手，卻見彎刀已在年輕人手中了。

下一件事是，他已經痛得跪倒，仆在地上翻滾狂叫，卻只能發出沙啞又高亢的嘶喊。因為他失去了半截舌頭。

前半截。

年輕人細心觀看刀面，不疾不緩地說：「啊，第二十五條，只多了一條，果然沒殺人是不同的。」

然後，他斜眼瞟了老媼一下。

這一瞟，老媼兩腿瞬間軟了，她殺了這麼多人，此番才第一次領略到死亡的滋味，強烈刺鼻的死亡氣息，熏得她淚水也流出來了。

她軟倒在地，肩膀倚著牆，淚眼直愣愣瞪著年輕人，雖然她的舌頭沒斷，卻也同樣一個字也說不出。

年輕人笑得很開朗，笑得似乎這不是河岸的夜，而是春和日麗的大晴天。

他向老媼問道：「二十七？」

※※※

大早，港口的茶舖便開門了。

跑堂袁小二打著呵欠，將擋住大門的一塊塊木板移走，讓陽光進來。

空氣中瀰漫了一股海港特有的酸腐味，像是翻肚的死魚味，黏稠得化不開。跑堂嗅慣了，也不甚在意。

陽光溜了進來，他陡地一驚，才發覺茶舖中早有客人，他忙轉身瞧清楚，才發現不僅有客人，還是個被綑綁起來的客人。

「怎麼搞的？」他尖聲怪氣的大叫。

不久，港口開工了，越來越多人聚在茶鋪，大多是前一晚下了賭注的，正打算來一探輸贏。

「那小子沒死，所以我贏了。」

「搞清楚！咱是賭誰回來，不是賭誰死了！」

「可是，回來的不是老金，而是他老母呀。」

「老金也沒死，只是斷了舌頭，他老母說是小伙子做下的，可小子沒了蹤影，這下誰有輸贏呢？」

眾人爭持不下，吵鬧不休，結果如何，恕不再述。

在這眾人紛爭之際，年輕人早已離開港口，朝西尋找仙人村。

他一路問人，卻沒人曉得仙人村。

於是，年輕人放棄尋找，離開廣州，朝北行去。

時間飛逝，在行走之間，山川草木悄悄變了顏色，脫去綠衣，披上了豔紅和鮮黃。他來到江南之地，飽覽聽聞已久的桂林山色，總算能親眼見識這片山水秀色。

「沒什麼特別，比不上我家。」他心裡嘀咕著，便擱下了山水，前去尋找傳說中的莊院。

年輕人從布袋取出一本舊書，再三翻看他讀過無數次的段落，以及回想他聽過的故事，依循著殘缺不堪的記憶，果然找到一處莊院，隱蔽在垂頭喪氣的林木之中，四周的樹木不是枯死，便是死氣沉沉，連飛鳥蟲聲也無半點。

年輕人瞻仰荒宅，看見莊院前的小路雜草叢生，眼看許久已沒人走過，莊院的大門也腐朽了，一扇倒在地上，另一扇無力地歪了半邊。

他推開那半邊門，門便嘶叫了一聲，連同門框一起翻下地，一股陰冷潮濕的酸味撲鼻而來，年輕人皺皺鼻子，嗅了嗅莊院散發的沉重陰氣，若是一般人進來，恐怕會馬上生病。

但年輕人一點也不擔心，他呼吸著莊院的穢氣，搜索著氣味裡留下的訊息。

走著走著，他看見地面上有兩具屍骨，一具是人的，衣服腐爛得只剩下碎絮，一具大概是狗，骨骸支離破碎。

年輕人用腳輕輕一碰，那具人骨馬上崩塌粉碎，散落一地塵屑。

年輕人點點頭，他已瞭解了一些情況：那人生前是往外走的，他的頭是朝向莊門外的，可是他永遠也沒出到門口，不僅如此，從骨骸的狀況來看，他死了起碼有二十年了。

「這宅子荒廢很久了……」年輕人自言自語，「不知還有嗎？」

他穿過院子，推開正門，闖入多年無人敢踏入的房子。

房子的每個角落都迸散著不友善的氣息，四處的窗格、門扉都已被白蟻蛀空，比原來更加透光了，但透進來的光總不免帶有陰鬱感。

年輕人在屋內肆無忌憚的走動，心裡默數他所碰見的骨骸，有倚在牆邊的、仆在地上的，也有一間很大的地下室裡堆了數十副人骨，看得越多，他越確定這是他要找的地方。

於是，他離開房子，從布袋裡取出一枚大果仁。

「乖乖……」他一邊嘀咕著，一邊步向院子的幾棵樹。

他專心觀察每一棵樹的樹根，時而撥開樹根旁的雜草，將手上的大果仁靠近每一根露出土外的樹根。

終於，來到某棵樹時，手中的大果仁微顫了一下。

他停下腳步，留神果仁裡頭的動靜。

果仁裡的東西正興奮地跳動著，使得大果仁在他手上抖個不停。

「終於……」他鬆了口氣，取出一張黃符，瞄了一眼好確認沒拿錯，才將黃符壓在樹根上，口中唸唸有詞。

手中的大果仁漸漸冷靜下來，回復沉默。

年輕人翻開黃符，底下露出個手心大小的黑褐色東西，髒髒的像團糞球，仔細一瞧，才發現它更像一個用枯葉重重包裹的、醜陋的蛹。

年輕人十分滿意。

他將大果仁、蛹和黃符一併放進個竹筒，封好口，再收入布袋，才從容的步出莊院，繼續北行。

時序進入冬天的時候，他來到淮水的一條小支流。

此處已是宋金交界之地，是紹興十年停戰後協議的邊界，以斬殺岳飛換取和平，但若不是岳飛，恐怕連這條邊界也不會存在。這條邊界綿延千里，只有重點地方駐有軍兵防守，而此地荒野，連老百姓也不多見，何況軍兵？

年輕人憑著直覺，沿著河道，繞過幾個拐彎，找到一片淺灘，便脫下鞋子，輕巧地跨過河。

「很近了……」年輕人一面呢喃，一面嗅著空氣，企圖從清冷的林霧中尋覓人煙。

走了約莫一個月，經過了好幾個大鎮小鎮，看過了許多與南方迥異的服色與風俗，年輕人來到了大金國目前的政治中心，也同樣是數十年前大宋國都的大城，只不過已經從原來的「開封」易名為「汴京」了。

汴京仍是有很多漢人，加上大金皇帝有意倣效漢人制度，所以並沒有很強烈的胡人風氣，雖然如此，跟南方比起來，還是馬上可以感覺到不同的氣氛。

年輕人首先要找個落腳處，便留神建築物的匾額。

「有了。」他心中忖著，便在一所名叫「黃庭宮」的道觀門口停步，顯然是宋室尚未南渡以前那段極度推崇道教的時期所建的。

大門後傳出陣陣焚香的氣味，裡頭走出個老道士，看來是位知客，他早從年輕人進門便將他細瞧了幾遍，心裡好生困惑，猜不透這年輕人的底細。

年輕人膚色較一般漢人來得深，五官輪廓十分清楚，像用力刻畫出來的一般清楚，濃眉下一雙有神的眼睛隱藏了深沉的念頭，眉宇間總帶點緊繃，似是對周遭隨時保持著警惕。

年輕人紮了個高高的髮髻，四邊垂下許多亂髮，不太修邊幅，一身勁裝和隨手編織的草鞋，還有肩上揹的一個黃布袋、手上握的一根齊眉竹竿，怎麼樣也猜不透他的來歷。

於是老道士問道：「施主是……？」

「道長您好，」年輕人作揖道，「貧道程若，道號容華子。」

老道士怎麼也沒料到他也是道人，趕忙回禮道：「貧道商志鳴……不知有何貴事？」

「我是來求宿的，希望道兄方便，住個幾日。」

「當然當然……」老道士狐疑的說，「請出示度牒，我好記錄則個。」

年輕人翻找布袋，取出一卷麻布遞給老道士，老道士皺起眉頭：「此乃何物？」

「我的度牒。」

老道士展開一瞧，果真有度牒的行文格式寫在麻布上：「何處開出的度牒？」

「吾師親自開立的度牒。」

「你究竟何人？」老道士不安地望向門口，門外正走過幾位金兵。

「貧道程若，道號……」

「你說過了，」老道士截道，「但是，這不是金國朝廷恩准的度牒，亦非大宋的度牒，只能算是一張廢紙！」

程若的兩眼掃過一片陰霾，微露兇光：「這是吾師手跡，還蓋有吾師印鑑。」

「這是廢紙，」老道士將麻布一甩，任由它落在程若腳邊，「私自開立的度牒不受承認，而且是犯法的，恕貧道不能收留你了。」

「是嗎？」程若靜靜的撿起度牒，「那麼合法的度牒，又是個什麼模樣呢？」

「瞧明白了！」老道士一臉不屑，從袖囊中取出一張黃紙，「此乃我全真丹陽真人親自……」

老道士話猶未畢，覺得腦袋瓜忽然一沉，眼前一黑，便睡倒在地。

程若冷冷的看了他一眼，將度牒從他手中輕輕拿走，仔細地讀著度牒上的字：「什麼叫全真的丹陽真人……？」他看見度牒上有老道士的姓名「商志鳴」和道號，還有業師的名諱「馬鈺」。

程若收起兩張度牒，踏出黃庭宮，漫步到城的另一角，另尋落腳處。

汴京城內道觀甚多，寺院也不少，程若盡量不去思考，只憑直覺決定該停步的地方。師父說過：「應該發生的事，就一定會發生。」所以他也無需思考太多，只要憑著直覺，就任由他發生吧，這就是無為嗎？

經過一條街道時，程若忽感一陣心悸，禁不住停下腳步。

是什麼令他止步呢？

他還在滿腹疑竇的時候，轉頭張望，才發現有個中年道士正盯著他，那道士正站在一座道觀門前。程若兩眼往上一轉，看見「太清觀」三字。

那人目不轉睛的盯著他，盯得程若很不自意。

正躊躇間，那人忽然猛搖頭，嘆息道：「可惜呀，可惜。」有了開場白，就好說話了：「可惜什麼？」

「可惜你有慧根，卻無入道之緣。」

「願聞其詳。」程若恭敬地作揖道。

「你有慧根，若能修道，會較一般人容易得道，」那人繼續搗頭如蒜，「可是你身上有兩股強悍的病氣，很是犀利，恐怕……爾命不長。」

原來在幫他看相啊？「道長是……？」

「貧道西華子。」

程若作揖回道：「貧道程若，又叫容華子。」

兩人一時沉默，相視良久。

「你的名字很有趣。」西華子說。

「你的也不差。」

「無論程若或容華……」西華子淺笑道，「都出自《淮南子》，對吧？」

「道長一語道出出處，晚輩倒是猜不透『西華』之涵義。」

「這是小事……」西華子捋捋鬍子，半合眼作沉思貌，「你年紀輕輕，看來未滿二十歲，原來也是個道士……只是你身上那兩股病氣，有些蹺蹊。」

「晚輩並不覺身上有何不妥，晚輩自幼少病，這幾年連風寒也不曾有過。」

西華子沉吟一陣，忽然說：「你是來借宿的嗎？」

問題來得太快，程若愣了一下：「是的。」

「好吧，反正有空房……」西華子自言自語轉身過去，又再轉回頭來，「度牒借來一看，」馬上又解釋道：「手續上如此，麻煩你了。」

程若毫不遲疑地遞出度牒。

西華子接過度牒，只瞧了一眼，便隨手還給程若：「商志鳴……你殺了那老頭嗎？」

程若早已運好一口氣，兩腳悄悄擺好了架式：「商志鳴是我本名……」

「我認得那老頭，黃庭宮的知客，」西華子一臉不在乎，「你沒殺生吧？」

「沒有，」程若在氣勢上早就敗了下來，只好承認，「我只不過……」

「沒殺人就好，」西華子截道，「你該有自己的度牒吧？」

程若乖乖交出自己的度牒。

西華子接過那方寫在麻布上的度牒，這回看得很仔細：「令業師是……」西華子忽然變得沉默，浮現懷念的眼神，「此非朝廷度牒，你是私下受戒的嗎？這是犯法的。」

「吾不知中土道人要受朝廷管制，此度牒已隨身多年。」程若一直盯著西華子的身形，隨時準備情況稍有不對便要出手。

「原來如此，你非中土人，怪道口音不類中土，」西華子恍然道，「這樣的話，我們更要促膝長談了，貧道還不知中土之外也有道教呢。」

西華子拿著程若的度牒，回身便步入大殿。

程若站在門外，還在猶豫。

西華子發現他沒跟來，又再停步擺手道：「容華子，請進。」

程若雖然滿肚子狐疑，卻也莫可奈何，只好跟了進去。

無論如何，這天是他步入中土半年以來，第一次享用到豐盛的一餐。西華子讓他跟其他道士一起用晚飯，也讓他參與了晚飯前的儀軌。

他慢慢弄清楚了，西華子是這所道觀的住持，這間頗有規模的「太清觀」屬於新興道教「全真教」，跟先前的「黃庭宮」是同宗。

用過晚餐後，西華子邀程若一起喝茶。

在太清觀東側的院落中，西華子熬著井水，一面等待水滾，一面弄碎茶葉，眼睛不看程若，口中在說：「回想起來，喝茶這回事，還是唐代才在佛寺裡流行起來的，那個茶聖陸羽還是被和尚養大的孤兒呢。」

程若默不作聲。

不管這西華子是什麼來頭，顯然的，他對自己保留了不少。在還沒有摸清對方的用意之前，程若打算採取守勢。

「令業師是哪一派的？」西華子不經意的問。

「家師也說不清楚，只記得似乎與茅山有淵源。」

「啊，水沸了。」西華子將水壺從火上移開，先將沸水沖入兩個杯子，溫熱茶杯。泡好了茶，將茶遞給程若了，他才說：「我太清觀，是屬全真，恐怕你在海外不得消息，全真乃王重陽所創，其實也不過十多年前的事。」

程若喝了口茶，問道：「同是道教，為何有許多門派？」

「你有所不知，全真與以往許多派別，大有不同。」西華子道，「王重陽在甘河遇仙，一遇純陽真人（呂洞賓），二遇劉海蟾，三遇鍾離權，受三仙點化，才大徹大悟，瞭解到原來三教本是一家。」

「三教一家？」

「道、儒、佛三教本是同源，皆出自老子，」西華子說得理所當然，「孔夫子受過老子的教訓，佛祖也是受老子點化，是以全真所誦的不僅道經，《孝經》和《心經》也是要精通的。」

從北宋以來，早已有三教融合的思想在醞釀。儒家是朝廷的眾大官僚系統，道家也因宋朝皇帝的推廣而大大發展，佛家則是外來宗教經歷千年的中國化、民間化之後，成了重要的心靈依託。

三家之中，道、佛二家性質相近，總在互較長短，而儒家地位鞏固，本身不加入爭鬥，但儒家中也有各自擁護道、佛的人物。在這種情形下，出現「三教合一」的大趨勢。到了南宋時期，金國「三教合一」理論終於具體化，全真、太一、大道三個新道派在金國崛起，加速了這一思想的推廣。

「等等，」程若不解，「佛祖怎麼會是老子點化的呢？佛祖遠在天竺呀。」

「你忘了嗎？老子離開函谷關，往西行去，不再回來，便是在西方點化了身毒國的胡人，這是佛教初傳入不久就有的說法，東漢還有《明威化胡經》記述此事，字字確鑿。」

程若聽得一愣一愣的，一時無法消化這突來的新知識。

西華子又說話了：「我瞧你天資不錯，本想度你入全真，可是可惜呀，你的命不會長，沒時間了。」

程若已經聽了三次說他命不長，很是懊惱：「道長為何一直說我有病氣、短壽？究竟是何憑據？」

西華子不答話，慢慢呷完了一杯茶，才緩緩說：「你比我還明白的。」說著，忽然兩眉一翹，精目一瞪，原本貌似與世無爭的中年道士，剎那氣焰熾烈，教程若打從心裡驚恐，背上流過一抹寒意。

「你明白的，」西華子繼續說，「多養一日，就少一分氣血，如此一來，恐怕你還來不及抵達東海，便要倒斃在路上了。」
「你怎麼知道我要去東海？」
西華子忽然又收斂了精明的表情，回復一臉樸直，還微微吐了吐舌頭。
「天晚了，」西華子說，「貧道要就寢了。」
於是，他也不收拾茶具，便踱回住持的寢室去了。
他離去的時候，嘴角帶有一抹淺笑。
留下又懼怕又疑惑的程若，渾身不安的坐在院落裡，手中半杯涼透的茶，慢慢在晚風中蒸發。

※※※

次日大早，西華子悄悄走到程若借宿的客房去。
如他所料，程若早已不知去向，乘夜越牆跑掉了。
西華子了然一笑，當下回到前殿，召集所有太清觀的道士，宣布道：「貧道將羽化仙去矣。」
眾道士大驚：「住持忽然說要羽化，那太清觀該由誰主持？」
「誰都好，」西華子說，「我要趕路，不多說了。」
話才剛完，他面色一沉，眼神黯淡，整個人便停止了活動，呼出了長長的一道氣，皮膚下的血液也中止流動了，留下一群滿腔疑竇的道士：如果他有使自己馬上坐化的能力，必然是得道之人了，得道者又何必趕著升天呢？
同一時刻，程若已遠離汴京，馬不停蹄地直往北方走去。
一個月後，他抵達了真定府。
但他沒進入真定府，只是站在城門外沉思許久，才決定往郊外的林子走去。

每日，他吃些野菜、捕些野鳥，只吃足以維生的食物。然後，他便運起輕功，在山林間四下巡遊，尋找可疑的山澗岩壁。

他在真定府城郊度過了一整個春天，炎夏的氣息漸漸逼近，蔓延到空氣、樹葉和山色之間。終於在某個夏日的早晨，程若發現了他要找的地方！

他每日在山林中徘徊，早已對每一處地形、每一棵樹木、每一塊岩石的位置留下印象，只要略有改變，他都會發覺的。

他要尋找的，正是這個會改變的地方。

「沒記錯……」他的聲音有些顫抖，有點感動，「果真是今年的夏天。」

這裡平日是普通的岩壁，今天卻凹陷了進去，開出了一條山道，路的彼端有翠綠的草地，還隱約可以聽見潺潺水聲。

只不過，從彼端傳出來的流水聲，聽起來十分的緩慢，慢得像低沉的呻吟聲。

在海上航行，讓他有足夠時間計畫每一個步驟，今天就是驗證的時刻了。

他從布袋裡拿出那個烏灰黏濕的蛹，這是他早就計畫好的。

那蛹是他特地去桂林的某個廢宅找到的，這也在計畫之中。

他不再等候，跨步踏入岩壁中的山道。

一踏入山道，腦袋瓜先是暈眩了一下，接著吸入一大口異常清涼的空氣，空氣彷彿充滿了生命，只消吸入一口，不但腦袋清醒了，幾乎連整個人生都醒覺了。

程若驚愣的愣在原地，意識徘徊在頓悟的邊緣，半晌，俗世的意識又重新回來了：「好險……差點忘了我此行的目的……」他警戒地觀看四周。

他徐徐走著，手中輕握著那個蛹，口中不斷在唸著咒語。

有了，有間小房子，那是用茅草、泥土、樹枝等搭建的小屋，想必清涼透風，看來在這裡生活果真很不錯。

程若前去輕輕敲門：「有人在嗎？我想討點水喝……」

屋裡沒人應答，程若再敲了幾遍，才有個年輕女子怯生生的拉開門，怔怔的瞧了他好久，才吞吞吐吐的說出一個字：「……誰？」

程若笑道：「這位姐姐，我迷路了，想討水喝。」

忽然，程若察覺屋裡還有另一雙眼睛在注視他，他警覺地轉頭，看見鋪了柔軟乾草的地面躺著一個小小的身影，一面吸吮著手指，好奇的觀看程若。那個尚在襁褓的嬰兒，正不安地嘟噥著：「啞……啞……」

程若心裡不禁驚喜，又不禁懊惱。

喜的是，他又多了一個選擇。

惱的是，他不知該選擇誰比較好。

他輕揉手裡的蛹，忖道：「我會知道的。」

※※※

晌午過後，這間小屋的其他成員們一起回來了。

程若聽見他們的腳步聲從屋外傳來，到了接近小屋時，忽然有人停下腳步，似乎在疑慮些什麼，然後向另一人問說：「豐年還沒準備吃的？」

回答的是一把婦女的聲音：「對哦……怎麼沒聞到煙味？」

程若由不得警惕起來，瞄了眼倚在角落的兩母女，她們都被他點了昏穴，暫時是醒不來的。

「會不會出事了？」有個年輕男子的聲音憂心地說著，三人馬上衝了進門。看見坐在屋裡的陌生人，他們當下便明白了，為首的中年男子小聲說：「又是三十天了……」所以有人闖進來了。

陌生人一臉以逸待勞的神情，於是為首的中年男子抱拳道：「請報上名來。」

「貧道程若，道號容華子。」

那中年男子微微蹙眉，問道：「不知道士有何貴幹，將我女兒和孫女怎麼了？」

程若不慌不忙的說：「你說的是豐年嗎？她該是你的義女才對吧？」中年男子聽了，眼眶頓時大睜。「而你，應該是赤成子吧？」

赤成子整張臉陰沉下來，目露兇光：「你是誰？」

「我已經說過了。」

「你找我有什麼事？」

「找你幫忙。」

「我為什麼要幫你？」

「因為這個。」程若拋出一樣東西，赤成子伸手接來一瞧，是一小塊烏灰色又軟又潮濕的皮，皺成了一團。

「這是什麼？」赤成子身後的兩人趕忙引頸過來瞧個究竟。

赤成子默不作聲。

「赤成子前輩，那兩位是簡妹和盛吧？」

那兩人大吃一驚，他們在這與世無爭的小天地中，有誰會知道他們的名字呢？上一次有人進來，便是這位赤成子了，然後山澗裡又過了十個月，外頭的世界也飛度了五十年，還會有誰曉得他們的存在呢？

赤成子依然不作聲。

「不知你的小孫女，該怎麼稱呼呢？」

「你只有一個，你把牠放到誰身上去了？」

「你猜。」

「我不想猜。」

程若也沉下了臉：「我也不想說。」

赤成子的太陽穴猛然暴起，手上的蛹皮瞬間「啪」的一聲，散成灰燼。

他恰當的抑制了怒氣，這是他好不容易跟簡妹學會的：「你要我怎麼幫你？」

程若粲然一笑：「簡單極了，我們離開這個山澗，你陪我走走，辦完了事就回來。」

「『時間』夠嗎？」

「絕對夠的，」程若說，「這裡的三十天等於人世五年，不是嗎？」

「我們要用上五年嗎？」赤成子補充了一句：「人世的。」

「或許一年也用不上，」程若不再嘻皮笑臉，一臉嚴肅的說，「或許。」

赤成子慢慢走過他身邊，為豐年和孫女解了穴，盛和簡妹趕忙跑上前去，慰問豐年的情形。

赤成子握著簡妹的手，兩人私語片刻，過了一會，赤成子才走到程若跟前：「何時出發？」

「越快越好。」程若漠然回答，「入口不是快合起來了嗎？」

赤成子點點頭，回頭向家人們辭行。

※※※

只不過一個多月時間，夏日的暑氣尚在侵擾，程若和赤成子便抵達了山東半島的東海海邊。

程若眺望著霧茫茫的東海，輕語道：「繞了一大圈，還是回到海了。」

赤成子陪他看海，心裡盤思著不少事情。

一路上，兩人鮮少交談，赤成子沒問、程若也沒提自己的過去，不過從各種言行舉止中，赤成子還是捕捉到一些訊息。

他只問過程若一件事：「那東西你是從哪得來的？」

「桂林，」程若老實回答，還說出詳細地點，「凌家的廢宅。」說完，他觀察了一下赤成子的反應。

赤成子似乎沒什麼很驚奇，只點頭道：「原來如此，那是『原蠱』，很罕見。」

「原蠱」有別於一般的蠱，一般的蠱是人工製造的，將眾多種類的毒蛇、毒蟲置入甕裡頭，淨身唸咒四十九日，甕中百蟲相互爭鬥、吞食，最後剩下的那隻，便成為「蠱」這種奇妙生物。

相反的，原蠱是一種天然蠱，傳說由地氣聚集而生，牠們深藏在樹根下，蟄伏著，可以沉睡上不知多長的歲月，若有人找到牠們，啟動了牠們的潛能，便能夠任人唆使。

「要找到原蠱，必須要有另一隻原蠱。」說完，赤成子瞧了一下程若，又瞥了眼他的布袋。

程若撥了撥被海風吹亂的頭髮，淡淡的說：「我還有一隻，是從南海帶來的。」

「你從南海來？」

「我生於南海，長於南海。」

兩人遙望海上，只見海面的霧漸漸散去，隱約露出幾個迷迷茫茫的小島。

程若遙指小島：「咱們要過去那邊。」

「哪一座島？」

「我想這裡見不著，它應該還躲著。」程若舔舔唇緣，又抿緊了唇。

他知道，這就是他計畫中最難的一步、最沒把握也最沒勝算的一步，他老早知道了。

「不要告訴我，你沒有渡海的準備。」赤成子沉著氣說。

「是沒有。」

「那豐年和我孫女怎麼辦？」

「前輩請放心，那蠱施在身上，少說一年才會發作，山澗一年，人世也快六十年了，」程若幽幽地說，「無論如何，只要事情完了，我一定給你一個交代。」

赤成子點點頭，直視程若的眼睛：「我相信你。」

程若聽了，一股暖意油然而生，從背脊湧上後腦，一時之間說不出話，只好轉頭看海，不讓赤成子看見他的眼神。

「喂——」海邊忽然有人呼喚，「兩位，要擺渡嗎？」

兩人一怔，朝呼喚的方向望去，只見一人身著道袍，戴了頂大漁笠，臉孔在漁笠的陰影下看不分明。

他人在岸邊，似是站在浮水的小船上，身體隨著波浪晃動，小船被岸邊的巨岩遮去了，看不分明。

「要擺渡嗎？」那人又問了一次。

赤成子努力地瞧，仍瞧不出那人站在什麼上頭，心裡很是疑惑，轉頭看程若，才發覺程若也正用詢問的目光看他：「中土地方，過海也叫擺渡嗎？」

「不，過河才是。」赤成子回道。

程若站起來嚷道：「船資若干？」

「你絕對付得起！」

赤成子更是疑心了：「事有蹺蹊。」

「也管不得許多了，不是嗎？」程若朝那擺渡的道人呼叫道：「成交！」

正欲舉步往前，那擺渡道人一聲：「無需過來！」正說著，竟漸漸從海面上升了起來。

程若和赤成子始料未及，一時目瞪口呆，只見道人越來越高，高到他們頭頂的高度時，才慢慢平移著飛行過來。

這下他們才看清楚了，原來道人站在一樣奇異的東西裡面，說它像船卻不是船，倒似個特大號的勺子。

道人微笑著說：「程若，你身上少了一股病氣呢。」

「西華子?!」程若心下大驚，心裡一陣悸動，對於這個似乎知道他底細的人有感到很不安，更不安的是，除了知道西華子有「太清觀住持」的名銜外，他完全不知道眼前這人的一丁點兒背景。

赤成子瞇著眼，打量西華子的一對精目，還有那悠哉得令人不安的笑容：「你認識？」

「見……見過的。」

「這下可好了。」赤成子從程若微微顫抖的肩膀看出沒有好事。

西華子向他們微笑示意，奇怪的小船降落在他們面前，西華子打開一道小側門，說聲：「請上來。」

赤成子先繞船走了一圈：「船家，此物安全嗎？」

「此物古書早有記載，名為『仙槎』，你該聽過吧？」

「此物如此狹小，可容三人乎？」

西華子忽然開懷大笑：「你果然只是留了點毛，其實一點也沒變，依然疑心那麼重？」

赤成子聽了訝異不已，西華子的話聽來簡單，其實大有文章。說他「留了點毛」，是指他仍是龍壁上人弟子時，頭上不留一根毛髮，無論眉毛、睫毛、鬚髮通通剃個一乾二淨，直到五十年前進入那時間特別緩慢的山澗後，才留起鬚髮的。

西華子是真的知道這回事？抑或只過是譏諷之辭？

「赤成子，久聞大名，這些年無恙乎？」

赤成子吃驚得一個字也說不出來，兩眼瞪得大大的猛瞧西華子，又想不起他見過此人，心裡頭不禁像砸爛的蟻巢般紛亂。

程若有些無奈的告訴他：「我初到中土，他竟也知道我的事。」

這句話並沒讓赤成子好過些。

「是的，你們的事我幾乎都知道，我還知道很多你們不知道的事呢。」西華子看來有些得意，他轉向程若說：「我更知道你來中土的目的。」

程若由不得深吸一口氣，指向仙槎：「這真是仙槎？」

「你沒有懷疑的餘地。」

「我知道。」程若踏上仙槎，細瞧這個曾經聽聞卻從未見過的怪東西。

他注意到，仙槎站上他和西華子之後，正好剩下一個空間，尚能容納一人。

他轉眼看赤成子，只見赤成子咬咬牙：「我別無選擇吧？」。

「你放心，」西華子說，「我不會加害於你，畢竟，你也略知御氣之術，能觀人氣色、知人之善惡，你看得出我沒有惡意，你不放心的，只是因為你有太多不明白。」
「你說得對。」於是赤成子踏上了仙槎。
「旅程很長，咱慢慢聊。」西華子說完，仙槎便冉冉上升，朝海的方向平穩飛去。
鹹鹹的海風拂面而來，海鳥在空中朝他們啼叫，一片醉人的大藍橫跨眼前，可程若和赤成子都無心欣賞，沉重的疑問佔據了他們的心房。
大海太過遼闊了，仙槎飛得又不快，赤成子看海也看得有些發慌了，於是忍不住問道：
「究竟要多久才到？」
「甭急，甭急，」西華子唱歌似的說道，「尚未正午呢，咱傍晚之前便會到了。」
程若一直沒作聲，只不斷盯住前方海面，眼神中有些感傷。他的心境和赤成子不同，不會看海看得發慌，因為他知道他想做的是什麼，看海反而使他愈發平靜，心情坦然不少。
他拿起齊眉竹竿，輕擊仙槎邊緣，敲打拍子，引頸唱起道情：
道可道，非常道；名可名，非常名……
「唏，」西華子一旁打趣道，「怎麼唱起《道德經》來了？」
豈料程若歌詞一轉，下文又開創出另番旨趣：
道可修，名可掙，都是為了求千古；
灰飛揚，化塵土，肉身已壞名已朽，世間還有我是誰？
西華子收起了笑意，沉默了下來，聆聽程若的道情，遙望遠方的大海。
不壞身，不朽名，肉身成道名垂史；
回頭看，皆是空，萬般努力盡成虛；
撞破頭，勞累身，原來一笑便過去，世間還有誰是我？

赤成子無心聆聽，在海風輕撫下，不知不覺便昏沉打盹，在半夢半醒中，程若悠逸的歌聲在夢境中迴盪……

我願踏遍青山，行遍綠水，聽那清泉聲。

我願攀上高峰，放眼四望，看那野雲閒蕩九霄中。

我願靜席樹蔭，聆聽風聲，花葉在飛舞。

我願閒臥澗邊，靜觀流水，隨著紅塵不知何方去。

歌聲融入夢境，溶化了，餘音縈繞在夢中，像秋日猛落的花瓣雨，在半空片片翻舞，一陣陣七彩繽紛。

夢境漸漸轉淡了，褪去了，赤成子猛然一陣精神，睜開了眼。

海風仍在吹，仙槎仍在前進，可氣氛就是有種說不出來的異樣。

他看見程若和西華子都專心在凝視前方。

他睜目瞧去，才發現有大片白雲橫臥在眼前，視野所至，看不見一點天藍色。

仙槎竄入白雲，剎那間，寒冷的雨點成千上萬的擊在身上，雨中帶有冰屑，打在皮膚上很是刺痛。

空氣中幾全是水分，肺部忽然沉重起來，赤成子頓覺窒息，他忙運起真氣，讓體內產生暖流，隔絕冰冷的濕風，讓打在身上的冰屑和雨滴也變得溫和了些。

倏地，白雲霍然開朗，風忽然不再冰冷了，一股夾帶了草香的暖意擁來，充滿了泥土的氣味。

赤成子看得呆了，他看見一座高聳的山峰，山下是綠意盎然的密林，而這一切都在一座小海島上，海島被厚重的白雲包圍著，猶如白雲砌成的圍牆。

「這是……？」

「無生仙島。」回答的是程若。

「無生？豈不是……」赤成子覺得有如當頭棒喝，瞬間再明白了幾分，不禁低聲說出：

「四大奇人……」

「是的，數十年前，中土江湖上流傳過的四大奇人之一。」程若又說。

「沒想到你年紀輕輕，會知道如此久遠的事。」西華子的語氣不像在讚賞，「既如此，緣何身在此山，卻不識廬山？」

程若剛聽到這句話時，一時尚未回過神來。忽然，他咧開大口，直盯著西華子，訝異得一個字也說不出口。

「怎麼？」赤成子一時還不明白。

程若結巴了：「你……你是……」

「我是西華子呀。」

程若幾乎快窒息了，他深吸一口氣，好不容易才吐出四個字：「五味道人！」四個字同時說出，竟撞成一團，一個字也講不清。

「西五味？」赤成子也大驚。

四大奇人中，他從未見過五味道人，他只與「南鐵橋」神算張是相識，還聽一位朋友提過「北神叟」洪浩逸，其餘的他一個不識。

在這一刻，早已化為江湖古史的「西五味」赫然就在眼前，「東無生」的居處又正在腳下，他驚愕之餘，由不得有點感動。

「是了是了……」赤成子喃喃道，「五味道人，世傳在西域華山……」

「華山不過是貧道行腳所至，最喜愛也逗留最長的一地而已。」五味道人說著，忽然一擺手，道：「請。」

赤成子和程若這才發覺，仙槎早已穩穩的停在山峰的洞穴前。

「歡迎光臨無生仙島！」五味道人將此地當成自家一般，隨意吼叫。

「無生呢？」倒是程若還算謹慎。

「此島已是荒島。」五味道人沉下臉，顯得有些落寞，「來吧，程若，你遠渡重洋，為的不正是此刻？」

長久的期盼終於來臨，程若不禁感到缺氧，他大口吸氣，將下方密林升起的霧氣引入肺中，植物們散發的靈氣令他精神為之一振。

他大膽的跨入洞口。

只見洞裡的道路轉彎抹角，黑暗中低迴著陣陣細吟聲，像是洞口正在緩緩呼吸。洞穴拐彎又拐彎，彷彿永無止境，程若知道它必有盡頭，但他不希望太早抵達，他擔心彼端的答案令他失望，讓他白費了這一年的奔波。

洞穴是很好的迴音管，他聽見自己的心跳聲被放大，越來越重，越來越快。

當光線刺入他的眼睛時，他看見幾隻彩蝶掠過眼前，一個熟悉的身影在強烈的白光下出現了。

雖然那身影在未適應光亮的視線裡顯得模糊，但他非常肯定，眼前的人，正是那人，正是他不惜離鄉遠來陌生中土的原因。

赤成子也穿越了洞口，驚奇地觀看眼前見所未見的設備，還有二十九個大型琉璃筒，每個琉璃筒裡頭都有一個人，每個人都像在安睡中，對這些闖入者一點也不在意。當他快速掃視，看見程若跟前的琉璃筒時，他不禁叫出了那人的名字。

他和程若幾近同時呼叫。

「雲空?!」

「師父！」淚水像傾倒的水瓶，自程若眼中暴湧，上前抱著琉璃筒大哭。

琉璃筒中，雲空花白的長鬚隨著琉璃筒的搖晃而擺動，他安詳的閉著雙目，嘴角掛著一抹淺笑，似乎在臨終前，對其一生滿意極了。

三人再仔細一瞧，才發現琉璃筒中並不只有雲空一人。

他身邊還站了位紅衣小女孩，她也面帶微笑，一手牽著雲空的手，兩人彷彿正在寫意的漫步。

※※※

洞外已是夜晚，但洞內依舊光亮非常，不明來源的光線充滿洞中，反射在二十九個琉璃筒上，為琉璃筒中的死者披上一層薄薄的光霧，許多彩蝶在溫暖的空氣中雀躍不已，為四周帶來些許顏色。

三人圍成一個半圓，趺坐在地，由琉璃筒中的雲空和紅葉完成這個圓圈。

程若的激動已經平息，他紅著酸酸的眼，娓娓說著他的過去：「我是渤泥土人，母親被鱷魚殺死，師父可憐我，收留了我……」直到千年後的今日，該地的巫術仍有中國道術的痕跡，可能是當地巫術和道家法術發展出來的混合型巫術。

「兩位師父很疼惜我，他們離世之後，身體無故失蹤，人們說他們羽化升天了，但我不相信，因為師父說過許多故事，他提過這個地方，有一個叫無生的人，要收集他的每一次轉世……」

程若打開隨身布袋，取出一本書，書的邊緣破舊，要不是年代久遠，就是因為常常被翻閱：「這是師父親手記述一生形跡，我就是按照此書，追遁師父的足跡，找到原蟲，找到仙洞入口的。」

　　赤成子借來一看，果然是雲空從年少記到老年的遊記，從字體可以看出年少的字體整潔、落筆謹慎，到老年的隨興豁達，其中有些字跡顫抖，可見是情況不佳的時候所記。

　　赤成子輕拍膝蓋道：「當你道出我們一家子的名字時，我已疑心你和雲空有關了，可是，後來我又不明白了，」赤成子抱著一絲期待的望著程若，「若真如此，你又怎會放蠱傷我家人呢？莫非……」

　　程若抹了抹泛紅的眼，別過頭去：「前輩，十分抱歉，我真的下了蠱。」他嚥了口唾液，又說：「師祖常讚嘆你的武功，說你是他的好友，我心想，若有你作伴，這一路上會更安全，又怕你不會答應……」

　　赤成子聽了，怔了半晌，才說：「沒關係，只要你解蠱便罷了。」

　　「前輩，」程若抿緊唇，「很抱歉，解蠱的方法，我當時已經親手交給你了。」

　　赤成子一聽，背脊頓時竄上一股寒意，想起了在他手中粉碎的蛹皮。

　　「還有一個辦法，」程若咬緊了牙，「便是將蠱主殺了，蠱毒自解。」他垂下頭，兩手平置地上，深深彎下腰：「找到師父遺體，晚輩心願已足，前輩動手便是。」

　　赤成子百感交集，看著眼前的故人之後，體內真氣從未如此潦亂過。

　　他仰首看望琉璃筒中的雲空，雲空似在朝他微笑，向多年不見的老友致意。

　　「我……」赤成子合上眼，「我想聽你告訴我，雲空遠渡南海後所發生的每一件事，」他強調，「每一件事。」

　　五味道人忽然截道：「別那麼慘兮兮的，貧道從剛才一個屁也沒放，悶得緊，我五味雖非無所不知，你們多少也問問我才是。」

「世上傳說，五味道人專行挑撥離間，」赤成子嗤道，「誰敢問你？」

五味道人搖頭嘆道：「赤成子此言差矣，沒想到你也不過一介凡夫，我雖挑撥離間，可世人忘了的是，我說的話，總是句句實話！」

「前輩有何建言？」程若作揖問道。

「我能解蠱。」

兩人聽了，一時不知是驚是喜才好，不禁面面相覷。

五味道人捋捋長鬚，瞇眼道：「不過，剛才的船資尚未付，解蠱又需另計。」

赤成子慍道：「你想要什麼？」

「簡單，」五味道人指向程若，「交出你身上剩下的那個『原蠱』，且充船資。」

程若不敢相信的看著他。

「至於解蠱嘛……」五味道人邊捋鬚邊想，「方才在仙槎上，你唱的道情……」

程若忙道：「是師父晚年時常吟唱的。」

「那麼，再唱一遍吧。」

「前輩……？」

「這便是解蠱之資了。」五味道人望向赤成子，「便宜嗎？」

「真貴呀。」赤成子別過臉去，讓淚水避過光線。

夏夜的仙島上，半輪明月低掛海上，聆聽海潮。

一個衰老的羽人飛越上空，寂寞的悲鳴了一陣，便遁入密林去了。

大地漸漸轉為靜謐，孕育著生機，靜靜等候東海上的曙光。

【典錄】全真

儒、道、佛經歷長期消長之後，互相吸收思想菁華，到宋朝已有三教合一的趨勢，北方被金國佔領後，幾個敲吹三教合一的宗教組織如真大道教、太一教等發展迅速，其中最有名的是「全真」，不僅在金國與朝廷頻有接觸，更在後來元朝被成吉思汗召見掌教邱處機，確立了全真作為北方宗教之首的地位。

嚴格來說，原本的全真不算道教，因為其教義包含三教，其教祖王重陽的理論又像禪宗。但它後來實際上又是道教，因為丘處機掌教之後，大肆鼓吹重陽遇仙得道的說法，表明師承神仙，因此其餘二教變得不過「存目」而已。

全真教由王重陽（一一一三~一一七〇）所創，他是北方富家子弟，官場失意之後，三十多歲沉迷杯中物，到四十七辭官，後發生全真教史所言於金海陵王正隆四年（一一五九）的「甘河遇仙」，四十八歲才悟道，而後修行、收徒，至金大定十年（一一七〇）於汴京去世時，全真已有規模。

世傳「全真七子」乃王重陽去世前三年間（一一六七~一一六九）所收的弟子，重陽死後，弟子馬鈺、譚處端、劉處玄、丘處機相續掌教。丘處機年老時，全真在民間勢力已經很大，國勢大不如前的金國和南宋頻頻召見丘處機，他都不答應，顯然十分明瞭政治利害。直到成吉思汗十四年（一二一九）受召，十七年（七十五歲）才抵達雪山，對成吉思汗講道三次，並於五年後去世。

全真坐大後，侵佔寺院，又想以全國宗教總管之姿管理僧尼，引起佛、道衝突。當時僧人也頗有勢力，元憲宗曾有兩次朝廷辯論會，全真敗下。元太宗四年（一二三二），全真道士將東漢《明威化胡經》大量印行，敘述佛教乃源自老子，老子感化了「胡人」佛祖，以對照丘處機當年講道感化「胡人」成吉思汗。在元憲宗五年（一二五五）的辯論中，掌教李志常無法自圓其說，被令燒去書版。

雖然全真和政治勢力的關係起伏很大，但在民間的勢力至今仍有影響力，今日道教的祭禱儀式（科儀），仍主要是全真自明朝以來所制定發展下來的程序。

《雲空行・己亥後記》

起源：圖書館

我是先在學校圖書館發想起這部作品的。

我在沙巴土生土長，沙巴人向來自嘲為文化沙漠，但其實有不少熱愛讀書的人，這該歸功於本地還沒有良好書店的時候，卻有內容十分豐富的州立圖書館，因為歷代的館長都是愛書人，進了不少來自台灣和香港的好書。從小愛鑽州立圖書館的我，小學五年級就闖去不准小孩借書的成人部門，讀了一部又一部殺人放火的推理和恐怖小說。由於太愛看書，還被媽媽限定：學校假期才准去州立圖書館借書。

親戚見我老是拎著一本書，嘲笑我是書蟲，我大惑不解，愛看書是件好事，為何會遭人嘲笑？難道要充滿市井氣，鎮日只會聊天、談閒話和混沌過活，會比較高尚嗎？

姐姐上中學後，從中學圖書館借回一本《西遊記》，讓小學五年級的我愛不釋手，對於能看到明朝原著的文字覺得很感動，硬著頭皮把陌生的古文啃完，心中仍不滿足，想讀到更多古人的作品。

後來我也考進姐姐就讀的沙巴崇正中學，鄭佑安校長對圖書館很有遠見，請了圖書館系畢業的劉選福老師（在鄭校長過勞猝死後代任校長）策畫圖書館，藏書豐富，尤其第二層樓的參考部，有許多台灣僑委會贈送的套書，是我每天放學後必去拜訪的寶庫。

學校圖書館參考部有許多州立圖書館看不到的書，例如全套二十五史、時報出版的「中國歷代經典寶庫」（從中首次知道《山海經》）、中國古代文學全集（從中認識「六朝誌怪」）等等，打開了古代文獻的大門，我如獲至寶，讀了之後，就很想跟同學談論我的新發現。

雖然這是一家華人中學，中文好的同學也不多，甚至還有畏懼中文或貶低中文的同學。當我向同學說我看到的古代典故時，有人覺得我說的東西很陌生，有一位竟說我是騙子，講的都是自己編出來的，令我十分錯愕。多年以後我才明瞭，當你說出別人所不瞭解的事情時，愛學習的人會向你討教，或一起討論，庸俗的人則會選擇貶低你，好掩蓋他們的窘態。

雖然我熱愛中文（尤其古文）如斯，卻因知音難尋而備感寂寞，於是在高三那年想出了《雲空行》這個計畫：寫一個道士由生到死的故事，把我知道的有趣典故寫進故事中，讓別人也可以讀到。其實對當時的我而言，這是個不可能的計畫，除了國學基礎有限，當時在寫的小說也以驚悚為主，寫古代的故事無疑是個挑戰。

雲空的故事在高三畢業前開始動筆，斷斷續續的寫了一年，在寫到〈清風湖〉時，就沒動力繼續了。其時我已經在台灣國立僑大先修班，圖書館也有古書資料庫，需要特別登記才能進去，我在裡面看到了《武經總要》和《算經十書》等以往從來不知道的古書。

大二時，終於按捺不住，開始投稿，尋找讀者。

其時約一九九三年，已就讀台大牙醫系，我把稿子投給某大報副刊，卻被直接退回，我打電話去詢問退稿原因，他們回道：「我們不收武俠小說」，回想起來挺好笑的，當年有一股氛圍，視武俠為毒藥，我說《雲空行》不是武俠，他問我內容寫了什麼？我說是宋朝的道士，他竟斬釘截鐵的說：「那就是武俠小說。」我驚訝之餘，恍然大悟：原來這就是他們「文學」的態度。

當時，歷史書籍也曾被視為票房毒藥，但遠流出版社的「實用歷史」系列把歷史應用在商業和職場中，引起一股歷史書的風潮，其他出版社紛紛起而效尤。後來策劃這個系列的周浩正先生開辦「實學社」，延續這個系列，也同時出版歷史小說。我把《雲空行》寄去得到回應，他邀我去國立師範大學附近的出版社見面，告訴我這部小說並不算歷史，問我有沒有能力寫歷史體裁？

由於《雲空行》寫得比較隨興，他請擔任編輯的簡嬪小姐解釋給我聽，希望寫歷史小說能把整個大綱和章節先列出來，於是要求我這麼做試試看。我的確試了，但至今仍然覺得這真是一件苦差事，因為這不是我的方法，不過也正因為這個因緣，為《雲空行》找到了一條新路線。

當時擬的歷史小說大綱，就叫《蚩尤》。

其時我對神話和考古產生強烈興趣，台大圖書館收藏了許多神話論文集，我一本一本借回來啃，但是在考古方面資料混亂、缺乏整理，神話和考古之間尚不能完善結合。當時我就推想：蚩尤應該是屬於青銅器時代的部落領袖，黃帝可能是新石器時代末期，可說是兩種不同文明的衝突，但由於我不想過度的天馬行空，希望能接近考古證據，所以到最後這個大綱沒有再繼續想下去。

當時曾應承過周先生，如果他日《蚩尤》寫成，一定交由他們出版。

這段典故，後來到皇冠出版社，初次跟平鑫濤先生見面時，也跟他提過。

結果《蚩尤》沒有寫成，反而融入了《雲空行》裡面。

我同時也投稿皇冠出版社，一年後才收到回應，而我已經遷離台大校總區的宿舍，搬到徐州路的台大醫學院宿舍去了。皇冠回我的信函寄到舊宿舍，幸好住在該房的是跟我一樣來自沙巴的學弟，那封信輾轉到我手中時，已經是大約一個月後了。事後學弟告訴我，看到是出版社的來信，想必非常重要，於是不管怎樣都要送到我的手上，真的非常感謝他們！

我收到信，興奮的無法自已，當時姐姐唸台大醫學系，就住在隔壁女生宿舍，我馬上跑過去跟她說：「雲空復活了！」立刻打電話到皇冠約見面時間。

我到敦化北路的皇冠出版社跟主編陳皪華小姐見面，她告訴我，由於稿件太多，他們一年後才看到我的《雲空行》，然後就立刻寫信給我了。由於我只寄給他們前面的幾篇，主編一開口就先問我：「還有沒有後面的故事？」然後才坐下來細談。

那一次的見面，我永生難忘，平鑫濤先生親自見我，告訴我《雲空行》很有意思，令他想起以前提拔過的作家，然後跟我分享他辦出版社的理念、他對小說的理念、他提拔新人的理念等等。當然他最關心的是，《雲空行》的後續性有多強？是不是才這麼幾篇就完了？

於是我告訴他整個創作的經過，包括跟周浩正先生的對談。平先生瞭解我的寫作方法之後，告訴陳主編不要給我壓力，讓我好好寫，他看好這將會是一部好作品。

當時有人出版外國的極短篇作品，引起風潮。陳主編問我會不會寫極短篇？其實大概就是用一個場景構成的小說，我告訴她：「那就是我中學時代每晚睡前練筆寫的格式。」於是又開創了「張草極短篇」系列，後來還被列為大學的小說教材。

我很感謝這幾位伯樂成就了我，我對他們永遠感激。

其中重重因果相續，也讓我瞭解各種因緣的確不可思議。

重啟：雲空二度復活

一九九八年，在我開始寫《雲空行》的八年後，終於出版了第一部，但當時是以流行的小本書形式出版，主打年輕人市場，跟我原來的想法有差異。我原希望讀者不分年齡，而且以比較有份量的開本出版，但當時有當時的考量，現在看來，其實也是一種因緣。

《雲空行》的銷量並不很好，馬來西亞尤其盜版猖獗，出版了五部之後，陳主編審慎重的問我，我的故事總共會有幾本？我回答：「以這樣的字數，應該會有十本。」她問我能以八本結束嗎？就讓整個故事有頭有尾。時至今日，其實我仍然非常感激他們的決定，不然各位看到的將會是一個腰斬的故事。

故事結束得有點倉促，留下了兩個遺憾：第一是紅葉的伏筆來不及交代，第二是雲空到南洋之後的故事尚未寫下。

這二十年來，以《雲空行》為出發點，陸續誕生了「滅亡三部曲」（科幻＋歷史）、「庖人三部曲」（武俠＋歷史）等混血歷史作品，那時候我已經轉成到台大圖書館、台北市立圖書館濟南分館、中央圖書館（後改名為國家圖書館）、中研院史語所傅斯年圖書館等等找資料，比如最好版本的《洗冤集錄》就是在台大中文系圖書館（後來合併入台大總圖書館）找到的，有歷代的注解，加上大學上的法醫學，才有寫下《雲空行》「遊鶴篇」的基礎。

「滅亡三部曲」和「庖人三部曲」延續了我對歷史題材的喜好，也加深了我對佛法的研究，從中意識到現代物理的時空概念，其實早在佛法已有深層論述，這些都在日後回頭去滋養《雲空行》，所以說，這二十年與其說是中斷，不如說是醞釀，為重啟《雲空行》作準備。

去年（二〇一八）我因國際書展而到台北，平雲先生向我提議重新出版《雲空行》，把二十年前未竟之事完成，好讓雙方都沒有遺憾！我差點從椅子上跳起來：「雲空再度復活了！」

於是我花了三個月準備，把過去收集的歷史資料重看，預計會出版三部，又將是一部「三部曲」。我用一年時間重寫、修改、加入新故事等等，力求故事結構完整，並在十二月出版新版第一部。

但是我有一個很大的隱憂，即使第三部修改即將完成，「雲空・南洋篇」依然無法順利承接！原因有二：一者，二十年過去了，許多當年的考古資料都得到了整理，不過有關南洋的資料仍舊十分不充足，我還是無法完美呈現雲空在南洋的故事；二者，即使要寫「南洋篇」，三部的容量仍然不足以容納二十年前未說完的故事！

紅葉還沒寫完，南洋還沒完備！

我必須增加第四部！

但也必須出現充足的資料！

這一切在今年（二〇一九）新年出現契機，印證了「境由心轉」，強烈的心念令一切突然就水到渠成了！許多資料在短時間內迸出來，如有神助！原來在州立圖書館有專門收集原住民的民俗資料！我找到了早年絕版、後來又再版、英國殖民時期的民俗資料，還有本地人收集原住民風俗的書。不過，有的資料互相矛盾，不同作者從不同族群收集而來的，也會有不同說法和不同立場。

其中最重要的，是英國民俗學家I.H.N. Evans於二戰前後記載的民俗誌，他與沙巴西海岸以北的原住民同住多年，記載他們的神話、風俗和語言，該書於一九五三年出版，二〇〇七年由有心人士再版。當年外國人在婆羅洲工作，順便做民俗和生物研究，由於婆羅洲在地理上與其他大陸隔絕，因此有許多物種不受大陸物種演化的影響。然而，現在許多物種和風俗都在加速消失中，幸好過去有這些人收集整理！

為了辨別各資料之間互相矛盾的部分，我需要親身經歷的人。沒想到，我去年新聘請的牙科助理，她的祖母就是原住民女巫師！因此熟悉許多原住民風俗。再來是我的姑丈，年輕時從事開墾雨林的工作，也親歷過許多怪事，接觸過飛頭和巨山神，但他總是語焉不詳，而且在去年罹癌過世了。沒想到，他兒子——我表弟——也跟父親做相同的工作長達十年，常因工作需要住在森林營地，跟原住民混在一起，本身對這些也頗有興趣。乘著新年的親戚集會，我拿原住民的妖怪名字給表弟看，他竟然如數家珍，告訴我某些名字發音不同、某些妖怪是長什麼樣子、某些親眼看過、某些聽朋友說過，某些他不知道的，他也坦承沒聽過。

於是，《雲空行》的最後一塊拼圖「南洋篇」終於完備！

除夕之前，我已告知出版社確定會有第四部，而且無法緊接第三部之後短期出版，相信他們也是很懊惱，真是麻煩他們了！雖然如此，我也自知理虧，於是加緊腳步完成第四部，甚至將平日約診的病人調開，空出整個上午的時間來好好寫作也在所不惜。

匯流：亦道亦佛

有一件事不得不提，雲空明明是道士，小說中卻常談佛法，跟作者本身的經歷當然息息相關。

我長大的地方缺乏正信佛教，小時候家中老人用水煮雞和燒肉去神廟燒香拜神，也去過佛寺燒香頂禮，心知兩者不同，卻無人能釋疑，但看書讀過佛教慈悲，地藏菩薩甚至要度空地獄眾生才願成佛，想來佛法必定不錯，然而無人指點。小學時，課本竟有「童年孫中山拔斷神像手臂苛責迷信」這類課文，心中覺得太狂妄，也不免起疑：為何要讓小孩讀這種內容？有什麼目的？

中學時在圖書館看了蔡志忠漫畫《莊子說》《老子說》，讀到老子的「無」、「柔」哲學，以及莊子的崇尚自然、回歸自然等思想，大喜過望，老莊思想從此深植心中，也找了原文和有關作品來讀，雖覺不夠佛法淋漓盡致，但已足以作為我行世之本。高三起意想寫「一位道士雲遊天下八十年」的故事，以及「雲空行」三字會突然從腦袋蹦出，都是老莊思想發酵的結果。

小時候，媽媽有時會去接我放學後，載我到她工作的進出口公司等她下班，因此老闆和員工都是看著我長大的，我對該公司甚為熟悉。我常翻看任何能在公司找到的文字，包括報紙、產品目錄，還有在公司設了神壇的老闆的一些勸善書，多是當年台灣盛行一時的「德教會」的書，雖說推動五教合一，實質上是以台灣式扶鸞為主的信仰。

沒想到，高中的某日，我在公司看到一本古本影印的《道德經》（亦即《老子》），對古書十分著迷的我，一讀之下，驚為天人，因為這本解說老子的書跟其他的完全不一樣！解說得更為圓融！我深覺震撼，在公司有個泡茶的沙發角落，我在那兒抱書看了一個下午，看不完，且意猶未盡，便大膽的問能否借回家？老闆的兒子看了書說：「這本書不是我們的，是不是陳水孚的？」原來是隔壁另一家公司的老員工，常來此處泡茶聊天，我也認得他，可能是他忘了帶回去的書。

「你去隔壁問他啊。」老闆的兒子說。

為了能看完這本書，我怯生生的下樓，走到隔壁的大倉庫樓上找陳先生，問他能否借書？「我找不到這本書，原來漏在隔壁了。」他說著，然後促狹的望著我：「你看懂嗎？」

「一半懂，」我說，「不過我想看懂。」

他點點頭，把書交到我手上：「送你！」

「怎麼可以？」

「書要有緣人，看來你跟它有緣。」

幾年後我才知道，該書的解說者憨山大師，是明末四大高僧之一，把明朝佛教從衰微中復興的名僧之一。佛教高僧為何去解說《老子》？其實也是他復興佛教的策略，引導道教徒從老莊思想去理解佛教，這做法當時曾受佛教內部質疑，但事後證明以佛說道的做法功不可沒。

這本書至今仍是我的珍藏之一，我深深感激把它割愛予我的人。

其實，宋朝開始出現儒、佛、道三家互相融合的嘗試，號稱「三教一家」，到了明朝，王陽明（守仁）將佛學納入儒學，開創「心學」，卻藐視佛教；憨山大師兼通三家，他力圖佛理不與其他參雜混亂，正本清源，因此才產生我手上這本《道德經》。

雲空之亦道亦佛，得自明朝憨山大師的啟示，也是宋朝宗教界的現象。

發現：小說破案

寫小說有趣之處，就是在運用資料的過程中發現疑點，進而像偵探般在歷史和神話中摸索，尋求真相，我稱之為「小說破案」。

比如在《孛星誌》中，我追問：張獻忠為何屠蜀？為何最後甚至屠殺自家軍隊？分析之下，前者是因屢次建國失敗而無心再建國，加上強敵圍繞，所以進行消極的「三光政策」（殺光、搶光、燒光），不讓敵人得益，結果造成農業停擺，嚴重缺糧，最後擔心士兵因缺餉而反叛，於是先下手為強。但要在《孛星誌》出版後，我才忽然醒悟，原來四個字則可說明一切：經濟問題。

又如在寫〈江流石不轉〉中，發現南北宋十八帝在冥冥中的因果關係（參見【典錄】大宋趙家），如同鏡像般平衡，不禁心寒。

又如在追尋飛頭傳說中，意外連結吳國、茅山術和飛頭的關係。

此次重寫《雲空行》當中，我產生了四個疑問：

（一）蚩尤在歷史上真正是個如何的存在？

他的面貌經過歷代有心的不斷改造（尤其在漢朝），已經模糊不清（詳見〈降生圖〉【典錄】）。從黃帝用玉兵、蚩尤用金屬兵器看來，我猜測是先進的青銅或銅器文化與新石器文化之間的衝突。學者從多年來的考古遺跡，整理出中原地區文明的演進，從喪葬形式可看出從石器到青銅器時代之間出現階級分化、從部落到王國的成長，也知道那個時代有用人牲的習慣。如此，在蚩尤和黃帝的神話中是否可以看得出階級的分化？他們是否已具有國家的形態？或仍是部落聯盟？

（二）國家的出現：

我們現在已經很熟悉「國家」的存在，世界地圖上的分區都是以國家區分的，但事實上在兩、三百年前，許多區域仍然以部落的形式存在，沒有國家，所以才有機會被大航海時代的歐洲佔據成為殖民地，例如美國就是從歐洲人佔領屠殺原住民開始的，晚近如二次大戰之後，爪哇、蘇門答臘脫離殖民地成立印尼之際，趁機將新幾內亞、帝汶島等未開化地區納入成為印尼的一部分，而造成日後的種種獨立事件。所以雖然中國古籍記載婆羅洲古代有國家，但《雲空行》發生的十二世紀尚無清楚的文獻記載，即使是英國殖民之前曾在婆羅洲存在的「國家」，也只是沿海的狹長領土，而不包括雨林茂密的內陸。

（三）獵頭的習俗是否隨著南島民族傳遞？

我小時候的七〇年代曾經謠傳晚上不要出門，免得被人獵頭，因為最近要建橋云云。其時英國殖民政府才剛禁止獵頭約三十年，聽說二次大戰時也曾發生獵取日本人頭的事件。從台灣原住民曾有「出草」的習俗，而台灣又可能是南島民族的發祥地，進而可以發現南島民族從台灣到菲律賓，乃至於婆羅洲、美拉尼西亞島群，遠至紐西蘭的**東南擴張路線**中都有獵頭的習俗，可知此習俗源自台灣，更早以前可能源自大陸，再從殷商的古墓發現人牲的頭都被斬下另置，甚至還可以追溯到神話中蚩尤的頭被斬，是否說明了這個古老風俗可以追溯到人類文明的黎明期？

（四）飛頭鬼的傳說是否起源自吳國？

泰國、馬來半島北部，以及婆羅洲都有飛頭鬼的傳說，婆羅洲原住民認為他們其實是一種族群。但最早的飛頭文獻紀錄竟然出自三國時代的吳國！被中原地區稱為蠻族的吳國地區，新石器時代已有高度發展的文明，古物中甚多巫術符號，說不定其古代巫術獨立發展，與中原的巫術相異，而茅山也在古吳國地區，因此我猜想茅山術之所以迥異於其他道派，是否繼承了古吳國巫術之故？而飛頭傳說的傳遞路線：吳國—嶺南—老撾（寮國）—占城（越南）—泰國—闍婆（爪哇？馬來半島？）—婆羅洲，則跟南島語系的**西南擴張路線**重疊（參見〈飛頭記〉【典錄】），是否可以說明南島語系在大陸的源頭？

這些就是在寫作過程中有趣的推想，認真研究的話，說不定可以找到充分證據，寫成論文。

伏筆：寫作的遊戲

過去寫《雲空行》時，常埋下伏筆，然後在故事後面一一解開，不過有些伏筆後來沒完整解開，或沒來得及解開，甚至忘了有該伏筆！以致伏筆變成敗筆，所以這次重啟時我非常小心處理。

打從一開始，〈夜鬼行〉就埋下伏筆：百鬼為何夜奔？誰為他接生？他為何重要？接著〈夜遊神〉再埋下第二個伏筆，將外星人代入伏筆方程式，〈焰精〉再埋火精屠殺的伏筆，五味道人於〈雩龍圖〉初登場，至〈全生追命符〉出現「四大奇人」時，伏筆終於開始慢慢解開。這些伏筆後來引出無生和百妖兩條線，最後歸於蚩尤（炎帝、赤帝，紅色，所以是火精）。

從無生又引出紅葉這條線，卻因二十年前出版中斷而無法交代，成了一條沒有終端的伏筆。其實我們的人生處處充滿伏筆，有時戲不演到後面，不知道伏筆的意義，不知道何時會迸出個答案來。二十年後，我對紅葉也有了極深的領悟，終於有機會細細鋪陳，將紅葉的過去娓娓道來。

從北神叟和百妖兩條線交織引出常山鼠精、李淳風（至巽道人）、夜叉三條線。從〈全生追命符〉開展的高祿和余公子這條線，也和百妖交織出樹精、嬰重，也交代了刀譜和高祿（馨）的

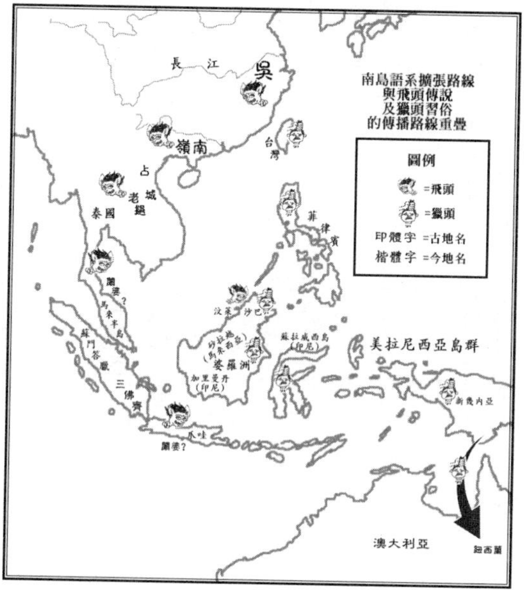

日本來歷，從〈全生追命符〉也延伸出赤成子、龍壁上人、神算張鐵橋，以至後來的洞天。

由此可見，故事中的各條線平行、交織、分開，足以畫出一幅複雜的地圖，一如我們在人生途中碰到的人們，緣聚緣散。

我跟孩子看電視或電影時，也常提示他們注意故事中的伏筆，瞧出故事結構，然後大家猜想後面將如何處理伏筆，也是一種樂趣。

事實上，《雲空行》裡面的伏筆仍可繼續展開故事，如：

（一）李淳風這條線，始自二〇〇四年《皇冠雜誌》小說接力《蓬萊檔案》的第一篇〈步天歌〉，他在〈白日將〉中以「至巽道人」之名被提到（巽卦在《易經》象徵「風」），在〈蓬萊淳風〉為主角，計畫未來將寫出《蓬萊檔案》說他的故事。

（二）〈百妖堂〉中提到的西方魔羅，未來計畫寫《天然抄》接續。

（三）〈巴蘭巴蘭〉中飛頭與吳國的關係，未來計畫寫在《巫者》系列中。

（四）無生在〈紅爐片雪〉被自己粉碎意識之後的下落，將在《天然抄》交代，並已在《孛星誌》提過他接下來的身分，亦即「老神仙」士慶。

（五）〈涿鹿原〉等於為《蚩尤》寫了個大綱，未來是否完成《蚩尤》？有待研究更多考古資料。

至於嬰重、赤成子、五味道人、紋身人等人，雖然都還有故事，但已說夠了。

至此，雲空的故事終於告一段落，老實說十分不捨，完成後也悵然數日，不過，只要開始了，終有抵達的一天，成住壞空不是結束，而是另一個開始。

張草己亥年辛未月辛未日吉時寫於陋居

《雲空行》肆 年表

西元	中國	年齡	事跡	地點	歷史大事
一一三九	紹興九年	51	之四十三〈南鯤記〉	廣州／羅浮山	
			之四十四〈飛頭記〉	占城新州	
			之四十五〈燈籠鬼〉	渤泥	
一一四〇	紹興十年	52	之四十六〈山岳王〉	渤泥	七月岳飛大敗拐子馬，被召回。
			之四十七〈龍腦香凝〉	渤泥	
			之四十八〈一葉知秋〉	長安／廣州	
一一四一	紹興十一年	53	之五十〈海神會〉	渤泥／泉州	十月岳飛下獄，十二月死。
一一四二	紹興十二年	54	之五十一〈風吹草動〉	渤泥	金宋和約成。秦檜專政始。
一一五四	紹興廿四年	66	之五十二〈巴蘭巴蘭〉	渤泥	
一一五五	紹興廿五年	67			秦檜去世。
一一五六	紹興廿六年	68	之五十三〈獵頭鬼〉	渤泥	
一一五七	紹興廿七年	69			
一一五八	紹興廿八年	70	之五十四〈紅爐片雪〉	印度／東海	
			之五十五〈鱷魚記〉	渤泥	
一一七〇	乾道六年	82	之五十六〈涿鹿原〉	涿鹿／渤泥	
一一七五	淳熙二年				
一一七六	淳熙三年		之五十七〈織雲四捲〉	廣州／桂林／汴京／常山／東海	
一一七七	淳熙四年				

國家圖書館出版品預行編目資料

雲空行（肆）／張草著.--初版.--臺北市：皇冠.
2019.11
面；公分（皇冠叢書；第4805種）

（張草作品集；07）

ISBN 978-957-33-3487-3（平裝）

857.63 108015598

皇冠叢書第 4805 種
張草作品集 07

雲空行（肆）

作　　者—張草
發 行 人—平雲
出版發行—皇冠文化出版有限公司
台北市敦化北路 120 巷 50 號
電話◎ 02-27168888
郵撥帳號◎ 15261516 號
皇冠出版社（香港）有限公司
香港上環文咸東街 50 號寶恒商業中心
23 樓 2301-3 室
電話◎ 2529-1778　傳真◎ 2527-0904
總 編 輯—龔橞甄
責任主編—許婷婷
責任編輯—平　靜
美術設計—王瓊瑤
著作完成日期—2019 年 07 月
初版一刷日期—2019 年 11 月

法律顧問—王惠光律師

有著作權・翻印必究
如有破損或裝訂錯誤，請寄回本社更換

讀者服務傳真專線◎ 02-27150507
電腦編號◎ 563007
ISBN ◎ 978-957-33-3487-3
Printed in Taiwan
本書定價◎新台幣 320 元／港幣 107 元

• 皇冠讀樂網：www.crown.com.tw
• 皇冠 Facebook：www.facebook.com/crownbook
• 皇冠 Instagram：www.instagram.com/crownbook1954
• 小王子的編輯夢：crownbook.pixnet.net/blog